中国曲学研究

第五辑

《中国曲学研究》
编辑委员会 编

中国社会科学出版社

图书在版编目（CIP）数据

中国曲学研究. 第五辑 /《中国曲学研究》编辑委员会编. —北京：中国社会科学出版社，2021.6
ISBN 978 - 7 - 5203 - 8606 - 7

Ⅰ. ①中… Ⅱ. ①中… Ⅲ. ①古代戏曲—文学研究—中国 Ⅳ. ①I207.37

中国版本图书馆 CIP 数据核字（2021）第 114804 号

出 版 人	赵剑英
策划编辑	赵　威
责任编辑	夏　侠
责任校对	李　剑
责任印制	王　超

出　　版	中国社会科学出版社
社　　址	北京鼓楼西大街甲 158 号
邮　　编	100720
网　　址	http://www.csspw.cn
发 行 部	010 - 84083685
门 市 部	010 - 84029450
经　　销	新华书店及其他书店
印　　刷	北京君升印刷有限公司
装　　订	廊坊市广阳区广增装订厂
版　　次	2021 年 6 月第 1 版
印　　次	2021 年 6 月第 1 次印刷
开　　本	710×1000　1/16
印　　张	20.5
字　　数	326 千字
定　　价	109.00 元

凡购买中国社会科学出版社图书，如有质量问题请与本社营销中心联系调换
电话：010 - 84083683
版权所有　侵权必究

《中国曲学研究》编辑委员会

主办单位：中国曲学研究中心（河北大学、北方昆曲剧院合办）
主　　编：刘崇德
副 主 编：杨凤一　丛兆恒　吕　屹　田玉琪　李俊勇　于广杰
编　　委（以姓氏笔画排序）：
　　　　　　于广杰　王兆鹏　田玉琪　丛兆恒　吕　屹　刘崇德
　　　　　　陆　坚　李金善　沈松勤　李俊勇　杨凤一　周来达
　　　　　　周　秦　赵山林　郭英德　谢桃坊

目　录

词曲音乐研究

　　论法曲在词乐中的演进　张春义　／3

　　词牌音乐与昆曲曲牌音乐体制变迁小考　黄金龙　／16

　　日存舞谱《掌中要录》之作者生平及舞谱来源略考　田　园　／38

　　寻找宋词音乐的"零度书写"　周纯一　／48

　　明清词调音乐研究的空间　刘　瑶　／63

词体及词籍研究

　　周密《倚风娇近》词断句用韵之厘定　魏辰熙　／83

　　毛晋《宋名家词》初印、后印与底本撤换考　武　悦　／91

元曲研究

　　元散曲家班惟志年谱简编　都刘平　／119

昆曲研究

　　从"案头书"到"台上曲"

　　　　——《紫钗记》昆曲舞台搬演考述　陈春苗　／145

　　叶堂《紫钗记全谱》有"旧本"可依　李俊勇　刘馨盟　／163

　　《长生殿》曲牌声腔流变考述

　　　　——以《闻铃》【武陵花】为例　李　健　／177

　　昆曲过腔考论（上）　周来达　／200

民国戏曲研究
民国时期评剧评伶风气盛行之原因探析　金景芝　李朝杰　/ 229

名家论曲
顾随、赵景深关于曲的讨论（一）　赵林涛（辑校）　/ 241

河北民间曲艺研究
现代化背景下的传统文化固守
　　——河北民间的乐社、花会　齐　易　/ 259

词曲文献整理
《全元散曲》补辑（一）　刘崇德　/ 275

诗词曲创作谈
我们今天写词用什么韵？　钟振振　/ 301
诗词创作与科技文明　韩倚云　/ 307

词曲音乐研究

论法曲在词乐中的演进

张春义

内容摘要：学界虽对法曲界定存有争议，但对法曲作为燕乐重要组成部分及对词乐贡献之认识，却颇为一致。今以法曲在词乐中的演进为考察中心，略述法曲对词乐的贡献。又通过曲破、转踏、诸宫调、杂剧及院本等保留的法曲成分，考察法曲虽"解体"于宋、金，然亦于宋、金时期重获新生，并证"法曲亡于宋"之说不可信。

关键词：法曲　清乐　隋唐燕乐　词乐演进　宋金曲乐

一　"法曲"与"隋唐燕乐"的关系

法曲之名，较早见于《新唐书·礼乐志十二》[1]。学界有关法曲的界定、由来及与隋唐燕乐的关系仍有很大分歧，但有两点在学界已基本形成共识。

（一）法曲与清乐的关系

法曲起于隋而盛于唐，其音乐特征是"清而近雅"。《新唐书·礼乐志十二》："初，隋有法曲，其音清而近雅。"[2] 其声始出清商部，在音乐特征方面比较接近清乐。这集中表现在律和器两方面：

第一，关于法曲的律。《乐书》卷一八八："法曲兴自于唐，其声始

---

* 本文为国家社科基金项目"唐宋词声律史研究"（13BZW070）阶段成果。
[1] 欧阳修等：《新唐书》卷二二《礼乐志十二》，中华书局1975年版，第476页。
[2] 欧阳修等：《新唐书》卷二二《礼乐志十二》，第476页。

出清商部，比正律差四，郑、卫之间。"① 明言法曲出于清商部，而比正律差四律，此乃就唐法曲而言。《梦溪笔谈》："今乐部中有'三调乐'，品皆短小，其声噍杀，唯道调、小石法曲用之。虽谓之'三调乐'，皆不复辨清、平、侧声，但比他乐特为烦数耳。"② 所谓"三调乐"，指的是清乐"清、平、瑟三调"，而"唯道调、小石法曲用之"云云，则说明北宋法曲部与清乐仍有关系。据考，"法曲既本自清商，当亦为清商短律""法曲仅为清乐之分支，且其律犹为清商短律小调式"。其律乃源于荀勖笛律（黄钟管以四倍正律之姑洗为度，其律仍为 A 调），故法曲之律当以 A 为黄钟，其律比宋代俗乐教坊律之黄钟（D）差四律③。证明唐宋法曲皆出清商部，而自唐至宋其律亦未尝有变。

第二，隋法曲"音清而近雅"，音乐特点较近清乐。按隋法曲乐器有铙、钹、钟、磬、幢箫、琵琶 6 种（《新唐书·礼乐志十二》，《乐书》卷一八八），而清商乐器有钟、磬、琴、瑟、击琴、琵琶、箜篌、筑、筝、节鼓、笙、笛、箫、篪、埙 15 种（《乐府诗集》卷九六）。隋法曲乐器虽比清乐少，但钟、磬、幢箫、琵琶等几种主要乐器源于清乐，铙、钹等几种乐器可能源于胡乐（《乐书》卷一二五，《通考·乐考七》）。从乐器这一项说隋代法曲源于清乐④，是行得通的。

因法曲、清乐特殊的亲缘关系，又易为"非此即彼"的逻辑思维左右。如："隋唐俗乐是以'法曲'为主线，沿清商乐发展而来的，并不是胡乐或印度的影响为主。"⑤ 疑非定论。据丘先生考证，发现法曲是"以清商为基本再融合部分的道曲佛曲以及若干外族乐而成的一种新乐"⑥。当更可信。

---

① 陈旸：《乐书》卷一八八《法曲部》，文渊阁《四库全书》本。
② 沈括撰，胡道静校证：《梦溪笔谈校证》卷五《乐律一》，上海人民出版社 2016 年版，第 192—193 页。
③ 刘崇德：《燕乐新说》，黄山书社 2003 年版，第 25—26 页。
④ 丘琼荪撰、隗芾辑补：《燕乐探微》，上海古籍出版社 1989 年版，第 90—91 页。
⑤ 黄翔鹏：《中国古代音乐歌舞伎乐时期的有关新材料、新问题》，《文艺研究》1999 年第 4 期。
⑥ 丘琼荪撰、隗芾辑补：《燕乐探微》，第 99 页。

(二) 法曲与"新燕乐"的关系

法曲最初近似于清乐，后渐与胡乐结合，成为新燕乐的组成部分。但法曲与清乐比，仍有较大不同：

第一，法曲宫、商、角、徵、羽五调，不同于清乐三调①。《旧唐书·音乐志三》："（开元二十五年）时太常旧相传有宫、商、角、徵、羽《燕乐》五调歌词各一卷，或云贞观中侍中杨恭仁妾赵方等所铨集。词多郑、卫，皆近代词人杂诗。至（韦）绹又令太乐令孙玄成更加整比为七卷。又自开元已来，歌者杂用胡夷里巷之曲，其孙玄成所集者，工人多不能通，相传谓为法曲。"②关于"相传谓为法曲"的"《燕乐》五调歌词"，学界或云非属燕乐范畴③。按，所谓"法曲五调"，与"燕乐二十八调"并不矛盾。《宋史·乐志四》："（政和三年五月）诏曰：'……以《大晟乐》播之教坊……'于是令尚书省立法，新徵、角二调曲谱已经按试者，并令大晟府刊行，后续有谱，依此。其宫、商、羽调曲谱自从旧。"④知唐宋燕乐曲谱实亦按"宫商角徵羽五调"编排，可证"相传谓为法曲"的"《燕乐》五调歌词"，亦属燕乐范畴。

第二，法曲虽源于清乐，但自隋代始即有胡乐成分。《新唐书·礼乐志十二》："初，隋有法曲，其音清而近雅……隋炀帝厌其声澹，曲终复加解音。"所谓"解音"，当即"解曲"。《羯鼓录》："凡曲有意尽而声不尽者，须以他曲解之。"《乐书》卷一六四："凡乐以声徐者为本声，疾者为解。自古奏乐，曲终更无他变。隋炀帝以清曲雅淡，每曲终多有解曲。"其用乐手法大异于清商乐，也不同于隋初法曲，其实更接近隋唐燕乐⑤。据研究，《隋书·音乐志》所载九部伎有"解曲"的伎乐中，均为"歌曲—解曲—舞曲"的"多遍连章"结构，即"隋时法曲样

---

① 按：清乐有平调、清调、瑟调三调，又有楚调、侧调（《隋书·音乐志下》、《通典·乐六》、《乐府诗集》卷二六）。
② 刘昫等：《旧唐书》卷三〇《音乐志三》，中华书局1975年版，第1089页。
③ 详见李石根《法曲辩》（《交响》2002年第2期）、丘琼荪《燕乐探微》（上海古籍出版社1989年版，第58页）。
④ 脱脱等：《宋史》卷一二九《乐志四》，中华书局1985年版，第3018—3019页。
⑤ 详见刘尊明《隋唐宫廷音乐文化初探》，《传统文化与现代化》1997年第2期。

式"①。它与隋初法曲"音清而近雅""曲终更无他变"的奏乐之法有很大不同,实为新燕乐用乐手法。

关于法曲结构,学界多举白居易《霓裳羽衣歌》为例,即散序、中序、入破、尾声。其中"入破",颇类似于隋代的解曲。据研究,"解音"具有"急遍"性质。隋炀帝时法曲"曲终复加解音",演变为唐太宗朝有"入破"的法曲样式(《乐书》卷一六四),已很难说就是纯粹的"华夏正声",实为一种胡乐成分很重的新燕乐。如《霓裳羽衣歌》主体部分为胡乐《婆罗门》,且《婆罗门》用于中序的可能性最大②。史载酷爱法曲的唐玄宗(《新唐书·礼乐志十二》),其所"爱"即为此类掺入胡乐的法曲。

法曲虽与胡乐合流,成为"新燕乐"(隋唐燕乐)的一部分,但仍然在器、律及音乐表现方面保持独立特性。

其一,法曲之器与胡部燕乐仍有不同。上引《笔谈》"品皆短小,其声噍杀,唯道调、小石法曲用之"云云,"品"疑为"器"之误,乃指法曲部乐器短小;又《词源》所谓法曲"以倍四头管品之",燕乐大曲"以倍六头管品之"③,即指法曲与胡部燕乐所用乐器之异。

其二,法曲之律也与胡部燕乐各自划域封疆。据刘崇德先生考证,唐清乐、法曲仍保留其律,至天宝十三载(754)法曲与胡部合奏,"胡部律与清乐律重合""所谓燕乐音阶得以确立""而清乐乐调至宋代尚有孑遗,如法曲尚与燕乐大曲争一席之地"④。

其三,乐曲结构方面,唐宋"大曲、法曲两分明"。有催、衮者为燕乐大曲,无催、衮而有散序、歌头者为法曲。《宋史·乐志六》:"凡有催衮者,皆胡曲耳,法曲无是也。"⑤ 音乐表现方面,法曲清越,音声近古;大曲流美,与胡乐相近。《词源》:"若曰法曲,则以倍四头管品之,其声清越。大曲则以倍六头管品之,其声流美。""法曲有散序歌

---

① 吕洪静:《唐时大曲、法曲两分明》,《天津音乐学院学报》2000年第4期。
② 详见高人雄《从〈教坊记〉曲目考察词调中的西域音乐因子》(《西域研究》2005年第2期)、王安潮《唐大曲考》(博士学位论文,上海音乐学院,2007年油印本,第85页)。
③ 张炎:《词源》卷下,《词话丛编》本,中华书局1986年版,第255页。
④ 刘崇德:《燕乐新说》,黄山书社2003年版,第27、48页。
⑤ 脱脱等:《宋史·乐志六》,中华书局1985年版,第3053页。

论法曲在词乐中的演进

头,音声近古,大曲有所不及。"① 法曲音律节奏与燕乐大曲相异。

二 法曲在词乐中的演进

"词乐"常被视为"宋乐",不过指成熟形态的词乐而论,其形成实经历了漫长的过程形态。如果说词乐传统是一条河的话,那么,法曲应该是其中一条重要支流。

(一) 法曲在词乐形成期的作用

法曲在词乐中的演进,首先要从法曲在词乐形成期的作用说起。如果视词乐为宋乐,则宋法曲仅有《道调宫·望瀛》和《小石调·献仙音》仍为教坊演奏(《宋史·乐志十七》,《乐书》卷一八八),它与宋代词乐关系显然不能和"胡部燕乐"相比。但问题并不那么简单,如上所述,法曲在燕乐形成和发展中有极重要作用,尽管词乐并不等于燕乐,然考察法曲在词乐形成和发展中的作用,也当作如是观。

众所周知,词乐形成与唐教坊关系密切,而教坊主要功能就在演奏以清商部"九代遗声"与法曲为主的燕乐曲。史载,开元二年(714)唐玄宗重立教坊以演奏燕乐新曲,其中梨园法部是专门演奏法曲的新设机构。著名词调《荔枝香》即产生于梨园法部中的"小部音声"②。史料充分说明,燕乐曲子形成与开元二年的重置教坊有关。

据考察,因胡部器乐、舞乐性质与传统华夏声乐歌唱系统有异,胡部燕乐杂曲和舞乐曲经历了漫长演变过程方形成声乐系统的曲子,故词体并非直接产生于胡部器乐和舞乐③。近来研究也表明:"曲子主要是以中原本土六朝清乐为主体,以胡乐为参用,以声乐演唱为主要形式的音乐。盛唐时期,经历法曲的中间环节,声乐曲子开始发生。"④尽管将法曲作为曲子发生直接激发剂的说法尚需作补证,但在重视唐法曲对词乐

---

① 张炎:《词源》卷下,《词话丛编》本,中华书局1986年版,第255页。
② 欧阳修等:《新唐书·礼乐志十二》,中华书局1975年版,第476页。
③ 详见刘崇德《燕乐新说》(黄山书社2003年版,第221页)、李昌集《华乐、胡乐与词:词体发生再论》(《文学遗产》2003年第6期)。
④ 王洪、孙艳红:《略论曲词不产生于燕乐》,《海南大学学报》(人文社会科学版)2012年第2期。

· 7 ·

形成作用方面，应是有积极意义的。

燕乐曲子形成经历了漫长的演变过程，其中法曲起了多大作用，以及曲子是用何种形式的节拍演唱，都是需要考虑的因素。我们认为，就法曲而言，也有隋法曲与唐法曲之分，它们在词乐形成阶段所起作用是很不相同的。初唐法曲"《燕乐》五调歌词"（一说"隋法曲"）到了盛唐"工人多不能通"，原因在于"自开元以来，歌者杂用胡夷里巷之曲"，这与天宝十三载（754）诏令"道调、法曲与胡部合奏"及"合胡部者为宴乐"的记载相合，说明盛唐法曲歌法与初唐法曲（或隋法曲）有很大不同。盛唐歌者所唱已非初唐法曲，而是"杂用胡夷里巷之曲"，所包含的成分更复杂。尽管法曲在盛唐燕乐中仍占重要地位，但恐怕不能视为"声乐曲子开始发生"的唯一因素。史载"歌者杂用胡夷里巷之曲"而"多不能通""《燕乐》五调歌词"的法曲①，说明"胡夷里巷之曲"还是占有重要地位。"胡夷之曲"指的就是胡部燕乐。再者，燕乐曲子演唱的节拍，一般来说应该是用"句拍"，其乐器依托于拍板，恐怕像隋法曲那种缺少拍板的乐器"部当"难以承担。原生形态的隋或初唐法曲"《燕乐》五调歌词"，为什么到了盛唐"工人多不能通"，这可能也是一个不容忽视的原因。

（二）唐代词乐中的法曲词调

法曲在词乐中的演进，更为明显的是法曲与词调音乐的关系。词调音乐有不少可溯源于法曲，如《碧鸡漫志》《词源》都将词的起源远溯于隋②。据考，隋曲有《泛龙舟》《穆护子》《安公子》《斗百草》《水调》《杨柳枝》《河传》7调为词乐之源③。其中《泛龙舟》《斗百草》2曲可大致定为法曲。隋曲有词流传者有《纪辽东》和《上寿歌辞》，正史列为"雅乐歌辞"，未列入白明达所造"新声"范围（《隋书·音乐志下》）。然从其名称看，也与清商乐有相近之处，亦可能是清商乐与胡乐

---

① 刘昫等：《旧唐书·音乐志三》，中华书局1975年版，第1089页。
② 详见王灼《碧鸡漫志》卷一（《词话丛编》本，中华书局1986年版，第74页）、张炎《词源》卷下（《词话丛编》本，中华书局1986年版，第255页）。
③ 详见《碧鸡漫志》卷五（第104—117页）；唐圭璋、潘君昭《论词的起源》（《南京师范学院学报》1978年第1期）。

论法曲在词乐中的演进

糅合形态的新曲。

关于隋代法曲曲目和数量,目前还没有统一说法。史载隋乐正白明达造新声14曲(《隋书·音乐志下》),其中《万岁乐》《斗百草》《泛龙舟》3曲,唐演变为法曲,则其在隋本身即为法曲的可能性很大,很可能就是"曲终复加解音"的隋法曲之变种①。另外,有可能属于隋法曲的前世曲子,如《王昭君》《思归乐》《五更转》《玉树后庭花》《饮酒乐》《堂堂》6个曲目,在唐代尚有燕乐歌词可考,其中《王昭君》《五更转》《玉树后庭花》,即使在宋代词乐中尚可找到遗踪所在。

法曲风行于盛唐,并设有专教习法曲的梨园和太常梨园别教院。《唐会要》:"太常梨园别教院,教法曲乐章等:《王昭君乐》一章,《思归乐》一章,《倾杯乐》一章,《破阵乐》一章,《圣明乐》一章,《五更转乐》一章,《玉树后庭花乐》一章,《泛龙舟乐》一章,《万岁长生乐》一章,《饮酒乐》一章,《斗百草乐》一章,《云韶乐》一章,十二章。"② 唐法曲曲目和数量极多。《乐书》卷一八八:"法曲兴自于唐……太宗《破阵乐》、高宗《一戎大定乐》、武后《长生乐》、明皇《赤白桃李花》,皆法曲尤妙者。其余如《霓裳羽衣》《望瀛》《献仙音》《听龙吟》《碧天雁》《献天花》之类,不可胜纪。""不可胜纪"云云,说明其曲目和数量已难以统计。丘琼荪先生认为唐法曲可考者有"二十五曲"③;刘崇德先生对"二十五曲"细加考订,辨《云韶乐》《荔枝香》《雨铃霖》非法曲,共得22曲,如:

《王昭君》《思归乐》《倾杯乐》《破阵乐》《圣明乐》《五更转》《玉树后庭花》《泛龙舟》《万岁长生乐》《饮酒(乐)》《斗百草》《大定乐》《赤白桃李花》《霓裳羽衣》《望瀛》《献仙音》《听龙吟》《碧天雁》《献天花》《火凤》《堂堂》《春莺啭》。④

---

① 王运熙:《清乐考略》,《乐府诗述论》,上海古籍出版社2006年版,第219—220页。
② 王溥:《唐会要》卷三三《雅乐下》,中华书局1955年版,第614页。
③ 丘琼荪撰,隗芾辑补:《燕乐探微》,上海古籍出版社1989年版,第98页。
④ 刘崇德:《燕乐新说》,黄山书社2003年版,第28页。另参周期政《唐代乐舞歌辞研究》(博士学位论文,河北大学,2004年油印本,第71—89页)。左汉林认为唐代法曲可考者有"二十四曲"(《唐代梨园法曲性质考论》,《中央音乐学院学报》2007年第3期)。

通观初唐、盛唐及中、晚唐法曲演进状况，其中不乏词乐成分。据考，唐五代词调有76调来源于教坊曲。可溯源于法曲的词调，有《倾杯乐》《破阵乐》《破阵子》《小秦王》《拂霓裳》《法曲献仙音》《昭君怨》《后庭花》《雨淋铃》《荔枝香》等。如：

（1）《王昭君乐》。《唐会要》："教法曲乐章等：《王昭君乐》一章。"① 《唐声诗》收《王昭君》"五言八句四平韵"一首，并云："本汉曲，晋以后为舞曲及琴曲。入唐为吴声歌曲，玄宗开元间入法曲。""唐僧唱佛曲之前，亦有转《明妃》多遍者。""《大日本史》三四八性调内列《王昭君》：'汉乐也。古乐，中曲，十拍，无舞。'《东洋历史大辞典》载日本《王昭君》有雅曲《尺八谱》。"② 词乐中有《昭君怨》。

（2）《倾杯乐》。一名《古倾杯》《倾杯》。《唐会要》："教法曲乐章等……《倾杯乐》一章。"③《教坊记》"曲名"条有《倾杯乐》，则《倾杯乐》亦为教坊曲。敦煌曲谱收有《倾杯乐》急、慢二谱，另有长安白道峪教衍和尚抄本《倾杯乐》曲谱④，均属器乐谱。据考，《倾杯乐》源于晋"杯盘舞"，属清乐；北周为登歌，唐初用龟兹乐，则已"胡化"；盛唐为"法曲"⑤。《理道要诀》载《倾杯乐》为中吕商（时号双调），《羯鼓录》载为"太簇商"。《乐府杂录》载《新倾杯乐》。宋柳永《乐章集》有《倾杯乐》八首，属大石调、林钟调、羽调、散水调。

（3）《破阵乐》。《唐会要》："教法曲乐章等……《破阵乐》一章。"《教坊记笺订》："《破阵乐》，太宗创始，乐用清商，乃'法曲之尤妙者'。"⑥《唐声诗》收《破阵乐》"五言四句二平韵""六言八句五平韵"与"七言四句三平韵"各一首⑦。唐《破阵乐》属大食调、小食调、越调、双调、水调。宋有《正宫·平戎破阵乐》大曲及《破阵乐》

---

① 王溥：《唐会要》卷三三，中华书局1955年版，第614页。
② 任二北：《唐声诗》下册，凤凰出版社2013年版，第144、146、150页。
③ 王溥：《唐会要》卷三三，第614页。
④ 李健正：《大唐音乐风情》，河北大学出版社2010年版，第39页。
⑤ 详见王昆吾《隋唐五代燕乐杂言歌辞研究》（中华书局1996年版，第195、227页）、高人雄《从〈教坊记〉曲目考察词调中的西域音乐因子》（《西域研究》2005年第2期）、张开《唐〈倾杯乐〉考论》（《社会科学辑刊》2007年第6期）。
⑥ 任二北：《教坊记笺订》，中华书局2012年版，第62页。
⑦ 任二北：《唐声诗》下册，第21页。

慢曲。

（4）《斗百草》。隋曲，出自龟兹人白明达所创新声（《隋书·音乐志下》）；盛唐演变为法曲。《唐会要》："教法曲乐章等……《斗百草乐》一章。"① 《斗百草》风行于盛唐及中唐。敦煌词有《斗百草》四首，任二北考证为盛唐词。宋词有《斗百草》《斗百花》二调②。

（5）《霓裳羽衣曲》。《教坊记笺订》："《霓裳》，应为《霓裳羽衣曲》之简称……白居易新乐府曰：'法曲法曲舞《霓裳》'，为法曲无疑。"③ 宋人考证甚详。《碧鸡漫志》："《唐史》云：'河西节度使杨敬述献'，凡十二遍……杜佑《理道要诀》云：'天宝十三载七月，改诸乐名。中使辅璆琳宣进止，令于太常寺刊石，内《黄钟商·婆罗门曲》改为《霓裳羽衣曲》。'"④《教坊记笺订》定为道调、清乐。据考，其"歌与破则是在吸收凉州所进天竺的《婆罗门》曲调续写而成的"（详上）。宋词调有《霓裳中序第一》等。

（6）《荔枝香》。周紫芝《荔枝香》："梨园法曲凄且清，相传犹是隋家声。""隋家声"云云，考宋人多将"词的起源"远溯于隋，实《荔枝香》本为唐代梨园法曲。《新唐书》"命小部张乐长生殿，因奏新曲，未有名，会南方进荔枝，因名曰《荔枝香》"⑤ 云云可证。"小部"即梨园法部之"小部音声"，可见《荔枝香》也属盛唐法曲之一。宋柳永、周邦彦皆有《荔枝香》词，属歇指调。《碧鸡漫志》："今歇指调、大石调皆有近拍，不知何者为本曲。"⑥

通过以上6调的考察，可知法曲与清乐的关系及法曲在"胡乐汉化"中的作用。其中《倾杯乐》一曲尤为典型。《倾杯乐》其始为清商乐，或谓起于晋人之杯盘舞；北周有《倾杯曲》，则为胡乐（《隋书·音乐志下》）。至唐初为大曲，用龟兹乐，长孙无忌等人作辞⑦。至盛唐，乃为

---

① 王溥：《唐会要》卷三三，中华书局1955年版，第614页。
② 详见任二北《敦煌曲初探》（凤凰出版社2013年版，第215—216页）、田玉琪《词调史研究》（人民出版社2012年版，第94页）。
③ 任二北：《教坊记笺订》，中华书局2012年版，第153页。
④ 王灼：《碧鸡漫志》卷三，《词话丛编》本，中华书局1986年版，第95页。
⑤ 欧阳修等：《新唐书·礼乐志十二》，中华书局1975年版，第476页。
⑥ 王灼：《碧鸡漫志》卷四，第109页。
⑦ 杜佑撰，王文锦等点校：《通典》卷一四六《乐六》，中华书局1988年版，第3722页。

法曲。据此，知法曲《倾杯乐》实为清乐与胡乐糅合形态的新曲。从敦煌曲谱《倾杯乐》之急、慢二体，到宋词乐《倾杯乐》八体，实又经历了从舞曲、器乐曲到曲子的变化。其逐渐演变成词乐的过程，本身即是考察法曲渊源及其在隋唐燕乐与唐宋词乐中地位的"活标本"。

（三）宋代词曲音乐中的法曲踪迹

后世词曲音乐中，仍有法曲踪迹。《宋史·乐志十七》："法曲部，其曲二，一曰道调宫《望瀛》，二曰小石调《献仙音》。乐用琵琶、箜篌、五弦、筝、笙、觱栗、方响、拍板。"① 按：宋法曲《道调宫·望瀛》《小石调·献仙音》实均传自于唐，然云二曲来自唐《霓裳羽衣》法曲，则误；宋人或指《望瀛》即《霓裳羽衣曲》，亦误②。

其实，宋法曲确实不止此二曲。蔡襄《杂说》："（钧容乐工任）守程精通音律，悼其亡缺，仿像法曲造之，寄林钟商。华（花）日新亦造《望瀛》《怀仙》二曲，世人罕得其本也。"③《嘉祐杂志》："同州乐工翻河中黄幡绰《霓裳谱》，钧容乐工程士守以为非是，别依法曲造成。教坊伶人花日新见之，题其后云：'法曲虽精，莫近《望瀛》。'"④ 就有法曲《怀仙》，或为教坊伶人花日新所造。又，《武林旧事》："第十二盏，诸部合《万寿兴隆乐》法曲。"⑤ 则又有《万寿兴隆乐》法曲，大概为南宋人新制法曲。以上均为北宋教坊或南宋教乐所演奏法曲的情况，乃属于宫廷音乐范畴。

宋代民间也有演奏法曲情况，大多在州郡及私家宴会。郑獬《次韵程丞相重九日示席客》："《霓裳》法曲古来绝，小槽琵琶天下尤。"小注："公之佳妓善《霓裳》法曲，而胡琴尤绝。"⑥ 所谓"《霓裳》法

---

① 脱脱等：《宋史·乐志十七》，中华书局1985年版，第3349页。又见《乐书》卷一八八、《文献通考·乐考十九》。
② 详见《宋史·乐志六》（第3053页）、《词源》卷下（《词话丛编》本，中华书局1986年版，第256页）、《六一诗话》（《历代诗话》本，中华书局1981年版，第271页）、《梦溪笔谈校证》卷五（上海人民出版社2016年版，第194页）、《碧鸡漫志》卷三（《词话丛编》本，中华书局1986年版，第97页）、《韵语阳秋》卷一五（《历代诗话》本）。
③ 蔡襄：《蔡襄集》卷三四《杂说》，上海古籍出版社1998年版，第621—622页。
④ 王灼：《碧鸡漫志》卷三，第97页。
⑤ 周密撰、周峰点校：《武林旧事》卷一，文化艺术出版社1998年版，第330页。
⑥ 郑獬：《郧溪集》卷二六，文渊阁《四库全书》本。

曲",即唐代法曲《霓裳羽衣曲》,乃为私家宴会佳妓演奏。又,沈遘《使还,雄州曹使君夜会,戏赠三首》其二:"法曲新声出禁坊,边城一听醉千觞。明朝便是南归客,已觉身飞日月傍。"① 考曹诵元祐六年(1091)四月至绍圣元年(1094)知雄州②,此时边城雄州宴会,也可听到教坊法曲演唱。此风至南宋未衰。陆游《忆唐安》:"红索琵琶金缕花,百六十弦弹法曲。曲终却看舞《霓裳》,袅袅宫腰细如束。"(《剑南诗稿》卷一一)亦为州郡宴会佳妓演奏法曲情况。《浩然斋雅谈》卷中:"放翁《咏长安富庶》有云:'红桑琵琶金镂花,百六十弦弹法曲。'盖四十面琵琶也。"所用有"四十面琵琶",可见民间演奏法曲之盛况。不仅如此,宋演奏法曲情况遍布于大江南北,并未受到空间地域的限制。韩琦《醉白堂》:"其间合奏散序者,童妓百指皆婵娟。"③ 又,韩琦《(寄致政赵少师)又寄二阕》其一:"芳樽屡酌瀛洲上,谁听《霓裳》散序声。"④ "散序""《霓裳》散序"云云,皆指法曲而言,此为河北相州演奏法曲盛况。陈襄《荔枝歌》:"番禺地僻岚烟锁……凤箫鸣咽流宫商。醉歌一曲《荔枝香》,席上少年皆断肠。"⑤《荔枝香》为唐法曲,两宋市井歌妓不乏以演唱此曲知名者,此为广东番禺演奏法曲的情况。与此同时,宋演奏法曲盛况也激发了民间收集整理法曲的风气。据袁桷《外祖母张氏墓记》:"惟太傅(史弥坚)婿赵崇王,悉祖《乐髓景祐谱》,调八十四,穿心相通……丁抗掣曳,大住小住,为喉舌纲领。法曲散序,忠宣(史弥坚)删正之。"⑥ 知淳熙十年(1183)后四明史浩家校谱、订谱之事,也与"法曲散序"有关。

关于法曲在宋代的存留问题,曾经有所谓"法曲亡于宋"的说法。主要是据《宋史·乐志》所录宋法曲仅为二调而立论,乃仅从数量观察而未从演变角度探讨。如上所述,宋代法曲演奏教坊—州郡衙前乐营—私家宴会—市井勾栏的演变过程,与其说是"法曲亡于宋"的表征,不如说是法曲在宋代获得新发展的证据。

---

① 沈遘:《西溪集》卷三,文渊阁《四库全书》本。
② 李之亮:《宋河北河东大郡守臣易替考》,巴蜀书社2001年版,第114—115页。
③ 韩琦:《安阳集》卷三,文渊阁《四库全书》本。
④ 韩琦:《安阳集》卷一四,文渊阁《四库全书》本。
⑤ 陈襄:《古灵集》卷二二,文渊阁《四库全书》本。
⑥ 袁桷著,杨亮校注:《袁桷集校注》卷三三,中华书局2012年版,第1547页。

按隋唐法曲多用于抒情歌舞，用于叙事当始于宋。文献所录曾慥增损石延年《般涉调·拂霓裳》曲及王平所得《夷则商·霓裳羽衣》谱，即为叙事之曲。今考"普府守山东人王平""自言得《夷则商·霓裳羽衣》谱"云云①，当为州郡乐人所作，而为普州守王平所得。其性质虽属官府，但渊源当出于民间。又，考唐法曲《霓裳羽衣曲》包括散序、中序、入破、尾声，与宋人《夷则商·霓裳羽衣》谱不同，据《宋史·乐志六》："凡有催、衮者，皆胡曲耳，法曲无是也。"② 王灼所谓"音律节奏，与白氏《歌》注大异。则知唐曲，今世决不复见，亦可恨也"③，知唐法曲《霓裳羽衣曲》失传已久。宋人王平所得《夷则商·霓裳羽衣》谱，显系州郡乐人伪托唐谱，而伪造时间当在政和四年（1114）至宣和元年（1119）④。

又，《碧鸡漫志》所录曾慥增损石延年旧辞《般涉调·拂霓裳》曲⑤，可能亦用于州郡宴会。据考，"《夷则商·霓裳羽衣》谱""《般涉调·拂霓裳》曲"云云，二者皆托名"《霓裳》法曲""开、宝遗音"，实乃宋人自造，其性质已属大曲和转踏，乃非法曲原声。所谓"大曲、法曲两分明"⑥，唐时已如此，宋更不乏例。其实，和大曲命运一样，法曲在宋代也逐渐"解体"衍变。一些源自唐大曲的新曲艺形式（如曲破、转踏、缠达、缠令、诸宫调、唱赚等），均不断吸收法曲营养，并将它纳入新的发展体裁之中。上引曲破"《夷则商·霓裳羽衣》谱"、转踏"《般涉调·拂霓裳》曲"云云，二者虽伪托"《霓裳》法曲""开、宝遗音"，尽管在崇尚"法曲原生态"的考证者眼里，确实是"唐曲今世决不复见"的证据，但从流传与衍生角度看，又未尝不是法曲在宋获得新发展的证据。

今考宋法曲的"解体"，其实也是法曲在宋代衍变并获得新生的重要时期。法曲不仅在宋民间演奏，而且在词曲音乐中也留下了踪迹。如，

---

① 王灼：《碧鸡漫志》卷三，《词话丛编》本，中华书局1986年版，第98页。
② 脱脱等：《宋史·乐志六》，中华书局1985年版，第3053页。
③ 王灼：《碧鸡漫志》卷三，第98页。
④ 详见张春义《大晟府及其乐词通考》，中国社会科学出版社2017年版，第124页。
⑤ 王灼：《碧鸡漫志》卷三，第98页。
⑥ 详见吕洪静《唐时大曲、法曲两分明》（《天津音乐学院学报》2000年第4期）；李石根《法曲辩》（《交响》2002年第2期）。

词调音乐中《破阵乐》《破阵子》《霓裳中序第一》《法曲献仙音》《法曲第一》《昭君怨》《后庭花》《雨淋铃》《荔枝香》等，皆唐法曲入词乐之可考者。又，法曲还被用于杂剧、院本之中。今传南宋"官本杂剧段数"、金"院本名目"等，均有法曲身影①。所谓"官本""院本"者，其始皆当系教坊为宫廷演出的本子，后流入市井勾栏，成为民间演出之本。《东京梦华录》："教坊、钧容直每遇旬休按乐，亦许人观看。每遇内宴前一月，教坊内勾集弟子、小儿习队舞，作乐杂剧节次。"又："教坊减罢并温习：张翠盖、张成，弟子薛子大、薛子小、俏枝儿、杨总惜、周寿奴、称心等，般杂剧。"②知教坊为宫廷演出的本子流入市井勾栏，在崇宁、大观（1102—1110）以来京瓦伎艺中就较为常见。王国维先生说："曰'和曲院本'者，十有四本。其所著曲名，皆大曲、法曲，则'和曲'殆大曲、法曲之总名也。"③吕洪静先生认为："这可看作是13世纪法曲音乐体段用于搬演'杂剧段数'的一个信息。"④所言甚是。

综上所述，法曲在宋代的演变和衍生，一方面促使了它在民间的传播，另一方面又使它依托于其他曲艺载体获得"重生"的机遇。其中法曲由抒情到叙事的转型，学界不少人把它作为后世词曲音乐得以兴盛的一个契机。证以宋代曲破、转踏、诸宫调、杂剧及金院本等保留的法曲成分看，可知宋、金时期法曲仍在流行。所谓"法曲亡于宋"之说，并不可信。随着音乐考古学中"曲调考证"的进一步深入，法曲在宋代词曲音乐中的踪迹，将会越来越被人们揭示并得到认可。

[作者简介] 张春义，嘉兴学院文法学院中文系教授。有专著《大晟府及其乐词通考》。

---

① 《武林旧事》卷一〇《官本杂剧段数》："《狐和法曲》《藏瓶儿法曲》《车儿法曲》。"（文化艺术出版社1998年版，第455页）；陶宗仪撰、文灏点校《辍耕录》卷二五《院本名目》："和曲院本：《月明法曲》《郓王法曲》《烧香法曲》《送香法曲》。""诸杂院爨：《闹夹棒法曲》《望瀛法曲》《分拐法曲》。"（文化艺术出版社1998年版，第346页）
② 孟元老撰，周峰点校：《东京梦华录》卷五，文化艺术出版社1998年版，第32页。
③ 王国维：《宋元戏曲史》，华东师范大学出版社1995年版，第86页。
④ 吕洪静：《宋时"法曲"音乐结构样式辨识及对人文关照的质疑》，《交响》2004年第1期。

词牌音乐与昆曲曲牌音乐体制变迁小考

黄金龙

内容摘要：考察宋代音乐宫调的变迁和南北曲宫调的演变，以及词法与度曲之曲的影响和传承，可以看到，"由词到曲"促进了曲牌格律的转化及词乐关系的进一步调整，这种转化可以在曲牌对词的格律和音乐发展源头上得以解释和印证。总体而言，"词曲之间"的相互转化，是曲的强化和最终独立的过程，最终促进了曲体音乐文学的生成。

关键词：词牌　曲牌　宫调　度曲之法

词在唐五代之前被称为"曲子"或"曲子词"，其与古之乐章、乐府、乐歌、乐曲等皆属于可以配乐演唱的音乐文学。确立词曲的音乐文学的本位，可以从音乐文学的本质揭橥词曲演变的音乐逻辑以及昆曲曲牌的音乐审美趣味。

一　宋词之宫调与昆曲曲牌宫调之变迁

（一）宋词宫调之变迁

探讨宋词宫调与昆曲宫调之不同，需对宋词宫调的源流和流变进行一番梳理，根据宋代词家专集、选集和《宋史·教坊乐》、张炎《词

---

* 本文为国家社科艺术学重大项目"新中国成立70周年中国戏曲史（江苏卷）"（19ZD05）中期成果。

源》、陈元靓《士林广记》、沈括《梦溪笔谈》等记载，宋代词牌的调是来自《燕乐七均二十八乐制》的。何为"均"？《新唐书·音乐志》记载："一宫、二商、三角、四变徵、五徵、六羽、七变宫，其声由浊至清为一均。"① 《宋史·乐志》："（均）有七声，更相为用。协本均则乐调，非本均则乐悖。今黄钟为宫，则太簇、姑洗、林钟、南吕、应钟、蕤宾七声相应；谓之黄钟之均，余律为宫（主均）同之。"② 《宋史·乐志》所提到的均为如图1所示"律吕隔八相生图"。

图 1　律吕隔八相生图

```
         子      未      寅      酉      辰      亥      午
取律   黄钟→林钟→太簇→南吕→姑洗→应钟→蕤宾
生声   宫      徵      商      羽      角     变宫    变徵
```

由浊至清排列则为：

```
一均七声   宫    商    角    变徵   徵    羽    变宫
七   律   黄钟  太簇  姑洗   蕤宾  林钟  南吕  应钟
```

十二律吕名称的序列如何产生？见于《礼记·乐运》"十二管还相

---

① 刘蓝辑：《二十五史音乐志》（第二卷），云南大学出版社2009年版，第321页。
② 刘蓝辑：《二十五史音乐志》（第三卷），云南大学出版社2009年版，第66页。

为宫"。孔颖达《正义》曰：

> 黄钟为第一宫。下生林钟为徵，上生太簇为商，下生南吕为羽，上生姑洗为角。
> 林钟为第二宫。上生太簇为徵，下生南吕为商，上生姑洗为羽，下生应钟为角。
> 太簇为第三宫。下生南吕为徵，上生姑洗为商，下生应钟为羽，上生蕤宾为角。
> 南吕为第四宫。上生姑洗为徵，下生应钟为商，上生蕤宾为羽，下生大吕为角。
> 姑洗为第五宫。下生应钟为徵，上生蕤宾为商，下生大吕为羽，上生夹钟为角。
> 应钟为第六宫。上生蕤宾为徵，下生大吕为商，上生夷则为羽，下生姑洗为角。
> 蕤宾为第七宫。上生大吕为徵，下生夷则为商，上生夹钟为羽，下生无射为角。
> 大吕为第八宫。下生夷则为徵，上生夹钟为商，下生无射为羽，上生中吕为角。
> 夷则为第九宫。上生夹钟为徵，下生无射为商，上生南吕为羽，下生姑洗为角。
> 夹钟为第十宫。下生无射为徵，上生中吕为商，上生黄钟为羽，下生林钟为角。
> 无射为第十一宫。上生中吕为徵，下生黄钟为商，下生林钟为羽，上生太簇为角。
> 中吕为第十二宫。上生黄钟为徵，下生林钟为商，上生太簇为羽，下生南吕为角。
> ……
> 黄钟为宫，太簇为商，姑洗为角，林钟为徵，南吕为羽，应钟为变宫，蕤宾为变徵。[1]

---

[1] 郑玄注，孔颖达疏，李学勤主编：《十三经注疏·礼记正义》卷二十二，北京大学出版社1999年版，第693—694页。

以上用旋宫表式如表1所示，仲吕再生黄钟，如此十二均循环无穷，即"还相为均"。

表1　　　　　　　　　十二管还相为宫（均）

十二律吕		黄钟	林钟	太簇	南吕	姑洗	应钟	蕤宾	大吕	夷则	夹钟	无射	仲吕
十二宫	第一宫	宫	徵	商	羽	角							
	第二宫		宫	徵	商	羽	角						
	第三宫			宫	徵	商	羽	角					
	第四宫				宫	徵	商	羽	角				
	第五宫					宫	徵	商	羽	角			
	第六宫						宫	徵	商	羽	角		
	第七宫							宫	徵	商	羽	角	
	第八宫								宫	徵	商	羽	角
	第九宫									宫	徵	商	羽
	第十宫										宫	徵	商
	第十一宫											宫	徵
	第十二宫												宫

以十二律之一律为均主，即构成十二均，均七调计八十四调。依照最浊音黄钟为基音，按照生声取律、成均立调，一个八度为"极限"的原则，即得"律生八十四调"如表2所示。

表2　　　　　　　　　律生八十四调

七声		宫（均主）	商	角	变徵	徵	羽	变宫
十二均	第一均	黄钟	太簇	姑洗	蕤宾	林钟	南吕	应钟
	第二均	大吕	夹钟	仲吕	林钟	夷则	无射	黄钟
	第三均	太簇	姑洗	蕤宾	夷则	南吕	应钟	大吕
	第四均	夹钟	仲吕	林钟	南吕	无射	黄钟	太簇
	第五均	姑洗	蕤宾	夷则	无射	应钟	大吕	夹钟
	第六均	仲吕	林钟	南吕	应钟	黄钟	太簇	姑洗
	第七均	蕤宾	夷则	无射	黄钟	大吕	夹钟	仲吕
	第八均	林钟	南吕	应钟	大吕	夹钟	姑洗	蕤宾

续表

七声		宫（均主）	商	角	变徵	徵	羽	变宫
十二均	第九均	夷则	无射	黄钟	太簇	夹钟	仲吕	林钟
	第十均	南吕	应钟	大吕	夹钟	姑洗	蕤宾	夷则
	第十一均	无射	黄钟	太簇	姑洗	仲吕	林钟	南吕
	第十二均	应钟	大吕	夹钟	仲吕	蕤宾	夷则	无射

随着晚唐五代的社会大动乱，隋唐时期所建立的雅乐八十四调和燕乐二十八调已经被打乱破坏，出现了"声律差舛"的情形，宋代仍有雅乐二十八调与燕乐二十八调之分，但实际上宋人所说的燕乐二十八调已经被视为雅乐八十四调的一部分，如沈括《补笔谈》卷一云：

> 本朝燕部乐，经五代离乱，声律差舛。传闻国初比唐乐高五律。近世乐声渐下，尚高两律。①

《梦溪笔谈》卷六：

> 今之燕乐二十八调，布在十一律。唯黄钟、中吕、林钟三律，各具宫、商、角、羽四音。其余或有一调至二、三调，独蕤宾一律独无。内中管仙吕调，乃是蕤宾声，亦不正当本律。其间声音出入，亦不全应古法，略可配合而已。如今之中吕宫，却是古夹钟宫；南吕宫，乃是古林钟；今林钟商，乃古无射宫（应做"商"）；今大吕宫，乃古林钟羽。虽国共莫能知其因。②

张炎《词源》：

> 十二律吕各有五音，演而为宫为调，律吕总名，总八十四，分月律而属之。今雅俗只行七宫十二调。③

---

① 沈括撰，金良年点校：《梦溪笔谈》，中华书局2015年版，第279页。
② 沈括撰，金良年点校：《梦溪笔谈》，第56页。
③ 张炎著，蔡桢疏证：《词源疏证》，中国书店1985年版，第36页。

综上，宋代燕乐二十八调与唐燕乐二十八调对比如表3所示。

表3　　　　　宋代燕乐二十八调与唐燕乐二十八调对比

燕乐调	唐燕乐律吕	宋燕乐律吕
正宫	黄钟宫	黄钟宫
大石调	黄钟商	太簇商
大石角	黄钟角	姑洗角
般涉调	黄钟羽	南吕羽
高宫	大吕宫	大吕宫
高大食调	大吕商	夹钟商
高般涉调	大吕羽	无射羽
中吕宫	夹钟宫	夹钟宫
双调	夹钟商	中吕商
双角	夹钟角	林钟角
中吕调	夹钟羽	黄钟羽
道调宫	中吕宫	中吕宫
小食角	中吕角	南吕角
正平调	中吕羽	太簇羽
南吕宫	林钟宫	林钟宫
歇指调	林钟商	南吕商
歇指角	林钟角	应钟角
高平调	林钟羽	姑洗羽
仙吕宫	夷则宫	夷则宫
林钟商	夷则商	无射商
林钟角	夷则角	无射宫

上文提到，宋代燕乐较唐代音乐"高两律"，朱载堉《律吕精义外篇》卷之一"伪尺辨疑"对此有所揭示：

  故俗乐所称黄钟者，盖宋人从时制以称之耳。其实古无射也。无射为宫，则必以黄钟为商，故俗乐以商调为正宫，就黄钟而言耳。黄钟者，无射之商也。①

---

①　朱载堉撰，冯文慈点注：《律吕精义》，人民音乐出版社2006年版，第845页。

故宋乐则是以下徵太簇为黄钟，以黄钟为无射，即以黄钟 D 音为首，唐二十八调以太簇 D 音为首，唐燕乐之下徵商律以太簇为均首，宋燕乐下徵商律以黄钟代太簇，因此二者之二十八均位有二律之差。从唐燕乐到宋燕乐，其乐调理论已经发生变化。天宝十四调虽布五均，但每调调名为其乐调，如林钟商即小石调，林钟商为均名，小石调为调名，调高为 A，又为 A 调式，故其结音也为 A 音。宋人则是将均（音高）与调（调式）分开的，按宋律林钟均高为 A，为 A/商，唐律为 G 调之 A 调式，标为 G/商，唐律音高为 A 之调的在二十八调中有四调，即南吕宫、林钟商、黄钟羽、无射角（变宫），按宋律此四音为 B 音，故四调可标示为 A/宫、G/商、C/羽、B/变宫，其音高均为 A，这也即宋人所说的宫、商、羽、角调虽不同，但结音相同，故可以相犯。从宋人的这一结音理论来看，宋人的二十八调，已经由乐调变为均调，即后世所称宫调，如表 4 所示①。

表 4　　　　　　　　　　二十八调演变情况

		宫	商	角	变徵	徵	羽	变宫（闰）
应钟								
无射	C	无射宫 C/宫 C	无射商 C/商 D				无射羽 C/羽 A	无射闰 C/角 B
南吕								
夷则	^bB	夷则宫 ^bB/宫 ^bB	夷则 ^bB/商 C				夷则商 ^bB/羽 G	夷则闰 ^bB/角 A
林钟	A	林钟宫 A/宫 A	林钟宫 A/商 B				林钟宫 A/羽 F	
蕤宾								
仲吕	G	仲吕宫 G/宫 G	仲吕宫 G/商 A				仲吕宫 G/羽 E	
姑洗								
夹钟	F	夹钟宫 F/宫 F	夹钟宫 F/商 G				夹钟宫 F/羽 D	夹钟宫 F/角 E
太簇								
大吕	^bE	大吕宫 ^bE/宫 ^bE	大吕宫 ^bE/商 F				大吕宫 ^bE/羽 ^bB	大吕宫 ^bE/角 ^bA
黄钟	D	黄钟宫 D/宫 D	黄钟宫 D/商 E				黄钟宫 D/羽 B	黄钟宫 D/角 C

（二）宋代宫调紊乱与南北曲宫调之建立

宋代宫调紊乱对后世产生了较大的影响，《九宫大成总论》言：

---

① 刘崇德：《燕乐新说》，黄山书社 2011 年版，第 108—109 页。

词牌音乐与昆曲曲牌音乐体制变迁小考

顾世传曲谱，北曲宫调，凡十有七；南曲宫谱，凡十有三。其名大抵祖二十八调之旧，而其义多不可考。

又其所谓宫调者，非如雅乐之某律立宫，某声起调。往往一曲可以数宫。一宫可以数调。其宫调名义，既不可泥。且燕乐以夹钟为黄钟，变徵为宫，变宫为闰，其宫调声字亦未可据。①

从历代曲谱所列首位来看：《太和正音谱》《雍熙乐府》《北词广正谱》《九宫谱定》《南曲九宫正始》《新编南词定律》《南北词简谱》首列"黄钟宫"，《旧编南九宫谱》《增定南九宫谱》《九宫大成》首列"仙吕宫"，《南村辍耕录》"杂剧曲名"首列"正宫"，诸谱取"黄钟宫"为首者居多数，乃是宋词宫调影响。明代张琦编纂的《吴骚合编·曲谱辨》言：

按骚隐居士曰，宫调当首黄钟，而今谱乃首仙吕。且既曰黄钟为宫矣，何以又有正宫？既曰夹钟、姑洗、无射、应钟为羽矣，何以又有羽调？既曰夷则为商矣，何以又有商调？且宫、商、羽各有调矣，而角、徵独无之。此皆不可晓者。或疑仙吕之"仙"，乃"仲"字之讹，大石之"石"乃"吕"字之讹，亦寻声揣影之论耳。②

按照这种说法，在元明清南北曲以来，宫调名称也将雅乐调和俗乐调混淆在了一起。俗乐之夹钟，在宋代应为雅乐之仲吕，黄钟之宫为雅乐调名，均可作为"黄钟宫"，俗乐调名为"正宫"，《词源》称为"正黄钟宫"，简称"正宫"，《乐府杂录》又称"正宫调"；《新唐书》《梦溪笔谈》《辽史》皆作"正宫"。俗乐调名"羽调"，又名"黄钟之羽"，又称"黄钟调"；雅乐名则为"无射之羽"。又言仙吕之"仙"，乃"仲"字之讹，大石之"石"乃"吕"字之讹，可见宫调名之混乱。宫调指义的混乱和变迁，对曲调的限定作用也就不存在了。南北曲所用宫调与燕乐二十八调之间的联系，也是"其义多不可考""不可泥""声字

---

① 周祥钰等：《九宫大成南北词宫谱》，载《续修四库全书》集部1753册，上海古籍出版社2002年版，第612页。

② 张楚叔选辑：《吴骚合编》，中国书店1991年版，卷首。

· 23 ·

亦未可据"。乃是南北曲家另辟道路，自创了各自的宫调系统用于南北曲曲谱中，形成了南北曲宫调体制上的特色。

　　自宋代以来，宫调的数量在逐渐减少，而宫调逐渐紊乱也是从此时开始的。宫调的紊乱在于词调和曲调的不同，从宋代开始，词牌前一般不注明宫调名，即使少数标注宫调的，也是不规范的，宋代词牌的宫调与传统宫调调高、调高的意义已相去甚远，如宋代词集常常出现的"调寄【清平乐】""调寄【一枝花】"等，均是宫调指义不明的表现。而沈括《梦溪笔谈》中将各调杀声（结音）用字标示出来，在调式标出的同时，又将每调的律名（均位）标出，在宋代混乱的宫调标示面前，为我们认识各调的实际音高、相应调式是很有用处的。这一方法为后来的曲牌所沿用，用来检测乐调的主音，即看乐曲在起音和结音时所用的谱字。词调与曲调所用的宫调系统、笛色不同，因此曲牌和词牌也在宫调归属上进一步发生转移。

　　上文提及，宋金诸宫调在元时，从十七宫调又进一步缩减。元代北曲"宫调"指义承袭诸宫调"宫调"指义，诸宫调时，宫调之调高、调式指义已转化为标示曲韵符号的意义，决定某曲属于何种宫调，不是这支曲子所具有的调高、调式，而是该曲调处于何种韵脚的套曲中，韵脚不同，故常常有同一曲调标以不同宫调名的现象，北曲亦延续这样的宫调标示方法，如散曲中的小令往往为只曲，一曲一韵，故小令于每曲前均标示宫调名，而套曲以一套为单位，一套一韵，剧曲一折一套，同样只在首曲标示宫调。当同一曲调被安排进不同韵脚的套曲中，于是北曲曲调也出现了两个或两个以上宫调归属的现象。这种宫调标示方式被后来的北曲曲谱所用，作为出入不同宫调之曲收入，如《北词广正谱》可出入两个或两个以上宫调的曲子统计如表5所示。

表5　　《北词广正谱》可出入两个或两个以上宫调的曲子

宫调名	总曲数	可出入之曲	借宫之曲	宫调名	总曲数	可出入之曲	借宫之曲
黄钟宫	32	6	9	大石调	31	6	
仙吕宫	51	19	34	商调	31	5	22
南吕宫	25	10	11	越调	37	3	2
中吕宫	43	26	24	双调	120	30	22
正宫	36	26	34				

南曲宫调之间出入情况更为普遍，如《十三调谱》记载南曲各宫调出入情况如下：

《黄钟》，与《商调》《羽调》出入。
《正宫》，与《大石》《中吕》出入。
《大石》，与《正宫》出入。
《仙吕》，与《羽调》互用，又与《南吕》《道宫》出入。
《中吕》，与《正宫》《道宫》出入。
《南吕》，与《仙吕》《道宫》出入。
《商调》，与《仙吕》《羽调》《黄钟》出入。
《越调》，与《小石调》出入。
《双调》，与《仙吕》《小石调》出入。
《羽调》，与《仙吕》出入。
《道宫》，与《仙吕》《南吕》出入。
《般涉》，与《中吕》出入。
《小石》，与《越调》《双调》出入。

综合考察南曲的宫调问题，《九宫谱》录有十宫调《黄钟》《正宫》《大石》《仙吕》《中吕》《南吕》《商调》《越调》《双调》《仙吕入双调》。《十三调谱》比此多《羽调》《道宫》《般涉》《小石》四宫调，此四宫调用曲甚少，故南曲常用宫调为《黄钟》《正宫》《大石》《仙吕》《中吕》《南吕》《商调》《越调》《双调》。《仙吕入双调》的问题比较复杂。"仙吕入双调"① 亦是学界之一大论争，是学界对"宫调"之说日渐不明的一种体现。"仙吕入双调"实应首见于吴文英《梦窗词集》中《凄凉犯》一调下注②，《凄凉犯》为姜夔所作，原《白石道人歌曲》并未注宫调，据陆本《疆村丛书》"商调"系"双调"之误，又据姜夔释

---

① "仙吕入双调"有以下问题需要厘定：据钱南扬先生言"仙吕入双调首见《宋史·乐志》"，此说有疑。《宋史·乐志》，唯在卷十七有以下"仙吕、双越调"语，凌廷堪《燕乐考原》已证此为句读和脱漏之误，详见凌廷堪《燕乐考原》卷六·后论"燕乐二十八调说下第三"（《凌廷堪全集》第2册，黄山书社2009年版，第124页）。

② 原注为"仙吕调犯双调"。按《白石道人歌曲》双调作商调，原抄是调，有姜夔《绿杨苍》。参见朱孝臧《疆村丛书》。

犯"凡曲言犯者,谓以宫犯商,商犯宫之类。如道宫'上'字住,双调亦'上'字住。所住字同,故道调曲中犯双调,或于双调曲中犯道调。其他准此"。① 仙吕调与双调住字同为"ㄥ",故"仙吕入双调"为宋词中存在。然"曲中之犯,与词中之犯大异"②。故用词法之犯调与曲中之犯调等同,颇为不妥。明代以来,宫调之法更非原意,如洪惟助云:"'仙吕入双调'不是宫调名称……但是由于仙吕调和双调主音相同,调式相近,可能在风格、韵味上亦相近,所以产生转调、集曲……仙吕与双调'交流'的情况较其他宫调密切,而明清以后,乐理不明,宫调混乱,因此产生了'仙吕入双调'这个非乐理名称的名词。"③ 细考察诸谱"仙吕入双调"中曲牌,仅【桂花遍南枝】一曲为仙吕入双调,其余均非。清代以来,以张大复《寒山堂曲谱》为首,取消仙吕入双调,将原来的曲牌分隶于商角和高平二调,其他曲谱亦开始对"仙吕入双调"下的曲牌归属进行清理。如:《南九宫谱大全》认为张大复的还不尽善,应以仙吕归仙吕,双调归双调为妥;"仙吕用宫调,双调用正宫调,旧谱中仙吕入双调一门,有用宫调者,有用正宫者,颇合一律"④。吴梅此说实际看出宫调之指义于近代又已专指笛色,宫调之变背后的声腔之变乃是曲牌质变之诱因。而且仙吕调与多个宫调均可出入,因此我们可以看到南北曲在部分仙吕宫、双调的曲牌归属上也时有差异,这是宫调在不同历史时期转变在曲牌归属上的体现。

二 词法于度曲之法的影响与传承

（一）换头

度曲之法于词法多有传承,先论"换头"。胡仔《苕溪渔隐丛话》前集卷三九评东坡《卜算子》云:

---

① 姜夔:《白石道人歌曲》,四川人民出版社1987年版,第1—2页。
② 吴梅:《曲学通论》,《吴梅全集·理论卷·上》,河北教育出版社2002年版,第221页。
③ 洪惟助:《昆曲宫调与曲牌》,台湾2010年出版,第64—65页。
④ 洪惟助:《昆曲宫调与曲牌》,第64—65页。

词牌音乐与昆曲曲牌音乐体制变迁小考

缺月挂疏桐,漏断人初静。谁见幽人独往来,缥缈孤鸿影。

惊起却回头,有恨无人省。拣尽寒枝不肯栖,寂寞沙洲冷。

此词本咏夜景,至换头,但只说鸿;正如【贺新郎】词:"乳燕飞华屋"本咏夏景,至换头,但只说榴花。盖其文章之妙语,意到处即为之,不可限于绳墨也。

其中所提【贺新郎·夏景】词如下:

乳燕飞华屋。悄无人、桐阴转午,晚凉新浴。手弄生绡白团扇,扇手一时似玉。渐困倚、孤眠清熟。帘外谁来推绣户,枉教人、梦断瑶台曲。又却是,风敲竹。

石榴半吐红巾蹙。待浮花、浪蕊都尽,伴君幽独。秾艳一枝细看取,芳心千重似束。又恐被、秋风惊绿。若待得君来向此,花前对酒不忍触。共粉泪,两簌簌。①

从以上论述来看,最初出现在词论中"换头"并不指"片"②,胡仔所说的"换头"相当于"上片未结—下片首起"之意。明清人多把"换头"用来指称由两篇组成的词调中的"下片"或由多片组成的词调的诸"片"。"换头"这一说法始于杨慎,杨慎《词品》提到"换头"六次,如其《词品》第一条言:

陶弘景《寒夜怨》云:"夜云生。夜鸿惊。凄切嘹唳伤夜情。"后世填词,【梅花引】格律似之,后换头微异。③

将"换头"视作词调"下片",源于"两叠"词调的逐渐形成,早期的词调,即从曲子到律曲到律词的初期,大多数为单(章)调,随着"律词"逐渐成为独立文体,单章调的篇幅便由于篇幅过小,表达受限,

---

① 胡仔纂集,廖德明校点:《苕溪渔隐丛话前集》,人民文学出版社1962年版,第268页。
② "片"也叫"遍",亦作"徧""变",起源于大曲、法曲的一个单段。"叠"专用于词腔,"片"专用于词体。
③ 杨慎:《词品》,上海古籍出版社2009年版,第3页。

· 27 ·

于是就出现了"两叠"的词调，如【南歌子】：

单章【南歌子】（张泌）
柳色遮楼暗，桐花落砌香。花堂开处远风凉，高卷水精帘额衬斜阳。

两叠【南歌子】（苏轼）
雨暗初疑夜，风回便报晴。淡云斜照着山明，细草软沙溪路马蹄轻。
卯酒醒还困，仙村梦不成。蓝桥何处觅云英？只有多情流水伴人行。

两叠调，在文辞上属于一篇词作，在词体结构上，是"两个"同韵的单章调。因此当文辞和文体不相应的时候，"换头"就产生了。万树《词律》称片为"段落"，前片为"前段"，后片为"后段"，分片为"分段"，首句为"起句"，下片首句为"后段起句""后段首句""后起句"，这里，万树已经明确"换头"专指"与起首句不同的下片首句""换头"，意为后片的开头与前片开头不同，前片的开头为该词调的"开头"，若后片"开头"与前片相同，则相当于词作"重头"，在结构上仍然是"两个"单章调，而只有后片连接前片的末句，不重复开头，则两片才合成一个完整的词章，构成一个"双章调"，这即是"换头"的意义。

如杜安世【更漏子】：

庭远途程，算万水千山，路入神京。暖日春郊，绿柳红杏，香迳舞燕流莺。客馆悄悄闲庭，堪惹旧恨深。有多少驰骋，暮岭涉水，枉费身心。

思想厚利高名。谩惹得忧烦，枉度浮生。幸有青松，白云深洞，清闲且乐升平。长是宦游羁思，别离泪满襟。望江乡踪迹，旧游题书，尚自分明。①

---

① 万树：《词律》卷四，上海古籍出版社1984年版，第128—129页。

注：后段换头六字，以下俱与前段同。
张先【于飞乐】：

宝奁开，美鉴静，一掬清蟾。新妆脸，旋学花添。蜀红衫，双绣蝶、裙缕鹣鹣。寻思前事，小屏风、仍画江南。

怎空教、草解宜男。柔桑密、又过春蚕。正阴晴天气，更暝色相兼。佳期消息，曲房西、碎月筛帘。①

注："怎空教"七字是换头，余同。
南北曲中亦常用"换头"，王骥德《曲律》"论调名第三"有言：

曲之第二调，北曰"幺"，南曰"前腔"，曰"换头"。"前腔"者，连用二首，或四、五首，一字不易者是也。"换头"者，换其前曲之头，而稍增减其字，如【锦堂月】【念奴娇序】，则换首句，【锁南枝】【二郎神】则并换其腹之第四、第五句（"人别后"散套，第二调"争奈话别匆匆，雨散云收"，与首调"夕阳影里，见一簇寒蝉夜柳"，下句六字不同），【朝元令】则第一、第二、第三、第四，通调各自全换，只"合前"两句与首调相同，【梁州序】则至第三、第四调而始换首二句之类是也。②

可见，南北曲中的"换头"与词调"换头"，皆用了换头于下片起句增减曲文，并增损格律的基本方法，但在用法上已有较大突破。首先，换头的"片数"不拘，与词调多用于两叠不同，曲牌二首以上均可用，且经常用多支；其次，换头也不仅仅局限于首句，而是可以在句首、句中，甚至通调全换，只"合前"两句与首调相同即可。因此，曲在"换头"用法上极为宽松。"换头"在曲中已经突破了词调"换头"文辞关联的概念，而表现具有套数的性质和特征，指代"有一定关联或唱段联

---

① 万树：《词律》卷四，第254—255页。
② 王骥德：《曲律》，《中国古典戏曲论著集成》（四），中国戏剧出版社1959年版，第60页。

章组合",并具有音乐和声情排场上的考量。① 如《浣纱记》第三十出"采莲":

  【念奴娇序】〔净〕澄湖万顷。见花攒锦绣。平铺十里红妆。夹岸风来宛转处。微度衣袂生凉。摇扬。百队兰舟。千群画桨。中流争放采莲舫。〔合〕惟愿取双双缱绻。长学鸳鸯。〔旦〕
  【前腔】堪赏。波平似掌。见深处缭绕歌声。隐隐齐唱。秀面罗裙认不出。绿叶红花一样。空想。藕断难联。珠圆却碎。无端新刺故牵裳。
  〔合前净〕美人。我把荷花比你容貌。那花怎么到得你。
  【前腔】相傍。较玉论香。将花方貌。恐花儿惭愧欲深藏。身共影。身共影。谁似根共心双。想象。娇面偎霞。芳心吸露。清波溅处湿裙裆。〔合前净作醉介旦〕
  【前腔】堪伤。斜日衔山。寒鸦归渡。淹留犹滞水云乡。风露冷。风露冷。怎耐摧颓莲房。凄凉。共簇心多。分开丝挂。浣纱溪伴在何方。
  〔合前净〕我为你又醉了。〔旦〕大王。浦口风回。山头日落。回船去罢。〔净〕内侍们传令。去教各船宫女。尽执莲花。送娘娘归馆娃宫去。〔众宫女执花行介众〕②

  同【念奴娇】词调相比,曲牌【念奴娇序】增至连用二支到四支,并成为惯例,或独用一折,或参与南中吕【古轮台】套数。【念奴娇序】连用四支时须经两次换头,第二支换头时把原曲首句换成两句,律为"平仄(韵),平平仄仄(韵)",第三支换头,将原曲首四句格律改为"平仄(韵),平仄平平,平平平仄,仄平平仄仄平平(韵)",第四支与第三支换头相同,此曲常用于家宴场合,也多用于同场大曲。

---

  ① 从曲到律曲到律词,"换头"的概念出现是"词曲递变"之"由曲到词"的体现,"换头"则体现为"由词到曲"的进一步发展,此中"曲"的概念属于不同时期,也属于不同的音乐文学术语,不能等同视之,"换头"概念究竟先出于曲还是词,其根本原因在于词乐之间的矛盾和调适。洛地先生"'换头'早先应是'南北曲'使用的术语",笔者窃以为不妥。参见洛地《词体构成》,中华书局2009年版,第166—187页。
  ② 毛晋编:《六十种曲·浣纱记》(一),中华书局1958年版,第107—108页。

曲中换头的使用，虽然在换头曲首句增减数字，但于唱腔曲调有很大变化如《长生殿·惊变》中【泣颜回】两曲：

[工尺谱图]

较之前曲，增加"花繁"二字换头以后，次曲"秾艳向花间"与前曲散板的简单旋律相比，增加了三眼板的唱法，而且从第二乐句起，后曲将原曲的两小节紧缩为一小节，前曲的旋律比后曲音值长一倍，可见曲之换头不仅仅体现为曲词的改变，也体现为唱腔旋律的改变。

相较词调，曲牌格律更加变化多端，其原因在于曲对于音乐旋律和语言格律的融合更为精细，更为讲究。词的律腔关系体现为：词的应律字有定数，辞组之间的排列有定数，句字声调有定数，韵脚分布有定数。

  词章定律（词律） 片——韵——句——辞组——应律字
  词腔定格（腔格） 叠——乐段——乐句——腔节——字腔①

  这里所需指出的是：其一是词牌的音乐素材来源于汉字的音乐属性，即声、调、韵，提供给词律所需的"音乐素材"，曲牌亦是如此；其二是词调的音阶形式（均音阶、调音阶）节奏形式（基本节拍）提供给词腔所依据的"乐律素材"。前文已经论述，词调的基本节拍为均拍、句拍、官拍，此与曲牌"板眼节乐法"不同，故词调之"腔"不同于曲牌之"腔格"。

  （二）"减字""偷声"与"衬字""增字""减字""增句""带白""夹白"

  宋词中有所谓"减字"和"偷声"，南北曲牌中除正字以外，亦有衬字、增字、减字、增句、带白、夹白等现象。南北曲此种格律的变化，虽多表现为格律上的变化，其本质原因在于词乐关系的微调。

  先论衬字。"衬字"首见于元周德清的《中原音韵》，其中共有四处提及衬字。衬字最开始被视为曲文的律外之词：

  要耸观，又耸听，格调高，音律好，衬字无，平仄稳。
  切不可用：生硬字、太文字、太俗字，衬垫字……套数中可摘为乐府者能几？每调多则无十二、三句，每句七字而止，却用衬字加倍，则刺眼矣。②

  明凌濛初的《南音三籁·凡例》首先认为："古诗余无衬字，衬字自南、北二曲始。"③ 这就指出，衬字是从南北曲起源的，而与词余无

---

① 郑孟津：《宋词音乐研究》，中国文史出版社2009年版，第6页。
② 周德清撰，张玉来、耿军校：《中原音韵校本》，中华书局2013年版，第65—66页。
③ 王骥德著，陈多、叶长海注释：《曲律注释》"论衬字第十九"，上海古籍出版社2012年版，第165页。

涉，提及衬字的属性和歌唱时的处理方式，凌濛初言："然大抵虚字耳（如这、那、怎、着、的、个之类），不知者以为句当如此，遂有用实字者，唱者不能抢过而腔戾矣。"① 清李渔的《闲情偶寄》亦提及正字与衬字的唱法："每遇正字，必声高而气长；若遇衬字，则声低气短而疾忙带过，此分别主客之法也。说白之中，亦有正字，亦有衬字，其理同，则其法亦同。"②

衬字既起源于南北曲，又与宋词之"泛声"不同。任中敏先生的《敦煌曲初探》中区分过两者概念：

> 衬字原为适应修辞达意之需要，非为配合声乐之需要也。既属修辞达意之所需，则因辞而异，各首不同；而衬字之用否，与用之多寡，当亦不同；且随衬随了，不成定格。此与适应声乐需要之添声添字，一经添就，即永成定格，用某调并须遵某格者，乃截然两事！③

"衬字"与"泛声"既有不同，又体现着词乐关系发展的深入。清人吴乔《围炉诗话》中言："唐梨园歌内有'啰哩嗹'，以五、七言整句须有衬字乃可歌也。疑古之'妃呼豨''伊何那'亦即此意。"④ 沈括在《梦溪笔谈》又言："诗之外又有和声，则所谓曲也。古乐府皆有声、有词，连属书之，如曰'贺贺贺''何何何'之类，皆和声也。"⑤ 这里共同指出的是无论"泛声"还是"衬字"均是合乐的产物，但需要看到的是，由诗到词，泛声由虚字逐渐变为实字，使得文体之间逐渐发生转化，格律也相应产生变化；而曲中之衬字，并不计入曲调字数，也不改变曲调体式，曲调中衬字数量、位置、板式等音乐上的规定，因此，可以说，衬字较泛声，其文体与乐体的结合性更强，并非"泛声"这样的单纯"虚字"和"和声"的意义。刘少坤先生对此有言："（衬字是）北曲声

---

① 凌濛初：《南音三籁》，载王秋桂编《善本戏曲丛刊》，台湾学生书局1987年版，第9页。
② 李渔著，江巨荣、卢寿荣校注：《闲情偶寄》，上海古籍出版社2015年版，第121页。
③ 任中敏：《敦煌曲初探》，凤凰出版社2013年版，第426页。
④ 吴乔：《围炉诗话》卷一，载《丛书集成初编》，中华书局1985年版，第15页。
⑤ 沈括：《梦溪笔谈》卷五，上海古籍出版社2015年版，第31页。

腔化后所多出腔调的字"①。何为声腔化，即是"曲的声腔化与以板眼为节奏的工尺谱之间关系如此融洽，以致它们之间形成互相依赖的程度"。"当以板眼为节奏的工尺谱适应了声腔化的需要，完整意义上的声腔化就实现了。"② 因此，衬字是曲牌声腔化的产物，是词调"泛声"词乐关系演变的新阶段。昆曲曲牌中，衬字与正字是密不可分的，它常是正字的补充和辅佐，同时，从音乐上讲，它和正字共同表达了唱词的内容，是词句和乐句的有机组成部分，一旦去掉衬字，词句的意义就表达不明，同时也会虚弱其音乐表达效果，唱腔旋律变得不够流畅和完整，正是如此，才凸显了昆曲曲牌词乐关系的本质意义。

"增字"不同于"衬字"，郑骞《论北曲之衬字与增字》言：

> 衬字既为专供转折、联续、形容、辅佐之"虚字"，似应容易看出。但常有时全句浑然一体，字数虽较本格应有者为多，而诸字势均力敌，铢两悉称，甚难从语气上辨识其孰为正孰为衬。前人每云北曲正衬难分，即谓此种情形。细推其故，实应正字衬字之外，尚有所谓增字。③

"增字"的产生随"衬字"而生，"增字"亦是指在正字格外添加出来的字，其所处地位与衬字不同的是，由于"增字"和"正字""势均力敌，铢两悉称"，而后又在其上加入板眼，因此在全曲牌中便与正字形成了浑然一体的关系，需要遵守的原则即是不能改变原句之音节形式，亦即单式不能变为双式，双式不能变为单式。

"增字"与"减字"相对，然"减字"于曲牌中较为少见。如仙吕【青歌儿】末第二句本为七字单句式，在《元曲选》本《窦娥冤》中该剧减为六字句，作"母子每、到白头"，再如大石调【六国朝】第四句五字句亦可减为四字句。

"增句""减句"表现多样，如南双调【叠字锦】除正格外有增句格、减句格，南小石调【荷叶铺水面】北词有增句，南词有减句。"叠

---

① 刘少坤：《南北曲"衬字"考论》，《中国戏曲学院学报》2014年第3期。
② 刘少坤：《南北曲"衬字"考论》，《中国戏曲学院学报》2014年第3期。
③ 郑骞：《论北曲之衬字与增字》，载《龙渊述学》，台北大安出版社1992年版，第135页。

字叠句"亦属此例,如南商调【字字锦】曲,叠字叠句繁复,吴梅先生称其"通体声情娇软,宜施生旦之口,作时须多俊语,勿负辞调腔格也"①。句字的增减变化除了由曲牌格律本身引起的格律变化之外,尚有由外部形式变化所引起的曲牌句字增减变化。如曲牌入套与否则会增减曲牌字句。仙吕【后庭花】入套可增句,【青哥儿】作小令与散套是格律有别,【小梁州】首句格律分作小令和散套、杂剧时则不同,【殿前欢】作小令则减去第六句,【者剌古】作小令、散套、剧套亦格律各有不同。

周德清《中原音韵》中曾举出曲牌字句可以增损者凡一十四章:

正宫:端正好　货郎儿　煞尾
仙吕:混江龙　后庭花　青歌儿
南吕:草池春　鹌鹑儿　黄钟尾
中吕:道和
双调:新水令　折桂令　梅花酒　尾声②

除此以外,北曲南吕【一枝花】【梁州第七】【采茶歌】【浣溪沙】等也可作句子的"增损"。

而笔者统计南曲方面有:

黄钟【双声子】

中吕【舞霓裳】

双调【金珑璁】【浆水令】【满园春】

羽调【道和】

越调【金蕉叶】【黑麻令】【博头钱】等。

句字增减、句字节奏颠倒、正衬重新划定,缘何与音乐有着密切的联系,源于"倚声填词度曲"的"箸"法,《篇海》:"去鸠切,音丘。"源于浙南一带方言,以箍为箸,箍桶为箸桶,所以民间老艺人用箸法拍曲。此法即曲词旁不注工尺,仅点三种板式,腔韵由师徒之间辈辈相传,

---

① 吴梅:《南北词简谱》,载《吴梅全集》,河北教育出版社2002年版,第670页。
② 周德清:《中原音韵》,载《中国古代戏曲论著集成》(一),中国戏剧出版社1959年版,第230页。

也就是把不合格的律词，像箍桶一样，箍进一个曲牌的定律、定腔框架之中，而不斤斤计较于平仄、清浊协律与否。试看下例：昆剧《李慧娘》第一场：

〔六么令〕（二丫環唱）

相爺壽誕稱慶，又值新封魏國公。一人歡笑，奴婢惶恐，急收拾，莫稍停。提防著皮鞭兒重，打在身上入骨兒痛。

此为不用笏法之例，按《南曲谱》则为板式排定为下：

（相爺）壽誕稱慶，又值新封魏國國公，△一人歡笑奴婢恐。▲急收拾，莫稍停，△[合]提防著他皮鞭（兒）重，打在身上入骨（兒）痛。▲

正工調（1＝G） 2/4

（相爺）壽誕稱慶，又值新封魏國國公,△一人歡笑奴婢恐。▲急收拾，莫稍停，△提防著他皮鞭兒重，打在身上入骨（兒）痛。▲

原应律字三十九，衬字四，七句二韵，十九板，运用笃法拍曲以后，较原词减去"惶字"添入"国"字，更适用于舞台演唱，旋律自然流畅。

三　余论

就南北曲曲式而言，北曲句定字数、段定句数、曲定段数，南曲则是部不定套数、套不定曲数、曲不定段数、段不定句数、句不定字数，是"由词至曲"的一种格律、节奏上的松绑，这种文体和节奏的结合，是为了追求唱腔的和谐和均衡之美。总体而言，南北曲曲牌音乐的发展，是在宋词宫调和作词之法的基础上的传承与发展，而进一步讲，词体虽并非直接来源于燕乐，但燕乐是词体产生的必备条件。词体并非为燕乐配辞之文体，当时文人所应制之歌词，谓之"唐声诗"，多为唐时流行五、七言诗，既不应乐曲之拍，亦不按乐曲之调，如《仁智要录》载有《甘州》咏词、《轮台》咏词、《采桑子》咏词，《三五要录》中有"咏词未传"之《长命女儿》《安公子》。随着教坊成立，为燕乐乐舞与民间燕乐的汉化提供了条件，"曲子词"便由此产生。"曲子词"是脱胎于燕乐基础上的，采用燕乐组曲形式，并将乐段精简到两遍（个别为三遍、四遍），每段乐句规范为四拍到八拍（个别达十一二拍），由此便为声辞统一创造了条件。"曲子词"最初歌词仍为乐曲的附属，所以"曲子词"也被称为"曲子"，随着歌词的逐渐兴起，"曲子词"直接被称为"词"。因此可以说，昆曲曲牌是在前代音乐发展的基础上，吸收了宋代音乐的有益成分，在词乐关系上充分调动了词乐之间的功能，释放其张力，将词乐关系推向深入的一个典型案例。

[作者简介] 黄金龙，中山大学中文系博士后，从事戏曲史、戏曲文学与曲学研究。

日存舞谱《掌中要录》之作者生平及舞谱来源略考

田 园

内容摘要：舞谱《掌中要录》是日本镰仓时期左舞表演家狛朝葛所执笔抄写的一部运用文字记录舞蹈肢体动的舞谱集，其大部分曲调为唐代舞曲，是研究唐代乐舞的珍贵文献。狛朝葛是日本左舞世家狛氏中十分重要的一位，童名为"海王丸"，出生于1249年，抄写《掌中要录》时年仅14岁。《掌中要录》及其《掌中要录·秘谱》最初都是由狛光时在11世纪编写完成，而并非一些学者或文献中所提到的狛真葛或狛近真。

关键词：掌中要录 狛朝葛 狛近真 狛光时 舞谱

《掌中要录》是一部运用文字来记录舞蹈动作的舞谱集，全书由上下和秘曲二部分构成，其中上下部分有六宫调十九曲：平调曲五首、黄钟调曲三首、双调曲一首、太食调曲五首、般涉调曲四首；秘曲七首。如表1所示。

表1　　　　　　《掌中要录》曲目收录情况

平调	《三台》《万岁乐》《裹头乐》《甘州》《五常乐》
黄钟调	《喜春乐》《感城乐》《央宫乐》
双调	《春庭乐》
太食调	《太平乐》《打球乐》《散手》《倾杯乐》《贺王恩》
乞食调	《秦王》

续表

平调曲	《三台》《万岁乐》《裹头乐》《甘州》《五常乐》
般涉调	《苏合》《万秋乐》《青海波》《秋风乐》
秘曲	《皇阵乐》《后帝乐》《宝寿乐》《苏合香》《万秋乐》《罗龙王》《罗陵王》

这其中与唐代同名同曲十首，如《三台》《甘州》《倾杯乐》等，另有同曲别名三首，如《皇阵乐》实为《皇帝破阵乐》；《后帝乐》实为《团乱旋》；《宝寿乐》实为《玉树后庭花》，部分同名曲传入日本后在用调上有所改变，在此不再赘述。

据《现存日本唐乐古谱十种》中收录的《掌中要录》来看，书在下册最后和秘曲最后皆记录有抄写时间："弘长三年（1263）九月日于安位寺花藏院书写之，执笔海王丸。"① 那么"海王丸"是谁？"执笔"又为何意？是说他只是抄写《掌中要录》，或者还是编撰者，即《掌中要录》中收录的舞谱是由他所创吗？笔者试对这些问题作一点探讨。

一 狛朝葛抄写《掌中要录》的时间

狛朝葛童名"海王丸"，从"元服"② 时间来看，公元1263年"执笔"抄写《掌中要录》时年仅14岁。

据《朝日日本历史人物事典》中"狛朝葛"词条的记载：

狛近真の孫，童名は海王丸。③
（狛近真之孙，童名是海王丸。）④

可见，海王丸是狛朝葛的童名，其为狛近真之孙。根据笔者依照

---

① 刘崇德：《现存日本唐乐古谱十种》第六册，黄山书社2013年版，第3120页。
② 元服一词来源于中国，是指男子的成人仪式。元服前用童名，元服之后则会取正式的名字。
③ 《朝日日本历史人物事典》，https://kotobank.jp/word/狛朝葛—66122。
④ 括号内为中文译文，后不再另注。

《体源抄》"狛氏系图"（图1）整理可见①。

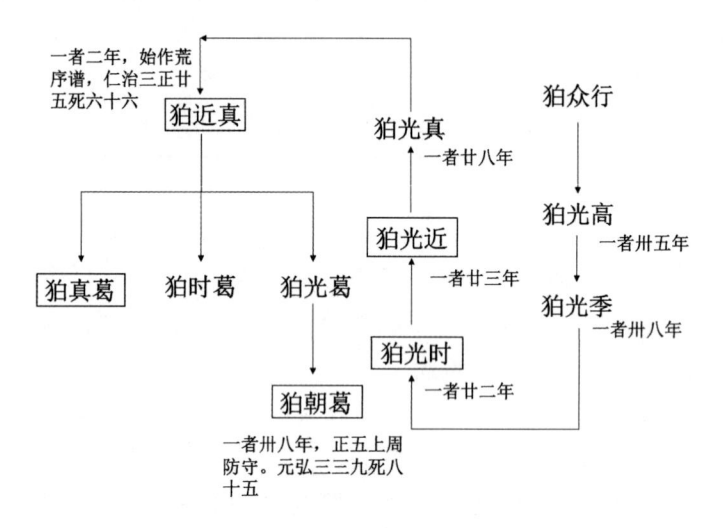

```
一者二年，始作荒
序谱，仁治三正廿                              狛众行
五死六十六
          狛近真 ─────→ 狛光真
                         ↑一者廿八年        狛光高
                                          │一者卅五年
            │                             ↓
    ┌───────┼───────┐   狛光近            狛光季
    ↓       ↓       ↓   ↑一者廿三年        │一者卅八年
  狛真葛  狛时葛  狛光葛
                    │   狛光时
                    ↓   ↑一者廿二年
                  狛朝葛
                  一者卅八年，正五上周
                  防守。元弘三三九死八
                  十五
```

图1　狛氏系图

狛近真其下有三子分别是狛光葛、狛时葛和狛真葛。而狛朝葛为狛光葛之子。《掌中要录》中之所以用童名"海王丸"署名，是因为当时的狛朝葛还未"元服"。笔者翻阅中日文献发现，有关狛朝葛的记录并不多，但仍然能从其少量的记载中窥见端倪。如《体源抄》狛氏系图：

朝葛、一者卅八年，正五上周防守。②
（朝葛，一者三十八年，官职正五上周防守。）

与《大和人物志》都载有官阶名称：

狛朝葛は近真の孙にして、光葛の子なり。斯道の一者なること三十六年、正五位上周防守なり。③
（狛朝葛是狛近真之孙，光葛之子，一者三十六年，官职正五位

---

① ［日］豊原统秋：《体源抄》卷十三，现代思潮新社2006年版，第1834页。
② ［日］豊原统秋：《体源抄》卷十三，第1834页。
③ ［日］青木良雄：《大和人物志》，奈良县1909年版，第245页。

上周防守。）

而两张不同的则是在"一者"的时间上，前者记三十八年，后者记三十六年。关于"一者"的含义，笔者通过翻查了解，其表达的是以"左舞为业"的时间，而在整个系图中，几乎在每一位舞者之前都标注有从业时间，同时又据现代乐书《雅乐事典》与《日本音乐大事典》狛氏家族中其他人词条的记录，"左舞为业"更为具体的是指在御前表演左舞[①]。所以对狛朝葛以"左舞为业"的时间之差，主要原因出自于对他出生时间的不确定上。关于他的出生年份目前主要有两种说法：一为出生于日本宝治元年（1247），殁于元弘元年（1331），见《朝日日本历史人物事典》《大和人物志》等书。二为生于日本建长元年（1249），殁于日本元弘三年（1333），见《体源抄》《日本音乐大事典》《雅乐事典》等书。

如果按照其出生于1249年来算，《掌中要录》后署名的时间"弘长三年"（1263）此时狛朝葛年仅14岁。而按1247年出生来看，到1263年狛朝葛已经16岁。上文提到其抄写时仍使用童名，可见未到元服时间。虽然14岁是否还在用童名抄写《掌中要录》一事，并不能完全作为判定其出生时间的一项依据，同时日本对于男子元服的时间也并没有严格的规定，一般在11—17岁皆属正常。但年龄越大未元服的可能性就越小，这可以确定16岁还未元服的可能性必然要小于14岁。所以关于狛朝葛的出生时间的问题，笔者认为1249年的说法更为可信。

二　狛朝葛并非《掌中要录》编写者

上文谈到，《掌中要录》在其最后署名"执笔者海王丸"，此时的狛朝葛年仅14岁。那么，这个"执笔者"是抄写者的意思还是编写者的意思呢？在狛朝葛所撰《续教训抄》一书中曾提到一段对于记录舞谱的描写：

爰北小路判官光时童名玄珠磨ノ时ヨリ……彼所草ノ谱ヲ本卜

[①] 日本古代为将中国及印度地区的乐舞和朝鲜地区的乐舞加以区分，以进入舞台之方向分"左舞"与"右舞"两类，其中中国和印度地区的乐舞称之为"左舞"，朝鲜地区的乐舞称之为"右舞"。

シテ自笔二是ヲ录セラレタリ。①

（从北小路判官光时以童名"玄珠磨"相称时起……在这期间，他被要求将自己草拟的谱子记录下来。）

文中提到的光时即狛光时（1087—1159），是日本平安朝时期的左方舞师，系狛朝葛的五世祖。从这段话中可见，无论是编写还是抄写舞谱，都是从很小的年纪开始。所以仅从年龄来看，并无法解决是抄写还是编写这一问题。但至少从《续教训抄》这段话中可发现，舞谱这一形式早在狛光时时期已出现。所以《掌中要录》由狛朝葛自己编写的这种可能性，自然就十分之低了。

有关《掌中要录》的作者之说，学界也有不同的声音。王小盾先生曾在《域外汉文音乐文献述要（下）》②中谈及《掌中要录》，认为是由狛真葛所记，无独有偶，日本学者神田邦彦《中世楽書の研究—書誌学的方法による—》③一文提到《舞乐古记》中《陵王荒序》舞谱的传承，也认为是由狛真葛所编。笔者在上文谈到狛朝葛仅为抄写者，那么为什么会出现《掌中要录》是由狛真葛所编撰的说法呢？从狛氏系图可见狛真葛实为狛近真三子。而关于狛真葛，其名在日本文献中几乎从未出现，对于他的介绍，也仅有《日本音乐大事典》有寥寥几句：

近真の三男……もと近葛、实葛……④
（狛近真三子……又名近葛，实葛……）

并没有他与乐舞相关的描述。更有趣的是，在日本现代乐书《雅乐事典》中对其父狛近真有这样的介绍：

长男は道を继がす、次男は凡愚である、三男は幼かったので、

---

① [日] 狛朝葛：《续教训抄》卷六，现代思潮出版社2007年版，第300页。
② 王小盾：《域外汉文音乐文献述要》（下），《中国音乐》2012年第4期。
③ [日] 神田邦彦：《中世楽書の研究—書誌学的方法による—》，二松学舍大学，2014年。
④ [日] 平野渐次：《日本音乐大事典》，平凡社1989年版，第648页。

この道の絶えるのを恐れて、天福元年（1233）に「教训抄」① 10 卷を著す②。

（由于长子没有继承这一道路，次子十分愚笨，三子又还年幼，其担心于这条道路的断绝，在天福元年撰《教训抄》10 卷。）

可见，狛近真撰写《教训抄》的时间与狛真葛当时的年龄有着密切的关系。再结合《体源抄》狛系氏图，狛近真、狛真葛、狛朝葛与撰写《教训抄》和抄录《掌中要录》的时间就较为清晰了：

狛真葛 1232 年出生

狛近真 1233 年（63 岁）撰写《教训抄》，此时狛真葛 1 岁

　　　　1242 年去世此时，狛真葛 10 岁

狛朝葛 1249 年出生　狛近真去世 7 年，此时狛真葛 17 岁

　　　　1263 年（14 岁）抄录舞谱《掌中要录》，狛真葛 31 岁

所以，从时间上来看，狛近真只陪伴了狛真葛十年，而狛真葛真正能习左舞的时间，更是少之又少，撰写《掌中要录》的可能性就更是微乎其微了。另外，从笔者整理的狛氏系图也可见得，狛近真的三个孩子在其名后，并未标注有"一者"的时间，即是说明这三人皆不以左舞为业，那自然狛真葛也就没有编撰《掌中要录》的可能性了。同时，无论是《乐家录》还是《体源抄》，乃至日本现代乐书《雅乐事典》，对于《陵王荒序》一曲之舞谱，皆注为狛近真所作。所以，狛真葛编撰《掌中要录》这一说法显然是不正确的。

狛姓在日本平安、奈良、镰仓时期是左舞大姓世家。其氏族以左舞为业是从公元 8 世纪的狛众行开始的。据《体源抄》《乐家录》与《雅乐事典》记载，狛众行是遣唐使者尾张滨主的女婿，跟随尾张滨主和大友信正学习左舞。而从狛众行开始，狛氏在日本宫廷左舞表演中开始占据了重要的地位。虽然狛氏系族有众多左舞师，但真正在文献中留下巨

---

① 《教训抄》日本三大乐书之一，由狛家代表人物狛近真所撰，另外两部为豊原统秋《体源抄》和安倍尚季《乐家录》。

② ［日］东仪信太郎：《雅乐事典》，音乐之友社 1989 年版，第 259 页。

大贡献，且就目前发现的文献来看也仅有狛近真和狛朝葛二人。狛朝葛于 1270 年，根据狛近真所撰《教训抄》的内容开始提笔续写《续教训抄》，经过 53 年于 1323 年成书。《续教训抄》虽不是日本三大乐书之一，但其分量绝不亚于之后的《体源抄》和《乐家录》，尤其是《乐家录》中的许多内容皆来自对前书《教训抄》和《续教训抄》的摘录和翻译①。

三 《掌中要录》谱字由狛朝葛五世祖狛光时所创

"舞谱"或"舞の谱"一词在日本古乐书《教训抄》《续教训抄》《体源抄》和《乐家录》中皆有出现。但对于该词的释义，无论是《日本音乐大事典》还是《雅乐事典》都未曾提及，国内也仅有《辞海》一书对该词有记载，《中国音乐词典》和《汉语大辞典》中也都未将该词条收录其中。《辞海》对"舞谱"解释为"舞蹈的书面记录"②，并提到敦煌舞谱、宋代《德寿宫舞谱》和《六代小舞谱》。然而国内现存的各类舞谱，与《掌中要录》中的文字舞谱相差甚远。若探究《掌中要录》文字舞谱之起源，目前只能从日本古乐书中着手。

上文提到日本古乐书《体源抄》《乐家录》和日本现代乐书《雅乐事典》对于《陵王荒序》舞谱，皆注为狛近真所撰。而这一说法据笔者查阅，最早应来自《续教训抄》，其载：

……又祖父近真モ陵王ノ要谱ヲカキ给ヘリ③
[祖父近真又给了我（狛朝葛）陵王的要谱。]

之后便是《体源抄》在狛氏系图中的记载：

近真，始作荒序谱。④

---

① [日] 安倍尚季所著《乐家录》是日本三大乐书中唯一一部用汉字书写的乐书。
② 夏征农：《辞海》，上海辞书出版社 1979 年版，第 207 页。
③ [日] 狛朝葛：《续教训抄》卷六，现代思潮出版社 2007 年版，第 300 页。
④ [日] 豊原统秋：《体源抄》，现代思潮新社 2006 年版，第 1832 页。

和《乐家录》所载：

> 荒序（陵王荒序）谱后作，近真。①

可见，狛近真作《陵王》舞谱最早是从《体源抄》的记载而来。但由于《教训抄》是狛近真所撰写，所以书中很少提及自己的名字。而之后狛朝葛编撰的《续教训抄》中也并没有出现《陵王》一谱是由近真所作的记载，但它较为详细地记述了舞谱这种记录形式的出现：

> 凡左舞谱ハ祖师尾张滨主力昔ヨリ侍ラサリケリ、而大太夫判官光季ノ时粗シルシ置トイヘトモ曲贴ツフサナル事ナカリケリ、爰北小路判官光时童名玄珠磨ノ时ヨリ、光季ノ嫡子ニナルユヘニ狛家嫡流ノ舞曲、涓疾ヲノコサスナラヒ传フル间、彼所草ノ谱ヲ本トシテ自笔ニ是ヲ录セラレタリ、平舞、安摩、陵王等ナリ、嫡嫡ニ付テ相传シキタル间、予悉ク传ヘトリ毕。②
>
> （左舞谱是祖师尾张滨主从很久以前就传承下来的。到大太夫判官光季的时候，即使是画一些很粗的印记，那些曲帖也不会破损。从北小路判官光时以童名"玄珠磨"相称时起，因其是光季家的嫡子，得以一字不落地学习嫡家舞曲——涓疾。在这期间，他被要求将自己记录的谱子加以整理，最终汇成了一本书。这本谱书分为平舞、安摩、陵王等部分，仅由嫡子世代相传。）

从狛朝葛的这段话中，我们可以发现：其称左舞谱的祖师为尾张滨主，现存《掌中要录》的前身是由狛光时所创，《陵王》舞谱早在狛光时编撰舞谱时就已存在。同时，狛朝葛在这段话中提到，狛光时在元服前就开始习舞，并被要求编撰舞谱。《日本音乐大事典》狛光时词条载：

> ……1138年より一者を22年勤める。③

---

① [日] 安倍尚季：《乐家录》卷之十六，现代思潮出版社1935年版，第573页。
② [日] 安倍尚季：《乐家录》卷之十六，第573页。
③ [日] 平野渐次：《日本音乐大事典》，平凡社1989年版，第648页。

（从 1138 年开始，作为舞者从业二十二年。）

1138 年狛光时已 51 岁，可见从记录编撰舞谱到以表演左舞为业相隔了很长的时间，这同样印证了上文狛朝葛在 14 岁抄写《掌中要录》之事。进一步可以推论，由狛光时编撰的舞谱成书时间应该在其元服前到成年后这一段时间，即 1097—1127 年这三十年间（十岁到四十岁）[①]。同时从《日本音乐大事典》与《雅乐事典》中收录的狛氏其他舞师介绍中可发现当时日本左舞表演的一般规律，即：编写和抄录舞谱是学习左舞表演的基础，狛氏的嫡系子孙基本上是从小开始学习。而以左舞为业登上舞台在御前表演则一般都需要等到中晚年。

在《续教训抄》这段文字中，还提到"左舞谱祖师尾张滨主"。尾张滨主是日本平安朝时重要的乐官，也是赴唐学习的众多遣唐使者之一。对于尾张滨主是不是左舞谱的祖师，在《续教训抄》之后，便没有再出现过这种说法。更多是在其对于日本雅乐改革和将唐乐舞带回日本的贡献上。那么，有没有可能《掌中要录》文字舞谱的祖师是尾张滨主呢？笔者认为是有这种可能性的。从舞谱这种记录形式出现的时间上看，中国古代在唐乃至唐以前已经有记录舞蹈动作的符号出现的舞谱[②]，虽然所用记录的方式还是所记内容和《掌中要录》中的舞谱不属于同一种系统，但作为遣唐使的尾张滨主将乐舞带回日本的过程中，势必需要进行一些简要的记录，笔者猜想这些记录有一定可能就是《掌中要录》中文字舞谱最初的样子。另外，《掌中要录》舞谱所包含内容较为完整，是由已经初具体系的节奏与舞蹈动作相结合完成（这种节奏和舞蹈动作的具体含义，《教训抄》中已有较为详细的介绍）。这种较为成熟的记谱形式一定经过了一段时间的形成，从而才能够以这种较完善的方式进行记录。所以作为传播者的尾张滨主也应对这种文字记录做了一些努力。再从《掌中要录》含义来看，之所以称之为"要录"，实为"大要"之意。《续教训抄》中也载：

---

① 关于成书时间，日本学者也有不同看法：中原香苗《紅葉山文庫本"掌中要録"の書写をめぐって》中认为《掌中要录》的成书时间应在公元 1209—1262 年。
② 中国唐及唐以前所出现的舞谱主要有商代祭社舞图、晋代的禹步法舞谱、东巴舞谱、敦煌舞谱等。

是等ハ废忘ノ时要谱ヲヒラキテミム时、大要ナルヘキユヘニシルストコロナリ。①

（是在快要忘记的时候，打开要谱时看……）

遂在记录之时，只记重要的部分，从而帮助舞者进行记忆。而这种记录形式，也应是唐乐舞传到日本后进行表演时才会出现。另外，这段话中还提到：

而大太夫判官光季ノ时粗シルシ置トイヘトモ曲贴ツフサナル事ナカリケリ。②

（大太夫判官光季的时候，即使是划一些很粗的印记，那些曲帖也不会破损。）

狛光季作为左舞表演者，自然是记录舞蹈动作，所以笔者认为"曲帖"一词在文中有两种可能性：其一，曲帖中既有舞蹈动作的记录也有音乐的记录；其二，狛朝葛在记录上出现了笔误，曲帖实际是"舞谱"。以上种种，皆说明遣唐使尾张滨主有可能是舞谱最早的创造者之一，但由于现存文献资料缺失和整理的不足，这一点还有待进一步考察。

[作者简介] 田园，湛江科技学院音乐与舞蹈学院教师，从事中国古代音乐史研究。

---

① ［日］狛朝葛：《续教训抄》，现代思潮出版社2007年版，第296页。
② ［日］狛朝葛：《续教训抄》，第296页。

寻找宋词音乐的"零度书写"

周纯一

内容摘要：本文使用德里达的"零度书写"理论来谈宋词音乐，核心是"寻找宋词音乐"。宋词音乐失落得很严重，几乎无法在乐本体上清楚地传达音乐的结构本质。学者在寻觅宋词音乐这条大道上，除了叹息《乐府混成集》的过早亡佚外，已有许多人进行了艰苦的重建工作，企图在音乐荒原里重建宋词的音响光芒。也有学者认为宋词音乐未曾亡佚，保存在《白石道人歌曲》《魏氏乐谱》《九宫大成南北词宫谱》《碎金词谱》及明清大量的琴歌曲谱中。这一脉络提供宋词一个披上"骨干谱"的外形，读者可以依谱唱词，达到"宋词可歌"的基本要求。实质上宋词音乐的真相探讨并没有得到真实的解决。宋词音乐的追寻是一个如追梦的工程，宋词音乐的消亡，究竟是词乐旋律的丧失，抑或宋词唱法的失传，已没有人能回答这个问题了。此文的目的，是希望在这个议题上，提出一个面对文化失落后的良心建议，如何在废墟上重写昔日的文明。希望阅读此文的人，能理解只有"重写宋词音乐"，才有可能重返宋词音乐文明的多元而丰腴的深情世界。

关键词：宋词音乐　零度写作　重写文学

在文章前必须说明为何寻找宋词音乐，必须运用外国的文学理论作为支撑点来进行一项寻找音乐行动。这是因为前人所有寻找宋词音乐的方式与预期成果，都在一个古典思维的框架中运作，大抵是对遗留下的宋词残谱进行直译式解读，获得一个"乐""词"结合的新谱本。这在以前我也认为是天经地义的有效操作，年龄稍长后渐感这类努力似乎只做了一半，没有把完整意义上的宋词音乐再现出来，提供现代人直接

"阅读宋词",增加宋词对现代人的"被阅读""再阅读"功能,这是十分可惜的事,遂有撰写此文动机。全文分两大部分,前段是借"零度写作"理论谈复原宋词音乐的观念与态度,后半段是"重写宋词音乐"的具体做法。

一 零度写作启示下的宋词音乐探索

罗兰·巴特(Roland Barthes,1915 年 11 月 12 日—1980 年 3 月 26 日),他是法国作家、思想家、社会学家、社会评论家和文学评论家。1948 年他从事学术研究,在法国、罗马尼亚与埃及的研究机构里得到短期的职位。其间他参与巴黎左派论战,并将当时观点整理成完整的作品《写作的零度》[①]。1952 年他进入了法国国家科学研究中心从事词汇学与社会学的研究,其后的七年间他发表许多揭露大众文化的文章在新文艺杂志上,之后集结成《神话学》出版。《零度书写》是他一篇奠基式的文章,是他在"书写"主轴的一篇关键式文论。巴特最早期的作品主要是对 20 世纪 40 年代存在主义思潮的回应,尤其是针对其代表人物萨特的反拨。在萨特的作品《什么是文学》中,他将自己从既已建立的书写形式以及他认为"敌视读者的前卫书写形式"中抽离。而巴特的回应是:"何不寻找书写中那些特别而独创的元素,以展现一种新的书写。"我很欣赏这种崭新的视角,在如何重塑宋词音乐文明时,能有一个全新的形式逻辑。

在《写作的零度》中巴特认为语言与形式都是呈现概念上的常规,却不完全是创意书写的表现。"形式"是巴特所称的"书写",是现代的企图再写者可以据以选择以独特的方式去操作"形式上的常规"来达到他所想达到的效果,这是一个独特且创造性的行动也是一种新思维。我把"零度"两个字用在宋词音乐的追索上,指出:既往学者的音乐书写,是一种没有介入任何新内容的书写,对于宋词文本丝毫没有介入,只是将音符涂抹在宋词文本上,这些音符中除了姜白石是自行创作的音符外,多数的词调宫谱都是后代整理追溯结集而成的文献,不具有精确

[①] [法] 罗兰·巴特:《写作的零度》,李幼蒸译,中国人民大学出版社 2008 年版。

记录宋词演唱的有效记谱，因此很难提供现代人认识宋词音乐的立体细节，这些所谓的宋词宫谱，使用了各时代流行的音高符号，像"唐五代词"会使用唐"燕乐半字符"，这种符号与敦煌琵琶谱是相同系统的音符；南宋词使用的"俗字谱"，是由燕乐系统演变的符号，姜白石的十七首乐谱就是这类符号；到南宋末年张炎《词源》的律吕管色谱就已蜕变出"工尺谱"的符号系统。至于隐藏在明清琴谱中的宋词琴歌，则一直使用从唐代就已形成的古琴"减字谱"。

凡是由乐谱直译的宋词音乐作业，基本属于一种符号搬运工作，它们只是忠实反映谱里符字的音高，却不能判断这歌乐的节奏型和演唱速度，毕竟是谱里没有记载的不能随意添加。这让宋词音乐都成为没有固定节奏的散板式音乐，这也对于长短句词牌形成的多元性与复杂性，无疑是一种轻视，因为词牌的形成是先有动人的流行歌乐在民间大肆流行后，被文人或擅乐者精心整理而成可供实践的词调音乐文本。

如若从遣唐使传回日本的唐代的诸多燕乐曲谱观察，大都已清楚地注记节奏符号与注出节拍类型，这些唐谱清楚地表现"宫调"甚至"和声"内容和"对位"关系，也就是在唐代的大曲音乐早已有相当程度的"总谱"概念。唐代既已形成如此复杂完善的音乐记谱体系，怎么到了宋代会变成没有节奏，缺乏和声的原始音乐形态，这是不可思议的事。再者，吾人从张炎《词源》拍法记载中得到肯定的答复：宋词节奏拍法是很复杂的，绝非没有节奏。就因为宋词音乐在历史流里的有效记谱脱落，成为一个不具准确音乐性的文体，所以需要后人"介入"，进行"新书写"以弥补宋词音乐脱落后的遗憾，"零度书写"就是我处理"宋词音乐再书写"的指导思想。

（一）书写前的认知

对于使用一种西方理论来盱衡中国的音乐文学，必须极度小心该理论的针对性与适应性。罗兰·巴特《零度书写》的文章，是他在"书写"主轴的一篇奠基式文论。《写作的零度》在20世纪西方语言学革命深刻影响的背景中，发现了"形式"的革命性力量，对传统的形式观是巨大的挑战和反拨。这种对文本形式的关注，可以提供吾人在重新书写宋词音乐形式时，能够抛弃传统的闭锁观念：以为有一个"真实的宋词存在"等待着后人去发掘寻找。巴特认为任何文学作品都是一种"召唤",作品是作者借着语言进行一种揭示,以转化成客观的存在。"宋词"是词人从自己的身体出发的感情表达形式,本质是一种"游戏",当词人把人性全部交给语言时,这种语言属于带着时代旋律特性的语言,是人们可以透过音声歌乐完成情感交流的游戏。其形式是由"文字""歌乐""器乐""场合""演唱者""观众""句法""押韵""报酬""用典"与"美感"等要素共同结构出来的。词人从词牌的选择,押韵的声色,宫调声情,内容的铺叙,板拍的设定,旋律的起毕,唱腔的口法等,都是一种美学的抉择,也是一种词人修养的展现。所以要在"失乐宋词"中寻找宋词音乐的尸骸,是一种强人所难的尝试。也就是真实意义上的带乐宋词是已经消亡了。如果从仅存的文字衡量宋词音乐,可以直接宣布宋词的"作者已死"。因此,"重写宋词音乐"的工作就变成一个不存在有一个先验作者的情境。重写者可以通过对文本的拆解,重新进行音乐编码,进行乐调阐释,以引起新的遐想。若从宋词本质上来说,它是一种带乐的话语游戏,是以主体表演,客体听乐,场合奏乐,主宾应答的一种交际生活模式。再加上从唐代、宋代到元、明、清各朝代音乐环境的变动,不但用律不同,连宫调观念也不相同,同一个宋词词牌,可能有许多不同的宫调属性,甚至同时代同一个词牌可能会有几个不同的音乐结构,这也会造成后代重新书写宋词时,会遇到重重的阻碍。作为一个企图重写宋词音乐的人,必须仔细思考"介入"的深浅和观念,当然对于宋代音乐环境的清楚认知是必要具备的条件。

(二) 书写中的介入

宋词本身的存在,是一种"期待参与"的书写。在宋代,当宋词挟着音乐与歌乐公开展现时,是期待当时受乐者能被演出所感动,当然更期待受乐者能够当下用词乐"应和"当下的表演,以完成这套游戏的情感交融。所以,读者不再是被动的消费者,它也可以是宋词文本的再生产者和新创造者。巴特的理论将"文字的宋词"视为"可读性文本",这个文本是可以阅读的,当然透过词牌的标定,这个文本也是可以演唱的。宋人可以很轻易地借着对于词牌音乐的经验,将一首新填的宋词作品赋予音乐内容,并进行立体呈现。这在巴特而言就是一种"可读性文本",作者的介入是一种社会性的"集体无意识"经验,只要确定词牌,填词的新内容就可以透过该词牌的音乐框架与人们对此词的认知共识,进行有机的结合操作,完成一个宋词音乐的完整呈现。当时宋词文本之所以属于"可读性文本",是因为当时人可以有机的"介入",也只有介入才能成就宋词音乐的完整存在意义。

当宋词音乐在历史流传中逐渐"脱落音乐"后,后人追溯13世纪以前的宋词,就是一种"考古"的行为,众人在残存文献中辛勤挖掘有限的音乐线索,意图拼凑出一个宋词音乐的轮廓时,发现能够参与"介入"的部分可说是太少了,再加上现今主流音乐教育只传授西方音乐理论,很少教中国传统的音乐乐理,事实上是没有"中国乐理课程"可学,也找不到能教中国乐理的人,更何况是教"宋代乐理"。导致现今词曲学者能具备中国传统音乐解读能力者可谓凤毛麟角,自然很难要求他们在"重写宋词音乐"时不犯错误或误植洋乐。

巴特对于"可读性文本"是不满的,他认为只有"可写性文本"才是理想的书写。它区别作家（Author）与作者（Writer）的不同,也区隔传统文本（Work）和现代文本（Text）的不同。宋词的作者是肩负时代道义,身负社会责任,关注的是宋词以外的社会规定,因此作品清晰地表达本人的看法,而且意义明确。这是传统书写的观念,是一个封闭型的操作,对于传统文本音乐脱落,用传统书写模式是很难找回昔日的风华,只能做到考古学式的骸骨拼贴,与旧话语的老调重组。若此路不通,如何另辟蹊径?据巴特的理论用在宋词,他实际关注的不是"书写宋词"的"书写"本身,而是"书写形式"的颠覆意义。至于"重写宋词音乐的人"从巴特角度来说,是称为"作家"。这些作家处在一个已被异化的时代,却要进行八百年前的书写工作,当然是无法还原彼时的宋词音乐,既然还原不了宋词原味,那还做什么新书写的努力呢?巴特会回头问我们:"既然宋词亡乐,为何还要进行新写作?"因为只要是人,就喜欢写作,尤其是站在前人的肩膀上写作,这些固定意义,因果清楚,结构完整的作品,最易成为后人书写取材的对象。如若后人直接阅读宋词作品后能得到一些美感,就是一种"一次性消费"的快感。巴特认为"文本"是一个因果不明,枝蔓无数,无尽延展,意义不定的网状结构。文本是读者的游戏对象,"新书写"可以一直玩下去,产生无数的意义。

这种新书写已不是寄生性质的"阅读",不再是配角性质的书写,而是独立的生产行为。如果中国学者能有这种思想转变,在处理宋词音乐的复兴工作上,视野就已经被打开了,可以放手一搏。这里旨在说明新书写的"介入"不是附庸式的考古,而是全人格的介入书写。

(三) 书写中的游戏

"宋词的书写"是一套严密的音乐文学游戏,宋人早在八百年前定下整套的游戏规则,然后在此规则下乐此不疲地进行着大量的书写,历经八百年不断地被后人再书写,留下巨量的书写作品。后人的"再书写"是缘着词牌格律与宋词韵谱进行文字拼贴,通过长短句的组合方式来表达内心的情意。这是后人投入宋词的语言规律中进行书写的行为,不是后人发明了新的宋词语言,因为只要在宋词游戏中进行语言表述的,肯定是"语言界定了人",而非"人界定了语言"。现在谈一谈宋词音乐语言的游戏规则:

(1) 宋词的律,关系着宋词音乐绝对音高。从《宋史·乐志》得知北宋黄钟律高整整大于唐代黄钟律高两度,也就是两个半音,相当于现在一个全音,这在复原"唐五代词"时和"北宋词"的当下,是否要有明显的别嫌。宋朝几次的乐议,对于黄钟的律高有不同的选择,终有宋一朝大抵黄钟有十七个律高,这对于宋词音乐的复原者而言,是一项挑战。

(2) 唐、宋的宫调俗称往往不相同,如何避免同名异实的混乱。唐代燕乐二十八调实质上在中唐使用最频繁的是"天宝十三调",数本遣唐使在这段时期回传东瀛的乐书使用的是唐乐十三调:"六主调""六支调"和"水调"。基本就是唐"天宝十三调"的操作系统。另唐代以"之调式"表述宫调关系,北宋却以"为调式"表述宫调关系。这些巨大的差异如何在重写宋词音乐的书写活动中得到正确的解决,也是后人不能避免的难题。

(3) 宋词应有完整的节奏体系。透过遣唐使的东渡文献,传日的宫廷燕乐大曲早已具备完整的曲式体裁与节奏系统。唐曲分为小曲、中曲、大曲三类曲式。节奏则分为"早拍子""只拍子""延拍子""早只拍子""延只拍子""夜多罗拍子"等,从奈良朝到平安朝这些拍法与拍型一直使用在"左舞"唐乐中,同时也使用在"右舞"高丽乐中。鉴于此，重写宋词者理应熟读张炎《词源》的拍眼部分，寻找宋代节奏与唐代节奏可能的对接模式，用实验的精神将长短句套入不同的节奏型中，取得不同的旋律效果，对宋词音乐的书写而言，是一种积极性的介入书写，也可能成功地完成宋词音乐"新书写"。

（4）宋词音乐在大型乐队的伴奏下，当然会有和声现象。尤其是对于笙乐器的使用，和大型合唱的结构形式中，必然出现"同一时间多音重叠"的现象。从唐传乐谱《仁智要录》《类筝治要》《三五要录》等乐书中，可以清楚看到古筝的和弦、琵琶的和声、乐笙的成套组合指法，都说明唐代已有成熟的和声系统，当吾人在恢复"大晟府的宫廷雅乐"演奏宋词音乐时，不能不考虑大型乐队的整合问题。当然更有可能的是在同一仪式场合的"仪轨""乐舞""歌唱""观众""乐队"，甚至"酒菜""服装"等进行有机的交响。据此，当下的重写宋词音乐，是否要考虑重写宋词音乐的过程中，要将面向扩大，以产生一个更新更生动的大型新和声文本。

（5）宋词音乐在不同场合有不同的美感效应。宋词在有宋一朝，可以说遍布两京与全宋，从凡有饮水处都有唱柳词者，可见宋词流布之广袤。这其中有宫廷唱词者，有官方乐伎唱词者，有文人雅士唱词者，有酒馆茶肆唱词者，有桑间濮上庶民唱词者，当然也有妇人孺子唱词者，形形色色无一不以唱词为乐。当涉及宋词"音乐场合"时，虽然宋代没有专论场合之文献，但可以透过后代曲会的描述，一窥"词会"场合的聚合优劣堂奥。王骥德《曲论》最后一卷"论曲亨屯"，运用类似人类学的视角将明代举行曲会时的人文聚合，也就是不同身份的人在曲会中的聚合场景列出优劣，给曲会功能点缀了不同场合的象征意义。这些参与曲会的人表现的言行举止与艺术涵养高下，也给曲会沾染不同的美感气质，王骥德用"亨"来描述曲会的胜境，用"屯"来描写曲会的败境。据此，重写宋词音乐的当下，不能不考虑场合之优劣布置与参与者之象征意义。如果"重写宋词音乐"是一个神圣的立体展示，这种"场合亨屯"之情境，无疑是一种很好的重写题材思考。

（6）宋词宫调声情的宣告与实质探索。宋词使用六宫十一调的宫调曲牌，在周德清《中原音韵》与芝庵《唱论》中，都详细陈列"十七宫调"的声情，如表1所示。

表1　　　　　　　　　　　　十七宫调

仙吕宫	清新绵邈
南吕宫	感叹伤悲
中吕宫	高下闪赚
黄钟宫	富贵缠绵
正宫	惆怅雄壮
道宫	飘逸清幽
大石调	风流蕴藉
小石调	旖旎妩媚
高平调	涤拗晃漾
般涉调	拾掇坑堑
歇指调	急并虚歇
商角调	悲伤婉转
双调	健捷激袅
商调	凄怆怨慕
角调	呜咽悠扬
宫调	典雅沉重
越调	陶写冷笑

在这十七个宫调下，都有许多词牌隶属其中，对于重写宋词音乐者而言，可以在此一前提下进行"宋词声情"的追问和核实，归纳前人对于长短句音乐聚合之情感表现，也可介入词牌声情之情感表现手法与宫调应对关系研究。当然，后人也可在这十七个声情游戏中，自由书写，运用宋代十七个截然不同的旋律音阶，去书写宋词音乐的新文本，提供当代人的新视听感受与新的消费产品：穿越宋词的新音符。

（7）宋词与文人琴歌有必然的关联。宋代文人继承唐声诗的传统，产生了许多的诗词创作，在太祖、太宗、真宗的前三朝尚未形成诗词截然区分的时代，用旧律诗套新曲的风气依然很盛，而文人"琴不离身"的传统也促使文人在歌咏声诗时会不自觉使用古琴作为伴奏乐器。宋仁宗朝的雅乐复古运动，在雅乐改制的风潮里，配乐声诗的运用更是推进一程。北宋中期文人更是鼓吹"诗道"："诗须皆可弦歌"[①]。另苏东坡

[①] 黄庭坚：《预章黄先生文集》卷三十，《四部丛刊》影宋乾道刊本。

"以诗为词"创作行径,更助长以琴音伴奏诗词歌咏的风尚。宋代琴歌发展非常蓬勃,宋代的文人与琴师合作,文人写词,琴人谱曲,留下许多炫丽的作品。著名文人如范仲淹、欧阳修、王安石、苏轼、叶梦得、姜夔等都参与了琴歌的创作。当然对于如何面对重新书写"弦歌词乐"的后人而言,是有点技术难度的。后人要复原宋代的弦歌词唱,首先要面对词调的六宫十一调,如何和宋代的古琴定弦法则相搭配,若再进一步要探索宋词弦歌的"琴瑟和鸣",就要更进一步理出一套古琴定弦与瑟调定弦相应调弦法。表2就是宋词宫调(《词源》为准)与古琴琴调对应表。

表2　　　　　　　宋词宫调与古琴琴调对应表

词乐(六宫十一调)			宋代琴调调弦(1—7弦)							
仙吕宫	(夷则宫)	清新绵邈	侧蜀调	#Cb	E	F	G	#**G**	C	D
南吕宫	(林钟宫)	感叹伤悲	慢宫调	B	D	E	**G**	A	B	D
中吕宫	(夹钟宫)	高下闪赚	侧羽调	#**D**	F	G	A	bB	C	D
黄钟宫	(无射宫)	富贵缠绵	金羽调	**C**	D	F	G	bB	C	D
正宫	(黄钟宫)	惆怅雄壮	慢角调	**C**	D	E	G	A	C	D
道宫	(仲吕宫)	飘逸清幽	正调	C	D	**F**	G	A	C	D
大石调	(黄钟商)	风流蕴藉	慢宫调	B	D	E	G	**A**	B	D
小石调	(仲吕商)	旖旎妩媚	正调	C	D	F	**G**	A	C	D
高平调	(林钟羽)	涤拗晃漾	慢宫调	B	D	E	G	A	B	D
般涉调	(黄钟羽)	拾掇坑堑	慢角调	C	D	E	**A**	C	D	
歇指调	(林钟商)	急并虚歇	慢角调	C	**D**	E	G	A	C	D
商角调	**有目无曲**	悲伤婉转								
双调	(夹钟商)	健捷激袅	侧羽调	#D	**F**	G	A	bB	C	D
商调	(夷则商)	凄怆怨慕	侧蜀调	#C	bE	F	G	#**G**	C	D
角调	**有目无曲**	呜咽悠扬								
宫调	**有目无曲**	典雅沉重								
越调	(无射商)	陶写冷笑	金羽调	**C**	D	F	G	bB	C	D
羽调	(无射羽)		金羽调	C	D	F	**G**	bB	C	D

注:加粗表示为该调的主音。

这一简单的对应,是为了现代书写者可以用最快的方法,将宋词宫调系统与宋代古琴调弦系统连起来，作为新书写的一条音乐出路，用古琴琴歌模式书写宋词词牌。当然如果要进行琴瑟和鸣，则以古琴琴调为核心，进行瑟调的调弦，我个人不赞同朱载堉的色调调弦法，他是将瑟的25弦从中间一条朱弦分界，此弦是"界弦"不弹，然后界弦上下各调一个完整的八度，这种调弦法只适用在雅乐场合使用，双手都在琴码右边双弹或双挑，很难弹奏快速的乐曲。我的瑟弦调弦法是将瑟柱分为两部分，即"内16弦"和"外9弦"。以词牌的宫调属性将一个"均"的"宫、商、角、徵、羽"五音依序列调在内16弦上，这样就出现三个八度的五音列，如"徵、羽、宫、商、角—徵、羽、宫、商、角—徵、羽、宫、商、角"三个八度。外九弦则是调"均"中另两个音"变徵"和"变宫"，也是要调三个八度，剩下的三个音是调"转均"用的"闰角"。古琴正调若调弦："C D F G A C F"，则瑟调正调就要调成："C D F G A C D F G A C D F G A C"的内16弦，和"B E #F B E#F B E #F"的外九弦。这样的定弦不但可以演奏仲吕均（F）的宫调，也可转到黄钟均（C）的宫调。当后人重新书写宋词音乐时，可以将宋词旋律置诸宋代古琴的宫调系统中，无疑是一种新的尝试，也给宋词音乐回归宋代文人以古琴唱词乐的存在事实，找到一条可行的"书写之路"。

（四）书写后的虚无

传统解译宋词音乐学者的成果，大都是在学术刊物发表或高校学报刊登，少数的学者出书立说甚至于录制音频提供读者依谱聆曲，显得有些孤单失落。出版效果似乎也不曾在高校中文系或音乐系产生较大的共鸣，仅有极少的诗词吟唱爱好者会给予较大的关怀。"宋词是能唱的"，这是学人的共识，但是"怎么唱宋词才属正宗"，一直没有人能说清楚，就意味着这么多年的解构努力有点白费工夫。也就是词学界始终没有推出一套可信的宋词音乐模板，或是经典宋词的教材，让喜好者仿效追捧。这期间也偶有开发音频唱词者，终因唱者是使用西方发声法唱宋词，效果明显不彰，再加上唱者不会"用腔"，在只唱"骨干谱"的旋律下，没有感动社会上多数的诗词爱好者，因此出版效果不明显，出版多年也未引起注目，所以我将之称为"书写后的虚无"。我个人认为要避免这种虚无情景,必须更换一种思维来呈现"重写的宋词音乐"。首先要认清楚"宋词"在不同时空背景下会有不同的面貌,"宋词音乐",在不同的场合也应有不同的宋词聚合。巴特推崇的"零度书写"着重的精神是"书写的自由"。在面对传统文本时,新书写不再是附庸作品的脚注,而应该是新文本的生产和创发。巴特为了标榜书写自由的"零度书写",必须在"重写"作品时,摆脱自身积累的意识形态话语,将宋词音乐当作一个主体不在场的文本,可以进行文本的自由解读、拆解和重构。也就是将宋词音乐文本视为一个作者不在场的他者文本,运用零度的中性写作可以像手术刀般创出新的绚耀产品。这种新的书写方式,一方面宣布宋词的作者已死,另一方面揭示宋人"作品"正自由地召唤后代的读者可以自由"介入",参与宋词音乐的重写工作,并产生新的文本,以此赢得宋词音乐生命的无限延续。

二 重写宋词音乐的具体做法

这一部分是面对宋词音乐的零度书写时,该有什么具体作为,完成新的书写使命,我将之归纳为八点。

(一)要有立体呈现的整体观念

宋词音乐的存在观念,本身就不是与"宋词文本"相同的概念,一个是文学文本,一个是文本的立体展演。因此,在重写宋词音乐的指导思想上,必须要有宋词在"不同时空呈现"的整体观念。将要重写的文本设定在一个特定时空仪式场景中,由预设的人使用预设的唱腔,在预设的乐队伴奏下,穿着预选的服饰,立体呈现给一群预先请来的观众聆赏。这有点像是科学实验室里的实验流程,就连录像都属于预先分镜好的书写模式。

(二)要有仪式空间的设计与氛围营造

宋词是一种可歌的文体,从词人自嗟自叹到宫廷皇家演出,从破旧茶馆到辉煌都市酒楼,宋词歌声无处不充斥其间。"仪式空间"的设定,也是重写宋词音乐非常紧要的工作,当吾人设计一个北宋大晟府的宋词演出场合，对于大晟词人的词乐就不能不清楚，尤其是宋徽宗与大晟词人的互动关系，与宋词在官方的供奉形式，都是后人重写大型宋词音乐演出的很好取材。当然也可设定在宋代茶楼酒馆或妓院的小型演出，也可是文人相聚在酒酣耳热的文会饮宴场合，有的儒士自弹自唱，有的则拍掌起舞。场合也可以是柳永的风流妓馆，也可在李后主的亡国路途，亦可安排在李清照的丧夫暗室，也可以是辛弃疾慨叹悲歌的异乡。宋词若不置入"场景"与"场合"就凸显不出词意的动人，这是不争的事实。毕竟宋词是一个能令宋朝人大哭大笑的艺术，单独抽离时空背景的阅读必定大为失色。

（三）要有作者鲜明的个人符号特色

宋词是宋朝人的感情艺术。重写宋词音乐不能不仔细观察每个作者的"心声"。宋朝帝王的词乐与大臣的词乐，对比于民间词客必定差异颇大，想要重新诠释宋人的词乐，对于宋人的音乐环境、用乐习俗、宫调喜好、词牌引用、新调创造、消费习惯不能不下功夫，尤其是对两宋词坛具有举足轻重的大词家而言，诸如李后主、温庭筠、柳永、苏轼、秦观、周邦彦、李清照、辛弃疾、姜夔、吴文英、蒋捷等人，重新书写这些人词作的音乐时，要有敏锐的眼光去捕捉他们生命中稍纵即逝的深情，因为他们已用他们最擅长的词牌去呈现心底的颤抖。而后人的音乐书写，却是要揣摩这些词牌文字后用立体音符再现出来，不但要合乎主角的身份，更要表达作者当下的心情，这是相当不易的再创作。我十分担心重写宋词音乐会落入一种"宋词音乐窠臼"，弄成"千词一面"，那就太对不起这些大词家的呕心沥血之作了。

（四）要呈现特定的时代色彩与地方风俗

宋代文人特有的集会模式是有别于其他时代的文会。北宋前期将继承自唐五代的诗文会，逐渐转移到词唱的聚会。文人雅士、官宦属吏们皆在时令与风俗的日子举行许多风雅聚会，诸如退休欢送的"怡老会"，七月七日"曝书会"的文人雅聚，中秋赏月的引朋怀旧，渗入佛禅的僧院"禅茶会"，纠集文人结党唱和的"文会"，无一不为宋人文风之盛写下脚注。尤其是在宋初太平盛世的氛围里，处在享乐风气中的士大夫文人，他们以交游酬唱为名义的诗文雅会，为"歌词"的勃兴提供了优质的环境；士大夫文人从对歌女唱词的群体性喜好，发展到对歌词文本部分的文学染指；原本是诗歌领域"分韵""次韵"唱和之风气，被移植到宋词音乐当中，"词"当然就成为文坛、官场与民间的社交媒介。重写宋词音乐的大思考前提，不能忽略宋朝独有的时代风俗色彩与宋人的聚合模式。在此关怀下的宋词音乐才显得够味。

（五）要能模拟当时人宋词演唱的逼真场景

宋代唱曲有许多规矩与禁忌，后人如若不能仔细斟酌，在复原宋代音乐时是要闹出很多笑话的。例如，张炎《词源》云："若唱法曲、大曲、慢曲，当以手拍，缠令则用拍板。"① 这是当时的一种演出成规。李清照的《词论》提出"词，别是一家"的观点。她严格遵守词的创作规律，强调音律的协和，如果有人将写诗文的那套方法用在填词，那就是对"词"这种独特的文体的认识不够，词必须有"词该有的样子"。她心目中的宋词形象应该是："秀丽清新的语言，恰当得体的用典，脱俗典雅的气质，铺陈细腻的叙写，以及和谐动人的歌乐。"至于宋词如何在各种乐器的烘托下，产生惊人的效果，文献已记载太多动人的佳话，在此不必一一赘述，只在重申"宋词音乐再书写"的当下，不能忽略宋词演唱真情动人的现场效果，以最认真的态度去呈现宋词原作者的最动情效果。

（六）要能推出足以代表宋词音乐的乐器与乐队

"燕乐"是一种隋唐新出现的音乐运行体制，在律制和宫调使用上是一种崭新的观念，尤其是唐明皇在天宝十三年立碑所揭橥的"天宝十三调"，更是后来日本、韩国、琉球，甚至越南诸地的音乐基础。宋翔凤《乐府余论》："北宋所作，多付筝琶，故啴缓促而易流。南渡以后，半归琴笛，故涤荡沉纱而不杂。"② 这说明前期北宋音乐以北方风格为主，南渡后转以古琴和曲笛为主。近人姚华亦云："五代，北宋词，歌

---

① 唐圭璋：《词话丛编》，中华书局 1986 年版，第 257 页。
② 唐圭璋：《词话丛编》，第 2498 页。

者皆用弦索,以琵琶色为主器;南宋则多用新腔,以管色为主器。弦索以指出声,流利为美;管色以口出声,的皪为优。此段变迁遂为南北宋词不同之一关键……主器既因时而异色,歌者亦因地而异音,中州音与吴音之不同,尽人而知矣。"① 这说明宋词在南北宋的音乐格局是有南北差异的。当然北宋要用北方擅用的"弦索乐队"伴奏,南宋则必须考虑换用以临安为中心的鼓笛"丝竹乐队"。

(七)要有使用"乡谈折字"吟唱宋词的心理准备

如若要精确表现宋词作者个人的心声,如何躲得过作者以擅长的母语去呈现作品的。我喜用查阜西发明唱琴歌应使用乡音的名词:"乡谈折字"理论,来指导宋词演唱的歌乐理论。欲呈现李清照女性词人之心,怎能不用她老家山东的土语,辛弃疾是济南人,用北京话不足以呈现他词作中爱国悲愤的豪情。后人要诠释北宋"凡有井水处,皆能歌柳词"的柳永词,能够不考虑他的母语:福建崇安话吗?他的故乡现在归入武夷山市管辖。如果有人能以闽北方言的武夷山话唱诵柳永的《雨霖铃》,是否更能真确地描绘出柳永的浪子心情。苏东坡是四川眉山人,使用四川眉山话,或西南官话来处理苏轼的《水调歌头》,也是一种前所未有的感同身受。查阜西晚年着力于琴学的研究整理工作,大力倡导琴歌演唱和发掘整理,将琴歌的演唱方法归结为"乡谈折字",先后整理并演唱了《古怨》《苏武思君》《阳关三叠》曲。他的理论对于"重写宋词音乐"是相当重要的指导原则,你可以想象柳永的词用北京话诠释的结果,会比用柳永家乡话诠释的效果更好吗?宋词使用原作者最原初的母语来吟唱,是"重写宋词新文本"最为逼近宋词原声音的设计,这种新书写还原最初作者的语言,也让新文本具有新的语言价值。

(八)要有充足的理论解释整个"再书写"行为的合理性(代结语)

如何圆满地解释这次援引西方"零度书写"理论,运用在恢复宋词音乐的"新写作"行为上是合理合法的操作。为了要证明"零度写作"

---

① 《词学》季刊,1934年,卷2,第132页。

的"中性"与"透明性",不能夹带新书写者的个人意识形态,所有恢复的思维与结构要项要紧紧绑在宋词的原生条件中。宋词音乐的再书写也并不仅仅是找回宋词文本旋律而已,而是最大可能性地展现宋词音乐的立体完整风貌。"零度书写"的最动人精神是"书写形式的自由",再书写者可以自由自在地设下自己的书写大格局,对于音律的抉择,宫调的操作,腔词的配合,操作发生语言,伴奏模式,乐队规模,乐器种类,总谱写作,录音方式,主唱人选,演奏场所,乐曲说明,宣传方式,作品载体等这些书写的考虑,都是极度自由的。这种书写可以不带书写者仿古拟古的遐想,也可以不带书写者自以为是的宋词音乐个人想象,当然也可以屏除他人有意左右书写的任何意图。"零度书写"理论最震撼的突破就是"形式"意义上的突破,告诉后之书写者,重新书写不是原书写的附庸,也不是原书写的脚注。只要理解巴特对零度书写的思想,就能摆脱传统"再书写"的困境,用冷静、透明、不带情绪的中性书写去从事工作,对于原作品而言绝对是一件崭新的作品。这件作品透过再书写继续进行新的时代阅读,会感染更多的人透过新书写与原作者进行心灵交流,也会有更多的人透过新书写的声色情境,找到与原作者对话的方式。这也是我写作本篇文章最大的用意。

[作者简介] 周纯一,北京师范大学暨香港浸会大学 UIC 联合国际学院全人教育中心特聘教授,山东理工大学特聘教授。

明清词调音乐研究的空间

刘 瑶

内容摘要：明清词调音乐作为词乐的历史形态，与传统词学研究紧密相关。近现代围绕明清时期词调音乐文献整理和翻译已有相当数量的成果产生，但依然有较大的学术空间。近现代以来，明清词乐文献整理与词乐乐谱文献研究主要集中在大型乐谱总集中收录的词乐、专门的词乐谱、自度曲中的词乐、器乐谱中的词乐范围内，其中涉及诸多争议需要在今后予以判别和澄清。从词调音乐理论研究到应用研究，前者应注重在音乐与文学两大层面展开探讨，后者包含传播接受研究、乐谱活化研究和舞台实践研究三方面。对明清词调音乐研究方法与路径的梳理，有助于词调音乐在当代的学术创新与价值突破，帮助其跨越学科和历史的藩篱，为今后研究提供可参照的方法与步骤。

关键词：明清　词调音乐　空间

自晚清民国传统词学完成现代转向以来，在几代学人的努力下，龙榆生先生所擘画的现代词学领域不断开疆拓土，在词韵之学、词史之学、校勘之学、词学理论、创作与鉴赏诸方面[1]都取得了长足的进步。唯词乐研究，由于词调音乐文献的缺失、研究方法与视野的局限，其成果尚显薄弱。以吴梅、夏敬观、丘琼荪、夏承焘、黄翔鹏、刘崇德、施议对、王昆吾等为代表的现当代学者，在前人词乐研究的基础上，对唐宋以来

---

* 本文是河北大学燕赵文化高等研究院2020年度重点项目"历代燕赵词整理与研究"（2020D23）的阶段性成果。

[1] 参见龙榆生著，张晖主编《龙榆生全集（三）》，《近二十五年之词坛概况》（第96—109页）与《研究词学之商榷》（第241—256页），上海古籍出版社2015年版。

词调音乐、词与音乐关系做了诸多深入的探讨,推进了词乐的研究。但长期以来,文人既少通晓音律,音乐家又少通贯文学的情况依然普遍存在。词家论及词乐,要么语焉不详,要么言不及义,渐而视之为"绝学"。就词乐发展来看,隋唐五代宫廷燕乐的声乐化催生了曲子词[1];两宋颇长调新声;元代南北曲兴,词调音乐渐趋衰落、消亡,其流风余韵尚存于曲中;明清词学中兴,文人、曲家试图在新的文化语境中复活词乐。他们或传承前代遗声、或配以时腔、或竟而自度,形成了一批载有宫调和乐谱的词调音乐文献。目前我们看到的这部分明清词调音乐,不论是源于历史的遗留,还是新制"仿唐宋乐",抑或自度新声,都是词乐的特定历史形态。这些词调音乐,在唐宋词乐罕有流传的情境下,显得弥足珍贵。在充分整理、研究明清词调音乐文献的基础上,从传统词学的现代转向入手,反思百年来明清词调音乐研究,既可以帮助我们了解明清时期词调音乐与词坛创作的关系,也可以使之作为打开词调音乐乐律理论、创作流变和声情特点之门的钥匙,借以窥见词乐的音乐特质和声情特点,为描绘词乐的发生、发展的历程提供坚实的文献基础和理论支撑。从而进一步探讨当代明清词调音乐研究的重点难点,开拓出诸多新的研究空间。

一 从词调音乐文献整理到词调音乐乐谱研究

词调音乐作为文人音乐的代表,是民族音乐的重要组成部分,与民间音乐、宗教音乐、宫廷音乐等都有所关联。词调音乐既涵盖文学之"词"的创作内容,亦赋有音乐之"曲"的旋律音乐,二者共同构成文学与音乐的艺术结合体。本文所探讨的明清词调音乐,主要指明清时期有宫调、文辞和乐谱记载的词调歌曲,以及音乐、文学等论著中涉及词调音乐的论述分析。它们既有和唐宋词调音乐相承续的某些特征,也有明清戏曲、曲艺背景下发展的新特点。当代学者将明清时词调音乐视为词乐原貌,实为不妥。故对明清时期的词调音乐文献进行界定、分类和整理是我们开展相关研究的重要前提。

---

[1] 刘崇德:《燕乐新说》,黄山书社2003年版,第213页。

作为词乐研究的新领域，明清时期的词乐文献整理包括大型乐谱总集中收录的词乐，专门的词乐谱，自度曲中的词乐，琴曲中的词乐，其他会典、会要、笔记中的各类曲谱记载。其中乐谱总集以康熙年间《曲谱大成》[①]、《新定九宫大成南北词宫谱》[②]（后简称《九宫大成》）、《自怡轩词谱》[③]具有代表性。这些乐谱总集大多是时人在整理古谱的过程中同时将词乐乐谱收录其中的。此外《碎金词谱》[④]是单纯收录词调音乐的专集，对于我们认识明清曲化之词乐意义非凡。当代对于上文所涉及的各类古谱中所含的词乐研究主要集中在以下几个方面：一是保存原貌古谱的辑佚和影印，例如当代刘崇德先生主编《中国古代曲谱大全》[⑤]、《现存日本唐乐古谱十种》[⑥]和影印原著的《琴曲集成》[⑦]项目等各类古谱总辑。二是对于词乐乐谱的校注，明确其调名、谱字并对音乐信息的具体解读，这部分研究以对《白石道人歌曲》[⑧]和《魏氏乐谱》[⑨]的研究最为突出。20世纪50年代，杨荫浏、阴法鲁合著《宋姜白石创作歌曲研究》[⑩]、孙玄龄、刘东升《中国古代歌曲》[⑪]、傅雪漪《中国古典诗词曲谱选释》[⑫]和当代刘崇德先生《唐宋词古乐谱百首》[⑬]、《中国古典诗词曲古谱今译（唐宋词）》[⑭]均包含上述二谱翻译的成果。明末《魏氏乐谱》是明代宫廷音乐，有宫廷宴（燕）乐谱、包括太常乐在内的宫廷庙堂祭祀、典礼仪式等雅乐乐谱及古传诗乐和佛乐乐谱。明代宫廷音乐演唱词对士大夫影响很大，它不仅体现出官方政权对于艺术标准

[①]《曲谱大成》，中国艺术研究院藏稿本。
[②]《新定九宫大成南北词宫谱》（续修四库全书本），上海古籍出版社1995年版。
[③] 许宝善：《自怡轩词谱》，乾隆四十六年刻本。
[④] 谢元淮：《碎金词谱》（续修四库全书本），上海古籍出版社2002年版。
[⑤] 刘崇德主编：《中国古代曲谱大全》，辽海出版社2009年版。
[⑥] 刘崇德主编：《现存日本唐乐古谱十种》，黄山书社2013年版。
[⑦] 文化部文学艺术研究院音乐研究所、北京古琴研究会编：《琴曲集成》，中华书局1981年版。
[⑧] 姜夔：《白石道人歌曲》，文渊阁四库全书本。
[⑨] 魏皓：《魏氏乐谱》，上海古籍出版社1996年版。
[⑩] 杨荫浏、阴法鲁：《宋姜白石创作歌曲研究》，人民音乐出版社1957年版。
[⑪] 孙玄龄、刘东升：《中国古代歌曲》，人民音乐出版社1990年版。
[⑫] 傅雪漪：《中国古典诗词曲谱选释》，中国戏剧出版社1996年版。
[⑬] 刘崇德：《唐宋词古乐谱百首》，河北大学出版社2001年版。
[⑭] 刘崇德：《中国古典诗词曲古谱今译（唐宋词）》，黄山书社2015年版。

的衡量与音乐审美价值取向，更重要的价值还在于，其与敦煌唐代古谱不同，是一种可以解读译谱并可以复原演唱的乐谱。这对于今人从音乐本体出发反观词乐有很大的参考价值。刘崇德先生《魏氏乐谱今译》[①]和漆明镜《〈魏氏乐谱〉凌云阁六卷本总谱全译》整本解译《魏氏乐谱》，对当代魏氏乐研究颇有参考价值。三是词乐乐谱的翻译，主要以简谱和五线谱两种形式表现。近三四十年，学界围绕《白石道人歌曲》《魏氏乐谱》《九宫大成》和《碎金词谱》等展开过翻译，有林谦三、杨荫浏、阴法鲁、唐兰、夏承焘、傅雪漪、钱仁康、黄翔鹏、王正来、孙玄龄、刘东升、刘崇德、王迪诸家分别进行过翻译工作，这部分译谱成果具有开创性的重要作用。四是对于词乐的音响再现与舞台展演，当代以演唱、器乐等方式多有呈现，如近年来在河北大学开展的国家艺术基金项目"古谱今译"民乐巡演，即选取古谱中的词调音乐作品，通过诗词吟唱、舞蹈身韵、民族乐器演奏等表现形式进行古乐重现。这类艺术实践是词调音乐应用研究领域重点开展的方向。

　　明清词调音乐作为一种词乐的历史形态，是我们打开词乐研究的钥匙。对词调音乐文本的解读与翻译是当代词乐研究中的核心问题。词调音乐乐谱作为古乐信息的重要载体，种类繁多、记载方式多样，近代以来学界对词乐乐谱展开过大量研究和解译工作，但由于解读方法的不同，加之有传承中断等原因，准确而全面地对乐谱进行翻译一直是一项难点工作。文人、曲家们借助西方乐理，将流传的半字谱、俗字谱、减字谱和工尺谱翻译为现代记谱法的简谱和五线谱，是当代词乐研究中最突出的贡献。词乐乐谱解译工作涉及文献学、音乐学、史学、美学、传播学等领域，有很多相互交叉的部分，其中很多学科还未将这部分乐谱作为实证性史料加以利用，因此词调音乐的解译是当代词乐研究着重开展和攻克的方向，还有很多工作要做。

　　我们认为，当代词调音乐文献及乐谱集研究需以"词学本位"为原则展开，将词与词调音乐相结合进行综合而立体的贯通式研究，才能更好地处理"词与音乐的关系"，以此帮助今人对词的性质、宫调体系、声情特点和发展历史作出更客观、真实且具有学理性的认识。这一方面

---

① 刘崇德：《魏氏乐谱今译》，河北大学出版社2011年版。

需要我们在已掌握的乐谱文献基础上探明词调音乐乐谱的存量，使之作为当代明确词乐创作之艺术边界的重要参证，打通沉睡在琴曲、戏曲、器乐中的文献汇通之路。另一方面侧重对乐谱中的音乐本体，包括民间流传的各类词乐中所涉及的乐律宫调、风格特点、创作技术以及它们与词的相互关系进行研究，以此提炼明清词调音乐创作中所体现的时代性特征，从"史"的角度来观察其中的流变演进。词调音乐与各类音乐体裁和表演形式相关联，所以如果将词调音乐独立于音乐史，作为一种单独的音乐表现形式来分析，则是不科学的。这就要求我们在研究音乐语言艺术的过程中，对音乐的体裁、风格和表现方式全面把握。目前此类研究只有少量硕博和单篇论文论及，如秦序《半世纪以来的中国古代音乐史学研究》①、郭威《中国音乐文化史的研究向度》②、孙尚勇《中国古代诗乐关系及其历史变迁》③ 和杨超《中国古代音乐与文学的关系研究》④ 等，这部分研究还显得十分薄弱。从词调音乐"发展史"的视角来总体观照这部分音乐流变的研究仍属空白，还有绝大多数的乐谱文献有待于进行梳理、归纳。这部分研究既可以作为民族音乐发展史的补充，因其涉及乐律发展史、乐器史、音乐风格研究，也可以作为我们认识音乐审美变迁的重要参考，其中重要的词调、词人都可以"瞻前顾后"、古曲钩沉，分析其中的继承与新变，从而为词调音乐在当代传播和活化提供灵感和启发。

二　从词调音乐理论研究到词调音乐应用研究

明清词调音乐是仿唐宋词乐之曲化词乐，亦是时腔之词乐。但词曲同源，我们借以词调音乐所关涉的文学与音乐两大学科的理论研究，既要回答音乐领域的源流演变、乐律宫调、节奏节拍和演奏歌法等一系列技术理论的争议，也面临解决在文学方面涉及词的创作体制、风格声情、

---

① 秦序：《半世纪以来的中国古代音乐史学研究》，《南京艺术学院学报》（音乐与表演版）2005 年第 2 期。
② 郭威：《中国音乐文化史的研究向度》，《民族艺术研究》2016 年第 5 期。
③ 孙尚勇：《中国古代诗乐关系及其历史变迁》，《中国文学研究》（辑刊）2014 年第 1 期。
④ 杨超：《中国古代音乐与文学的关系研究》，硕士学位论文，南昌大学，2017 年。

声辞关系等重大问题。这两个层面的研究不仅是词学与音乐学领域的学术价值所在，亦对词乐当代传播和应用领域具有开拓意义，值得长期深入研究。由理论研究生发至应用研究，是当代词乐研究的重要落脚点，它可以反映出当代学人对于中国音乐传承和声响艺术的认知，也是构建具有民族文化精神和审美意识的重要因素。研究词调音乐的价值与意义，不单是学术层面的理论突破，也是塑造艺术审美能力和挖掘舞台艺术的实践突破。它对于我们超越词学的固有研究领域而作为当代实践性的艺术形式，帮助我们克服以往研究中的一些难题和困境都具有十分积极的意义。

词调音乐之音乐理论研究，大体集中在两个方面：一是词调音乐源流和乐律宫调演变研究；二是词调音乐的技术理论研究，主要集中在节奏节拍、唱奏记谱等方面。

关于词调音乐的起源，是涉及词学和音乐学比较重大的问题。词调音乐的起源涉及的不仅是音乐相关的"乐"，也涉及合乐之词的发生发展过程。学界普遍接受的观点是词源于隋唐燕乐，包括吴梅、夏承焘、吴熊和、唐圭璋等大多数学者都认可这一观点，这其中燕乐所处的地位和作用是得出问题结论的核心。明清时期有方成培《香研居词麈》[1]和凌廷堪《燕乐考原》[2]均有论述考证隋唐燕乐起源以及宫调声律，为我们考察词乐乐理提供了一定的参考。现当代有林谦三、丘琼荪专门考证梳理过燕乐起源、发展路径并解决调性相关问题。近年来，学界对词乐之起源为隋唐燕乐的问题有所争论，洛地和李昌集先生均有反对词为隋唐燕乐的产物的看法[3]，引发学界谢桃坊、田玉琪等先生撰文进行讨论[4]。诸家从词体的形成、形态演变和词乐配合的角度展开论述。学者们在论述中已经对唐宋以来的文献和史料进行过比较详细的梳理。值得注意的是，在

---

[1] 方成培：《香研居词麈》，商务印书馆1936年版。
[2] 凌廷堪：《燕乐考原》，商务印书馆1937年版。
[3] 洛地：《"词"之为"词"在其律——关于律词起源的讨论》，《文学评论》1994年第2期；李昌集：《华乐、胡乐与：词体发生再论》，《文学遗产》2003年第6期。
[4] 谢桃坊：《律词申议》，《南阳师范学院学报》2003年第2期；谢桃坊：《音乐文学与律词问题——读洛地〈律词之唱，歌永言的演化〉》，《浙江艺术职业学院学报》2005年第4期；谢桃坊：《宋词的音乐文学性质》，《东南大学学报》2003年第4期；谢桃坊：《宋人词体起源说检讨》，《文学评论》1999年第5期；田玉琪：《关于词的几个问题——与洛地先生商榷》，《中国韵文学刊》2007年第2期。

当代关于词调音乐起源的讨论中应如何对这些史料审慎地引据和使用，是一个持续关注的要点，把词的源流发展放在文学和音乐两"史"的角度综合评判时，应慎重话语。

关于词调乐律宫调研究，不仅是判断文学声情、风格的依据，也是确定音乐调式使用和创作方式的标的。杨荫浏在《音乐理论的几个方面》中提到，"燕乐"宫调理论在我国过去乐律理论家之间，常被视为一个疑难而复杂的问题。它之所以成为疑难问题，是由于它在历史过程中，经历了几次变迁，被不同时代的人们给予不同的理解——解释的不同会直接影响到对同一曲调的音乐形象的认识之不同。我们今天之所以研究这一问题，就是为了解决与"燕乐"宫调系统有着联系的某些古谱的理解与翻译问题。① 明代朱载堉《乐律全书》②、清康熙帝敕撰《律吕正义》③、江永《律吕新论》④ 和《律吕阐微》⑤ 诸书都能够代表明清时期文人曲家包括官方对于当时乐律理论的设定标准和认知，对我们今天理解明清音乐理论有重要的价值。晚清至今，有多位词学大家对燕乐源流演变及乐律宫调问题进行过深入探讨，具有道夫先路之功，很大程度扩展了燕乐理论和词乐研究的深度和广度。在宫调问题研究的路径选择上，我们可以从单个词调的使用来展开，也可以围绕一时宫调系统特点来进行，尤其可以关注各个时期中的词调音乐个案梳理，以此发掘文学与音乐的创作规律以及审美偏好，例如，曲谱集中的宫调创作、收录和使用情况、或同一时期内相同宫调所对应作品题材内容，亦可以帮助我们认识宫调在流变过程中对词学史和音乐学史的特点。

总的来看，前人对于燕乐和乐律宫调的理论研究已形成比较完整的理论体系，但宫调在词乐中所起到的作用仍然需要结合乐谱和翻译进行解读。明清时期的词乐作品以宫调划分曲牌群类，宫调名称也从唐代二十八调中而来，故厘清这部分南北曲的宫调，对当代认识词乐宫调问题意义重大。这一时期的宫调研究仍有很大空间：侧重以宫调的归纳和整

---

① 杨荫浏：《中国古代音乐史稿》（上），人民音乐出版社1981年版，第427页。
② 朱载堉：《乐律全书》，商务印书馆1930年版。
③ 《律吕正义》，商务印书馆1936年版。
④ 江永：《律吕新论》，中华书局1985年版。
⑤ 江永：《律吕阐微》，中国书店2018年版。

理的研究，可以从音乐史角度对乐律学的发展、流变进行补充；侧重以宫调的使用和词调的匹配关系的研究，可以帮助从音乐创作角度反推明清词乐、曲乐的创作风格、心态、审美，进而对明清词调音乐的批评与鉴赏提供借鉴。

用现代记谱法来翻译古谱是当代反推词乐原貌的一种可行的方式，其中涉及音高谱字的部分已经基本解决，但仍存有若干争议和短板。比如在中国传统音乐理论背景下进行的译谱，存在使用首调唱名体系还是固定调唱名体系翻译工尺谱的争论，其关键在于译谱方式不同导致译谱后的谱例是否符合唱奏实际；再如唐宋以来多是对节奏作大致提示，或不记节奏，缺少节拍节奏的明确定量，靠口传心授传播，导致符号的译写常有分歧；还有音乐的音色、强弱、唱奏法等要素在古谱中存在或未进行标注、或流传过程中信息佚失等情况，使得在现当代乐谱翻译呈现中或省去不注，或根据今人对于曲谱的理解增减变化，难免有猜度添改之处，特别是对于音乐风格、唱词声调这种无法实现标注的情况，也为还原词乐本貌和艺术风格造成困难。乐谱翻译工作涉及记谱法、乐器法和音乐术语进行完善和规范的具体问题，需要以经验为参考，到形成有体系、有固定方法的专学，依然有一定距离。当代词乐乐谱解译可以关注个体词调的音乐梳理考证、翻译以及源流演变的研究，或围绕词调音乐术语的考证辨析，也可对海外乐谱或琴曲乐谱进行解译，这些研究方向都可以为词学和音乐技术理论的充实和完善提供参考。

词调音乐之文学理论研究，需要集中回答"词的体制与音乐关系"和"文与乐的声情关系"两个重要问题。

词的体制与音乐关系研究即从词调的语文形式——"文体"的特性研究，以"词谱""词律""词韵"为代表的研究方向，其中包含词的分片、字数、韵拍、句拍、平仄字声等，关涉与音乐配合的具体问题，是当代词调音乐研究中的难点。词家们出于对前代词作文学创作技法的归纳和提炼，对词的体制、创作中遵循的字声、用韵规则有了比较细致的研究，可以看出他们努力尝试对词乐音乐腔调的一种依仿，对我们认识词乐的旋律、声情遗存也有一定程度的帮助。从研究成果的比例来看，"依谱填词"的词体与音乐的声律、声情配合关系仍少有论述，多有片面之论，声辞关系研究仍是词学研究中欠缺的部分。这部分研究，近现代有夏承焘、任中敏曾重点探讨了唐宋词的音乐特质①,把文学从"重文不重声"的面貌中解脱出来,将"文"与"乐"的地位平等看待,对当代词乐研究具有指导性意义。后又有郑孟津、刘尧民、吴熊和、刘崇德、洛地、施议对诸家从文体和音乐两方面进行过著述和专题研究。从现有研究成果来看,其中少有从音乐本体(乐谱)角度出发,抑或结合明清词乐旋律、唱腔中的特征进行声辞关系的综合评判,目前只有少数硕博论文或单篇论文中的个案例析涉及,如刘明澜《论宋词词韵与音乐之关系》②,《宋词字调与音乐之关系》③,郑祖襄《曲牌体音乐与词曲文学关系之研究》④,智凯聪《以"和"为美——姜夔词乐美学探究之一》⑤ 等,总体看仍十分零散,在今后的研究中应予以更多地关注。

当代词的体制与音乐研究可以从两个角度着手,一是从词体角度出发,着重从"文学性"进行与音乐的相合关系研究;二是从音乐本体出发,着重从"音乐性"进行具体词乐乐谱作品展开辨析。从前者角度开展研究的,有王昆吾《隋唐五代燕乐杂言歌辞研究》⑥ 即按照不同音乐体裁进行的专题研究,对大曲、民间唱词、杂言曲调进行梳理论析,可作为一个很好的研究范例。明清时期的词乐也可按照体裁、题材类型进行分类讨论。从后者角度开展的研究目前还十分薄弱,可按照词乐乐谱文献开展专人、专书、专曲研究,对于个体词调音乐也可以进行"又一体"的研究、同调名不同体裁或异体变格的研究。当代已经有一些词曲学大家围绕《白石道人歌曲》进行专书研究,有对《魏氏乐谱》《九宫大成》《碎金词谱》中的乐谱进行解译并考察其声辞关系的学术论文,但数量寥寥,再如明清琴曲谱、清唱谱、格律谱中的词乐篇章仍无人涉足研究,还属空白,有很大的学术发掘空间。

---

① 夏承焘:《唐宋词论丛》,古典文学出版社1956年版;崔令钦著,任半塘笺订:《教坊记笺订》,中华书局1962年版。
② 刘明澜:《论宋词词韵与音乐之关系》,《中国音乐学》1994年第3期。
③ 刘明澜:《宋词字调与音乐之关系》,《中国文学研究》(辑刊)2001年第1期。
④ 郑祖襄:《曲牌体音乐与词曲文学关系之研究》,《首都师范大学学报》(社会科学版)2007年第6期。
⑤ 智凯聪:《以"和"为美——姜夔词乐美学探究之一》,《天津音乐学院学报》2019年第1期。
⑥ 王昆吾:《隋唐五代燕乐杂言歌辞研究》,中华书局1996年版。

关于词调的声情之学，龙榆生先生在《研究词学之商榷》有重要见解："词虽脱离音乐，而要不能不承认其为最富于音乐性之文学。即其句度之参差长短，与语调之疾徐轻重，叶韵之疏密清浊，比类而推求之，其曲中所表之声情，必犹可观。"[①] 之后龙先生又提出词学研究应拓展的三个领域，其首要便是"声调之学"，他认为"词本倚声而作，则词中所表之情相应"。词调音乐的声情研究其核心在于词作和音乐共同完成"表情达意"的功能，要把这项研究在艺术层面综合看待，不能单纯视为文辞信息的传递和音乐的技术创作。这部分研究要求我们将文学"声律"和音乐"乐律"之相互关系在具体的分析中进行回答，这也是当代词调音乐，包括明清词调音乐研究中的一项重要工作。

词调音乐的声情研究是由文学的声情和音乐的声情两大部分配合构建的。南宋后"词曲相离"的趋势使词乐中的文辞创作与音乐的情调色彩出现脱节，更着意于词体声律范围内的谐和。关于文学声情的研究路径与方法，田玉琪先生在《词调学研究的学术空间》一文提道："词调声情问题唐宋时期即有较多关注，它既包含音乐的声情，也包含词作的声情，二者有直接紧密的关系。今天唐宋词音乐已大都失传，从词调的字、句、韵、声等方面考究词调固有之声情，不失为一个可以接受的方法，当然这同时还要考察调名原始、题材特点、宫调所属等诸多因素。"[②] 文学的声情是可以通过词调的创调渊源、题材内容、长短句法、平仄声韵的组织来开展分析的。

音乐的声情由乐曲旋律、宫调、歌法三大要素决定。乐曲的旋律对于音乐声情的影响无疑是首位的。无论是独奏、合奏的器乐曲还是独唱、对唱、合唱的声乐曲，音乐风格气质的决定性作用一定是依赖于最初创作过程中就确定下来的旋律。这种对音乐各要素主观的规划和使用在"倚声填词"的词乐当中起到了框定范围和引导音乐文学走向的重要意义。基于音乐旋律的调性、结构、配器等创作技法分析，是音乐领域作曲技术理论一直探讨的重要问题，长期以来已经形成了诸多成果。但从词调音乐角度来理解声情的具体含义，就需要我们借助传统和现代的分

[①] 龙榆生著，张晖主编：《龙榆生全集》（三），上海古籍出版社2015年版，第242—243页。

[②] 田玉琪：《词调学研究的学术空间》，《中国韵文学刊》2019年第1期。

析方法来综合研判，比如借助西方音乐分析技法，从音乐的各要素进行微观地拆解和逐项辨别可以帮助我们考察词乐创作中的一些通识性规律。

宫调的声情理论，与词调的"选声择调"问题紧密相关，在元代燕南芝庵的《唱论》[①]和周德清《中原音韵》[②]中均有论述。但学界持两方看法，一种认为宫调不存在声情一说，以杨荫浏《中国古代音乐史稿》[③]和俞为民先生《曲体研究》[④]中论述为代表；另一种部分承认宫调具有声情含义，以周维培先生《曲谱研究》[⑤]和李昌集先生《中国古代散曲史》[⑥]中观点为代表。宫调的指称意义，在发展演变过程中经历了先作为乐律的标识，后又作为声情符号的指示意义的衍变，这种身份的重叠和变化，在一定程度上表现了词调音乐的受众把对于音乐的评判感受投射进宫调名称中的具体实践，况且宫调作为乐律学标识的作用，在随着明清宫调数量慢慢减少，渐有消减之势。由此可见，"宫调声情"有一定存在和实践的合理性，但如"清新绵邈""高下闪赚"等说仍是一个大体的概括，要得出关于声情的准确评价则需要密切结合音乐本体进行分析。

在歌法的问题上，傅雪漪在《试谈词调音乐》中谈到"歌词之法"，却是研究宋词音乐值得深入探讨的问题。因为乐情必须通过乐声才能表现出来，不同的曲种（剧种）之所以各自形成特有的风格、特色，关键在于语言、声调、地区生活习惯，以及伴奏乐器技法的相辅相成等艺术手段。而且语言（语音、方言、语调）的处理美化也须依赖于行腔，特别是装饰性小腔是保持本曲种风格特色的一项重要艺术措施（当然还要注意音色、力度、节奏各方面的综合）所谓"乐之筐格在曲（乐谱），而色泽在唱（唱法、风格、韵味和具体的演员）"[⑦]。歌唱的方式以旋律、宫调为风格的理论指示，结合歌唱中文学字声、韵味等表现方式来完成，事实上是作用于音乐声情的两个环节。所以在乐曲旋律的声情的判别中，

[①] 燕南芝庵：《唱论》，中华书局1940年版。
[②] 周德清辑：《中原音韵》，中华书局1978年版。
[③] 杨荫浏：《中国古代音乐史稿》，人民音乐出版社1981年版，第574页。
[④] 俞为民：《曲体研究》，中华书局2005年版，第39页。
[⑤] 周维培：《曲谱研究》，江苏古籍出版社1999年版，第273—275页。
[⑥] 李昌集：《中国古代散曲史》，华东师范大学出版社1991年版，第108页。
[⑦] 傅雪漪：《试谈词调音乐》，《音乐研究》1981年第2期。

应着眼于音乐创作中具体技法与文词的配合关系、音乐旋律与情感表现的同一性、音乐创作的风格技法与当时所处时代的审美特点等来研究。

　　综合文学与音乐的声情研究，在方法上应关注历时性与共时性、普遍性与特殊性。唐宋词乐已无法追其原貌，而明清词调音乐深受南北曲化的影响，虽然词文多用唐宋时期作品，但从音乐旋律角度分析各个词调的艺术风格、特征的变化，就需要注意从历时性和共时性两方面多加留意。杨荫浏在《南北曲的比较》①中提到，在表现情调上，南北曲各有不同。明王世贞在《曲藻》序中提道："大抵北主劲切雄丽，南主清峭柔远。"②明王骥德《曲律》（杂论第三十九上）中说："南北二调，天若限之。北之沉雄，南之柔婉，可画地而知也。北人工篇章，南人工字句。工篇章，以气骨胜；工字句，故以色泽胜。"③由此看出，时间、地域、作者和社会环境都是声情区别变化的重要因素。在声情的普遍性和特殊性研究中，可以尝试同一词调所使用的题材、内容有何种变化，同一时期个体词调使用宫调不同，或者不同时期词人创作中对相同宫调声情理解的不同之处，诸如此类研究角度都可以展开论述。

　　与当代词乐应用研究较为紧密的领域主要包括：传播接受研究、乐谱活化研究和舞台实践研究三方面。从明清词调音乐的现代传播来看，它不只是独立的文化现象，也关涉至音乐美学、音乐社会学、音乐心理学、音乐形态学研究，而且随时代推进、科学技术发展、人的思想认识的发展而逐步叠加。从传播媒介来讲，乐谱是实现音乐的自然传播到技术传播的实质性飞跃。直到当代，乐谱作为音乐最重要的传播方式，与"口传心授"的自然传播互为补充，打破音乐艺术的团体性、地域性的传承限制，依然是我们当代词乐传播研究中最重要的书面依据。唐宋之际的词调音乐传播，上至宫廷庙堂、下至市井瓦舍，在人际之间沟通、传播、流行，它们携带着民族文化的基因在沟通、传递、分享的过程中不断充实，使词调音乐艺术得以展现并实现其价值。从传播本质上可以说，音乐本身其实是依赖于"分享"的一种艺术形式。这种信息的传

---

　　① 杨荫浏：《中国古代音乐史稿》（下），人民音乐出版社1981年版，第866—867页。
　　② 中国戏曲研究院编：《中国古典戏曲论著集成·曲藻》，中国戏剧出版社1959年版，第27页。
　　③ 王骥德：《曲律注释》，上海古籍出版社2012年版。

递，引起不同受众的情感共鸣，反过来使艺术得以延续和发展，词调音乐亦然。明确词调音乐在传播学中的形态特征、传播媒介和时空关系，使词调音乐文化在当代焕发与学者、受众的情感共鸣。明清时期所创所载的词调音乐，实际上是对唐宋词乐传播与接受的具体体现。词乐通过文人艺术化的传播形式覆盖更广阔的受众人群。围绕词乐本体展开的研究可以是我们打开词乐传播与接受的便捷窗口，其中的文学版本、音乐曲调的文本、唱本在各个朝代都有异同之处。再如传播接受过程中涉及的政治、风俗现象都可以成为当代认识词乐的切入点。具体的问题会涉及：词调音乐的传统曲调是否符合今人的音乐接受和听觉习惯，在当代的传播中应该以怎样的媒介和方式进行呈现等，都还有很多路径有待于尝试和探索。

乐谱活化研究和舞台实践研究是紧密相关的研究角度，有着广阔的发展空间。当代有音乐家从创新继承民族音乐的角度，将明清词调音乐搬上现代舞台，而戏曲家多以擅长的戏剧声腔演绎（如昆曲、京剧、越剧），学院派音乐家则多用美声唱法改编吟唱，流行乐坛也有不少根据明清词调乐谱旋律以现代和声配器再塑的通俗词调音乐。可以说，以中西乐理论为依托的乐谱活化与当代舞台实践活动相伴相生，开辟了词乐在当代发展的新境界。这些新作品，带有一部分传统音乐和文学的固有特性，又生发出具有时代性审美特点的新语音。我们在认识和研究的过程中既要尊重其中合理的、有价值的部分，也要审慎地对待始创性、自由性的部分，不因手段、材料的添置而有损词调音乐"本原"的积淀与特性。在具体的实施中则需要考虑，创作活化过程中对于中西器乐的选择和相互渗透，表演、演唱呈现方式的还原与添改，总的来说，可留意和商榷之处还有很多。

三　明清词调音乐研究方法论反思

中国民族音乐是世界音乐的重要组成部分。在民族音乐体系里，从宫廷雅乐开始，直至民间俗乐，词调音乐作为距离文人艺术最相近的音乐，和文人文艺关系紧密。它的来源有多个方面[①]，唐宋以来受士大夫

[①] 参见吴熊和《唐宋词通论》，上海古籍出版社2010年版，第79—85页。

的陶冶与推崇成为文化娱情中一块繁荣的高地。词调音乐研究之所以成为当代词学和音乐学研究中的难点并在传播影响上受限，有社会、文化等诸多环境和客观因素的深层原因：自南宋后，有一类文人，工于文采字句，弃曲玩票而作词，导致词乐的传统逐渐失落；由于帝王统治阶级对于音乐乐律主张的差异和专制，使得长期以来古儒和学者对音乐的阐释多有不同，加之明清时期西乐传入的冲击，使音乐创作技术和观念难以统一；文人与乐工、创作者和表演者的分工区别、互不统摄是词调音乐研究面临困难的最直接原因。方法论研究是指导当代关于明清词调音乐学术创新和价值突破的重要命题。对于词乐研究方法论的探讨不仅可以帮助当代学人跨越学科的、历史的藩篱，同时能够为今后开展研究提供可参照的手段与步骤。当代对于明清词调音乐研究中通行之法主要集中在以文学和音乐史料出发的文献文本研究上，如夏承焘、吴梅、唐圭璋、任中敏、吴熊和、丘琼荪、黄翔鹏、刘崇德等先生都从总体的学科视角出发解决具体的历史问题，他们力图穷尽文献、追根溯源，使词乐的传统研究之"道"转向当代具体的治学研究之"术"上来。我们认为当代词乐研究的具体方法及路径，可从以下几个方面多加注意。

（1）无征不信。明清词调音乐的研究是以具体的乐例和音乐本体为参照展开的，由于历史流传的客观限制，后人多以当代理论认知和熟知的个案作为研究例证来判断并形成结论，故已有的众多观点往往有悬断是非之嫌。所以在研究过程中需要我们对历史文献和当代成果相互参证，既要脚踏实地的将沉睡在古谱中的乐证进行细致的撷取，又要灵活辩证地辨析考察当代研究中的成果和具体看法。刘崇德先生在日本唐乐古谱的研究中以《掌中要录》为曲证，明确日本唐乐的宫廷器乐乐舞性质，为词体探源；同时通过现存唐燕乐曲谱，及其在日本之流亚的大量唐乐曲谱例证，认为燕乐与词体并非直接关系，还对大曲的结构特点提出新说[1]。而在研究中，对于无法用乐例证明、缺乏材料支撑的观点，则有待于在我们对古曲去伪提炼之后再予以采信。研究需秉持客观严谨的科学原则，如乾嘉学派细致专一的考订校勘方式，实事求是进行求证。这

---

[1] 刘崇德主编：《现存日本唐乐古谱十种提要》，载《现存日本唐乐古谱十种》，黄山书社2013年版。

与中国学术传统中以"求真"为旨的考据之术和当代实事求是的原则是完全契合的,人文科学虽然无法像自然科学那样精准,但在征信的过程中仍需要努力达成尽可能接近事实的共识。

(2) 中西映照。词调音乐采用俗字谱、工尺谱等记谱方式记写,对于它们的解读与翻译是以中国传统乐理和西乐理论为参照展开的。音乐乐谱的核心在于使用符号语言来尽可能完整地表现音乐各要素的特征,从而形成可记载的、可传播的文献乐谱材料,使音乐得以脱离声响进行保存和复原。明代中期至清代中期中国和西方的双向文化交流逐渐频繁,以钢琴为代表的键盘乐器与西方音乐理论一起,逐渐渗透进中国传统音乐中来,这也使得我们在当代研究民族音乐和词调音乐的时候需要借助西方音乐技术理论方法,深入细致地从民族音乐的积淀与内涵出发而形成全面综合的认识。在词调音乐具体研究中的节拍、宫调、定调、记谱法等问题,就是涉及中西理论各自领域并且需要融通使用的客观实践。从艺术视角来看,中西方音乐的创作原则和目的大体是一致的,主要的区别依然集中在具体的创作技术、风格和表现形式上,所以从艺术精神下沉至音乐实践的译谱过程中,中西二者仍然各有所守,围绕这一命题继续深入探讨很有意义。

(3) 宏观与微观。词调音乐的宏观与微观是指研究视角的具体转换。宏观研究可以从文学与音乐的境界精神、创作风格来对词调音乐的共性、共情、共识来探讨,包括对词乐历史留存的界定、选择、归类、数量、使用情况加以明确。而微观的词调音乐研究则应侧重于对词调音乐个体、个面、个性的阐发,如相同时期或相同词调的历史溯源及个案梳理,抑或是对具体的写作、创作中的技法的归纳或总结。无论是从总体的学科门类为出发点认识词调音乐,还是从微观的词人、词调来着手开展研究,都应博通与精专并兼,同时牵涉文学和音乐大学科的各个分支,需要研究者掌握学科的骨架全貌才能够沦肌浃髓、言之有物。

(4) 跨学科交叉。词调音乐研究的交叉研究是帮助我们认识词学与音乐学直至周边学科的重要方法。它包括词作为文学和音乐现象所形成的理论架构,集中于文学和音乐技术层面的勾勒,是我们对于词乐深层结构的本体分析。同时学科辐射所至的边界则要求我们注目于更加广阔的文艺理论与文化艺术领域，这类研究是以人的认知为主要视角进行的，比如，词调音乐与社会、政治、民俗、宗教、审美、传播、学术思想、文人心态等关系研究，这些研究极大地拓展了词调音乐研究的维度，便于对词的音乐与文学两方特质进行评赏。例如，以王国维、叶嘉莹、刘若愚的词学批评为代表的阐发能够引发词调音乐研究的反思，并为我们对词调音乐的艺术理论延伸至文化批评和文艺现象具有推动作用。词调音乐的各学科之间是交融互进的统一体，其中一方的研究进展都对另一方具有积极意义，只有把各个学科的研究方法和领域相结合、融通才能够充实词乐研究的学术体量，并使之不断深入。

当代的词家和音乐家们已经认识到词调音乐研究的"词曲相合"的重要性，这部分研究横跨文学、音乐两大领域，而传统的词学和音乐学研究方法多有割裂，造成"词家不工曲，曲家不工词"的情况，历来缺少全面综合的词曲研究。具有音乐专业背景的词学研究者，可以多重视文学层面的精神修养和文学创作的理论要求，结合历代乐谱文献展开梳理、翻译、试唱，从实践操作的角度传播词调音乐。主要从事文学研究的词学研究者，则可以注重考察历史源流、辑佚校勘和音乐理论，并将其中的成果渗透至音乐实践中去。总体来说，当代词调音乐研究需要的是在音乐、文学上均有研究能力之学者，这也是这一学科领域今后从事相关研究的深切期待。

四　结语

明清词调音乐研究是涉及文学与音乐学两大学科领域及其他领域的交叉研究，从文学、音乐学的相关理论和艺术实践出发的研究可为今后词学、文献学、文艺理论、音乐理论研究提供新的路径与方法，并不断深化。探讨文学与音乐的内在关系，进而综合地理解艺术门类之间的内在逻辑关系，从而反思文化与精神的脉络和走向，可以帮助我们走出因历史原因而文献佚失和词乐"无声"的困境。明清词乐之博采、之风骨、之意趣，在今日依然成为我们远追唐宋之遗风、探求文艺之风雅的融通之法，这其中既承载了当时对于民族文化传承中的自适之变，也表现出诗词文风历史中的坚守自持。词调音乐研究中的守望与传承，以独特的文化情态不断延展、壮大，对于其中蕴含的文人、曲家创作之"技"和精神内核追求之"道"，则是当代词乐研究的最终落脚之处。

［作者简介］刘瑶，河北大学文学院在读博士研究生。从事词曲学、中国古代音乐史研究。

词体及词籍研究

周密《倚风娇近》词断句用韵之厘定

魏辰熙

内容摘要：周密的《倚风娇近》为宋人孤调，其上片断句用韵问题近代纷争不一，当代词谱类书籍对其体式也莫衷一是，至今断句分韵依然混乱。本文以时间为序，结合近代及民国词人创作梳理其纷争，对《倚风娇近》词的断句用韵问题做一厘定。

关键词：周密 《倚风娇近》 断句用韵

周密《倚风娇近》一调的断句用韵问题，近现代学者颇有争议。该调于宋代仅存周密词，今总观《全明词》[②]《全清词（顺康卷、雍乾卷）》[③] 均不见此调创作，唯《国朝词综补》记载有清人潘尊璇"红褪啼妆"一首。到了民国时期，《倚风娇近》的格律问题引起了如社词人的争议[④]，时吴梅、廖恩焘等学者都参加了讨论和创作。然而《倚风娇近》的格律问题至今没有定论，分韵断句在今日所编词谱类著作中依然相当混乱。下面试以周密词为本，结合现有相关文献，分析《倚风娇近》词的体式纷争并对分韵断句问题做一厘定。

---

* 本文为国家社科基金重大招标项目"词体声律研究与词谱重修"（15ZDB072）项目阶段成果。

② 饶宗颐等编：《全明词》，中华书局2004年版。

③ 程千帆等编：《全清词·顺康卷》，中华书局2002年版。张宏生等编：《全清词·雍乾卷》，南京大学出版社2012年版。

④ 如社《倚风娇近》的体式之争具体可参看朱永香、赵王玮《论如社词人对宋人僻调格律的处理——以〈绮寮怨〉〈水调歌头（东山体）〉〈倚风娇近〉为例》，《中国韵文学刊》2019年第1期。

一 《倚凤娇近》断句用韵之纷争

《倚凤娇近》这个体式并不是周密原创，其词下自注云："填霞翁谱赋大花。"霞翁即杨缵，周密和杨缵交游数年，结吟社唱和，杨缵深谙音律，周密用杨谱制词当是常事，可惜杨词不存，故此调体式究竟如何，其中清代两大代表性词谱著作《词律》《词谱》均未载此词，唯《词系》《词律拾遗》有所记载，近代至当代，聚讼纷纭，莫衷一是。此调《词律拾遗》断句为：

> 云叶千重，麝尘轻染金缕。弄娇风、软霞绡舞。花国选倾城，暖玉倚银屏，绰约娉婷，浅素宫黄争妍。　生怕春知，金屋藏娇深处。蜂蝶寻芳无据。醉眼迷花映红雾。修花谱。翠毫夜湿天香露。①

这是词谱类著作最早为此调的分韵断句，而此调的体式之争主要是在上片第二、三韵处。上片第二韵《词律拾遗》作上三下四句法，而《词系》不做点断，今人唐圭璋《全宋词》此句则作"弄娇风软、霞绡舞"② 为上四下三句法，而上四下三句法为七字句常式，实无须逗断。除此之外，吴梅、《中华词律辞典》、《词牌格律》、《词调名辞典》、《宋词大辞典》此调该句均未逗断，《中华词律辞典》言："此句之'软'字，可与'风'字组成主谓词组'风软'；亦可修饰'霞绡'，视如何理解而定，毋需逗断，下片'醉眼迷花映红雾'之句式正与此同，'花'字亦可两用。"③《词律辞典》所言当是。

不过，此调最大的争议之处还是第三韵，这个问题一直从《词律拾遗》延续到了今天。

徐诚庵在编撰《词律拾遗》时虽然将此处断为四句一韵，其按语却言：

---

① 徐本立：《词律拾遗》卷二，清同治十二年刻本。
② 唐圭璋编：《全宋词》第五册，中华书局1965年版，第3276页。
③ 潘慎、秋枫：《中华词律辞典》，吉林人民出版社2005年版，第988页。

张小峰学博云："花国"三句或谓换平韵自为叶。或谓分七字二句。"玉"字作去声叶。读若"意"。后说近是。①

据此，徐诚庵倾向于断作"花国选、倾城暖玉。倚银屏、绰约娉婷。浅素宫黄争妩"。"玉"字本入声，此处以入声作去声叶韵。《词律拾遗》的点断毕竟是为数不多的记载，故其"换韵"或"以玉为韵"的观点对后来学者产生了巨大的影响。

近代曲学大家吴梅便是两者皆从。《吴梅日记》1932 年农历四月十一有这样一条记载：

因倚草窗《倚风娇近》一调归之。是调诚庵《词律拾遗》收录，而注处多误："第三句'弄娇风软'是上四下三；以下四句，三句换平叶，'暖玉'非借入韵；末句'浅素'为句中暗叶，诚庵之说，不可从也。"②

而四年之后，即 1936 年农历二月初十的日记中，吴梅再次对《倚风娇近》的定格进行了讨论，时如社仇亮卿、蔡嵩云二人向吴梅请教《倚风娇近》的定格，吴梅在查阅了《词律拾遗》后，将上片花国三句点断为：

花国选倾城暖玉。倚银屏、绰约娉婷浅素。宫黄争妩。③

此断法与之前又是不同，以"玉""素"字为韵，作七字、上三下六折腰句、四句句法。然而很快，吴梅在廿五的日记中又言：

此调仅见草窗词，《拾遗》所载张少峰说，鄙见当两从之。④

---

① 徐本立：《词律拾遗》卷二，清同治十二年刻本。
② 王卫民校注：《吴梅全集·日记卷》，河北教育出版社 2002 年版，第 152 页。
③ 王卫民校注：《吴梅全集·日记卷》，第 686 页。
④ 王卫民校注：《吴梅全集·日记卷》，第 691 页。

如此，一切似又回到了起点，然而即使吴梅已经做出了"两从之"的定论，恪守声律的如社词人在照搬周密韵字的同时，对其上片的点断依旧各执己见。

如廖恩焘便不从"以玉为韵"，《吴梅日记》廿五的日记中还有这样一条记载：

> 正推敲之际，得廖凤书此作，不以玉韵为是，此各人见解不同，无妨也。

而蔡嵩云在《乐府指迷笺释》中给"句中韵"作注时也表达了其对换韵之说的不赞同：

> 换韵之词，小令外实所罕见，惟周密《倚风娇近》有之。此词填霞翁谱赋大花，前后用"鱼""虞"同部之"语""麌""御""遇"等韵。前段第三句以下"花国选倾城，暖玉倚银屏，绰约娉婷"三句，忽改押不同部之三平韵，独处例外。或谓此三句应作两七字句，并非换韵。但三平韵何以巧叶如此？究属疑问。草窗倚霞翁谱，惜不得霞翁词一证之，似此换韵，实为变例，即今有之，亦不足为训也。①

蔡氏直接指出周词看似换韵，实是变例，不足为训。而蔡嵩云此说也并不严谨，换韵之法在引、近及慢词调中多有存在，如《江城梅花引》《水调歌头》等中都有换韵的情况②。

其实不止廖、蔡两人意见不同，如社之外，另有吴湖帆词手稿，从这两位词人的逗断，也可窥见当时体式纷争之多。不过可惜现如今见到的如社词之点断多为今人所作，很多词调体式已与词人原意相去甚远，唯有唐圭璋词亲编可信。

唐圭璋不用周密韵字，其《梦桐词》所载的《倚风娇近》此处断作

---

① 沈义父著，蔡嵩云笺释：《乐府指迷笺释》，人民文学出版社1981年版，第83页。
② 田玉琪编：《北宋词谱》，中华书局2018年版，第644—649、988—992页。

"回雪舞妖娆。小立隐红绡。绝俗孤标。浅翠嫣红难比。"① 这种断法不从"玉"韵，而依换韵为断，可惜未将暗韵点出。吴湖帆词便与吴梅与廖恩焘都不同，他所创作的《倚风娇近》此处断作："襟蝶抱、温香软玉（去声）。弹情长、脉脉轻妆点素。螺痕眉妩。"② 此句法点断的核心是将"玉"当作去声叶韵，且将"素"字点出。林鹍翔词下小注便对这种众说纷纭的情况作了说明，其言：

> 上阕"玉"字作去声叶，此一说也；"城"字、"屏"字、"婷"字换叶平韵，此又一说也；或以为"素"字亦暗韵。是调宋人中止有草窗一首，紫霞翁原调已佚，无从取证，勉强成此，以俟审定。③

陈匪石于《声执》中也言：

> 及草窗《倚风娇近》之"浅素"，是韵非韵，与《倚风娇近》"城""屏""婷"三字可以断句，是否夹协三平韵，同一不敢臆测。既避专辄，又恐失叶，遂成悬案。凡属孤调，遇此即穷，因审慎而照填一韵。愚与邵次公倡之，吴翟安、乔大壮从而和之。然终未敢信为定论也。④

即便如社对此调体式已经进行了如此热烈的讨论，最终也未成定论，继而今人著作中对此调的断法更是各执一词。

首先是四句一韵者。唐圭璋《全宋词》即作"花国选倾城，暖玉倚银屏，绰约娉婷，浅素宫黄争妩"的四句一韵断法。吴熊和《唐宋词汇评》⑤、

---

① 唐圭璋编：《梦桐词》，江苏古籍出版社 1987 年版，第 11 页。
② 吴湖帆：《佞宋词痕》卷六，上海书店出版社 2002 年版。
③ 汪东署：《如社词钞》，载南江涛选编《清末民国旧体诗词结社文献汇编》第 2 册，国家图书馆出版社 2013 年版，第 269 页。
④ 陈匪石：《声执》，载《词学》编辑委员会编辑《词学》第 1 辑，华东师范大学出版社 1981 年版，第 162 页。
⑤ 吴熊和等编：《唐宋词汇评·两宋卷》，浙江教育出版社 2004 年版，第 3830 页。

吴藕汀《词调名辞典》①、羊基广《词牌格律》②所载体式皆是如此。值得玩味的是，上文提到唐圭璋《梦桐词》在用此调时，作的却是换韵断法。

其次是换韵者。换韵的断法其实在清时就已有支持者，《词系》云："'城''屏''婷'三字似各叶，不应三句皆不押韵，惜无他词可证，姑存此说。"③但秦巘此言亦不严谨，宋词中三句皆不押韵者虽少，他自己在点断刘过《西吴曲》时，结句亦是四句一韵。不过《词系》在清时还是未刊稿，直到1996年才由北京师范大学出版社出版刊印。

最后是以"玉"为韵者。今人著作中作此断法的不在少数，如《中华词律辞典》断作"花国选、倾城暖玉。倚银屏、绰约娉婷。浅素宫黄争妩"。《宋词大辞典》周玉魁断作"花国选、倾城暖玉。倚银屏，绰约娉婷，浅素宫黄争妩"④。此两种断法虽然不尽相同，但都把"以玉叶韵"作为了点断的核心。

直到今天，《倚风娇近》的体式之争依旧没有定论，无论是像词典类的研究如《中国词学大辞典》⑤，或是像别集类的个人词集如《乔大壮集》⑥、《蔡嵩云诗文集》《廖恩焘词笺注》⑦、《吴梅全集》⑧，此调体式的逗断都不相同。

---

① 吴藕汀等：《词调名辞典》，上海书店出版社2005年版，第485页。
② 羊基广编：《词牌格律》，巴蜀书社2008年版，第40页。
③ 秦巘编，邓魁英等点校：《词系》，北京师范大学出版社1994年版，第1147页。
④ 王兆鹏等编：《宋词大辞典》，凤凰出版社2003年版，第278页。
⑤ 马兴荣等《中国词学大辞典》云："《词律拾遗》卷二列周密所作（云叶千重），双调，七十字，上片七句三仄韵，下片六句五仄韵，或谓上片第四五六句换叶平韵，验之亦是。"（浙江教育出版社1996年版，第557页）
⑥ 薛瑾点校的《乔大壮集》所载体式为："山色伴江城，小玉启云屏，却立婷婷缟素。无言娇妩。"（浙江人民美术出版社2019年版，第122页）此断法虽用周密韵字，但"不以玉韵为是"，且不遵从换韵，而是把"城""屏""婷"三字看作了句中韵，然后将"素"摆在了韵脚位置。
⑦ 曹辛华等编《民国诗词学文献珍本整理与研究·蔡嵩云诗文集》（河南文艺出版社2016年版，第176页）、卜永坚等笺注《廖恩焘词笺注》（广东人民出版社2016年版，第1111页）所载的《倚风娇近》此处皆作四句一韵的断法。
⑧ 《吴梅全集·作品卷》（河北教育出版社2002年版）第140页所载体式为四句一韵，146页又作"凝白洒江城，水玉点罗屏。一抹亭亭，染素梨云月同妩"。

二 《倚风娇近》体式之厘定

那么,《倚风娇近》究竟该如何句读呢？其实前文已多有论述,此调上片应不以"玉"叶韵的换韵断法为佳,以"玉"字作去声用韵,终非词体之正①。综上,《倚风娇近》定体应当如下：

云叶千重，麝尘轻染金缕。弄娇风软霞绡舞。花国选倾城。暖玉倚银屏。绰约娉婷。浅素。宫黄争妍。　生怕春知，金屋藏娇深处。蜂蝶寻芳无据。醉眼迷花映红雾。修花谱。翠毫夜湿天香露。

此调双片七十字，上片三十七字八句四仄韵三平韵，下片三十三字六句五仄韵。上片"花国"三句作仄起平收律句，且第二字"国""玉""约"皆用入声，这当是词人的有意为之，不应为了叶韵，将"玉"作去声讲。"城""屏""婷"三字换为平韵，与句尾仄韵交错相对，形成了一种特别的韵律感。"素"字当为句中短暗韵，应当点出。则此调上片以仄韵起，接着换三平韵，再紧跟一二字短韵，归回仄韵。一片之中，平仄韵脚交错，句式变化丰富，下片则全押仄韵，趋于平缓。该调韵律绵密起伏，体式错落有致，实为一首极富声韵特点佳制。今天最早见到的清人潘尊璩的"红褪啼妆"词，就全依周词用韵、句拍：

红褪啼妆，杜鹃声里肠断。一年春事匆匆换。风雨昨宵闻。愁煞倚楼人。散了香魂。尚倩。游丝低卷。　凝想多时，难写秋娘凄怨。留客金尊重款。剩粉零珠赋情倦。闲庭院。画阑但压斜阳满。②

潘尊璩（1826—1860），字子绣，号谱士，又号幻苹词客，咸丰九年（1859）贡生，次年于战乱中遇难，享年仅三十四岁，所著《香隐庵词》先刻成四卷，又名《小苹洲笛弄》《鹤唳瑶天谱》等。③ 而潘词的

---

① 参见田玉琪《三声通协与词曲之辨》，《上饶师范学院学报》2011 年第 2 期。
② 丁绍仪：《国朝词综补》第五十四卷，清光绪前刻五十八卷本。
③ 孙克强等编：《清人词话》，南开大学出版社 2012 年版，第 1678 页。

由来也颇具戏剧性,孙麟趾在给潘遵璈《香隐庵词》作序时言:

> 君习用"幻苹词客"小印,一日叩其故,始告余曰:"曩读《苹洲渔笛谱》,至《倚风娇近》一调,尝病其佶屈难读。后梦一老人来与语,极赏此词风度。既醒,挑灯起坐,即拈是调,赋落花词一章。操管立就,恍有神助。故自署此号,以志梦境之奇。"余闻而异之,以为君果草窗后身也。①

潘遵璈于周《倚风娇近》"极赏此词风度……挑灯起坐,即拈是调,赋落花词一章。操管立就,恍有神助",其自号"幻苹词客",《香隐庵词》更是又名《小苹洲笛弄》,皆因《倚风娇近》的填制。观此词句法、用韵、声情,几乎全照周词,无论是三句换韵还是暗韵,潘词皆用之。后来如社词人的创作和争论或皆受潘氏词及孙麟趾词序之影响。

《倚风娇近》作为宋代孤调,金元明及清代大部分时间都未受到关注,特别是词谱著作如《词律》《词谱》等书缺载,幸得近代如社词人对其体式进行讨论并创作而产生一定影响。然而在今天的词谱著作包括对前人创作的断句分韵中,对此调的看法依然十分淆乱。在唐宋词调中,还有不少这样的孤调僻调,其具体的词调体声律依然值得我们继续探索。

[作者简介] 魏辰熙,重庆永川人,河北大学在读硕士研究生。

---

① 冯乾编校:《清词序跋汇编》第3册,凤凰出版社2013年版,第1252页。

毛晋《宋名家词》初印、后印与底本撤换考[*]

武 悦

内容摘要：毛晋辑刻的《宋名家词》是明代最重要的大型词集丛刻，刻成后又经过多次重印，对原本内容进行了调整和改进。经考订，毛刻《宋名家词》可分为初印本、增刻后印本、重编后印本、修版后印本和邵辔重印本五种版本，刊印过程中，第四集中张孝祥《于湖词》存在底本撤换增刻的情况，第三集中杨炎正《西樵语业》和第五集中杨无咎《逃禅词》存在底本撤换剜改重印的情况。

关键词：《宋名家词》 版本 初印 后印 底本撤换

明末毛晋辑刻的《宋名家词》，使宋人词集得以广泛传播，在明代及后世词学发展中的地位极为重要。毛氏汲古阁刻书常有因初印本底本不佳，文字多误，在续得善本后又进行增刻、修版的现象。如汲古阁刻《南唐书》《乐府诗集》，皆改换底本进行修版重印，后印本有出蓝之誉。《宋名家词》版本多杂，卷帙浩繁，全书不是一次编成，而是随得随刻，刻成后又得到不少词集善本，并撤换底本进行增刻或剜改，通过多次重印对内容进行调整和改进。对《宋名家词》的版本进行研究，辨明其初印、后印本并对底本撤换现象进行分析，还原其刻印过程，能够推动词集版本研究的深入，为研究汲古阁藏书、刻书提供新的成果。

---

[*] 本文为河北省社科基金项目"词曲曲体与曲谱研究"（HB19ZW015）项目阶段成果。

一 初印、后印本的鉴别

现以各公共图书馆所藏数种著录为"《宋名家词》明末虞山毛氏汲古阁刊本"者一一核对，可区分为毛氏汲古阁初印本、增刻后印本、重编后印本、修版后印本和清初邵韡重印本五种版本。

（一）初印本

今有台湾图书馆藏本，八十九卷二十八册，版框高18.6厘米，广14.1厘米，白口，无鱼尾，版心上方记各集书名，中间记页次，下镌"汲古阁"，左右双边，半叶八行，行十八字，小字双行同。书前载有明冰莲道人夏树芳《刻宋名家词序》、胡震亨《宋词叙》。钤有"明善堂珍藏书画印记"朱文长方印、"子翔集古"朱文方印、"光鸾自聘之书"白文长方印、"子翔"朱文方印、"安乐堂藏书记"朱文长方印。将此本定为初印本，原因有三。

第一，此本第四集张孝祥《于湖词》仅一卷，比其他各本少两卷，且卷前无题序。林夕先生在《初印和后印》中说："不同印本之间的内容差异，一是文字正误，二是内容多少。一般来说，由于后印者可能随时增添内容，所以初印本内容较少。"① 此本《于湖词》一卷是以《花庵词选》为底本刻24首，并加辑4首，共收词28首。而其他各本第一卷与此本悉同，较此本多出的卷二、卷三，是据宋乾道刻本的传钞本《于湖先生长短句五卷拾遗一卷》进行的增刻，卷前陈应行《于湖先生雅词序》与汤衡《序》也是据其进行的增补。因此，此本当为初印本，其他各本是利用原版再事增刻。

第二，此本第一集欧阳修《六一词》卷前载有南宋罗泌《题六一词序》，其他各本则无。《宋名家词》本《六一词》一卷，是以南宋宁宗庆元二年（1196）周必大吉州校刊《欧阳文忠公近体乐府》三卷本为底本进行刊刻的，此本中的《题六一词序》应是从其底本卷三后的南宋罗泌跋语中摘录，宋吉州本共三卷，毛晋《六一词》将其合为一卷，因此在

---

① 齐鲁书社编：《藏书家》第9辑，齐鲁书社2004年版，第151页。

题序中将罗泌原跋的"今定为三卷"改为"今定为一卷",宋吉州本卷首有乐语八篇:《圣节五方老人祝寿文》五篇、《会老堂致语》两篇、《西湖念语》一篇,毛晋《六一词》删去此八篇,并在题序中删去了罗泌原跋中的"且载乐语于首"六字。由于《题六一词序》妄改数处,收录不全,已失原貌,所以后印诸本将其删去,此本仍存该题序,当为初印本。

第三,此本中明胡震亨的《宋词叙》载于书前,而其他各本则载于第二集《片玉词》前,且更名为《宋词二集叙》。序的落款为"庚午夏之朔海盐胡震亨遁叟识",钤有"胡震亨印""孝辕氏"白文方印。明代藏书家胡震亨是浙江海盐武原镇人,原字君邺,后改字孝辕,自号赤城山人,晚号遁叟,汲古阁所刻诸书,大多为胡震亨所编定。"庚午"为明思宗崇祯三年(1630),可以得知胡序写于崇祯三年,根据序中"周美成以下十家复成帙,日有益而未已"可以推知在崇祯三年,毛晋已刻成前两集,且刊刻仍在继续,胡序应当写于《宋名家词》前两集刻成之时。由于《宋名家词》随得随刻,毛氏在刻成前两集时,即将胡序置于书前,但续刻后四集之后发现此序位置不妥,因此在后印诸本中将其更名为《宋词二集叙》,且置于第二集《片玉词》前。而此本胡序仍位于书前,当为最初印本。

综上,此本《于湖词》仅一卷,未曾增刻填补,未删去妄改的《题六一词序》,也并未对胡震亨《宋词二集叙》的位置进行调整,当为初印本。

初印本具有极高的文物价值。从其钤印"安乐堂藏书记""明善堂珍藏书画印记"可以看出此本为爱新觉罗·弘晓怡府旧藏。潘祖荫曾说:"怡邸所藏,无一不精。"[①] 怡府所藏多珍秘之本,怡府的藏印能够体现此初印本的珍贵程度。

(二)增刻后印本

国家图书馆藏本,九十卷二十六册,白口,无鱼尾,版心上方记各

[①] 潘祖荫:《郑庵书札》(与陈介祺先生论商周彝器手札),载《中国历史文献研究集刊》第3集,岳麓书社1983年版,第9页。

集书名，中间记页次，下镌"汲古阁"，左右双边，半叶八行，行十八字，小字双行同。书前载有明代冰莲道人夏树芳《刻宋名家词序》，第二集前载有胡震亨《宋词二集叙》。每册封面左侧镌"宋名家词家塾刊本"及册名，右侧镌子目名。钤有"古虞藏本"白文长方印。有清毛扆、陆贻典、黄仪、季锡畴、瞿熙邦先后校跋，并经何煌、何元锡校过。由于此本第四集张孝祥《于湖词》利用原版再事增刻，续补内容，增加卷数，故将此本定为增刻后印本。

增刻后印本的文献价值较高，首先，书籍刻成以后，内容又有增补，就要增刻新版予以补充，这是后印本的优势。《宋名家词》增刻后印本第四集《于湖词》改换底本，续刻二、三两卷，内容较初印本更为完善。初印本《于湖词》一卷是以《花庵词选》为底本刊印，收词较少，仅28首。毛晋在初印本刊行之后，又得宋乾道刻本的传钞本《于湖先生长短句》五卷拾遗一卷，即以其为底本，在初印本《于湖词》一卷的基础上增刻二、三两卷，置于卷一之后，共收词181首。又据《于湖先生长短句》增补陈应行《于湖先生雅词序》与汤衡《序》，置于卷前，使《于湖词》内容臻于完善。

其次，增刻后印本对初印本中胡震亨《宋词叙》的位置进行了调整，将其从书前移至第二集《片玉词》前，并更名为《宋词二集叙》，且删去了初印本中毛晋据罗泌跋语删削妄改，已失原貌的《题六一词序》，较初印本更为妥当。

再次，增刻后印本中有清毛扆、陆贻典、黄仪、季锡畴、瞿熙邦等人的批校，这些学者博涉多通，校勘及批语具有很高的学术性，使得此本有了较高的版本价值。毛晋之子毛扆为了改正毛晋原刻的错误，广泛地寻访、购藏词集，逐卷精校，又与众人汇校，陆贻典、黄仪各以朱笔、绿笔校正，何元锡以墨笔校正，批校内容涉及版本、校勘、叶韵、句读等各个方面，这些批校为相关词集版本源流的考证提供了有价值的信息。

最后，增刻后印本中很多词集的眉端和卷末都有毛扆等人用墨笔抄补的词作，这是毛扆等人对《宋名家词》进行辑佚的重要成果，具有很高的学术价值，毛扆在卷末的跋语中会注明这些抄补词作的出处，使后人有迹可循，有案可稽，有助于考核相关词集底本与校本词作的存佚情况。

毛晋等人的词作抄补分别位于眉端和卷末两处，眉端的词作抄补情况，邓子勉先生在《静嘉堂藏毛扆等手批〈宋名家词〉》中已进行了研究，指出《宋名家词》第一集中晏殊《珠玉词》、欧阳修《六一词》、晏几道《小山词》、辛弃疾《稼轩词》，第三集中赵长卿《惜香乐府》、吴文英《梦窗甲稿》眉端均有墨笔补抄的词作①。

现对卷末的词作抄补情况进行汇总：

《乐章集》在卷末抄补六首：《一寸金》（井络天开）、《轮台子》（雾敛澄江）、《如鱼水》（帝里疏散）、《满江红》（匹马驱驱）、《临江仙引》（画舸、荡桨）、《长寿乐》（繁红嫩翠）。毛扆跋语称："癸亥中秋借含经堂宋本校一过，卷末续添曲子乃宋本所无，又从周氏、孙氏两抄本校正，可称完璧矣。"②

《放翁词》抄补了词序和卷末《夜游宫·宴席》、《月照梨花》（霁景风软）、《月照梨花》（闷已萦损）、《如梦令·闺思》四首词。毛扆跋语称："辛亥七月廿一日抄本校，外有《夜游宫》一、《月照梨花》二、《如梦令》一，共四阕，见《花庵词选》中，宜刻作拾遗。"③《放翁词序》是抄自陆子遹刻《渭南文集》本卷十四《长短句序》，序的落款是"淳熙己酉炊熟日放翁自序""淳熙己酉"是南宋孝宗淳熙十六年（1189），此序当为陆游在淳熙十六年为自制的长短句所作。

《姑溪词》在卷末抄补八首：《踏莎行》（一别芳容）、《南乡子》（夜雨滴空阶）、《万年欢》（暖律才中）、《朝中措》（新开湖水浸遥天）、《朝中措》（败荷枯苇夕阳天）、《临江仙》（初破晓寒无限思）、《临江仙》（病里不知春早晚）、《蝶恋花》（帘外飞花湖上语）。毛扆跋语称："余从集本补全，又后集载《朝中措》以下五首并足成之，称完璧云。"④

《石屏词》在卷末抄补八首：《水调歌头·送竹隐知郢州》、《贺新

---

① 邓子勉：《静嘉堂藏毛扆等手批〈宋名家词〉》，《常熟理工学院学报》2014年第3期。
② 毛晋刊，陆贻典、黄仪、毛扆等校：《宋名家词》第一集第三册《乐章集》，国家图书馆藏明刊本，第77页。
③ 毛晋刊，陆贻典、黄仪、毛扆等校：《宋名家词》第一集第九册《放翁词》，国家图书馆藏明刊本，第42页。
④ 毛晋刊，陆贻典、黄仪、毛扆等校：《宋名家词》第四集第二十册《姑溪词》，国家图书馆藏明刊本，第30页。

郎·为真主堂寿》、《满庭芳》（赤壁矶头）、《洞仙歌》（卖花担上）、《西江月》（宿酒才醒又醉）、《西江月》（三过武昌台下）、《沁园春》（请赋林堂）、《满江红·庐陵厉元节史君梦中得柳眉抹翠一联，仆为续作此词歌之》。毛扆跋语称："近从云间得宋椠《石屏续集》四卷，长短句一卷，因取校勘，其次序不相同，且多数阕，谨录于后，并标次于上方。"①

增刻后印本中这些抄补的词作和毛扆跋语中的说明有助于今人考核底本、校本的相关信息，如存佚、异同等，具有重要的学术价值。

但增刻后印本也存在缺陷，第三集中赵长卿《惜香乐府》有错简的情况，刊印时误将卷四第四十九页，放于卷三第三十四页的位置，而卷三第三十四页脱漏，致使《惜香乐府》卷三《鹧鸪天·梅》后误载《西江月·夏日有感》《浣溪沙·初夏》《蝶恋花·和任路分荷花》《浣溪沙·为王恭议寿》四首词，缺漏《鹧鸪天·送春》《瑞鹤仙·暮春有感》二词。

（三）重编后印本

台湾图书馆本，九十一卷二十六册，版框高 18.6 厘米，广 14.1 厘米，白口，无鱼尾，版心上方记各集书名，中间记页次，下镌"汲古阁"，左右双边，半叶八行，行十八字，小字双行同。书前载有明冰莲道人夏树芳《刻宋名家词序》，第二集前载有胡震亨《宋词二集叙》。钤有"宝晋"白文方印、"汲古阁"朱文方印、"曾在吴石云处"朱文长方印、"存荣宝之"白文方印、"吴氏筠清馆藏书画"朱文方印、"吴兴刘氏嘉业堂藏书记"朱文长方印。此本对第三集和第六集中词集的编排顺序进行了调整，使《宋名家词》各家词集排列的先后顺序确定，后世传抄、刻印《宋名家词》，皆依此顺序编订，因此将此本定名为重编后印本。

从外观形式上看，很明显，重编后印本的印行时间晚于增刻后印本。首先，从版面上看，重编后印本的版面比增刻后印本模糊，一般来说，

---

① 毛晋刊，陆贻典、黄仪、毛扆等校：《宋名家词》第四集第二十册《石屏词》，国家图书馆藏明刊本，第 15 页。

随着刷印次数的增多，书版受到磨损的程度也相应增加，版面会逐渐变模糊，郭立暄先生在《中国古籍原刻翻刻与初印后印研究》中说："从初印、后印到重修、递修，字迹印面会有一个从清晰到模糊的渐变过程。"① 因此版面更为模糊的重编后印本印行时间较晚。其次，从开本上看，印行时间较早的本子天头地脚留得多，书品宽大，较晚的印本则经过裁切，开本较为窄小。重编后印本的开本比增刻后印本小，印行时间应晚于增刻后印本。最后，从字迹上看，重编后印本字外、行间有濡墨，清洁度不及增刻后印本，重编后印本的印行时间应当晚于增刻后印本。

从内容上看，重编后印本与增刻后印本差异不大，各家词集卷数相同，词作既无增补，也无校改，仅对第三集和第六集中词集的编排顺序进行了调整。

增刻后印本第三集、第六集各家词集排列顺序如表1所示。

表1　　　　增刻后印本第三集、第六集各家词集排列顺序

第三集										
作者	赵长卿	杨炎正	周必大	高观国	吴文英	黄机	石孝友	黄昇	方千里	刘克庄
词集	惜香乐府	西樵语业	近体乐府	竹屋痴语	梦窗词稿	竹斋诗余	金谷遗音	散花庵词	和清真词	后村别调
卷数	十卷	一卷	一卷	一卷	四卷绝笔一卷补遗一卷	一卷	一卷	一卷	一卷	一卷

第六集										
作者	周紫芝	吕滨老	杜安世	王千秋	韩玉	晁补之	黄公度	陈与义	陈师道	卢祖皋	卢炳
词集	竹坡词	圣求词	寿域词	审斋词	东浦词	琴趣外篇	知稼翁词	无住词	后山词	蒲江词	烘堂词
卷数	三卷	一卷	一卷	一卷	一卷	六卷	一卷	一卷	一卷	一卷	一卷

重编后印本第三集、第六集各家词集排列顺序如表2所示。

---

① 郭立暄：《中国古籍原刻翻刻与初印后印研究》，中西书局2015年版，第70页。

表2　　　　重编后印本第三集、第六集各家词集排列顺序

第三集

作者	赵长卿	杨炎正	高观国	吴文英	周必大	黄机	石孝友	黄昇	方千里	刘克庄
词集	惜香乐府	西樵语业	竹屋痴语	梦窗词稿	近体乐府	竹斋诗余	金谷遗音	散花庵词	和清真词	后村别调
卷数	十卷	一卷	一卷	四卷绝笔一卷补遗一卷	一卷	一卷	一卷	一卷	一卷	一卷

第六集

作者	周紫芝	吕滨老	杜安世	王千秋	韩玉	黄公度	陈与义	陈师道	卢祖皋	晁补之	卢炳
词集	竹坡词	圣求词	寿域词	审斋词	东浦词	知稼翁词	无住词	后山词	蒲江词	琴趣外篇	烘堂词
卷数	三卷	一卷	一卷	一卷	一卷	一卷	一卷	一卷	一卷	六卷	一卷

经过重编后印本的调整，《宋名家词》各家词集排列之先后顺序确定，清代及民国流传的《宋名家词》重刊本、排印本，皆依此顺序编订，如清光绪十四年钱塘汪氏据毛氏汲古阁本重校刊本、民国二十四—二十五年贝叶山房排印本等，第三集和第六集中词集的编排顺序皆与重编后印本相同。

从藏印可以推知重编后印本的递藏状况。"曾在吴石云处""存荣宝之""吴氏筠清馆藏书画"是清代著名鉴藏家吴荣光的自刻印，吴荣光（1773—1843）原名燎光，字殿垣，藏书楼曰"筠清馆""石云山房""友多闻斋""岘樵山房"等。吴荣光认为他的藏书只是"偶有所得"，自刻"曾在吴石云处"藏印以表明心志。"吴兴刘氏嘉业堂藏书记"是近代著名藏书家与刻书家刘承干的藏印，刘承干（1881—1963）字贞一，号翰怡，建造"嘉业堂藏书楼"用以庋藏。重编后印本的递藏状况为毛晋→毛扆→吴荣光→刘承干→台湾图书馆。

重编后印本的印行时间晚于增刻后印本，内容与增刻后印本差异不大，且无毛扆等人的批校、抄补，版本价值稍逊于毛批增刻后印本，但其对词集的编排顺序进行了调整，使《宋名家词》各家词集排列的先后顺序确定，对后世影响较大，清代及民国重刊、排印《宋名家词》，皆依此顺序进行编订。

(四) 修版后印本

中国人民大学图书馆藏本，六十一种九十卷，版框高 18.8 厘米，广 14.3 厘米，白口，无鱼尾，版心上方记各集书名，中间记页次，下镌"汲古阁"，左右双边，半叶八行，行十八字，小字双行同。书前载有明冰莲道人夏树芳《刻宋名家词序》，第二集前载有胡震亨《宋词二集叙》。第一集、第六集封面镌"古虞汲古阁藏"及子目著者名号等，第二集封面镌集名及子目著者名号，第三集至第五集封面镌集名及子目名。钤"宛平查氏藏书印""淮阴丘氏双清阁书画"印。

郭立暄先生在《中国古籍原刻翻刻与初印后印研究》一书中指出："古书已正式印刷出版后，对原版的版面作修整的一系列工序统称为修版。修版最常见的情况大致有以下三种：一是整修，单块书版保持完整，出版者仅对书版磨损的字口、笔画等作修饰；二是剜改，书版本身并未损坏，出版者主观上想更正文字，在书版上局部或整体地挖去旧字；三是拼嵌，某一单块书版局部有损坏，用一块与损坏部分长宽相等的版子，刻上文字，拼入书版。"① 此本第三集《西樵语业》、第五集《逃禅词》均有剜改校正的情况，显然属于"修版"的第二种情况，故将此本定名为修版后印本。

《宋名家词》中的一些词集存在初印本底本不佳，文字多误的情况，毛晋之子毛扆广泛地寻访、购藏词集，在其所藏《宋名家词》增刻后印本上进行了逐卷精校，并与陆贻典等人汇校。修版后印本第三集《西樵语业》和第五集《逃禅词》中，毛扆、陆贻典校字大多已修，犹可见剜改之痕，可以推知，修版后印本印行时间最晚，或系毛晋之子毛扆所印，因初印本《西樵语业》《逃禅词》两部词集底本不佳，校勘不精，错讹较多，从而撤换底本，改以毛扆等人批校过的增刻后印本为底本，对旧版进行剜改，并重新刊印。通过比勘可知，修版后印本厘正了《西樵语业》卷首和跋语中误载的作者姓名和所收词作中的 16 处讹误，校改了《逃禅词》所收词作中的 6 处讹误，比初印本、增刻后印本和重编后印本更为精善。

---

① 郭立暄：《中国古籍原刻翻刻与初印后印研究》，中西书局 2015 年版，第 67 页。

根据增刻后印本《西樵语业》中毛扆的跋语"己巳二月十六日从孙氏抄本校"①、《逃禅词》中毛扆的跋语"己巳上元后二日从孙氏旧录本校"② 可以得知,毛扆于农历己巳年,即清康熙二十八年(1689)对这两部词集进行校勘,修版后印的时间当晚于清康熙二十八年(1689)。

从词集的编排顺序上看,修版后印本与重编后印本相同,而与增刻后印本迥异,可以推知,修版后印本虽以毛扆等人校勘后的增刻后印本为底本进行剜改,但印行时参考了重编后印本的词集编排顺序。

从藏印可以推知修版后印本的递藏状况。"淮阴丘氏双清阁书画"是清代丘迥的藏印,丘迥,字尔求,江苏山阳人,丘象升子,雍正贡生。"宛平查氏藏书印"是清代查礼的藏印。查礼(1716—1783)原名为礼,字恂叔,号俭堂,顺天宛平人。富于藏书,建有藏书楼"隐书楼""铜鼓书堂"。可以得知,《宋名家词》修版后印本在雍正年间,为丘迥双清阁所藏。在乾隆年间,又为藏书家查礼所藏。

修版后印本是毛氏汲古阁刊印的《宋名家词》诸本中印行时间最晚的一部,也是内容上最为完善的一本,与初印本相比,《于湖词》增加两卷;与增刻后印本相比,词集编排顺序更加妥当;与重编后印本相比,《西樵语业》《逃禅词》的内容有所校改。它代表了汲古阁刊印《宋名家词》的最高水平,是最为通行、最有影响的一个版本,它直接影响了钱塘汪氏重刊本、贝叶山房排印本、《四部备要》本的诞生。

(五)邵韡重印本

台湾图书馆藏本,九十一卷二十八册,版框高 18.6 厘米,广 14.1 厘米,白口,无鱼尾,版心上方记各集书名,下镌"汲古阁",左右双边,半叶八行,行十八字,小字双行同。是本扉页中间题"宋名家词",右上方标记"汲古阁校选",左下方则有"味闲轩藏板"字样。书前载有明冰莲道人夏树芳《刻宋名家词序》,第二集前载有胡震亨《宋词二集叙》。钤有"蒋维钧印"白文方印、"淡明居士"白文圆印。此本为清

---

① 毛晋刊,陆贻典、黄仪、毛扆等校:《宋名家词》第三集第十四册《西樵语业》,中国人民大学图书馆藏本,第 14 页。

② 毛晋刊,陆贻典、黄仪、毛扆等校:《宋名家词》第五集第二十一册《逃禅词》,中国人民大学图书馆藏本,第 58 页。

初邵韡味闲轩用毛氏旧版重印。

关于《宋名家词》的书版去向，叶德辉《书林清话》卷七《明毛晋汲古阁刻书之四》转引郑德懋《汲古阁书板存亡考》载："《六十家词》板归常熟小东门兴贤桥邵氏。"① 邵姓祖籍安徽休宁，于清顺治十七年由黎阳迁常熟小东门内兴贤桥。毛氏汲古阁之《宋名家词》书版即为兴贤桥邵氏所得。郭立暄先生在《中国古籍原刻翻刻与初印后印研究》一书中指出："随着时世的变化、版权的转移，重印者会对旧版中的出版信息源作局部剜改，以适应新的情况。"② 此本扉页左下方有"味闲轩藏板"字样，"味闲轩"是兴贤桥邵韡的书斋名，邵韡（1690—1760），原名士棟，字鄂庭，号味闲，受业何焯，读书务精博，书得二王法，孙原湘有"吾乡书法溯二冯，翁、张、汪、邵谁雌雄"之语。由"味闲轩藏板"的字样可以得知邵韡在得到书版后，重印了《宋名家词》。

从内容上看，首先，邵韡味闲轩重印本第四集张孝祥《于湖词》有三卷。

其次，邵本第三集、第六集各家词集排列顺序如表3所示。

表3　　　　邵本第三集、第六集各家词集排列顺序

第三集									
作者	赵长卿	杨炎正	高观国	吴文英	周必大	黄机	石孝友	黄昇	方千里	刘克庄
词集	惜香乐府	西樵语业	竹屋痴语	梦窗词稿	近体乐府	竹斋诗余	金谷遗音	散花庵词	和清真词	后村别调
卷数	十卷	一卷	一卷	四卷绝笔一卷补遗一卷	一卷	一卷	一卷	一卷	一卷	一卷

第六集									
作者	周紫芝	吕滨老	杜安世	王千秋	韩玉	黄公度	陈与义	陈师道	卢祖皋	晁补之	卢炳
词集	竹坡词	圣求词	寿域词	审斋词	东浦词	知稼翁词	无住词	后山词	蒲江词	琴趣外篇	烘堂词
卷数	三卷	一卷	一卷	一卷	一卷	一卷	一卷	一卷	一卷	六卷	一卷

---

① 叶德辉著，李庆西标校：《书林清话》卷七，复旦大学出版社2008年版，第171页。
② 郭立暄：《中国古籍原刻翻刻与初印后印研究》，中西书局2015年版，第73页。

再次，邵本第三集杨炎正《西樵语业》、第五集杨无咎《逃禅词》中的讹误均已校改，与毛氏汲古阁修版后印本相同。

最后，邵韡味闲轩重印本第一集秦观《淮海词》中有词作缺漏的情况：《望海潮》（秦峰苍翠）后，即接《风流子》（东风吹碧草），中缺《望海潮》（梅英疏淡）、（奴如飞絮）二首。与其他各本比勘，可以推知，邵氏重印本是由于《淮海词》第二十八页版片缺失导致了词作的缺漏。

因此，可以得知邵韡味闲轩重印本的内容与毛氏汲古阁修版后印本相同，系邵韡据毛氏汲古阁剜改后的版片重印，只是由于《淮海词》第二十八页版片缺失导致缺漏两首词作。

二　底本撤换

汲古阁刻书常有收得善本后又将原刻底本撤换或剜改重印的现象，《宋名家词》中的一些词集也存在初印本底本不佳，文字多误，后续得善本，从而撤换底本重新刊印的现象。通过对《宋名家词》初印本与后印诸本的比勘，可以发现由于底本的撤换，在内容上有所增补校改的有《于湖词》《西樵语业》和《逃禅词》三部词集。

（一）《于湖词》的底本撤换

《宋名家词》初印本第四集张孝祥《于湖词》仅一卷，录词作28首，毛晋在初印本刊行之后，又得全集本，即以其为底本，在初印本《于湖词》一卷的基础上，增刻卷二、卷三，共收词作181首。现对其底本撤换的情况进行考述。

《宋名家词》初印本毛晋《于湖词跋》称："玉林集中兴词家选二十有四阕评云'旧有《紫微雅词》，汤衡为序，称其平昔为词未尝著稿，笔酣兴健，顷刻即成，无一字无来处，如歌头、凯歌诸曲，骏发蹈厉，寓以诗人句法者也'。恨全集未见耳。"[1] 宋代黄升，号玉林，其所编《花庵词选》中收张孝祥词24首：《六州歌头》（长淮望断）、《水调歌

---

[1] 毛晋刊：《宋名家词》第四集第十八册《于湖词》，台湾图书馆藏本，第11页。

头·凯歌寄湖南安抚刘舍人〉、《水调歌头·舟过金山寺》、《水调歌头·隐静寺，观雨寺，有碧霄泉》、《满江红·秋怀》、《念奴娇·欲雪呈朱漕》、《念奴娇·洞庭》、《念奴娇·离思》、《木兰花慢·离思》、《木兰花慢·别情》、《雨中花慢·长沙》、《蓦山溪·春情》、《鹧鸪天·长沙饯刘枢密》、《鹧鸪天·春情》、《菩萨蛮·舟中》、《菩萨蛮·杏花》、《鹊桥仙》（横波滴素）、《鹊桥仙·梅》、《西江月·黄陵庙》、《西江月·洞庭》、《西江月·为刘枢密太夫人寿》、《忆秦娥·雪》、《忆秦娥·梅》、《忆秦娥·元夕》。

《宋名家词》初印本《于湖词》28 首词作中的前 24 首与《花庵词选》中所收张孝祥词 24 首相同，将二者比勘，发现仅有 6 处异文（见表4）。

表4　　《于湖词》与《花庵词选》相同张孝祥 24 首词作比勘

词调	首句	例句	《花庵词选》本	《宋名家词》初印本
水调歌头	江山自雄丽	借我玉鉴此中看	玉鉴	宝鉴
水调歌头	青嶂度云气	人间应大匕箸	大	失
满江红	秋满漓源	缕鲙捣金齑	金齑	香齑
念奴娇	朔风吹雨	持杯日醉	日	且
雨中花慢	一叶凌波	雨鬓萧萧	萧萧	潇潇
雨中花慢	一叶凌波	凝伫超遥	超遥	迢遥

除此 6 处差异外，《宋名家词》初印本前 24 首词作与《花庵词选》本完全相同，后 4 首词作《满江红·咏雨》、《满江红·玩鞭亭乾道元年正月十日》、《桃源忆故人·冬饮》、《醉落魄》（轻寒澹绿）应是毛晋辑佚的成果。可见毛晋初刻此集时，是以《花庵词选》为底本刻 24 首，并另外辑佚 4 首。

毛晋《宋名家词》初印本《于湖词跋》称："恨全集未见耳。"[①] 初印本收词数量少，仅录词作 28 首，毛晋在初印时并未见到张孝祥词集的全集本，遂以《花庵词选》为底本进行辑刻。而增刻后印本收词较全，共录词作 181 首。可见毛晋在初印本刊行之后，又得全集本，并改以全集本为底本在初印本基础之上进行了增刻。由毛扆在《于湖词》卷一后

---

① 毛晋刊：《宋名家词》第四集第十八册《于湖词》，台湾图书馆藏本，第 11 页。

的校语"六月望后一日校,有两抄本,俱五卷,一有拾遗一卷,此刻特其十之一二耳"①可以得知,汲古阁在初印本刊行之后又收得的全集本应为五卷本,并将其作为增刻后印的底本。张孝祥词集南宋时有两种单刻本和一种诗文集合刻本。单刻本为南宋孝宗乾道七年(1171)刻《于湖先生长短句》五卷拾遗一卷和长沙坊刻《百家词》本《于湖词》一卷。诗文集合刻本为嘉泰元年(1201)刻《于湖居士文集》四十卷本②。因此《宋名家词》增刻后印本所据之五卷钞本应源自南宋乾道七年(1171)刻《于湖先生长短句》五卷拾遗一卷,系此本的一个传钞本。

南宋乾道本原刻已失传,今有《景刊宋金元明本词》影宋本,犹存宋本面貌。前有乾道七年辛卯(1171)仲冬十一月建安陈应行序,次"于湖先生长短句目录",目录中各词词牌后皆注明宫调及数量,书末有乾道辛卯六月汤衡所作序,称是书由建安刘温父所编。《于湖先生长短句》五卷,收词140首,《拾遗》一卷,收词37首,一共收词177首:

长短句五卷:《六州歌头》一首、《水调歌头》十三首、《念奴娇》四首、《满江红》二首、《定风波》一首、《木兰花慢》三首、《雨中花》二首、《水龙吟》二首、《多丽》一首、《蝶恋花》一首、《诉衷情》一首、《鹧鸪天》十三首、《眼儿媚》一首、《虞美人》四首、《鹊桥仙》七首、《踏莎行》六首、《菩萨蛮》七首、《生查子》一首、《临江仙》二首、《二郎神》一首、《浣溪沙》十八首、《西江月》九首、《减字木兰花》六首、《醉落魄》一首、《忆秦娥》二首、《念奴娇》一首、《浣溪沙》二首、《柳梢青》一首、《丑奴儿》四首、《点绛唇》二首、《卜算子》二首、《南歌子》二首、《望江南》二首、《柳梢青》二首、《凤栖梧》一首、《瑞鹧鸪》一首、《青玉案》一首、《南乡子》一首、《清平乐》三首、《霜天晓角》一首、《归自遥》三首、《丑奴儿》一首、《蝶恋花》一首。

拾遗一卷:《念奴娇》二首、《蓦山溪》一首、《拾翠羽》一首、《蝶恋花》二首、《踏莎行》一首、《渔家傲》一首、《夜游宫》一首、《鹧鸪天》三首、《菩萨蛮》七首、《南歌子》一首、《鹊桥仙》一首、

---

① 毛晋刊,陆贻典、黄仪、毛扆等校:《宋名家词》第四集第十八册《于湖词》,国家图书馆藏明刊本,第11页。
② 王兆鹏:《词学史料学》,中华书局2004年版,第206页。

《燕归梁》一首、《诉衷情》一首、《浣溪沙》三首、《卜算子》一首、《丑奴儿》一首、《点绛唇》二首、《西江月》四首、《水调歌头》二首、《满江红》一首。

《宋名家词》增刻后印本以之为据，在初印本 28 首词作后进行续刻，首先除去初印本中已有的 23 首：

《六州歌头》（长淮望断）、《水调歌头·凯歌寄湖南安抚刘舍人》、《水调歌头·舟过金山寺》、《水调歌头·隐静寺、观雨寺，有碧霄泉》、《满江红·秋怀》、《念奴娇·欲雪呈朱漕》、《念奴娇·洞庭》、《念奴娇·离思》、《木兰花慢·离思》、《木兰花慢·别情》、《雨中花慢·长沙》、《蓦山溪·春情》、《鹧鸪天·长沙饯刘枢密》、《菩萨蛮·舟中》、《菩萨蛮·杏花》、《鹊桥仙》（横波滴素）、《鹊桥仙·梅》、《西江月·黄陵庙》、《西江月·洞庭》、《西江月·为刘枢密太夫人寿》、《忆秦娥·元夕》、《满江红·玩鞭亭乾道元年正月十日》、《醉落魄》（轻寒澹绿）。

然后删去《拾遗》中重出的一首《丑奴儿》（伯鸾德耀贤夫妇）。共得 153 首，分作卷二、卷三两卷。

卷二：《水调歌头》（淮楚襟带地）、《水调歌头·帅靖江作》、《水调歌头·桂林中秋作》、《水调歌头·过潇湘寺》、《水调歌头》（舣棹太湖岸）、《水调歌头·闻采石战胜》、《水调歌头》（天上掌纶手）、《水调歌头》（隆中三顾客）、《水调歌头·送谢倅之临安》、《水调歌头·送刘帅趋朝》、《念奴娇·再用韵呈朱丈》、《念奴娇》（弓刀陌上）、《满江红·思归寄柳州林守》、《定风波》（铃索收声夜未央）、《木兰花·送张魏公》、《雨中花》（一舸凌风）、《水龙吟·过浯溪》、《水龙吟·望九华作》、《多丽》（萧景疏）、《蝶恋花》（漠漠飞来双属玉）、《诉衷情·中秋不见月》、《鹧鸪天·上母夫人寿》、《鹧鸪天·饯刘共甫》、《鹧鸪天·送钱使君守横州》、《鹧鸪天》（去日清霜菊满丛）、《鹧鸪天》（楚楚吾家千里驹）、《鹧鸪天·上元起醮》、《鹧鸪天》（子夜封章扣紫清）、《鹧鸪天·瞻跸门前识个人》、《鹧鸪天》（忆昔彤亭望日华）、《鹧鸪天》（可意黄花人不知）、《鹧鸪天》（割镫难留乘马东）、《鹧鸪天》（又向荆州住半年）、《眼儿媚》（晓来江上荻花秋）、《虞美人》（庐敖夫妇骖鸾侣）、《虞美人》（柳梢梅蕊香全未）、《虞美人》（云消烟涨清江浦）、

《虞美人》(清宫初入韶华管)、《鹊桥仙·上主管寿送南康酒北梨》、《鹊桥仙》(黄陵庙下)、《鹊桥仙·吴伯承侍儿》、《鹊桥仙·刑少连送末利》、《鹊桥仙·上运使寿》、《踏莎行》(洛下根株)、《踏莎行·别刘子思》、《踏莎行·五月十三日夜月甚佳戏作》、《踏莎行》(旋葺荒园)、《踏莎行》(万里扁舟)、《踏莎行·朱漕生朝》、《菩萨蛮·诸客往赴东邻之集，戏作此小词》、《菩萨蛮》(雪消墙角收灯后)、《菩萨蛮·立春》、《菩萨蛮》(蘼芜白芷愁烟渚)、《菩萨蛮》(恰则春来春又去)、《菩萨蛮·林柳州生朝》、《生查子·咏摺叠仙》、《临江仙》(试问宜斋楼下竹)、《临江仙》(罨画楼前初立马)、《二郎神》(坐中客)、《浣溪沙》(只倚精忠不要兵)、《浣溪沙·饯刘共甫》、《浣溪沙》(绝代佳人淑且贞)、《浣溪沙》(行尽潇湘到洞庭)、《浣溪沙》(只说闽山锦绣帏)、《浣溪沙·瑞香》、《浣溪沙·饯别郑宪》、《浣溪沙·荆州约马举先，登城楼观塞》、《浣溪沙·再用韵》。

卷三：《浣溪沙》(六客西来共一舟)、《浣溪沙》(已是人间不系舟)、《浣溪沙·中秋十八客》、《浣溪沙》(日暖帘帏春昼长)、《浣溪沙·饯刘共交》、《浣溪沙·烟州亭定夫置酒作》、《浣溪沙·过临川席上赋此词》、《浣溪沙》(康乐亭前种此君)、《浣溪沙》(罗袜生尘洛浦东)、《西江月》(诸老何烦荐口)、《西江月·同僚饮饯宜斋》、《西江月》(不识平原太守)、《西江月·代宣教上母夫人寿》、《西江月》(冉冉寒生碧树)、《西江月》(楼外疏星印水)、《西江月》(十里轻红自笑)、《减字木兰花·上黄倅宅太俶人寿》、《减字木兰花》(江头送客)、《减字木兰花》(一尊留夜)、《减字木兰花·腊月二十六日立春》、《减字木兰花·赠尼》、《减字木兰花》(枷花搦柳)、《忆秦娥》(天一角)、《浣溪沙》(溢浦从君已十年)、《浣溪沙》(一片西飞一片东)、《柳梢青》(碧云风月无多)、《丑奴儿》(年年有个人生日)、《丑奴儿》(十分济楚邦之媛)、《丑奴儿》(珠烟璧月年时节)、《丑奴儿》(无双谁似黄郎子)、《点绛唇》(绮燕高张)、《点绛唇》(四到靳州)、《卜算子》(雪月最相宜)、《卜算子》(万里去担簦)、《南歌子·上吴提宫寿》、《南歌子》(曾到靳州否)、《望江南·题南岸铨德观》、《望江南》(朝元去)、《柳梢青》(满城风雨)、《柳梢青》(草底蛩吟)、《凤栖梧》(画戟游闲刀入鞘)、《瑞鹧鸪》(香佩潜分紫绣囊)、《青玉案·送频统辖行)、《南乡子》(江上送归船)、《清平乐》(光尘扑扑)、《清平乐》(向来省左)、《清平乐·咏梅》、《霜天晓角》(柳丝无力)、《归梧谣·送刘郎三首》、《丑奴儿》(伯鸾德耀贤夫妇)、《蝶恋花》(君泛仙槎银海去)、《念奴娇》(海云四敛)、《念奴娇》(风帆更起)、《拾翠羽》(春入园林)、《蝶恋花·秦乐家赏花》、《蝶恋花》(恰则杏花红一树)、《踏莎行》(杨柳东风)、《渔家傲》(红白莲房生一处)、《夜游宫·句景亭》、《鹧鸪天》(月地云阶欢意阑)、《鹧鸪天·咏桃菊花》、《鹧鸪天·送陈倅正字摄峡州》、《菩萨蛮·西斋为杏花寓言》、《菩萨蛮·回文四首》、《菩萨蛮》(玉龙细点三更月)、《南歌子·过严观》、《鹊桥仙》(湘江东畔)、《燕归梁》(风柳摇丝花缠枝)、《诉衷情·牡丹》、《浣溪沙·母氏生辰老者同在舟中》、《浣溪沙·以贡茶沉水为齐伯寿》、《浣溪沙》(方船载酒下江东)、《卜算子》(风生杜若洲)、《点绛唇》(萱草榴花)、《点绛唇》(秩秩宾筵)、《西江月》(风尽滩声未已)、《西江月》(汉铸九金神缶)、《西江月》(落日镕金万顷)、《水调歌头·方务德生日》、《水调歌头·过岳阳楼作》)。

最后,将陈应行《于湖先生雅词序》与汤衡《序》增补至卷一之前,编成《宋名家词》增刻后印本《于湖词》三卷。

将《宋名家词》本《于湖词》增刻后印的卷二、卷三与其底本《于湖先生长短句》五卷拾遗一卷进行比勘,发现底本中有35首词未分片:《鹧鸪天·上母夫人寿》、《鹧鸪天·饯刘共甫》、《鹧鸪天·送钱使君守横州》、《鹧鸪天》(去日清霜菊满丛)、《鹧鸪天》(楚楚吾家千里驹)、《鹧鸪天·上元起醮》、《鹧鸪天》(子夜封章扣紫清)、《鹧鸪天·瞻跸门前识个人》、《鹧鸪天》(忆昔彤亭望日华)、《鹧鸪天》(可意黄花人不知)、《鹧鸪天》(割镫难留乘马东)、《鹧鸪天》(又向荆州住半年)、《眼儿媚》(晓来江上荻花秋)、《虞美人》(庐敖夫妇骖鸾侣)、《虞美人》(柳梢梅蕊香全未)、《虞美人》(云消烟涨清江浦)、《虞美人》(清宫初入韶华管)、《鹊桥仙·上主管寿送南康酒北梨》、《鹊桥仙》(黄陵庙下)、《鹊桥仙·吴伯承侍儿》、《鹊桥仙·刑少连送末利》、《鹊桥仙·上运使寿》、《踏莎行·别刘子思》、《踏莎行》(旋葺荒园)、《菩萨蛮·林柳州生朝》、《临江仙》(罨画楼前初立马)、《浣溪沙·再用韵》、《西江月》(十里轻红自笑)、《瑞鹧鸪》(香佩潜分紫绣囊)、《南乡子》

(江上送归船)、《清平乐》(向来省左)、《菩萨蛮·西斋为杏花寓言》、《菩萨蛮·回文四首》、《菩萨蛮》(玉龙细点三更月)、《西江月》(风尽滩声未已)。而《宋名家词》增刻后印本刊刻时将此35首词分片。

此外,《宋名家词》增刻后印本还校改了底本中的7处讹误(见表5)。

表5　　　　　　《宋名家词》增刻后印本校改底本七处

词调	首句	例句	后印底本	增刻后印本
菩萨蛮	丝金缕翠幡儿小	丝金缕翠幡儿小	全	金
点绛唇	四到蕲州	屡舞婆娑	娄	屡
多丽	萧景疏	惹起无限羁愁	无恨	无限
浣溪沙	绝代佳人淑且贞	绝代佳人淑且贞	真	贞
西江月	落日镕金万顷	早晚商岩有梦	庆	梦
南歌子	人物羲皇上	只拟看湘山	相山	湘山
望江南	朝元去	归路海霞红	归霞	归路

但《宋名家词》增刻后印本也有不足之处,较底本新增了3处脱文:

(1)《临江仙》"翠叶银丝簪末利",毛本脱一"簪"字。
(2)《念奴娇》"满地新霜白",毛本脱一"霜"字。
(3)《鹊桥仙》"双鱼素尺",毛本脱一"鱼"字。

因此,《宋名家词》本《于湖词》底本撤换情况为:初印时先以南宋《花庵词选》本为底本,刊刻词作24首,又辑佚4首。在初印本刊行之后,又得宋乾道刻本的一个传钞本《于湖先生长短句》五卷拾遗一卷,即以其为底本,在初印本《于湖词》一卷的基础上,增刻卷二、卷三词作153首,共收词作181首。

(二)《西樵语业》的底本撤换

通过对《宋名家词》初印本和后印诸本中第三集杨炎正《西樵语业》的比对、校勘,可以发现《宋名家词》初印本《西樵语业》,误载作者姓名,词作文字多误,增刻后印本在毛晋刊印时虽未校改,但数十年后,毛扆、陆贻典二人利用寻访、购藏的词集在此本之上进行了逐字精校。修版后印本《西樵语业》,毛扆、陆贻典校字大多已修,犹可见剜改之痕。可以推知，修版后印本印行时间最晚，或系毛晋之子毛扆所印，因初印本底本不佳，校勘不精，错讹较多，从而撤换底本，改以毛扆、陆贻典手批增刻后印本为底本，对旧版进行剜改，并重新刊印，现就其底本撤换的过程进行分析。

首先需找出初印本所据底本。杨炎正《西樵语业》，在毛晋《宋名家词》本刊印之前的传本有明钞《宋五家词》本和吴讷《唐宋名贤百家词》本，吴本又分天一阁钞本和紫芝漫钞本两种。通过比勘，发现《西樵语业》诸种版本中的异文，《宋名家词》初印本多与明钞《宋五家词》本相同，而与吴讷《唐宋名贤百家词》天一阁钞本、紫芝漫钞本迥异。列表举例如下（见表6）。

表6　　　　　　　《西樵语业》不同版本异文举例

词调	首句	例句	初印本	宋五家词本	唐宋名贤百家词本	紫芝漫钞本
水调歌头	杖屦觅春色	杖屦觅春色	履	履	屦	屦
水调歌头	买得一舫月	如把画图看	知	知	如	如
水调歌头	父老一杯酒	争劝使君留	使君	使君	史君	史君
水调歌头	寒眼乱空阔	舒卷江山图画	图画	图画	图尽	图昼
水调歌头	一笛起城角	一笛起城角	起	起	起	越
蝶恋花	万点飞花愁似雨	只教燕子唧将去	唧	唧	御	衔
蝶恋花	离恨做成春夜雨	为君愁绝听鸣鶂	听鸣鶂	听鸣鶂	听鸣鶂	听君鶂

由此可以推知，《宋名家词》初印本《西樵语业》是以明钞《宋五家词》本为底本上版。将初印本与其底本比勘，发现初印本不仅沿袭了底本中的两处讹误：《水调歌头》"杖屦觅春色"，误"屦"为"履"；《水调歌头》"如把画图看"，误"如"为"知"，而且较底本又新增了一些讹误，如《水调歌头》"闻得东来千骑"，误"得"为"德"；《柳梢青》"新行要词"，误"要"为"要"。

由于初印本底本不佳，且校勘粗疏，文字多误，毛扆、陆贻典在增刻后印本之上进行了逐字精校。修版后印本改以毛、陆二人所批校的增刻后印本为底本，对所藏版片进行剜改，重新刊印，且印刷时间当不早于毛扆、陆贻典校勘时间，而校正之功首推毛扆、陆贻典。根据毛扆、陆贻典手批增刻后印本《西樵语业》中毛、陆二人的跋语可以得知，陆贻典于农历庚戌年四月二十，即清康熙九年（1670）对《西樵语业》进行校勘，毛扆于农历己巳年二月十六，即清康熙二十八年（1689）对这部词集进行校勘，故毛扆修版后印《西樵语业》的时间当晚于清康熙二十八年。

《宋名家词》初印本《西樵语业》误载作者姓名，修版后印本撤换底本，据毛扆、陆贻典手批增刻后印本对卷首和跋语中的作者姓名进行了剜改。杨炎正，字济翁，庐陵人，年五十二始登第，甚为京丞相所知。庆元中，任吏部架阁，嘉定中改大理司直，历守藤、琼等州。初印本《西樵语业》卷首，毛晋将作者"杨炎正"误载为"杨炎"，且在卷末跋语中误其字"济翁"为"止济翁"。毛扆、陆贻典在《宋名家词》增刻后印本上均进行了批改，陆贻典校语曰："炎正其名也。"① 毛扆校为"庐陵杨炎正济翁。"② 修版后印本以之为据，将卷首作者名"宋杨炎"剜改为"庐陵杨炎正济翁"，并将跋语中的"止济翁"剜改为"杨济翁"。

《宋名家词》初印本《西樵语业》据明钞《宋五家词》本上版，校勘粗疏，所收词作文字多误，毛扆、陆贻典在《宋名家词》增刻后印本之上均进行了批校，陆贻典校出异文16处，毛扆校出异文20处，修版后印本以毛、陆批校增刻后印本为底本剜改了16处（见表7）。

表7　　　《宋名家词》修版后印本《西樵语业》剜改十六处

词调	首句	例句	初印本	毛扆校	陆贻典校	修版后印本剜改
水调歌头	杖屦觅春色	杖屦觅春色	履	屦	屦	屦
水调歌头	杖屦觅春色	都自无语欲成蹊	溪	蹊	蹊	蹊
水调歌头	买得一航月	如把画图看	知	如	如	如
水调歌头	把酒对斜日	去作钓鱼翁	渔	鱼	鱼	鱼
水调歌头	一笛起城角	一笛起城角	起	越		

---

① 毛晋刊，陆贻典、黄仪、毛扆等校：《宋名家词》第三集第十四册《西樵语业》，国家图书馆藏明刊本，第14页。

② 毛晋刊，陆贻典、黄仪、毛扆等校：《宋名家词》第三集第十四册《西樵语业》，国家图书馆藏明刊本，第14页。

续表

词调	首句	例句	初印本	毛扆校	陆贻典校	修版后印本剜改
水调歌头	一笛起城角	闻得东来千骑	德	得	得	得
水调歌头	一笛起城角	凭轼且优游	具	且	且	且
水调歌头	踏碎九街月	韵梅花	杨花	梅花	梅花	梅花
满江红	典尽春衣	典尽春衣	卷	尽	尽	尽
瑞鹤仙	风光开旧眼	倩邦人	那	邦	邦	邦
瑞鹤仙	风光开旧眼	挽取鳌头	鳌头	遨头		
洞仙歌	带湖佳处	袖里偷闲	偷间	偷闲	偷闲	偷闲
鹊桥仙	筑成台榭	闲中得味	间中	闲中	闲中	闲中
鹊桥仙	筑成台榭	只恐天远也妒	只空	只恐	只恐	只恐
蝶恋花	离恨做成春夜雨	为君愁绝听鸣鵙	听鸣鵙	听君鵙		
蝶恋花	万点飞花愁似雨	只教燕子唧将去	唧	御		
蝶恋花	万点飞花愁似雨	独倚阑干闲自觑	间	闲	闲	闲
浣溪沙	三径闲情傲落霞	三径闲情傲落霞	间情	闲情	闲情	闲情
浣溪沙	三径闲情傲落霞	闲把胸中千涧壑	间	闲	闲	闲
柳梢青	生紫衫儿	新行要词	要	要	要	要

从表7可以看出，毛扆、陆贻典二人共同校出的异文有16处，毛扆校出，但陆贻典未校出的有4处。修版后印本仅对毛扆、陆贻典二人共同校出且初印本明显有误的16处进行了剜改，而毛扆校出，但陆贻典未校出的4处没有轻易改动。通过毛扆的这次校订修版，产生了汲古阁本《宋名家词》之《西樵语业》中最精善的一本，订正了初印本绝大多数的讹误。

如：《水调歌头》"杖屦觅春色"，初印本作"履"，修版后印本据毛扆、陆贻典所校增刻后印本剜改为"屦"。"履"读音lǚ，是动词，王力、洪成玉、魏德胜等学者认为"履"的本义为践踏、踩。如《诗经·小雅·小旻》的"战战兢兢，如临深渊，如履薄冰"[1]。"屦"读音jù，是名词，用麻、葛等制成的一种鞋，如《诗经·魏风·葛屦》："纠纠葛

---

[1] 阮元校刻：《十三经注疏·毛诗正义》卷十二，中华书局1980年版，第448页。

屦，可以履霜。"①《水调歌头》"杖屦觅春色"中的"杖屦"是指手杖与鞋子，显然应为名词，当用"屦"而非"履"，修版后印本的校改是正确的。

又如：《水调歌头》"都自无语欲成蹊"，初印本作"溪"，修版后印本据毛扆、陆贻典所校增刻后印本剜改为"蹊"。"蹊"，意为小路，如《史记·李将军列传》："桃李不言，下自成蹊。"②《水调歌头》"访花问柳，都自无语欲成蹊"中的"蹊"也应指小路，当用"蹊"而非"溪"，修版后印本的校改是正确的。

又如：初印本《水调歌头》"凭轼且优游"，误"且"为"具"；《水调歌头》"去作钓鱼翁"，误"鱼"为"渔"；《柳梢青》"新行耍词"，误"耍"为"要"，形近而讹。《水调歌头》"闻得东来千骑"，误"得"为"德"，音近而讹。应为手民之误，修版后印本皆进行了剜改。

毛扆还校出了一些异体字，但修版后印本并未进行剜改（见表8）。

表8　　　《宋名家词》修版后印本未改毛校异体字举例

词调	首句	例句	初印本词例	毛扆校	修版后印本
水调歌头	寒眼乱空阔	应龕龙鱼悲啸	龕	答	龕
水调歌头	杖屦觅春色	征辔晚桒月	桒	乘	桒
贺新郎	十日狂风雨	独有荼䕷开未到	荼䕷	酴醾	荼䕷
念奴娇	杏花杨柳	凤皇池上	凤皇	凤凰	凤皇
秦楼月	东风寂	断肠芳艸萋萋碧	芳艸	芳草	芳艸

许多古字、异体字被统改为通用字，古籍中原先包含的丰富信息就会因简化而消失，所以毛扆在修版后印时，没有轻易对异体字进行改动，而是保留原貌，较为严谨。

《宋名家词》初印本《西樵语业》以明钞《宋五家词》本上版，校勘粗疏，文字多误，修版后印本将底本撤换为毛扆、陆贻典批校的增刻后印本，修正了卷首和跋语中误载的作者姓名，对毛扆、陆贻典二人共同校出的16处讹误进行了剜改，比初印本更精善。

---

① 阮元校刻：《十三经注疏·毛诗正义》卷五，第356页。
② 司马迁：《史记》卷一百零九，中华书局1959年版，第2867页。

（三）《逃禅词》的底本撤换

通过对《宋名家词》初印本和后印诸本中第五集杨无咎《逃禅词》的比勘，可以发现《宋名家词》初印本《逃禅词》，底本不佳，文字多误，增刻后印本在毛晋刊印时虽未校改，但数十年后，毛扆在此本之上进行了批校。修版后印本撤换底本，改以毛扆批校增刻后印本为底本，对旧版进行了剜改，并重新刊印，现就其底本撤换的过程进行分析。

首先需找出初印本所据底本。毛晋《逃禅词跋》云："可恨坊本无据。"①《直斋书录解题》载长沙书坊刻《百家词》本《逃禅集》一卷。毛跋中的"坊本"当为南宋宁宗嘉定间长沙刘氏书坊刻《百家词》本。毛扆《汲古阁珍藏秘本书目》中载有《宋词一百家》，明毛晋《汲古阁毛氏藏书目录》中载有杨无咎《逃禅集》一卷，与宋刻《百家词》本书名、卷数完全相同，可以推知宋刊《百家词》本《逃禅词》在明末仍存，为汲古阁所藏，《宋名家词》本以之为底本，卷数相同，名为《逃禅词》。饶宗颐先生在《词集考》之《逃禅词》中说："毛晋跋语云：'可恨坊本无据'，岂其《秘本书目》之《宋词百家》，即《直斋书录》之长沙坊刻《百家词》耶。"② 有理由相信，宋刻《百家词》在明末仍存，为毛氏汲古阁所藏，《宋名家词》初印本《逃禅词》即以宋长沙书坊刻《百家词》本《逃禅集》为底本校刻。

毛晋在《逃禅词》跋语中称其底本字句之舛讹，章次之颠倒不可条举，他在刊刻时一一厘正，但由于当时可据参校的版本较少，毛晋的校勘往往凭一己之私臆，从经验上进行判断，其所刊印的《宋名家词》初印本《逃禅词》仍存在较多讹误，其子毛扆续得善本，在《宋名家词》增刻后印本《逃禅词》上进行了逐字精校，跋语曰："己巳上元后二日从孙氏旧录本校，凡改者仍存其旧。"③ 可知毛扆的校勘时间为农历己巳年，即清康熙二十八年（1689），当时毛晋已归道山（毛晋卒于顺治十六年己亥），版归毛扆，毛扆以其所校增刻后印本为底本，剜改校正了

---

① 毛晋刊：《宋名家词》第五集第二十一册《逃禅词》，台湾图书馆藏本，第58页。
② 饶宗颐：《词集考》，中华书局1992年版，第128页。
③ 毛晋刊，陆贻典、黄仪、毛扆等校：《宋名家词》第五集第二十一册《逃禅词》，国家图书馆藏明刊本，第58页。

初印本中的 6 处讹误。

（1）《品令》（水寒江静）词调名初印本误作"一斛珠"，毛扆在增刻后印本中校改为"品令"，其校语曰："按此和美成韵也，片玉词作'品令'。"① 修版后印本据此剜改为"品令"。

按：杨无咎此词为周邦彦《品令》（夜阑人静）的和词，杨无咎和词用其韵，用其字，且次序相同，应为次韵。其词调应与周词的词调相同，为《品令》，而非《一斛珠》。

"品令"意为有拍的小品所演绎的令曲，清陈廷敬、王奕清等《钦定词谱》云："宋人填《品令》者，类作俳语。"其格律为双调五十五字，前段五句四仄韵，后段五句五仄韵。将格律与杨无咎词对照：

中平平仄。中中仄、中平中仄。平中中仄平平仄。中平仄仄，中仄平平仄。

水寒江静。浸一抹、青山囗影。楼外指点渔村近。笛声谁喷，惊起宾鸿阵。

中仄中平平仄仄。仄平平平仄。仄中中中平中仄。仄平平仄仄，中仄平平仄。

往事总归眉际恨。这相思谁问。泪痕空把罗襟印。泪应啼尽，争奈情无尽。

而《一斛珠》的格律为双调五十七字，前后段各五句四仄韵。《宋名家词》初印本后段第二句"这相思谁问"，"思"字下衍"情味"二字，全词字数为五十七字，故其词调误作《一斛珠》。毛扆在增刻后印本中校改为"品令"，并在修版后印本中剜改校正。

（2）《品令》"浸一抹、青山囗影"，"囗影"，初印本作"倒影"，毛扆在增刻后印本中校改为"囗影"，修版后印本据此剜改为"囗影"。

（3）《品令》"这相思谁问"，初印本，"思"字下衍"情味"二

---

① 毛晋刊，陆贻典、黄仪、毛扆等校：《宋名家词》第五集第二十一册《逃禅词》，国家图书馆藏明刊本，第 5 页。

字，毛扆在增刻后印本中删去此二字，其校语曰："抄无情味二字，思接下。"① 修版后印本据此剜去此二字。

按：《品令》格律为双调五十五字，后段第二句应为五字，初印本"情味"二字为衍文，故修版后印本将其剜去。

（4）《阳春》"迎晴晓"，"晴晓"，初印本误作"清晓"，毛扆在增刻后印本中校改为"晴晓"，修版后印本据此剜改为"晴晓"。

按："迎晴晓"下句为"丽日明透翠帏縠"，可见该词描写的是晴天早晨的景象，而"清晓"指清晨，天刚亮时，并不能表示晴天，显然毛扆校改为"晴晓"更加妥当。

（5）《白雪》"怅望几多诗□"，初印本误作"怅望几多诗"，脱一字，毛扆在增刻后印本中校改为"怅望几多诗□"，修版后印本据此剜改。

按：《白雪》借乐府琴曲旧名另创新声，双调九十五字，前段九句五平韵，后段九句四平韵：

　　平平仄仄，平仄仄、平平仄仄平平。平仄仄平，平平仄仄，平平仄仄平平。仄平平。仄平仄、仄仄平平。仄平仄、仄平仄，仄仄平平。

　　平平仄仄平，平平仄仄，仄平平。仄平平仄，平平仄仄，平平仄平。平仄仄、仄平平仄，仄仄平平。仄平平仄，平平仄仄平平。

后段第四句应为六字，《宋名家词》初印本作"怅望几多诗"，脱一字，毛扆在增刻后印本中校出，修版后印本据此剜改为"怅望几多诗□"。

（6）《白雪》"忒是报年丰"，"忒"，初印本误作"或"，毛扆在增刻后印本中校改为"忒"，修版后印本据此剜改为"忒"。

《宋名家词》初印本《逃禅词》以宋长沙书坊刻《百家词》本《逃禅集》为底本校刻，因底本不佳，可据参校的版本较少，文字多误，毛

---

① 毛晋刊，陆贻典、黄仪、毛扆等校：《宋名家词》第五集第二十一册《逃禅词》，国家图书馆藏明刊本，第5页。

扆续得善本，在《宋名家词》增刻后印本《逃禅词》上进行了逐字精校，修版后印本将底本撤换为毛扆批校的增刻后印本，剜改校正了6处讹误，比初印本更精善。

三　结语

　　毛刻《宋名家词》可分为初印本、增刻后印本、重编后印本、修版后印本和邵韡重印本五种版本。初印本第四集中张孝祥《于湖词》仅一卷；增刻后印本在初印本的基础上，续刻了《于湖词》二、三两卷，内容有所增补；重编后印本在增刻后印本的基础上，调整了第三集和第六集中词集的编排顺序，使各家词集排列的先后顺序确定；修版后印本以毛扆等人批校后的增刻后印本为底本对第三集杨炎正《西樵语业》和第五集杨无咎《逃禅词》中的讹误进行了剜改，又依照重编后印本的顺序对词集进行编排，是最为通行的一个版本。《宋名家词》经过两代人的四次刊印，经历了增刻、重编、修版的曲折过程，在内容上不断完善。清初，《宋名家词》版归兴贤桥邵氏，邵韡用毛氏旧版重印，内容同修版后印本，但由于版片缺失导致缺漏两首词作。

　　在刊印过程中，第四集中张孝祥《于湖词》初印时以南宋《花庵词选》本为底本，仅录一卷，增刻后印本将底本撤换为宋乾道刻本的一个传钞本《于湖先生长短句》五卷拾遗一卷，在初印本一卷的基础上，增刻卷二、卷三，内容较初印本更为完善。第三集中杨炎正《西樵语业》初印时以明钞《宋五家词》本上版，校勘粗疏，文字多误，修版后印本将底本撤换为毛扆、陆贻典批校的增刻后印本，剜改校正了卷首和跋语中误载的作者姓名和所收词作中的16处讹误，比初印本更精善。第五集中杨无咎《逃禅词》初印时以宋长沙书坊刻《百家词》本《逃禅集》为底本校刻，因底本不佳，可据参校的版本较少，文字多误，修版后印本将底本撤换为毛扆批校的增刻后印本，剜改校正了6处讹误，比初印本更精审。

[作者简介]　武悦，河北大学中国古典文献学在读硕士研究生。

元曲研究

元散曲家班惟志年谱简编[*]

都刘平

内容摘要：本文在孙楷第先生研究的基础上，就我们新发现的若干材料，以编年形式动态地呈现元代著名散曲家班惟志的履历事迹及交游情况。

关键词：班惟志　编年　散曲

班惟志字彦功，号恕斋。汴梁人，寓居杭州。是元代后期著名散曲家，名列《录鬼簿》卷上"方今名公"条，《太和正音谱》亦列之于词林英杰一百五十人中。其散曲至清代尚为王渔洋所知。其题画诗，明人袁中道谓"即国朝二李决不能胜之"。此外，恕斋还以书法名世，曾师从名臣邓文原，时人有"家家恕斋字"之语，可见其书法在当时流传之广。亦善绘事，许有壬、张翥、龚璛均曾为其所作画卷题诗，且与著名画家黄公望、倪瓒等交善。堪称诗曲书画兼善的全能。关于其生平，虽曾经孙楷第先生勾勒，但也只是其大略，且其中不无失察处，如推定集贤待制是其最后官职。在孙先生研究的基础上，我们新发现若干材料，以编年形式动态地呈现出班惟志的履历事迹及交游情况，以就教于方家。

元世祖至元十四年庚午（1277）　一岁

班惟志约生于是年。

其生年，文献无载。按：班惟志跋《邹伯祥玉枕兰亭卷》云："此

---

[*] 本文系河北大学燕赵文化高等研究院研究项目"元曲家传记资料汇纂整理与研究"（2020D03）阶段性成果。

卷乃贾秋壑（贾似道）家藏。余弱冠学书，于友人处仅获一纸，尝临数十本，皆为好事持去。"①班惟志曾师从邓文原，是其门人。文原亦工书法，与赵孟頫齐名，惟志所谓"学书"应即指曾受教于文原。邓文原至元二十七年（1290）除杭州路儒学正，大德二年（1298）偕班惟志等门生应诏北上大都泥金书《藏经》，惟志"弱冠"受学于文原必在此期间。又，至正六年（1346）班惟志江浙儒学提举秩满，时年应已七十（见后文）。以此逆推，其生年约在至元十四年（1277）。

班惟志在汴梁家居时应即曾临帖学书，只是还没有师傅指导，不然也不会弱冠之年拜邓文原时，所临书帖已达到"皆为好事持去"的水准。陶宗仪《书史会要》谓惟志"晚年学黄华"，黄华即王庭筠（1156—1202），尝卜居彰德黄华山寺，因以自号。书学米芾，是金代著名书家。所谓"晚年学"应是就其书法风格之近似而言，班惟志家居汴梁之时应曾临摹王庭筠的作品，明人张弼《跋班恕斋题王黄华书后》云："观其题王黄华书后数语，词笔俱嘉。虽于黄华有间亦不易得者。"②题跋殆作于晚年，但这种情感上的认同应与早年的临摹学习分不开。

元成宗大德二年戊戌（1298）　　二十二岁

随乃师邓文原赴京书《大藏经》，书毕，授溧阳州学教授。

黄溍撰邓文原神道碑载："徽仁裕圣皇后命以泥金书《大藏经》，公应聘，率门人前集贤待制班惟志等二十人北上。竣事，二十人皆赏官，而公不预，第随牒调补，教授一州。"③邓文原率门人赴京书《大藏经》实由赵孟頫举荐，杨载撰赵孟頫行状云：

大德（元年）丁酉（1297），除太原路汾州知州，兼管本州诸军奥鲁、劝农事，未上。召金书《藏经》，许举能书者自随。书毕，

---

① 李修生编：《全元文》第46册，凤凰出版社2004年版，第252页。
② 张弼：《张东海先生文集》卷四，载《四库全书存目丛书》集部39册，齐鲁书社1997年版，第473页。
③ 黄溍：《岭北湖南道肃政廉访使南阳郡公谥文肃邓公神道碑》，载《全元文》第30册，凤凰出版社2004年版，第186页。

所举廿余人，皆受赐得官。①

徽仁裕圣皇后系世祖太子真金之妻，成宗之母，大德四年（1300）崩，见《元史》卷一一六《后妃传》。知班氏随乃师赴京金书《藏经》必在大德四年前。又据黄溍《神道碑》，书毕，独邓文原"不预，第随牒调补，教授一州"，按《元史·邓文原传》，文原于大德二年（1298）调崇德州教授。故班惟志因书藏经而受"赏官"在大德二年。

清李光暎《金石文考略》卷十六录赵孟頫书《雪赋》，注云："大德二年日短至，写于（与）班彦功。"②此当是惟志离京赴任时，赵孟頫书之以赠别，时已是大德二年冬至。

元成宗大德五年辛丑（1301） 二十五岁

在溧阳州学教授任上，修学宫、建斋舍，设小学斋，增学田。
张铉《至正金陵新志》卷九"州县学校"条载：

> 溧阳州归附初为县，设主学、教谕。元贞元年升州，即以前宋县学改为州学，设教授。大德五年，教授班惟志修学宫、建斋舍。东曰"养正""丽泽"，西曰"明德""澡德"。设小学斋，增学田三百八十余石。卞应午记之③。

卞应午记文今已不存。

班惟志于大德五年溧阳州学教授秩满，至皇庆初这十年左右的时间，无官职，寓游大都。许有壬【沁园春】《次班彦功韵》云：

> 旅食京华，蜀道天难，邯郸梦回。笑白衣苍狗，悠悠无定，黄尘赤日，扰扰何为。长铗休弹，瑶琴时鼓，倦鸟谁教强去来。衡门

---

① 杨载：《大元故翰林学士承旨荣禄大夫知制诰兼修国史赵公行状》，载任道斌校点《赵孟頫集》附录，浙江古籍出版社1986年版，第273页。
② 李光暎：《金石文考略》卷十六，《四库全书》第684册，齐鲁书社1997年版，第444页。
③ 张铉：《至正金陵新志》卷九，《四库全书》第492册，齐鲁书社1997年版，第389页。

下,幸良辰良友,同酒同诗。 功名少壮为期。奈身外升沉自不知。算人间难得,还丹大药,山中尽有,老树清溪。蕙帐云空,石田苔满,应被山灵怪去迟。春来也,向故园回首,归去休迷①。

许有壬(1287—1364),汤阴人,班惟志弱冠始离乡南游,二人当在青年时期即已相识。许有壬于大德十年(1306)至大都,至皇庆元年(1312)辟山北廉访司书吏,"旅食京华"达七年②。《次班彦功韵》词正是作于迹游大都之时,班氏原词已佚。从"长铗休弹,瑶琴时鼓,倦鸟谁教强去来。衡门下,幸良辰良友,同酒同诗"等句来看,许、班二人此时在大都谋求职事并不如意,只能借诗酒以自遣。许有壬又有【江城子】词,题为《饮海子舟中,班彦功招饮斜街,以此答之》:

柳梢烟重滴春娇。傍天桥。住兰桡。吹暖香云,何处一声箫。天上广寒宫阙近,金晃朗,翠岹峣。 谁家花外酒旗高。故相招。尽飘摇。我正悠然,云水永今朝。休道斜街风物好,总去此,便尘嚣。③

海子是元代大都极繁华之地,达宦、文人及歌妓常于此集会游玩。《析津志·古迹》"齐政楼"条载:"西斜街临海子,率多歌台酒馆。有望湖亭,昔日皆贵官游赏之地。"《青楼集》记大都著名杂剧女艺人张怡云即居住在海子,姚燧、阎复是其常客。游览海子,固然是仕宦无望借此消遣岁月,更重要是此地乃"天上广寒宫阙近",是达官贵宦们的聚集地,往来于此更有机会投谒结识权贵。

班惟志《跋赵孟頫东坡画像及二赤壁赋》作于至大皇庆间,在大都。跋云:"予昔随集贤公在京师,亲见书此赋何啻数十。"④按:赵孟

---

① 唐圭璋编:《全金元词》下册,中华书局1979年版,第956页。
② 《元史》卷一八二《许有壬传》:"年二十,畅师文荐入翰林,不报。"《至正集》卷七十二《题旧寄高元用小诗》:"至大(二年)己酉,予旅食京师,与洛阳高君元用共爨以食。"又卷五十《韩公神道碑铭》:"皇庆(元年)壬子,有壬以教官辟山北。"参见苏鹏宇《许有壬年谱长编》,《许有壬研究》附录,博士学位论文,中央民族大学,2013年。
③ 唐圭璋编:《全金元词》下册,第972页。
④ 李修生编:《全元文》第46册,凤凰出版社2004年版,第251页。

頫于至大三年庚戌（1310）十月拜翰林侍读学士，至延祐六年己未（1319）归乡，前后十年时间均在集贤、翰林两院任学士。班惟志随赵孟頫在京师，且见其书《二赤壁赋》正是在至大末皇庆初这段时间。

元仁宗皇庆元年壬子（1312） 三十六岁

在大都，约是年杨载作《赠班彦功》诗：

> 名书称晋代，盛事起江东。内翰钟奇气，深情纵古风。抠衣皆弟子，入室自豪雄。欲立千金价，宁论百日功。奏名黄阁老，承诏大明宫。《遗教》规王氏，《阴符》易褚公。杯沾银凿落，佩篦玉玲珑。文学谈经早，声华脱颖同。麦光人共赏，棘刺巧无穷。愿积临池趣，流传史册中。①

据黄溍《杨仲弘墓志铭》，杨载"年几四十不仕"，后因贾国英荐举，以布衣应召，擢翰林国史院编修，与修《武宗实录》。书成，调管领系官海船万户府照磨兼提控案牍②。时间约在皇庆二年③。其赠班惟志诗应在前一年。诗基本内容是称赞班氏书法之奇巧，"奏名黄阁老，承诏大明宫"云云，是指大德二年班惟志因赵孟頫之荐受诏书《大藏经》。"内翰钟奇气"则指其书法受到孟頫的赏识。此时班惟志"旅食"大都，乃白身，杨诗应是作于班氏离京赠别之际，只能盛赞其书法，诗题亦不署官职。

元仁宗延祐元年甲寅（1314） 三十八岁

约是年自大都南下至杭州。

杨维祯《东维子集》卷七《曹氏雪斋弦歌集序》引雪斋语："幼获晋于酸斋贯公、恕斋班公。"④ 贯云石延祐初让官爵于乃兄，归隐江南，

---

① 杨载：《杨仲弘集》卷四，载《四库全书》第1208册，齐鲁书社1997年版，第26页。
② 黄溍：《金华黄先生文集》卷三十三，载《续修四库全书》第1323册，上海古籍出版社2002年版，第427页。
③ 据《元史》卷二十四《仁宗本纪》载，《武宗实录》编成于皇庆元年十月，杨载授官或在次年。
④ 杨维祯：《东维子集》卷七，载《四库全书》第1221册，齐鲁书社1997年版，第446页。

泰定元年（1324）卒，而班惟志泰定元年任浮梁州学教授，曹雪斋得以同时获见贯、班二氏应即延祐元年至泰定元年间。

班惟志所以在皇庆延祐初返回江南，盖一是迫于无奈，"旅食"大都十年，仕途并无着落；二是出于法令的限制。《元典章》吏部卷四《听除·求仕不许赴都》条载：

> 至大四年闰七月，江西行省准中书省咨：
> 照得先据御史台备监察御史呈："即目在都求仕官员数多，如蒙立法，悉遣在家听除，实为久远便益。"送吏部，议得："今后应有得替官员，明白开写，在家听候。除在都籍贯人员外，如是不遵所行，及有暗遁前来求仕之人，发露到官，断罪黜降。仍令监察御史绳纠相应。"……都省议得：今后应得替官员，从便听候，于解由内明白开写，不许赴都。如违，依上究治。①

既有法律条文的明确规定，班惟志自然是不得不遵从，无奈离开大都。

元泰定帝泰定元年甲子（1324）　　四十八岁

泰定年间，因邓文原之荐，补浮梁州学教授，旋晋本州判官。

道光《浮梁县志》卷十《官师·教授》条载："班惟志，泰定间任。初补教授，旋晋州判。"又卷十二《名宦》："班惟志字彦功，大梁人。少颖异，工文词，善篆字。邓文原举补浮梁州学教授，晋州判。暇则延名士游，赓咏无虚日，而政亦举。"据《元史》本传，邓文原于至治二年拜集贤直学士，泰定元年兼经筵官，以疾乞致仕归。二年，召拜翰林侍讲学士，以疾辞。其荐举班惟志补浮梁教授应在至治二年（1322）至泰定二年（1325）。

按，班惟志因邓文原荐，补浮梁州学教授，旋晋本州判官，《元诗选癸集》班惟志传却误为："用邓文原荐，补浮梁州学教授，判晋州。"《全元散曲》《全元文》《全元诗》班惟志小传均沿此误。元代浮梁州隶

---

① 陈高华、张帆等点校：《元典章》第一册，中华书局、天津古籍出版社2011年版，第367页。

饶州路，元贞元年升州，而晋州隶真定路。两地南北相距数万里。

浮梁儒学教授任上，班惟志与居丧在武昌的许有壬往返，尝游赤壁，且有诗歌倡和。许有壬《次班彦功教授韵四首》云：

> 乌兔奔腾挽不回，青山还见古人来。梅花都道春风早，辛苦年年最后开。
>
> 诗翁下榻许频过，驽钝无堪奈我何？携得瘦藤归去后，小窗人少月明多。
>
> 松舟桧楫绿蓑衣，梦里烟霞赤壁矶。想像风光吟不得，一江烟雨片帆飞。
>
> 醉吸蟾光肺腑凉，江湖豪气未能忘。钓鳌沧海男儿事，安得纶竿万丈长。①

班惟志原诗已佚。许有壬父熙载泰定四年二月卒于京师，十一月归葬汤阴祖茔。欧阳玄《许公神道碑铭》："薨以泰定四年丁卯二月癸酉，寿六十有七。葬以是年十一月壬午，祔安阳武官原新茔。"② 安葬乃父后，全家回武昌居住。《亡兄大理知事公志》："先茔襄事，侍太夫人居鄂。"③《亡妹赵宜人志》："泰定丁卯二月，先公尚书府君讳熙载捐馆京师。既祔先茔，太夫人高氏视诸孤居鄂。"④

元泰定帝致和元年（文宗天历元年）戊辰（1328）　五十二岁

除绍兴路总管府推官。

按万历《绍兴府志》、乾隆《绍兴府志》俱载班惟志任绍兴路推官在致和二年（即天历二年，1329）。误。《两浙金石志》卷十六录周仁荣

---

① 许有壬：《至正集》卷二十五，载《四库全书》第1211册，齐鲁书社1997年版，第185页。

② 欧阳玄：《有元赠中奉大夫湖广等处行中书省参知政事护军追封鲁郡公许公神道碑铭》，载刘昌编《中州名贤文表》卷二十二，《四库全书》第1373册，齐鲁书社1997年版，第343页。

③ 许有壬：《至正集》卷六十四，载《四库全书》第1211册，齐鲁书社1997年版，第452页。

④ 许有壬：《至正集》卷六十四，载《四库全书》第1211册，第452页。

《祭南镇昭德顺应王碑》，南镇在绍兴。所署时间在致和元年四月廿九日，后立石人中有"承务郎、绍兴路总管府推官班惟志"①。按，其时绍兴路总管乃蓟丘于九思（1268—1341），杂剧家乔吉在于氏任绍兴总管期间曾是其座上宾，写有小令【越调·小桃红】《绍兴于侯索赋》。班惟志应也与之相识，只是今存文献阙如，无由考证。

韩性有《班彦功题能仁方丈》诗，云："禅关妙密异诸方，双桂扶疏几砚凉。小憩匡床缘麈尾，一庭芳草澹斜阳。"② 按，韩性（1266—1341），字明善。绍兴人。宋代名臣韩琦后裔，一生优游乡里，以授徒为业，不求仕进。查万历《绍兴府志》，绍兴有大小能仁寺，大能仁寺在府治南二里许，元初毁，至正间重创。小能仁寺在府西北二里，始建于宋开宝六年③。班惟志游览后应曾赋诗，韩性次韵，惜班氏原诗已佚。

元文宗至顺二年辛未（1331）　　五十五岁

是年中秋日，跋赵孟頫《东坡画像》及《二赤壁赋》。末署："大梁后学班惟志再拜书，时至顺二年中秋日。"④

元文宗至顺三年（1332）　　五十六岁

是年六月十二日拜秘书监经历。王士点《秘书监志》卷九"经历"条载：

> 班惟志字彦功，汴梁人。至顺三年六月十二日上。⑤

元宁宗至顺四年癸酉（1333）　　五十七岁

是年书真、草二体《千字文》，末署："至顺四年闰三月廿有四日，

---

① 阮元编：《两浙金石志》卷十六，载《续修四库全书》第911册，上海古籍出版社2002年版，第202页。
② 杨镰编：《全元诗》第21册，中华书局2013年版，第54页。
③ 《（万历）绍兴府志》卷二十一《祠祀志》，明万历刻本。
④ 李修生编：《全元文》第46册，凤凰出版社2004年版，第251页。
⑤ 王士点：《秘书监志》卷九，载《四库全书》第596册，齐鲁书社1997年版，第842页。

大梁班惟志书。"下押"班彦功氏"白文方印,"恕斋"朱文方印①。班氏该书法今尚存世②。按：文宗崩于至顺三年八月；十月，宁宗即位，十一月，崩；至顺四年六月初八日，顺帝即位，十月戊辰改元元统。故将该年系为宁宗。

元顺帝元统二年甲戌（1334）　五十八岁

是年十二月，秘书监经历秩满，替任者为韩玙③。

约是年跋《唐欧阳率更子奇帖》，其中有云："不特此耳，吴兴赵公书签、巴西邓先生手跋，亦足清玩也。"④"巴西邓先生"即邓文原。班跋之前还有三跋：一是金城郭天锡祐之，时间在甲午（至元三十一年，1294）三月；二是邓文原，时间在泰定己丑（二年，1325）十二月；三是番阳吴善，所署时间在元统元年（1333）十二月。班跋未署时间，依前三跋时间先后来看，班氏跋应在元统二年左右，尚在秘书监经历离任前。

元顺帝元统三年乙亥（1335）　五十九岁

是年前后拜集贤待制。

《(景泰)云南图经志书》卷七收录班惟志《送述律元帅开阃分题得越嶲》诗，其所署官职为"集贤待制"。同书卷一尚有许有壬、冯思温、泰普华（即泰不华）、道童、靳荣、苏天爵等同题送别诗。述律元帅即述律杰，字存道（一作从道），号鹤野。其先本辽东贵族，辽太宗时赐姓萧，金灭辽，改述律曰石抹（意为奴婢）以辱之。其曾祖从元太祖征战有功，授蜀之保宁万户，子孙世袭。杰袭职后，耻以石抹为姓，得复述律（萧）之姓。泰定末至京师上屯耕便宜，文宗立，受命抚定晋冀关陕，又从平云南大理之乱。后授云南宣慰司都元帅。关于其何时拜云南

---

① 卞永誉：《式古堂书画汇考》卷十七，载《四库全书》第827册，齐鲁书社1997年版，第792页。
② 参见杨臣彬《元人班惟志二体千字文卷》，《收藏家》2001年第7期。
③ 王士点：《秘书监志》卷九"经历"条，载《四库全书》第596册，齐鲁书社1997年版，第842页。
④ 赵琦美编：《赵氏铁网珊瑚》卷一，载《四库全书》第815册，齐鲁书社1997年版，第282页。

都元帅，史无记载，陈世松先生定在至顺三年（1332）至元统元年（1333）①，而方龄贵先生则断在后至元六年（1340）②。按，述律杰离京赴云南宣慰司之际，同时送行的既有许有壬等七人，则考此七人能同时在大都的时间即可，方文正是用此方法。现在我们又发现一条新材料，即述律杰曾以宋代韩琦手书赠其后人韩诚之，邀请蔡景行、泰不华、杨敬德（懿）、祝蕃、班惟志、李齐、张圣卿、李懋、陈梁九人题跋。送行诗与韩书题跋的两组成员中，同时位列的有泰不华、班惟志，知二者时间必相近。先将题跋依次迻录如下：

（1）蔡景行《跋宋韩琦尺牍》：

忠献平生立朝大节勋业之盛，炳炳照映穹壤，为一代伟人，故不必赘陈矣。至于天性清简，一无所好，惟家藏图籍数万卷，每卷尾必题曰传贤子孙，信乎子孙之贤，而后可传于永久也。今观二帖，银钩铁画，出入于唐贤颜柳之间，其端重刚劲，类乎为人，百世之下，见者肃容瞻慕焉。元帅萧侯珍藏既久，闻公嫡孙诚之笃学好修，克绍乃祖风烈，遂不远千里以奉之，忠献在天之灵，殆非偶然者。诚之其贤子孙哉！二帖之传，当不坠先志。槜李蔡景行拜手书。③

（2）泰不华题云：

诚之广文出先世魏公所书二帖见示，端谨遒劲，得颜鲁公法为多，垂绅正笏，端居廊庙之气，蔼然见于纸墨间。噫，鲁公为唐之忠臣，魏公为宋之贤相，故其书法之妙，亦相仿佛若是也。前辈谓魏公每登朝堂，视进止如有尺寸，载观斯帖，于是乎取证矣。元统三年清明前一日，泰不华题。④

---

① 陈世松：《元代契丹"诗书名将"述律杰事辑》，《宁夏社会科学》1996年第2期。
② 方龄贵：《元述律杰交游考略》，载郝时远、罗贤佑主编《蒙元史暨民族史论集》，社会科学文献出版社2006年版，第242页。
③ 张照：《石渠宝笈》卷三《列朝人书画》，载《秘殿珠林石渠宝笈合编》第二册，上海书店出版社2011年版，第883页。
④ 张照：《石渠宝笈》卷三《列朝人书画》，载《秘殿珠林石渠宝笈合编》第二册，第884页。

（3）杨敬意跋云：

右魏公真迹也，萧元帅北野①相君藏（缺）矣，未尝出以示人，以诚之敦厚长者，特还以合浦之珠，克获旧物，岂不为韩氏庆乎！噫，自古及今，初不借才于异代，人苟自勖，求所以称元帅遗故家手书之意，而勉于功名，则我元岂无名臣哉！古语有之，公侯之子孙必复其始，斯为元帅期待之盛心。至顺癸酉六月四日，石塘山人杨敬意谨书。②

诚之作饷，为礼甚盛，话及魏公真迹，乃继祖四年前所遗诚之之物，谈经道旧之余，敬德适在坐，援笔识之，举不忘其所亲，明道先生之不欺也。元帅公命书之，不敢辞，敬德再拜谢不敏。③

（4）祝蕃跋云：

魏公相业煌煌在简册间，固不待翰墨而后传。二帖笔意浑厚，虽粉墨漫漶，犹奕奕有生气，流亡抚字数语，蔼然仁义之心，其克终令名宜矣。万户萧君以韩广文为公裔孙而归之，且勉其见手泽而发孝思，盖期以绳祖武也。广文气岸魁然，神采焕发，充其所学，讵可量哉，他日当不愧此帖。至顺改元冬十一月廿又四日，上饶祝蕃谨题。④

（5）班惟志跋云：

战六国臣几何，独子房为韩报，千百世下窅无所闻，天复以韩忠国，其于天道周复原始，世昧于屈强，岂能博通天人之道也。予于忠献公有感焉，天耶人耶，感而遂通，互相为黄钟之律，尘世不

---

① 按：述律杰号鹤野，"北"乃"鹤"一音之转而致误。
② 张照：《石渠宝笈》卷三《列朝人书画》，载《秘殿珠林石渠宝笈合编》第二册，上海书店出版社2011年版，第884页。
③ 张照：《石渠宝笈》卷三《列朝人书画》，载《秘殿珠林石渠宝笈合编》第二册，第884页。
④ 张照：《石渠宝笈》卷三《列朝人书画》，载《秘殿珠林石渠宝笈合编》第二册，第884页。

可得而知也,因缀数语,四时行在天何语,片云四海成霖雨。将谓不能军,近安无一人。归来仪百揆,骑虎寻常耳。多少窅无闻,千年兰玉孙。恕斋班惟志漫书,同坐郝时叔、王景平、赵季文。①

(6) 李齐跋云:

流亡抚字,宰相之所当用心也,魏国公垂绅正笏,不动声色,而措天下如泰山之安,因是一语而可以类推矣,无徒以翰墨论也,蒲阴李齐。②

(7) 张圣卿题云:

魏公立朝谋国之大节,固不待缀辞也。今其遗墨虽不多见,寸金片玉,谁不宝袭。余独爱诚之以文献能敬其祖,北野之与能成人之美,可谓两得之矣,喜而为之书。大塊畸人张圣卿题。③

(8) 李懋跋云:

晋唐诸名贤墨妙,天下所共宝,然其存者不数本,苟或出售,人争购之,虽几百千缗,在所不较。外此则漫不加意,慕名之习,一至于此。天台萧侯,说礼乐而敦诗书者也,英贤札翰,靡所不蓄,其仰止高山之意深矣。堂堂魏公,亘古几见,诵其遗言余论,犹足使人感慕而兴起,况夫手泽之华(缺)然者,珍藏熟玩,不犹愈于徒尊字画之工哉。萧侯不惟宝藏之而已也,又能推锡类之心,割所爱以奉公之耳孙诚之,诚之再拜登受,慁而后可知也。意者神物护持,知诚之与侯善,故假手于侯以归之耳,不然,何以得之有其道

---

① 张照:《石渠宝笈》卷三《列朝人书画》,载《秘殿珠林石渠宝笈合编》第二册,上海书店出版社 2011 年版,第 884—885 页。
② 张照:《石渠宝笈》卷三《列朝人书画》,载《秘殿珠林石渠宝笈合编》第二册,第 885 页。
③ 张照:《石渠宝笈》卷三《列朝人书画》,载《秘殿珠林石渠宝笈合编》第二册,第 885 页。

如此也。二帖前后凡四十三字，粉墨磨灭，财可见者已十之三，宝之宝之。诚之又以萧侯手书，并装于帖后，以无忘所自得，是亦宜书。至顺辛未立春日，中山李懋端肃谨跋。①

（9）陈梁跋云：

韩夫子执政三朝，相业端正，青苗相公，岂可同朝而立。语云相字如相人，此二札笔笔正峰，有一些邪气否？其藏锋锷于不见，可以想其慎重持国。陈梁拜观于小寒山。②

题跋已署时间者在至顺元年（1330）至元统三年（1335）。也即说，只要考得两组成员计十三人这段时间内能同时在大都的话，则述律杰赴任云南帅府的时间即可以确定，而班惟志拜集贤待制的时间问题也随之破解。其中冯思温、蔡景行、杨敬德、张圣卿、陈梁五人事迹无考，余八人依次考略如下：

许有壬（1287—1364），据《元史》卷一八二本传载，延祐二年（1315）进士第，元统二年拜治书侍御史，转奎章阁学士院侍书学士，仍治台事。后至元初以故归里。

泰不华（1304—1352），《元史》卷一四三本传载："文宗建奎章阁学士院，擢为典签，拜中台监察御史。顺帝即位，加文宗后太皇太后之号，大臣燕铁木儿、伯颜皆列地封王。泰不华率同列上章言：'婶母不宜加徽称，相臣不当受王土。'太后怒……出佥河南廉访司事，俄移淮西。"③奎章阁学士院建于天历二年（1329）二月，顺帝加文宗后太皇太后徽号在后至元元年（1335）十二月④。知泰不华跋韩琦书元统三年

---

① 张照：《石渠宝笈》卷三《列朝人书画》，载《秘殿珠林石渠宝笈合编》第二册，上海书店出版社2011年版，第885页。
② 张照：《石渠宝笈》卷三《列朝人书画》，载《秘殿珠林石渠宝笈合编》第二册，第885页。
③ 宋濂：《元史》卷一四三《泰不华传》，中华书局1976年版，第3423页。
④ 《元史》卷三十八《顺帝本纪》载加文宗后太皇太后徽号在后至元元年（1335）十二月，而卷一一四《后妃传》却记在元统元年（1333），注引《考异》云："元统二年尊为皇太后，至元元年尊太后为太皇太后。此《传》似有脱误。"

(1335)清明前一日之时,正在朝中。

道童(?—1358),高昌人。《元史》卷一四四本传载:"以世胄入官,授直省舍人。历官清显,素负能名。调信州路总管,移平江。皆以善政称。至正元年,迁大都路达鲁花赤。"① 史不言其何时调信州路总管,按郑元祐《前平江路总管道童公去思碑》载道童任平江总管在后至元元年(1335)②,则调信州总管应在元统元年(1333)左右。

靳荣,字时昌。曲沃(今属山西)人。据《元诗选癸集》丙集小传载:由进士官崇文大监,升监察御史,转奎章阁承制学士致仕。按,奎章阁学士院始建于元文宗天历二年(1329)二月,顺帝至元六年(1340)十二月罢。知至顺元统年间(1330—1335),靳荣必在大都为官。

苏天爵(1294—1352),真定人。《元史》卷一八三本传载:至顺元年,预修《武宗实录》。二年,升翰林修撰,擢江南行台监察御史。元统元年,复拜监察御史。明年,预修《文宗实录》,迁翰林待制,寻除中书右司都事,兼经筵参赞官。

祝蕃(1286—1346),字蕃远,贵溪人。其所署时间在至顺元年(1330)十一月,按:李存撰《祝蕃远墓志铭》,谓其以《易经》中乡举,会试不利③。除此之外,没有提到其曾再至大都。检《元史·文宗本纪》,至顺元年三月会试。祝蕃为之作跋应正是在此时。

李齐(1301—1353),字公平,祁州蒲阴人④。元统元年(1333)左榜进士第一,授翰林修撰。

李懋,字子才,江宁人。至顺元年进士,与祝蕃同年参加科举,及第。跋署时间为次年立春。

综合以上所考,许有壬、泰不华、道童、靳荣、苏天爵、祝蕃、李齐、李懋八人在大都为述律杰或送行或题跋所收韩琦书的时间只能在至顺元年(1330)至元统三年(1335)。落实到具体的时间点则只能取其

---

① 宋濂:《元史》卷一四四《道童传》,第3443页。
② 郑元祐:《侨吴集》卷十一,载《四库全书》第1216册,齐鲁书社1997年版,第573页。
③ 李存:《俟庵集》卷二十五,载《四库全书》第1213册,齐鲁书社1997年版,第773页。
④ 《元史》卷一九四本传误作广平人。

时间下限，即元统三年。按陶宗仪《书史会要》记文宗曾评班氏书法，"谓如醉汉骂街"。文宗于天历二年（1329）二月立奎章阁学士院，广延文士，八月立艺文监，至顺元年（1330）置奎章阁监书博士二人。班惟志拜集贤待制应即在秘书监经历秩满之后。

黄溍于至正九年（1349）撰《邓文原神道碑》，谓班惟志乃"前集贤待制"，孙楷第《元曲家考略》据此断集贤待制系班氏最后官职。按：黄溍至正七年（1347）作《杭州路儒学兴造记》时，亦以"前集贤待制"称之（见后）。所以如此，是集贤待制乃班氏所历任官职中最高的（正五品，儒学提举为从五品），文人狡词。

元顺帝至元三年丁丑（1337）　　六十一岁

是年除平江路常熟州知州。见同治《苏州府志》卷五十三。

十二月，为友人尚从善所编：《本草元命苞》作序，末署："（后）至元三年十二月十六日，奉议大夫、平江路常熟州知州，友人班惟志叙。"①

元顺帝至元四年戊寅（1338）　　六十二岁

仍在常熟知州任上。

正月十五日，撰《佑圣道院碑记》，末署："（后）至元四年龙集戊寅正月十五日，奉议大夫、平江路常熟州知州兼劝农事班惟志撰。"②

在常熟知州任上，与道士张雨结识，有词倡和。张雨【满江红】《玉簪次班彦功韵》云：

> 玉导纤长，顿化作、云英香荚。风弄影、錄（绿）鬟撩乱，搔头斜插。璞小还思钗燕并，丛幽略比蕉心狭。看柔须、点缀半开时，微烘蜡。　冰箸瘦，琼枝滑。芳径底，谁偷掐。怕夜凉消得，锦围红匣。鹅管不禁仙露重，蜜脾剩借清香发。待使君、绝妙好词成，

---

① 张金吾：《爱日精庐藏书续志》卷三，载《续修四库全书》第925册，上海古籍出版社2002年版，第641页。

② 李修生编：《全元文》第46册，凤凰出版社2004年版，第252页。

须弹压。①

"使君",汉代刺史之称,后代用来代指州郡长官。张词这里是指班惟志常熟知州之任。张雨(1283—1350),字伯雨,号句曲外史。钱塘人。在茅山出家为道士,先后住持西湖福真观、开元宫,茅山崇寿观、元符宫。后至元二年,"以上塚告归,遂不复去,筑室北郭,著书于其间"。至正二年再次提点开元宫②。张雨次班惟志词正作于告归钱塘这段时间,但二人相识当早在此前。

元顺帝至正三年癸未(1343)　　六十七岁

拜江浙儒学提举。万历《杭州府志》卷九《职官表》记在至正二年,误。据宋濂撰黄溍行状:"至顺二年,用故御史中丞马公祖常之荐,入为应奉翰林文字、同知制诰,兼国史院编修……经六年之久,请补外,换奉政大夫、江浙等处儒学提举。至正三年春,先生始六十有七,不俟引年,亟上纳禄侍亲之请,绝江径归。"③则班惟志任江浙等处儒学提举正是接替黄溍,时在至正三年春④。

是年五月,杭州城大火,势逼西湖书院与廉访司,寻灭,撰文刻石以记之。杨维桢撰文,江浙儒学副提举陈遘书,提举班惟志篆盖。杨维桢《武林弭灾记》:

> 至正二年四月一日,杭城大灾,燬民庐舍四万有畸。明年五月四日,又灾作于车桥,火流如乌亭,如梧冲,所指即炎,势且逼西湖书院。在官正徒奔走莫遑救,武守、府守虽厖,而无所于用。肃政司在院东,于时宪副高昌棅栾公、覃怀李公,宪佥大名韩公,暨

---

① 唐圭璋编:《全金元词》下册,中华书局1979年版,第912页。
② 刘基:《句曲外史张伯雨墓志铭》,载朱存理编《珊瑚木难》卷五,《四库全书》第815册,齐鲁书社1997年版,第143页。
③ 宋濂:《潜溪后集》卷十《故翰林侍讲学士中奉大夫知制诰同修国史同知经筵事金华黄先生行状》,载罗月霞编《宋濂全集》第一册,浙江古籍出版社1999年版,第307页。
④ 清李遇孙《续括苍金石志》卷四录黄溍《汤氏义田记》,前署:"奉政大夫、江浙等处儒学提举黄溍撰,奉政大夫、江浙等处儒学提举班惟志书。"《记》作于至正元年三月,时黄溍尚在江浙儒学提举任上,班氏书应在至正三年接替黄溍之后。

知事广平张公、照磨睢阳张公,齐面火叩首曰:"火宁焚予躬,勿民灾也。"言一脱口,风从西北转东南,若有神帜煸而返者,郁攸焰及院北垣即销灭沉去,又若金支赤盖度河而溺也。由是院与司皆安堵如故,而城郭郊保赖以安全。院之山长毗陵钱琼,偕城中高年寻余西湖之阴,请记其事,辞弗获,则为之言……赐进士出身、承事郎、前台州路天台县尹兼劝农事杨维桢撰文,文林郎、江浙等处儒学副提举陈遘书,奉政大夫、江浙等处儒学提举班惟志篆盖。至正三年十二月望日……等立石。①

元顺帝至正四年甲申(1344)　　六十八岁

是年夏,与江浙儒学副提举李祁董理兴修前年火灾所毁四斋、庙垣及民居。

黄溍《杭州路儒学兴造记》云:

至正二年夏,细人之家不戒于火,飞燎及殿檐而止。"持正""宾贤""崇礼""致道"四斋与庙垣外比屋而居者数十家尽烬弗存。执事者请割学西隙地,益以钱若干缗,易其废址,改建论堂。四年夏,儒学提举班公惟志方理之,度木简材,而李君祁来为副提举,亟命学正录直学等,揆日庀工……始作于六年冬十一月,讫役于七年夏四月……溍既序其工役之概,并志所望于其士者如此云……班公,前集贤待制。②

元顺帝至正五年乙酉(1345)　　六十九岁

是年三月,班惟志至大都。胡助于是年致仕③,《纯白斋类稿》附录

---

① 倪涛:《六艺之一录》卷百十一,载《四库全书》第832册,齐鲁书社1997年版,第310页。
② 李修生编:《全元文》第29册,凤凰出版社2004年版,第302页。
③ 胡助:《纯白斋类稿》卷十八《纯白先生自传》,中华书局1985年版,第164页。

有恕斋为之饯行诗,颈联云:"九重醉许烟华饯,三径归欢松菊存。"①又据汪泽民同题诗"三月京城花正繁"句②,知在本年三月。孙楷第《元曲家考略》以为至正五年班惟志因江浙儒学提举秩满而至京师,不确。(见下文)究竟是何缘故至大都,文献阙如,无从考证。

是年辽、金二史纂修完毕,诏于江西、江浙两省开板印造,令江浙儒学提举班惟志校正字画。《〈金史〉公文》载:

> 皇帝圣旨里。江浙等处行中书省至正五年六月二十六日准中书省咨:"至正五年四月十三日……阿鲁秃右丞相、帖木儿塔失大夫、太平院使、伯颜平章、达世帖木儿右丞等奏:'去岁教纂修辽、金、宋三代史书,即目辽、金史书纂修了有,如今将这史书令江浙、江西二省开板,就彼有的学校钱内就用,疾早教各印造一百部来呵。'怎生奏呵,奉圣旨那般者。钦此,咨请钦依施行,仍令行省委自文资正官、首领官各一员,钦依提调,疾早印造完备起解。"准此,本省咨委参知政事秦中奉、左右司都事徐槃承德,钦依提调,及下江浙儒司委自提举班惟志奉政校正字画,杭州路委文资正官、首领官提调锓梓印造装褙。至正五年九月日。③

元顺帝至正六年丙戌(1346)　　七十岁

是年三月,杨维桢在湖州寄诗四首,注云:"书寄班恕斋。试温生笔,写入前卷。"诗云:

> 三月三日雨新晴,相邀春伴冶西城。即倩山妻纱帽办,更烦小将犊车轻。好语啼春秦吉了,仙姿当酒董双成。凭君多唱嬉春曲,老子江南最有情。
>
> 五十狂夫心尚孩,不受俗物相填㾕。兴来自控玉蹄马,醉后不

---

① 胡助:《纯白斋类稿》附录卷一,载《丛书集成初编》本,商务印书馆 1935 年版,第 206 页。
② 胡助:《纯白斋类稿》附录卷一,载《丛书集成初编》本,第 204 页。
③ 脱脱等:《金史》附录,中华书局 1975 年版,第 2905 页。

辞金当杯。海燕来时芹叶小，野莺啼处菜花开。春衫已备红油盖，不怕城南小雨催。

长城小姬如小怜，红丝新上琵琶弦。可人座上三株树，美酒沙头双玉船。小洞桃花落香屑，大堤杨柳扫晴烟。明朝纱帽青藜杖，更访东林十八仙。

湖州野客似玄真，水晶宫中乌角巾。得句时过张外史，学书不让筦夫人。棋寻东老林中橘，饭煮西施庙下莼。无雨无风二三月，道人将客正嬉春。①

所谓"试温生笔"云云，是指本年嘉兴路总管秃坚董阿良臣礼请江浙提学官试本路诸生事。其时杨维桢正"浪迹浙西山水间"②，或受班惟志委托，校试诸生。鲍恂《嘉兴路太守兴举学校记》载：

至正五年冬，太守秃坚董阿良臣公来治兹郡，正己以帅众，勤事以奉职，兴利除害，百废悉举。而尤以庙学为先务……又礼请江浙提学官，仿科举式以会诸郡能文之士。期年之内，文化翕然。③

记作于至正六年秋。杨诗所谓"五十狂夫"，举其成数耳（杨维桢1296年生）。④ 其四"得句时过张外史，学书不让筦夫人"句提到两个人，张外史即张雨，此时在钱塘开元宫。筦夫人即管道昇（1262—1319），湖州人。赵孟頫妻，能书善画。

三月，吕渊为宋人袁韶所编《钱塘先贤传》之三十九人作赞，班惟志为之序。署云："时至正丙戌上巳日，奉政大夫、江浙等处儒学提举

---

① 杨维桢：《又四首湖州作》，载顾瑛辑、杨镰整理《草堂雅集》卷后二，中华书局2008年版，第253页。
② 宋濂：《銮坡后集》卷六《元故奉训大夫江西等处儒学提举杨君墓志铭》，载罗月霞编《宋濂全集》第二册，浙江古籍出版社1999年版，第680页。
③ 阮元：《两浙金石志》卷十七，载《续修四库全书》第911册，上海古籍出版社2002年版，第232页。
④ 孙小力《杨维桢年谱》（复旦大学出版社1997年版）系该诗于至正五年，不甚确。

班惟志序。"①

是年，松江府华亭县府治仪门被火，县尹张德昭修缮，请班惟志书门楣。

正德《松江府志》卷十一《官署上》：

> 华亭县治在府西望云桥北，元主簿厅也。县初升府，寓治于旧东尉司，至元壬午始迁于此，甲午，县尹柴琳、达鲁花赤兀都蛮鼎建……至正六年，仪门两庑火，尹张德昭缮完。（小字注："门额，儒学提举班惟志书，主儒学事徐艮记。"）②

在江浙儒学提举任上，班惟志还结识了诗人兼书家的王逢，逢有《简班恕斋提学》③诗：

> 一官湖上似闲居，酒满鲍尊架满书。庭草春深眠叱拨，研池月上影蟾蜍。犹闻桂树歌招隐，未可丹厓赋《遂初》。汉主久思班氏学，定虚天禄召安车。

王逢（1319—1388），字原吉，号席帽山人，江阴人。至正中作《河清颂》，台臣荐之，称疾辞。张士诚据苏州，入张氏幕。朱元璋灭张士诚，欲辟用之，坚卧不起，隐居上海之乌泾。王逢是诗人外，亦善书，《续书史会要》云："善草书。评者云如乳臭岐嶷，十步九颠。"④ 此与班惟志草书"如醉汉骂街"的特点颇有相近处，此殆二人相交的契机所在。诗有"犹闻桂树歌《招隐》，未可丹厓赋《遂初》"之语，知其时班氏已有退隐之念。

《古今词话·词话》卷下引《柳塘词话》谓倪瓒"其词有与班彦功、仇山村次答者"⑤。仇山村即仇远。知班惟志还曾与倪瓒交善，应亦在供

---

① 袁韶：《钱塘先贤传赞》卷首，载《四库全书》第451册，齐鲁书社1997年版，第3页。
② 陈威：《（正德）松江府志》卷十一，明正德七年刊本。
③ 王逢：《梧溪集》卷一，载《四库全书》第1218册，齐鲁书社1997年版，第589页。
④ 朱谋垔：《续书史会要》，载《四库全书》第814册，齐鲁书社1997年版，第836页。
⑤ 沈雄：《古今词话·词话》卷下"王穉登题倪瓒墓"条，载唐圭璋编《词话丛编》第一册，中华书局1986年版，第796页。

职江浙儒学提举期间。倪瓒以绘画名世，"平生无他好玩，惟嗜蓄古法书名画，持以售者，归其直累百金无所靳"①，而班惟志亦善绘事，二人可谓意趣相投。惜今存倪瓒诗文中未见有写给班惟志的。

至正六年十月，江浙儒学提举为杨敬德②，班惟志秩满受代在此前数月。按：《括苍金石志》卷十二录杭州路总管赵琏撰《故梅所处士祝公墓志铭》，前署"奉政大夫、江浙等处儒学提举班惟志书"。祝梅所"至正（五年）乙酉十二月十日终（于）正寝……以至正（七年）丁亥十一月乙亥，葬（于）丽水县喜□乡灵山之原"③。盖墓志铭书于至正六年班惟志儒学提举任未满之时，安葬则在次年。

周巽初有长题诗曰："陪班提举恕斋、李提举一初、苏掾史伯逵，泛西湖，访山居杨御史元诚。宴舟中，伯逵有诗，次韵奉酬"。诗云：

涌金门外玉骢骄，缓拂吟鞭出画桥。鬟拥双峰初过雨，镜涵一水不通潮。苏公堤上柳烟散，和靖亭前梅雪飘。来访山居杨御史，酒酣归弄木兰桡。④

苏伯逵（夒）即苏友龙（1296—1378），伯夒其字。金华人。据宋濂所撰墓志铭："赵郡苏君天爵来参江浙省政，极才公，复挽之入省。"⑤考《元史·苏天爵传》，天爵拜江浙行省参知政事在至正七年。知周诗作于恕斋江浙儒学提举受代之后。李一初即李祁（1299—？），一初其字。茶陵人。元统元年左榜进士第二。至正五年除江浙儒学副提举⑥，

---

① 周南老：《清閟阁全集》卷十一《元处士云林先生墓志铭》，载《四库全书》第1220册，齐鲁书社1997年版，第323页。
② 杜春生：《越中金石记》卷九《嵊县文昌祠置田记》，载《辽金元石刻文献全编》第三册，北京图书馆出版社2003年版，第535页。
③ 李遇孙：《括苍金石志》卷十二《祝梅所墓志铭》，载《续修四库全书》第912册，上海古籍出版社2002年版，第114页。
④ 杨镰：《全元诗》第52册，中华书局2013年版，第286页。
⑤ 宋濂：《芝园后集》卷四《故朝列大夫浙江行省左右司都事苏公墓志铭》，载罗月霞编《宋濂全集》第三册，浙江古籍出版社1999年版，第1386页。
⑥ 李祁《会稽县重修儒学记》云："（至正四年），时余以浙省校试，爱越山水为一至焉……今年（至正五年）被命来浙，提举学事。"《越中金石记》卷九，载《辽金元石刻文献全编》第三册，北京图书馆出版社2003年版，第532页。黄溍《杭州路儒学兴造记》谓：至正四年李祁为江浙儒学副提举，应是偶记有误。

至正八年秩满①。杨元诚即杨瑀（1285—1361），字元诚，号山居。钱塘人。天历间署广成局副使，升中瑞司典簿，后至元六年擢太史院判官，进同金，未几辞归。至正十五年起为行宣政院判官，改建德路总管，十七年以浙东宣慰使致仕②。周巽初作该诗时，正是杨瑀太史院同金秩满家居期间，杨氏未曾任御史之职，"御史"应是"太史"之误③。可惜周巽初本人事迹无考。

元顺帝至正九年己丑（1349）　　七十三岁

是年正月，黄公望为班惟志作《九峰雪霁图》，自题云："至正九年春正月，为彦功作雪山，次春雪大作，凡两三次，直至毕工为止，亦奇事也。大痴道人，时年八十有一，书此以记岁月云。"该图今藏北京故宫博物院④。班惟志本人除作散曲、善书外，亦能画，夏文彦《图绘宝鉴》谓其"善墨戏"，许有壬、张㲄、龚璛等均曾为其所作画卷题诗⑤。班惟志虽曾担任江浙儒学提举之职，黄公望为之作画更多的恐怕是文人间的气味相投。

此年以后，班惟志的行迹即无考，夏庭芝《青楼集》"张玉莲"条记其"司儒秩满北上"，应是江浙儒学提举秩满，入大都办理交替的公文，不久即南归。许有壬《至正集》卷二十九《题班彦功山水扇图》诗云："钱塘江上又秋风，老友沦亡梦不通。胜概肯教同羽化，山河写在月轮中。"知班氏暮年是退居杭州，此与前文所引王逢《简班恕斋提学》诗"犹闻桂树歌《招隐》，未可丹厓赋《遂初》"云云，正相吻合。按，

---

①　李祁至正七年尚在任，见《云阳集》卷九《书郝氏紫芝亭卷后》。至正八年江浙儒学副提举已是刘基，见《诚意伯文集》卷八《刘显仁墓志铭》。周松芳《刘基至正六年干谒事迹考论》（《浙江社会科学》2004年第2期）认为刘基任江浙儒学副提举在至正六年底或七年初，并无确切依据。

②　杨维桢：《东维子集》卷二十四《元故中奉大夫浙东慰杨公神道碑》，载《四库全书》第1221册，齐鲁书社1997年版，第628页。

③　杨瑀亦以"太史"自署，如清丁敬《武林金石记》卷八《杨瑀等题名》："至正六年秋九月朔，太史杨瑀、翰林张㲄谒复礼上人，同登莲花峰，留名崖石。"另，张㲄《题太史杨公山居图》（《蜕庵集》卷二）、董成《赠杨山居太史》（《大雅集》卷七）、王逢《寄杨太史》（《梧溪集》卷一）可参证。

④　蒋文光主编：《中国历代名画鉴赏》上册，金盾出版社2004年版，第970页。

⑤　如：许有壬《题班彦功山水扇图》（《至正集》卷二十九），张㲄《水墨达摩像班惟志笔》（《蜕庵集》卷二），龚璛《班彦功为萧君璋画红梨花》（《存悔斋稿》）等。

许有壬自至正九年至十三年拜河南行省左丞前，四年间均退居安阳家中。又，同卷有次韵乃弟许可行《圭塘杂咏》24首，该组次诗又见于《圭塘欸乃集》卷下。《圭塘欸乃集》是许有壬与其弟闲居家中时的唱和集，编成于至正十年，有周伯琦序可证①。故知《题班彦功山水扇图》亦作于至正十年前后。所谓"梦不通"，不仅是因"老友沦亡"而带来的生死殊途的隔离，也有钱塘、安阳两地千里之遥的空间上的距离。

［作者简介］都刘平，河北大学文学院、中国曲学研究中心讲师，从事词曲学研究。

---

① 周伯琦：《圭塘欸乃集序》，载《圭塘欸乃集》卷首，《四库全书》第1366册，齐鲁书社1997年版，第864页。

昆曲研究

从"案头书"到"台上曲"
——《紫钗记》昆曲舞台搬演考述

陈春苗

内容摘要:《紫钗记》是汤显祖四梦中第一部完整的传奇作品,但或限于本身的"案头"气较重,历来舞台演出记录较少。虽说有些曲文选本、曲谱收录《紫钗记》的折子、曲牌,可能更多是用于曲文欣赏及清唱之用。《紫钗记》盛演不衰的折子唯有《折柳阳关》一折,或与其曲腔动听、曲文曲情紧扣有关,这也印证传奇作品付诸搬演,必须具备"舞台指向"。后世尝试整编《紫钗记》全本,如民国年间的《集成曲谱》曾为《紫钗记》重整诸折,但并未得戏班青睐搬演;当代几个剧团也有改编演出《紫钗记》,只是演出不多。这也说明"案头"气较重的作品要成功搬上舞台殊非易事。

关键词:《紫钗记》 汤显祖 昆曲 曲谱

明万历十五年(1587),汤显祖作《紫钗记》,他在《紫钗记题词》提到之前未竟完成的《紫箫记》,后者被好友帅机审云:"此案头之书,非台上之曲也"[1],因而乘"南都多暇,更为删润,讫名《紫钗》"[2]。只是这部删润之作是否能一去"案头之书"之嫌,从而成为"台上之曲"?本文试从《紫钗记》有关历史记载,探究其歌唱及搬演情况,兼论"台上曲"与"案头书"的界线。关于《紫钗记》一书的曲本文献,大概可分四种,一是传奇改本,二是曲文选本,三是折子戏选集,四为曲谱。

---

[1] 汤显祖:《紫钗记题词》,暖红室汇刻传奇本,江苏广陵古籍刻印社1990年版,第1页。

[2] 汤显祖:《紫钗记题词》,暖红室汇刻传奇本,第1页。

下文以这四种文献为线索，夹以《紫钗记》的相关历史论述及演出记录，作一综合分析。

一 《紫钗记》的案头性与搬演困难

汤显祖盛名在外，其传奇作品备受关注，《玉茗堂四梦》甫出，便有不少改本，吕玉绳、沈璟等人皆曾改写过汤的作品，其中《牡丹亭》改本最多。至于《紫钗记》，则有臧懋循的改写，其时当为万历四十六年（1618）。臧氏将《紫钗记》原作五十三出删为三十七折，改写因由，首先是对曲律的不满，原文如下：

> 今临川生不踏吴门，学未窥音律，艳往哲之音名，逞汗漫之词藻，局故乡之闻见，按无节之弦歌，几何不为元人所笑乎？予病后一切图史悉已谢业，闲取四记，为之反覆删订，事必丽情，音必谐曲，使闻者快心而观者亡倦。①

臧氏指汤显祖未窥音律，只以其乡野之见，不知吴门正统为何。这个相当不客气的批评其实非单指《紫钗记》，而是针对全部《四梦》。单独针对《紫钗记》的曲律方面的批评还有：

> 汤义仍《紫钗》四记，中间北曲，骎骎乎涉其藩矣。独音韵少谐，不无铁绰板唱大江东去之病。②

音律之病又直接影响到台上能否搬演，臧懋循再有言：

> （汤显祖）学罕协律之功，所下句字，往往乖谬，其失也疏。他虽穷极才情，而面目愈离。按拍者既无绕梁遏云之奇，顾曲者复

---

① 臧懋循：《玉茗堂传奇引》，载《负苞堂集》卷三，古典文学出版社1958年版，第62页。
② 臧懋循：《元曲选序》，载《负苞堂集》卷三，古典文学出版社1958年版，第55页。

无辍味忘倦之好。①

若作品只是"无节之弦歌","拍者"即为词曲制谱者便难以谱出"绕梁遏云"之乐音,听曲的"闻者""顾曲者"及看戏的"观者"皆难以从中得到"辍味忘倦"之娱悦,这是臧懋循的批评。汤显祖的年代虽有诸般声腔流传,但独大的仍是昆腔,盛行于江南一带,若未能符合昆腔演唱规范,传唱自有困难。若音律有问题,必然影响作品之成为"台上之曲"。

然而若《四梦》皆有曲律问题,是否《紫钗记》还有其他问题存在,使其"案头书"的特质更为突出?又曲律问题是否一定令之难以成为"台上之曲"?其实《牡丹亭》的音律也大受批判,但其中不少折子却在台上搬演。如果只是音律问题,乐工伶人可运用集曲或犯调的音乐改造方法,使曲律有所亏欠的曲词终能演唱。这里便涉及对《紫钗记》的另一个批评,关乎作品是否符合搬演该有的条件,使戏班乐于搬演。音律问题属音乐层次,后者则涉及演艺及演艺管理的需求。

演戏毕竟是演给观众欣赏的,是否能够取悦于观众,使之喜闻乐见,这尤为关键。而观众要"喜闻乐见",首先必须达到理解无碍。曲虽小道,却往往也是文人显摆辞藻之所在,何况汤显祖才情大,辞藻更是其所长,用来并不费力,四梦于是皆有"逞汗漫辞藻"的问题,而《紫钗记》尤为明显。就以《花前遇侠》一出为例,一连用上七、八支【高阳台】及【高阳台序】②,众多牡丹相关的辞藻、典故充斥其中,读来的确是文采斐然,但其表达内容不出对牡丹赞叹之意。只是那么长的篇幅若化作歌唱、表演,观众实在难以顺畅明了,呆坐座中,岂非无趣!这种地方若非汤显祖"逞词才",还有何解释?臧懋循对《紫钗记》的不满,从他改本的总批便可见一斑:

况中间情节非迫促而乏悠长之思,即牵率而多迂缓之事,殊可

---

① 臧懋循:《元曲选后集序》,载《负苞堂集》卷三,古典文学出版社1958年版,第57页。
② 汤显祖:《紫钗记》,载钱南扬校点《汤显祖戏曲集》(上),上海古籍出版社1978年版,第204—206页。

厌人。予故取玉茗堂本细加删订，在竭俳优之力，以悦当筵之耳。①

这种"厌人"之事除了出现在同一折中，于整本戏的大架构上也时有发生，周秦与刘玮的文章中便举有例子：

> 关目不够紧凑，略显繁冗拖沓，个别场面铺排太过喧宾夺主。如从第二十八出《雄番窃霸》到第三十一出《吹台避暑》，用了整整四出的篇幅集中写李益绥边过程……虽与故事情节的发展和人物形象塑造有关，但铺排太过，不免偏离主要情节，使关目不够紧凑。②

"李益绥边"是李、霍爱情主线的旁枝，着墨太多会使主线模糊。在考虑观众观剧反应，安排情节构架冷热轻重方面，《紫钗记》诚然有许多不足。但这毕竟只是汤显祖第二部传奇作品，实际上是他第一部完本的传奇。传奇该如何撰写方符合搬演要求，也是需要一个探索过程的。在汤显祖后来的作品，特别是《南柯记》与《邯郸记》，篇幅便有所减省，"牵率而多迂缓之事"少了许多。作为汤显祖初试啼声的作品，《紫钗记》仍然更多是站在"曲"的文学角度上来写，因而多典故，文骈丽，戏拖沓。而臧懋循从"戏"的角度，改写曲词，以便歌唱，删并折数，方便演出，这个出发点可说并无大错。

经此分析，汤显祖删润《紫箫记》而成的《紫钗记》可说仍然脱不了"案头之书"的特点。然历史上的《紫钗记》是否真的只留于案头，未尝付诸台上搬演？当然也不是，享负盛名的汤显祖，他的作品还是不乏知音。

二 《紫钗记》的演出、演唱记载

上述臧懋循的改本与对《紫钗记》的相关评论，并非此剧曾否搬演

---

① 臧懋循：《紫钗记总批》，见明万历吴兴臧氏原刻本《玉茗堂四种传奇》。
② 周秦、刘玮：《我辈钟情似此——紫钗记述评》，《闽江学院学报》2011年第6期。

的直接证据,只是对《紫钗记》作为"案头书"的特点有所析论。直接与其演出相关的证据,则见于汤显祖诗《寄生脚张罗二恨吴迎旦口号二首》①,其诗前有语云"迎病装唱紫钗,客有掩泪者"②。此诗写给宜伶张罗二和吴迎,记述观戏客中有感于吴迎演《紫钗记》霍小玉而泪下之事。汤显祖除了写作,对演剧事也是懂行的,能够"自掐檀痕教小伶"。而临川当地有宜黄腔,《紫钗记》写成,曾付诸当地戏班演出,这当无疑问。不过宜黄腔毕竟流传不广,其时舞台搬演影响力最大的声腔仍属昆腔,而戏曲重地在北京及江南一带。汤显祖的好友邹迪光家班便在无锡家中搬演《紫钗记》,其诗《酒未阑而范长白乘夜过喑,复而开尊演霍小玉紫钗,不觉达曙,和觉父韵》:

急管烦弦声正哀,翩翩有客夜深来。灯残再芰生花烛,酒涸重拈泛蚁杯。
分燕此时怜玉镜,调鸾何处望琼台。主人好客能申旦,那怕城闉漏箭催。③

此时当为万历四十年(1612)左右,邹迪光妻子病故,友人来喑,家中举哀演《紫钗记》。又崇祯五年(1632)时,祁彪佳记述在北京"观《紫钗》剧,至夜分乃散"④。祁彪佳在北京所看是何种声腔,由家班或职业戏班搬演,这答案已不可知,但其时曾有舞台搬演,则毋庸置疑。明末关于《紫钗记》演出的记载不多,但就这几条资料,也可以看到《紫钗记》在临川、北京及江南皆有演出。只是其演出是否广泛、受欢迎,难以从这些有限的资料中察见。现再从戏文选本中去查看《紫钗记》的辑录情况。

从目前得见,版于明代并收录《紫钗记》的文献,有两本曲文选

---

① "其诗当作于1598—1616,汤显祖弃官家居后",载《汤显祖集》(二),上海人民出版社1973年版,第721页。
② 汤显祖:《寄生脚张罗二恨吴迎旦口号二首》,载《汤显祖集》(二),第740页。
③ 邹迪光:《石语斋集》卷十,载《四库全书存目丛书》集部159册,台南庄严文化事业有限公司1997年版,第158页。
④ 祁彪佳:《祁忠敏公日记》,载《北京图书馆古籍珍本丛刊》史部20册,书目文献出版社影印1988年版,第600页。

本，都刊刻于明末。一为天启三年（1623）许宇编辑的《词林逸响》，收录《议允》一折曲牌，从【字字锦】至【尾声】，及《盟香》一折的【画眉序】至【尾声】。这是以戏之出目为单位，收录折中曲牌。二为大概同在天启年间出版，由周之标编辑的《新刻出像点板增订乐府珊珊集》，收录了《侠评》【锁南枝】八支曲。两书虽然都以折子为单位作收录，却都没有宾白。① 其所收曲文亦重在标示点板或曲中声韵须留意者，就如《词林逸响·凡例》有言：

> 牌名板眼，坊刻讹谬相仍，甚至句少文缺，于理难通。兹悉宗正派，务使声律中于七始，而字字考订，不厌其详。
> 一曲中之调，有单有合，歌者茫然不解所犯，今尽标明。至声分平仄，字别阴阳，用韵不同之处，细查中原音韵，即为注出。使教者可导迷津，学者得乘宝筏。②

由其"重曲轻白"，不重视完整的故事情节呈现，反而着眼于音乐层次的板眼，以及唱艺处理时的声韵，当知这两份文献的版刻目的不在于现实舞台的搬演，而着重于清唱的用途。如何理解这些戏曲选本的功能，赵山林有如下一番分析：

> 一般而言，戏曲选本的发行都具有案头阅读、观摩表演两重功能，不需论说。文人选本与民间选本的区别表现在是用于剧演还是清唱。文人选本的主要功能是清唱。有三个方面可以证明：其一，重曲轻白，已如上论。其二，曲之类分，文人选本的分类有三种类型，客观型以曲辞本身所属宫调为序，这自然是取便于清唱；主观型即指上述分别以情节、风格、情感、审美为标准的分类方式，此种分法除出于主观喜好外，或许尚有其他原因……主客观复合型，如《南音三籁》，既以宫调为序，又分别注明类别。此三种分法皆

---

① 《珊珊集》某些折子收有宾白，但《侠评》一折中只收了曲牌数支，【锁南枝】后数曲亦没有收录。
② 许宇：《词林逸响凡例》，载王秋桂《善林戏曲丛刊》第二辑，台湾学生书局1984年版，第9—10页。

可作为专供清唱之证明。其三，文人选本的序跋常直接言明此点……因此，就总体来看，文人选本以清唱为选曲之本旨。①

这两种选本无疑皆属文人选本，源于辑录者对戏中曲词的欣赏。此等曲文选本一是作为案头阅读，作文学层次的欣赏，如同诗集、词集；同时也可以作为曲文的范本，供人模仿写曲。二是作为清唱指导，让唱者明了其中节奏、字韵，同时也可让乐工借以谱曲。这是曲文选本最主要的功能，基本上不作"观摩表演"之用。因此，也不能够因为其收录《紫钗记》曲文，便以之印证该戏曾有舞台搬演。

同样的道理也适用于入清后版刻的一些曲谱，如康熙五十九年（1720）的《南词定律》、乾隆十一年（1746）的《九宫大成南北词宫谱》都收有《紫钗记》例曲。这两本曲谱与上述的曲文选本不同，不以折为单位，而是以曲牌为单位。《南词定律》是曲的文律谱，文体可供习写曲牌者作范本。而《九宫大成南北词宫谱》除了有此功用外，由于同时具备工尺谱，更可以供乐工作制谱范本之用。以曲牌为收录单位的曲谱，出版年代有先后之分，曲牌形式有简繁之别，但其背后的功能，从来都在文学与音乐的层次，与实际舞台搬演的关系并不密切。这些曲文选本、曲谱，其版刻可以反映《紫钗记》曲词在文学性与音乐性方面的受欢迎程度，但不直接反映舞台演出情况。

《紫钗记》于明末至清前期的文本记录是歌谱为主，但还有一个文本可以在某种程度上反映其舞台演出的情况，此即清初《缀白裘》系列的折子戏选集，这是专门版刻给看戏观众作"观摩表演"之用的文本。康熙二十七年（1688）金陵翼圣堂编刊的《缀白裘合选》，卷四收录了《紫钗记》的《坠钗灯影》及《泪烛裁诗》，这说明此两折戏在当时有一定次数的演出，不然的话不会被选入。但是延至乾隆二十九年至三十九年（1764—1774），由钱德苍再辑的《时兴雅调缀白裘新集》，再没有收录《紫钗记》的折子。这是否透露清初七八十年间，《紫钗记》逐渐远离舞台？吴新雷认为：

---

① 赵山林：《中国戏曲传播接受史》，上海人民出版社 2008 年版，第 319—320 页。

钱德苍的《缀白裘新集》是反映舞台流行剧目的最新情况的,《新集》中缺选便表明《紫钗记》在舞台竞争中由盛而衰,断层了。①

对于《紫钗记》在这段时间远离舞台,或许还可以加上另一辅证,此即乾隆五十七年(1792)叶堂刊印的《纳书楹四梦全谱》,叶堂于序中言及:

> 邯郸、南柯遭臧晋叔窜之厄,已失旧观,牡丹亭虽有钮谱,未云完善,惟紫钗无人点勘,居然和璞耳……《邯郸》《南柯》《牡丹亭》三种,向有旧本,余故得摭其失而订之,而《紫钗》之谱,蒙独创焉。②

连曲谱都难以搜求,可见没有乐工为之订谱,乏人关注,由此可见《紫钗记》剧目于舞台上的没落。

综上所述,似乎可以理出《紫钗记》的演出脉络。自万历十五年(1587)面世,至康熙二十七年(1688)这百年左右,《紫钗记》于临川、北京、江南一带偶有演出,其较受关注之处不在舞台,更在于作为文学、音乐层面的欣赏对象,因此有曲文选本及曲谱收录其中曲词。但随后至乾隆五十七年(1792)这百多年里,《紫钗记》几乎谢绝舞台。那么,这变化之形成,是否有特别的因由?

一个戏能否流传不断,首先受整个戏曲大环境影响,清中期后传奇作品的创作已不如前,向来独尊的昆腔,有了其他声腔、花部的崛起竞争,地位已不如前,但仍占一席之地,各地仍有演出,故此,《紫钗记》的没落,应有其自身的原因。《紫钗记》的独特之处,是出于名人笔下、辞藻华丽的一部"案头书",文名在外,但舞台搬演的操作性颇为欠缺。这个戏如能付诸搬演,便需要一个有力的推动者,其人有意愿且有能力安排演出。纵观上述《紫钗记》的有关记载,可以留意到多属家班性质

---

① 吴新雷:《紫钗记昆曲演出史略》,载《中国古代小说戏剧研究丛刊》第七辑,甘肃教育出版社2011年版,第20页。
② 叶堂:《纳书楹四梦全谱》自序,载《续修四库全书》第1757册,上海古籍出版社2002年版,第169页。

的演出,如汤显祖、邹迪生运用本身的地位、财富,去联络、安排自家或友好的家班伶人搬演。这种推测应属合理,因为像《紫钗记》这种文采辞藻突出的作品,一般观众难以解读,但对文化水准较高的家班主人,不是困难。一般而言,家班主人更多关注名人作品,往往不畏其艰涩,将"案头书"付诸舞台,出自汤显祖的著作,使人有更大兴趣搬演。家班主人中很多还是剧作家,精通音律,有能力也愿意培养演员、安排演出。这方面的例子有吴越石,"先以名士训其义,继以词士合其词,复以通士标其式"[1],教导其家班进行演出。另有汪季玄,"招曲师,教吴儿十余辈,竭其心力,自为按拍协调。举步发音,一钗横,一带扬,无不曲尽其致"[2]。这种能力与意愿是职业戏班不能比拟的,后者由于要考虑演出效果、市场因素,不会主动选择搬演"案头书",所以家班的盛行与否便与"案头书"《紫钗记》得以成为"台上曲"有一定的关系。

明代万历、天启、崇祯年间家班大盛,著名者有潘允端家班、申时行家班、王锡爵家班、邹迪光家班,以及沈璟、屠隆、阮大铖、张岱等家班。但是入清以后,特别从雍正年间开始,家班的生存空间减少,赵山林有言:

> 但入清以后,昆剧家班逐渐衰落,职业昆班取而代之,其原因是多方面的。一是由于皇帝的干预。清代皇帝禁止畜养家班。如雍正二年十二月禁"外官养优伶"。乾隆三十四年重申"禁外官畜养优伶"……[3]

正是在康熙年后,《紫钗记》的演出逐渐销声匿迹,与家班衰落的轨迹相同。

三 《紫钗记》在叶堂订新谱后的演出记载

叶堂尝试为《紫钗记》订立新谱,此举无异为该剧带来新机遇,在

---

[1] 潘之恒:《潘之恒曲话》,中国戏剧出版社1988年版,第73页。
[2] 潘之恒:《潘之恒曲话》,第211页。
[3] 赵山林:《中国戏曲传播接受史》,上海人民出版社2008年版,第379页。

他谱完《紫钗记》后，记有一事：

> 继遇竹香陈刺史，召名优以演之，于是吴之人莫不知有《紫钗》矣。①

叶堂可谓汤显祖作品能流传于世的大恩人，汤显祖原作常遭人篡改，唯叶堂重其文辞精妙，宁愿以谱就词，令原貌得以保存。正因为有他的制谱，引来陈竹香召名优演《紫钗记》，此剧也因而在吴中一带风行过一阵子。

而叶堂的《纳书楹四梦全谱》与之前的《南词定律》《九宫大成南北词宫谱》不同，后两者是纯粹的清宫谱，以曲牌为收列单位，重曲不重戏；而《纳书楹四梦全谱》开宗名义便是为汤显祖戏剧作品重订新谱，谱以戏名之，如《紫钗记全谱》。其制谱过程虽然不脱重曲的原则，但戏之全谱一订立，却方便了诸多伶人借谱搬演，所以陈竹香召优伶演《紫钗记》也是方便之极的雅事。

乾隆之后，曲谱基本已脱出曲牌为单位的收录形式，多以戏为单位。这样的清宫谱，虽然重的是曲唱，但是与舞台演出的关系密切得多。叶堂所谱即如此，其后许鸿磐所编《六观楼曲谱》亦如是，许于引中言道：

> 每病俗伶之谬，思有以正之而未果也。中年宦走南北，加之遭逢坎壈，玉柱红牙咸归零落，弃置者二十余年矣。今于役息城寓砥斋，署中适有纳书楹曲谱一书，暇辄讴吟，嘉其刊正纰缪，实有廓清之功，而惜其犹有未尽也。因取《琵琶记》《牡丹亭》《邯郸梦》《南柯梦》《紫钗记》《长生殿》《桃花扇》七种，手自摘录，一字一腔，必斟酌尽善……②

---

① 叶堂：《纳书楹四梦全谱》自序，载《续修四库全书》第 1757 册，上海古籍出版社 2002 年版，第 169 页。
② 许鸿磐：《六观楼曲谱》小引，载王文章主编《傅惜华藏古典戏曲曲谱身段谱丛刊》25，学苑出版社 2013 年版，第 53—54 页。

此书当成于道光九年（1829）许鸿磐归退后①，《六观楼曲谱》本有六卷，今仅遗卷一《风雅遗音》，即《琵琶记》折子。但观全书目录，收有《紫钗记》之《坠钗》《折柳》《边愁》《观屏》《卖钗》《哭钗》《撒钱》《侠评》《钗圆》等折。从书中《琵琶记》折子曲谱来看，其收录的还是只有板和中眼的工尺谱，不收宾白，形制与《纳书楹曲谱》一样，依然是清宫谱一脉，所重在曲，未必表示许鸿磐所收《紫钗记》九折皆有演出②。

事实上《紫钗记》在《纳书楹四梦全谱》出版后，陈竹香的确作过演出安排，但这种安排本质上还是类似家班主人下达的指令，不是职业戏班主动选择的搬演剧目。在家班式微，职业戏班成为主流的情况下，《紫钗记》唯一被戏班选择搬演的只有《折柳阳关》，这折戏在乾隆之后的舞台演出记载见于几部书中，详情如下：

《扬州画舫录》：乾隆六十年（1795）苏州集秀班李文益及王喜增演《阳关折柳》③。《消寒新咏》：同年北京庆宁部徐才官擅演《灞桥》④。《众香国》：嘉庆十一年（1806）北京三庆部兰官擅演《阳关折柳》⑤。《昙波》：咸丰二年（1852）北京名旦福寿及翠皆擅演《折柳》。《评花新谱》：同治十一年（1872）北京三庆部乔蕙兰、钱桂蟾均擅演《折柳》。《菊部群英》：同治十二年（1873）北京诸伶如陈芷衫、周素芳、

---

① 徐时栋《烟屿楼文集》（清光绪松竹居刻本）卷三十六赞一有记：许云峤者，嘉庆间济宁人，知泗州，退归道光己丑年，七十三矣。

② 近年吴新雷发现上海图书馆藏有一套《紫钗记台本工尺谱》，该谱为上海图书馆于1950年购得，被该馆人员鉴定为"清光绪间抄本"。就吴新雷介绍，观其谱中内容，当是伶人抄本，只是据吴新雷所抄的该谱折子与有关介绍来看，笔者怀疑其或非光绪年间作品。其最主要的原因在于舞台上《折柳阳关》被删数曲的演出在清同治年该已成定格，这可由《遏云阁曲谱》所收《折柳阳关》已删数曲作推测。另，由于该谱所收折子戏名与《纳书楹曲谱》完全相同，大胆推断，此谱或有可能是陈竹香招家班演出时，伶人乐工据叶堂之谱再点定小眼的伶人戏工抄谱，又或者是光绪年间的伶人乐工据该谱再重抄之谱。详见吴新雷《〈紫钗记〉的传谱形态及台本工尺谱的新发现》，收于吴新雷《昆曲研究新集》，台北秀威资讯科技股份有限公司2014年版，第397—410页。

③ 李斗：《扬州画舫录》卷五，江苏广陵古籍刻印社1984年版，第121页。

④ 铁桥山人等：《消寒新咏》卷三，中国戏曲艺术中心1984年版，第53页。

⑤ 众香主人：《众香国》，载《清代燕都梨园史料续编》，中国戏剧出版社1988年版，第1029页。

郑连福、曹福寿、时小福、梅巧龄能演《折柳》[①]。

由乾隆末年开始，直至民国年间，在苏州昆剧传习所之传字辈及北京的昆弋班，《折柳阳关》这个戏的演出没有中断过。直至今天，不少昆剧院团仍然有这个戏，而在清唱曲社里头，这个戏也一直是热门的清唱曲子。

《纳书楹四梦全谱》版刻之后，曲谱亦慢慢转型，清宫谱开始淡出，同治九年版刻的《遏云阁曲谱》正式揭开戏宫谱的年代。戏宫谱有宾白，甚至更多舞台提示，是一种与舞台演出息息相关的工尺谱。而《折柳阳关》这个戏在大部分的戏宫谱里都有收列，如同治九年（1870）的《遏云阁曲谱》、光绪二十二年（1896）的《霓裳文艺全谱》、光绪二十九年（1903）的《霓裳新咏谱》及后来由殷溎深传谱，宣统元年（1909）之《异同集》等。

四 《折柳阳关》舞台性分析

无论从可见的演出记录或是戏宫谱，《折柳阳关》一折的流行都很清楚。那么，为何《紫钗记》众多折子中，只有《折柳阳关》能流传？是否该折本质上已脱出案头作的范畴，具备了场上戏的性质？对此，得详细分析一下。《折柳阳关》于原作中本是一折，现则以【寄生草】及之前为《折柳》，以【解三酲】之后为《阳关》，先看看《折柳》部分的曲文：

【金珑璁】春纤余几许，绣征衫亲付与男儿，河桥外香车驻，看紫骝开道路。拥头踏鸣笳芳树，都不是，秦箫曲。

【北点绛唇】逞军容出塞荣华，这其间有喝不倒的灞陵桥，接着阳关路，后拥前呼，白忙里陛的个雕鞍住。

【北寄生草】怕奏阳关曲，生寒渭水都，是江干桃叶凌波渡，汀洲草碧黏云渍，这河桥柳色迎风诉，柳呵，纤腰倩作绾人丝，可

[①] 《昙波》《评花新谱》《菊部群英》皆见于《清代燕都梨园史料正编》，中国戏剧出版社1984年版。

笑他自家飞絮浑难住。

【前腔】倒凤心无阻，交鸳画不如，衾窝宛转春无数，花心历乱魂难驻，阳台半霎云何处，起来鸾袖欲分飞，问芳卿为谁断送春归去。

【前腔】慢颊垂红缕，娇啼走碧珠，冰壶迸裂蔷薇露，阑干碎滴梨花雨，珠盘溅湿红绡雾，怕层波溜溢海云枯，这袖呵，轻胭染就斑文箸。

【前腔】不语花含悴，长颦翠怯舒，你春纤乱点檀霞注，明眸谩魇回波顾，长裙皱拂行云步，便千金一刻待何如，想今宵相思有梦欢难做。

【前腔】路转横波处，尘飘泪点初，你去呵，则怕芙蓉帐额寒凝绿，茱萸带眼围宽素，蕖荷烛影香销炷，看画屏山障彩云图，到大来蘼芜怕作相逢路。

【前腔】和闷将闲度，留春伴影居，你通心纽扣蘘蘘束，连心腰彩柔柔护，惊心的衬褥微微絮，分明残梦有些儿，睡醒时好生收拾疼人处。①

几个曲牌写李益意气风发塞外从军去，而霍小玉则哭哭啼啼，缠绵不休。以曲文论，此折戏仍然是用典繁复，辞藻采丽，与整个《紫钗记》的色调一致，"案头书"的特点很明显。然而从人物描写角度言，却是相当深刻。以李益为例，一开始他是"逞军容出塞荣华"，一心想着好男儿建功立业，无视霍小玉担心人去不返的凄切心理，所以即使有小玉的悲凄，对他来讲，惦念的还是昨夜的"倒凤交鸳"；而随着慢慢为小玉所感动，方有关心吩咐冷暖之语。小玉送别情人，一直担心"柳丝系不住絮飞去"，只能泪眼相对，继而慢慢表露对李益另觅新欢的担心。掩映在华丽曲文后面的，是细腻的心理描写。汤显祖把李益的功名心、薄情性，小玉的幽怨和凄切都定位很准确。

当然，若只是文辞，不见得就能于《紫钗记》众多折子中脱颖而

---

① 汤显祖：《紫钗记》，载徐朔方笺校《汤显祖全集》（三），北京古籍出版社1999年版，第1947—1948页。

出,得到青睐;成为"场上曲"还有赖于戏班的其他安排,尤其是音乐。这个安排得益于曲文本身,如《折柳》唱的【寄生草】是北曲,《阳关》的【解三酲】是南曲,两者风格有异,却给听众带来新鲜感。再者,在伶人们搬演此剧时,也作了不少处理,包括曲文及音乐方面,使之进一步符合"场上曲"的条件。首先是减少"汗漫辞藻",如汤显祖用了六支【寄生草】、六支【解三酲】,到了实际演出,各被删去两支,上引《折柳》的第四、五支【寄生草】便被剔除,使得演唱时不至于总在重复相似内容,令观众不耐烦。

再者,论述戏曲留存不能只着眼于文学角度,对于戏曲这种兼具声音、舞台形象的综合艺术来讲,有时候音乐及表演的亮点比文学剧本的讲究更重要,《折柳阳关》一折的音乐极为出色。《折柳》主曲是北曲【寄生草】,小玉唱的两支都是一板三眼曲,曲唱节奏较慢,符合小玉悲凄缠绵的心绪,而李益所唱两支【寄生草】前为一板三眼,后为一板一眼曲,节奏较快较跳脱,配合文辞之义,益显其性格中凉薄的一面。而《阳关》主曲是南曲【解三酲】,小玉唱的两支同样是一板三眼曲,也是较缓慢的节奏。李益两支【解三酲】也是前支一板三眼,后支一板一眼,节奏一样较快。但相对其《折柳》时只顾念与小玉的欢爱时光,李益在《阳关》时听进了小玉的哀愁担忧,离别在即,更多了些怜惜不舍。这也与南曲较深沉缠绵风格相得益彰。《折柳》与《阳关》的音乐形象有同有异,南北不同、生旦有别,最终结束于一段深情的散板【鹧鸪天】,这折戏曲文与音乐相融无间,自然能牢牢吸引住观众。

五　《集成曲谱》收录的《紫钗记》

《折柳阳关》从"案头书"最终成了"场上曲",实因其辞情与声情俱美,那么,《紫钗记》的其他折子是否也有机会转变呢?在戏宫谱中普遍只收《折柳阳关》的情况下,王季烈、刘富梁在1925年编辑的《集成曲谱》却收录了《述娇》《议婚》《就婚》《折柳》《阳关》《陇吟》《军宴》《避暑》《边愁》《移参》《裁诗》《拒婚》《哭钗》《侠评》《遇侠》及《钗圆》共16折戏,这些折子从哪里来、是否在舞台上演出过呢?

对此,得先对《集成曲谱》有一个了解。此书由上海商务印书馆石印出版,分金、声、玉、振四集,每集八卷,选昆戏、时剧88种,共416出。正如俞粟庐在书中《声集序》所言:"通行佳曲,固已一律采入。"① 但王季烈二人辑订《集成曲谱》还有另一目的:

> 时俗习唱之曲,无非《琵琶》《荆钗》《玉簪》《红梨》《长生殿》等几套,而欲聆一新声,竟如鸾鸣凤哕,杳然不可得闻。②

不满足于舞台常见剧目而"欲聆新声",因而为不少新戏制谱,《紫钗记》上述众多的折子戏宫谱,正是出自王、刘二人的剪辑创谱。然而那么多"新声",那么多舞台不见的"案头书",为何王、刘把《紫钗记》列入其中并且选的数量不小?意图何在?

翻看《集成曲谱》所收折子,便会发现汤显祖的《四梦》分量很重。《紫钗记》16折,《牡丹亭》20折,《南柯记》10折,《邯郸记》12折,和他剧相比,收录的折子多很多。这当中也许有一"汤显祖情意结",王、刘对《四梦》的许多折子未能在舞台上承传,抱有同情。文名如此盛、辞情如此高的作品若只留于"案头",无疑是种损失,王、刘希望通过重新订谱,引介给曲人、伶人演唱、搬演,其用意颇为明显。

那么这些折子的谱又是从何而来呢?比较《集成曲谱》与《纳书楹四梦全谱》,便看到端倪,以《述娇》中一段工尺为例:

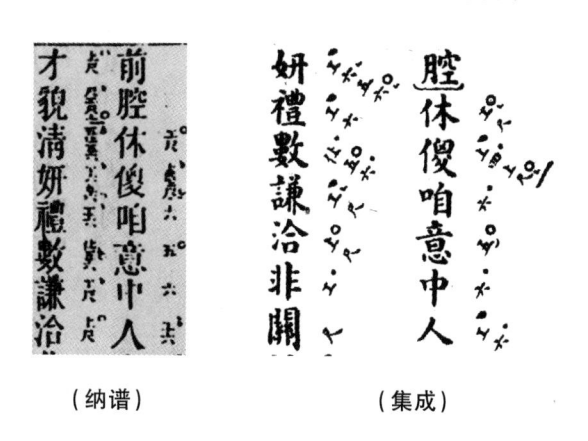

(纳谱)　　　　　(集成)

---

① 王季烈、刘富梁编订:《集成曲谱》,载俞粟庐《声集序》,商务印书馆1925年版。
② 王季烈、刘富梁编订:《集成曲谱》,后记。

可以发现，虽然填补了小眼，但《集成曲谱》工尺与《纳书楹四梦全谱》相同，故书中《紫钗记》折子之音乐源头，其实便是《纳书楹四梦全谱》，例外是《折柳阳关》，此折一直有舞台承传，《集成曲谱》可借鉴的曲谱不少，例如《遏云阁曲谱》等，所以与《纳书楹四梦全谱》便大不相同。

要把"案头剧"变成"场上曲"，功夫颇多，王季烈在《螾庐曲谈》中谈及《紫钗记》的搬演难题：

> 玉茗《四梦》，排场俱欠斟酌。《邯郸》《南柯》稍善，而《紫钗》排场最不妥洽。盖《紫钗》为《紫箫》之改本，若士只顾存其曲文，遂至杂糅重叠，曲多而剧情反不得要领。今日《紫钗》中只有《折柳阳关》一折登之剧场，其余均无人唱演，盖实不能演也……此非轻议古人，好为妄作，实于搬演之道不得不如此耳。①

因为"杂糅重叠""曲多而剧情不得要领"，王季烈将之收入《集成曲谱》，不得不作修订。王季烈的改动，有情节上的，如下：

> 如《议婚》折，原本鲍四娘先见小玉，小玉私允婚事，后乃见净持，净持更唤小玉共议姻事，兹改为鲍四娘先见净持，后唤小玉出见四娘，共议姻事，似乎比原本情节，得婚姻之正……不惟情节较合，于搬演亦较便利。②

情节方面的改动，主要在于减少枝节，令之变得较合情理，也方便搬演。此外，又有曲文的删并：

> 《边愁》折，原本首列【一江风】四支，其第二、三、四支即分述沙似雪，月如霜与征人望乡情事，而其后【三仙桥】之第二、三支，亦复如是，未免叠床架屋，兹将【一江风】四支并作一支，

---

① 王季烈：《螾庐曲谈》卷二《论作曲》，载《集成曲谱》声集卷一，商务印书馆 1925 年版，第 36 页。
② 王季烈：《螾庐曲谈》卷二《论作曲》，载《集成曲谱》声集卷一，第 36—37 页。

则前者系总举，后者系分叙，庶几蹊径稍异。且【一江风】【三仙桥】均系慢曲，节去三支，歌者方可胜任也。①

作了这些改动后，王季烈还必须补上前后情节的连接点缀，因此加添的白口等内容也不少。王季烈认为当初臧懋循的改本意"在整本唱演，故于各曲芟削太多，不无矫枉过正之嫌"②。那么，他再订定这些折子，相差又是多少呢？若说臧改本是"去汤五分"，王可算"去汤三分"。尝试将"案头书"转化为"场上曲"，两者都难免要作相当幅度的改写。

王季烈选了那么多《四梦》折子，是否也有作"整本唱演"的意图呢？这很有可能，观其所选，若串演起来，的确足够把整本戏的主线容纳进去，戏班可以《集成曲谱》的选折作为排演《四梦》全本戏的基础。如果王季烈真有此期望，那就不得不注意他选折方面的不足。以《紫钗记》为例，开头选了《述娇》《议婚》《就婚》，李益与霍小玉的姻亲事得到交代，却把《坠钗灯影》时二人如何相遇结缘这情节放过；选了李益的《拒婚》《哭钗》，却不把小玉卖钗后的《怨撒金钱》收入，平白放过这感动人心的一折，有点轻重不分。此外，若作全本演出，也应考虑演员的休息、戏场的冷热穿插，但一连选了《陇吟》《军宴》《避暑》《边愁》，都是李益的抒情戏，该生劳累，观众看时也厌烦，犯了"色彩单一"的毛病。

不过，王季烈编辑《集成曲谱》时，昆曲正处濒亡境地，即便有喘存戏班伶人，也多采用殷溎深传谱一系的戏宫谱，对于王季烈他们的清工规范戏宫曲谱，多敬而远之。而《集成曲谱》中的《紫钗记》虽然得到王、刘合力改造，有意将之变成"场上曲"，然而终无结果。

六 总结

汤显祖《四梦》中，《紫钗记》最有"案头书"色彩，要令之成为"场上曲"，需要特殊的机缘。在家班盛时，还有主人愿意安排伶人将之

---

① 王季烈：《螾庐曲谈》卷二《论作曲》，载《集成曲谱》声集卷一，商务印书馆1925年版，第37页。

② 王季烈：《螾庐曲谈》卷二《论作曲》，载《集成曲谱》声集卷一，第36页。

搬演，随着家班没落，这种文人趣味亦慢慢消散，《紫钗记》这类结构欠佳、文字晦涩的作品，也就从舞台消退，因而到了清代，演出记录便少之又少。在家班衰微之后，只能通过曲文选本、歌谱，留下支曲片词，供人作案头赏读和唇边吟唱。这是大势。

不过，偶然也会有人青睐这些"案头书"，或者因为心折汤显祖的文名，或者被其中斐然词采感动，于是，有叶堂为《紫钗记》制谱，名士陈竹香召名伶演之，还曾风行一时。只可惜昙花一现，唯一能继续留存于舞台上的，便只有《折柳阳关》，而这折戏得以流传，除了其有成为"场上曲"的潜质，也因为乐工伶人在音乐层次添加了"场上"性。这折戏情节上缺乏戏剧冲突，但有浓厚的抒情味道，唱腔出色，因而声名传扬。至于舞台调度，这折戏也没有什么变化，主要就是李益、霍小玉台上端坐对唱，戏班人称之为"摆戏"。但这个"摆戏"也就这样子一直留在诸多戏宫谱里，包括《遏云阁曲谱》《六也曲谱》。

例外的是《集成曲谱》，除《折柳阳关》外，还收了另外14折戏。其编者王季烈、刘富梁皆是清末文人、曲家，能够欣赏"案头书"的优点，亦希望通过改造，减其"案头性"，增其"场上意"。然而这番改造并不逢时，最终没人将之付诸场上。"案头书"要成为"场上曲"并非不可能，但需要的机缘太多，殊非易事。上海昆剧团2008年把《紫钗记》再做整理并搬演，由唐葆祥编剧、郭宇导演。对比汤显祖原剧，改动相当大，只是这个版本献演过二、三次后，便束之高阁，再乏人问津，故此，这次的改造可说并不成功。如今昆曲"场上"敷演的，仍然只有《折柳阳关》，全本《紫钗记》还是留在"案头"。至于2016年，由古兆申编剧，以浙江昆剧团为班底，由邢金沙、温宇航主演，沈斌导演的《紫钗记》，更着眼保留戏中唱段，以唱为核心，但也惹来一些对剧情细节、节奏的批评，之后再演机会也不多。关于当代新整理的"场上"《紫钗记》涉及问题更多，只能留待另文论说。

[作者简介] 陈春苗，香港浸会大学中文系兼职讲师。主要研究方向：戏曲史、戏曲文学、曲学等。

叶堂《紫钗记全谱》有"旧本"可依

李俊勇　刘馨盟

内容摘要：清乾隆时著名曲家叶堂的《纳书楹曲谱》之《紫钗记全谱》号称"独创"，并无"旧本"可依，近现代学者多依此说。但康熙时的《南词定律》《曲谱大成》和乾隆早期的《九宫大成》，都有相当数量的《紫钗记》乐谱存在，分别出自《紫钗记》中二十出戏，叶堂订谱时参考了《九宫大成》及其他《紫钗》旧谱，且乐谱大多一致，故其订谱参考了相当多的"旧本"，并非如其所说无"旧本"可依、全部出于个人的"独创"。

关键词：《紫钗记全谱》　《九宫大成》　独创　修订

《纳书楹曲谱》是现存第一部昆曲清唱折子乐谱集，其选目之精，订律之严，成为昆曲的典范。编订者叶堂，字广明，一字广平，号怀庭，苏州府长洲县人，主要活动于乾隆年间。叶堂是唱曲名家，当时人称"叶派唱口"，如清李斗《扬州画舫录》卷十一中说："近时以叶广平唱口为最，著《纳书楹曲谱》为世所宗，其余无足数也。"[1] 继承叶派唱口的曲家和演员，可考者有钮树玉、金德辉、韩华卿等人，至近代则有号称江南曲圣的俞粟庐及其子俞振飞，影响至今犹在。叶堂为昆曲一代宗师，为曲界共识。他在编订《纳书楹四梦全谱》中的《紫钗记全谱》时说此谱为其所"独创"，无"旧本"可据。这一说法近现代以来多为学者征引，用作对叶堂评价和研究的依据，如陆萼庭就在《昆剧演出史

---

* 本文为2019年度国家社科基金冷门绝学专项"《长生殿》曲谱整理和研究"（19VJX153）阶段成果。

① 李斗：《扬州画舫录》，中华书局1960年版，第254页。

稿》中说:"除了单出名曲,他还整理了'四梦'全谱,其中《紫钗记》之谱系新创。"① 我们通过文献的考证,发现叶堂之说并不准确,他的《紫钗记全谱》也是在前人成果的基础上编成的,有旧谱可据,并非全部出于独创。

一

《纳书楹曲谱》最早刊行于清乾隆四十九年到六十年,包括正集、续集、外集、补遗,《纳书楹四梦全谱》和《纳书楹西厢记全谱》。叶堂非常推崇汤显祖,他在《四梦全谱》序中说:"临川汤若士先生,天才横逸,出其余技为院本,瑰姿妍骨,斫巧斩新,直夺元人之席。"② 汤显祖所制曲,多有不合律者,当时即有沈璟、吕玉绳、冯梦龙等人非难,并将汤作修改,文采却大为逊色,为汤所诟病。清初钮少雅作《格正还魂记词调》,以集曲的方式,不易汤词一字,使其合律,惜仅有文词,而无乐谱。叶堂又用钮少雅的方法,"于其句之不合、字之不谐者,务使之妥适而后已"③,并为临川四梦全本订谱刊行。王文治在《纳书楹玉茗堂四梦曲谱序》中称:"怀庭乃苦心孤诣,以意逆志,顺文律之曲折,作曲律之抑扬,顿挫绵邈,尽玉茗之能事,可谓尘世之仙音,古今之绝业矣。""非吾怀庭有以发之,千载而下,孰知玉茗《四梦》声音之妙一至于此哉!""诚哉玉茗之功臣也。"④《四梦》之中,《紫钗记全谱》又与其他三部不同,叶堂在《纳书楹四梦全谱自序》中说:

《邯郸》《南柯》遭臧晋叔窜改之厄,已失旧观,《牡丹亭》虽有钮谱,未云完善。惟《紫钗》无人点勘,居然和璞耳。余少喜掇拾旧谱,而以己意参订之。《邯郸》《南柯》《牡丹亭》三种,殚聪倾听,较铢黍而辨芒抄,积有岁年,几于似矣。至《紫钗》,窃有志焉,而未逮也。晚获交于梦楼先生,竭口赞余以谱之。继遇竹香

---

① 陆萼庭:《昆剧演出史稿》,上海教育出版社2006年版,第251页。
② 叶堂:《纳书楹四梦全谱》,乾隆五十七年刻本。
③ 叶堂:《纳书楹西厢记全谱》,乾隆四十九年刻本。
④ 叶堂:《纳书楹四梦全谱》,乾隆五十七年刻本。

叶堂《紫钗记全谱》有"旧本"可依

陈刺史，召名优以演之。于是，吴之人莫不知有《紫钗》矣……且《邯郸》《南柯》《牡丹亭》三种，向有旧本，余故得撼其失而订之。而《紫钗》之谱，蒙独创焉，又焉能免于"箦桴""土鼓"之诮也乎！①

《西厢记谱》自序中又云：

《紫钗记》乃红泉旧本，玉茗取而点缀之，世无演者，故其曲未经改窜，独此与《西厢记谱》皆余手定，比于少雅之《还魂记》，未敢多让。②

叶堂编订《纳书楹曲谱》，多以舞台演出谱为基础加以修订，即其序中所云"余少喜掇拾旧谱，而以己意参订之"。《四梦全谱》中，《邯郸记》《南柯记》和《牡丹亭》有"旧本"可依，叶堂只是"撼其失而订之"。唯独"《紫钗》之谱，蒙独创焉"，说明《紫钗记》谱无旧本可依，出自叶堂的独创。他非常满意地说"独此与《西厢记谱》皆余手定"，而《西厢记谱》如其在《纳书楹重订西厢记谱》自序中所说："乾隆甲辰岁，余谱《西厢记》问世，以从来未歌之曲付之管弦。"③《西厢记》是北曲杂剧，没在昆曲舞台演出过，也就没有昆曲乐谱，所以叫"从来未歌之曲"。这部《西厢记谱》是他新"谱"的，可以说是完全的独创，这一点也为学界、曲界公认。叶堂把《紫钗记全谱》和《西厢记谱》归为一类，可知其"独创"就是无旧本可依，完全自出新创之意。不但无旧本可依，且"世无演者"，这部戏就没有见诸舞台歌场。直到《紫钗记全谱》制成之后，经陈刺史提倡，"召名优以演之"，才流行于舞台。但《紫钗记全谱》以前是不是"世无演者"？"无旧本可依"？完全是他的"独创"呢？我们试做考述。

---

① 叶堂：《纳书楹四梦全谱》，乾隆五十七年刻本。
② 叶堂：《纳书楹西厢记全谱》，乾隆四十九年刻本。
③ 叶堂：《纳书楹重订西厢记谱》，乾隆六十年刻本。

二

关于"世无演者"的问题,据吴新雷教授《〈紫钗记〉的传谱形态及台本工尺谱的新发现》一文考订,明末时的两部戏曲选本《词林逸响》和《新刻出像点板增订乐府珊珊集》中计有《紫钗记》清曲曲文三出收录,这是《紫钗记》曾经清唱的证据。而在祁彪佳的《祁忠敏公日记》中曾记载,祁彪佳在崇祯五年(1632)六月二十一日在北京"观《紫钗》剧,至夜分乃散","足见《紫钗记》问世后不仅流行清唱,而且得到昆班艺人赏识,已在舞台上搬演了"①。而"观《紫钗》剧,至夜分乃散",演至夜分,说明所演《紫钗》并非一折,至少是数折连演。这说明,在明末清初之际,《紫钗记》有舞台演出,并非如叶堂所说"世无演者",吴新雷教授已初步给我们揭示了《紫钗记》曾有演出的记录。如能进一步觅得乐谱上的证据,则演出的事实就可以成为定论。若乐谱刊刻的年代早于叶堂且留存数量足资与《紫钗记全谱》做比较,就更能论定《紫钗记全谱》是否为叶堂所"独创"?是否"无旧本可依"?由于今存乐谱文献,叶堂之前的典籍,就目前所知者,确实已找不到《紫钗记》的全本曲谱,甚至也没有完整的一出折子戏乐谱。但幸运的是,在叶堂之前,有三部曲谱收录了《紫钗记》的部分曲牌,且多附有乐谱。这三部曲谱分别是:康熙时期内府编纂《曲谱大成》稿本残件、康熙五十九年(1720)的《新编南词定律》、乾隆十一年(1746)的《新定九宫大成南北词宫谱》,均早于刊行于乾隆五十七年(1792)的《紫钗记全谱》。吴新雷教授在《〈紫钗记〉的传谱形态及台本工尺谱的新发现》文中对《南词定律》和《九宫大成》中的《紫钗记》曲牌进行了统计,结果是:《南词定律》采用《紫钗记》例曲七支,《九宫大成》采用《紫钗记》例曲十八支,结论是"康熙乾隆之际,传统的《紫钗记》单支零曲的工尺谱曾流传于世"②。但我们对《南词定律》和《九宫大成》进行重新辑录,所辑数量与吴先生不同,再加上从《曲谱

---

① 吴新雷:《昆曲史考论》,上海古籍出版社2015年版,第285页。
② 吴新雷:《昆曲史考论》,第285页。

《大成》中新辑得的《紫钗记》曲谱，综合三谱所得，又有新的发现。

三部曲谱中《紫钗记》曲牌分两种，一种有乐谱，另一种无乐谱。有乐谱的曲牌，辑录时查明其在《紫钗记》中的出目，出目名称采用《紫钗记全谱》的命名。著录方式依次为卷数（无卷数者阙如）、宫调与曲牌性质、曲牌名、曲牌首句、所属出目（有乐谱者标出目，无乐谱者不标）。

第一，《曲谱大成》，此书是康熙时期内廷编纂的一部包括南北曲在内的一部大型曲谱，未见刻本，无全本流传，仅存稿本残件数种，主要收藏于国家图书馆、首都图书馆和中国艺术研究院。其中艺术研究院藏本为傅惜华先生旧藏，共五册，部分曲牌附有乐谱，此本收《紫钗记》曲牌10支，皆有乐谱，并标明笛色。所收曲牌如下：

（1）中吕宫引【行香子】之【又】"去也春光"，《撒钱》。

（2）【醉春风】"去去春难问"，《钗圆》。

（3）【醉春风】之【前腔】"鬼病恹恹损"，《钗圆》。

（4）羽调引子【长命女前】"春风转，新婚久别"，《宣恩》。

（5）越调引子【祝英台近】之【又一体】"翠屏闲青镜冷"，《述娇》。

（6）【糖多令】之【又一体】"客思绕无涯"，《述娇》。

（7）【满宫花】"春正娇愁似老"，《插钗》。

（8）【换头】"尽日深帘人不到"，《插钗》。

（9）正宫引子【喜迁莺】之【又一体】"鹊语新晴"，《荣归》。

（10）【瑞鹤仙】"有女正芳妍"，《就婚》。

第二，《新编南词定律》，刊行于康熙五十九年（1720），吕士雄、杨绪、刘璜、唐尚信编辑，金殿臣点板，邹景僖、张志麟、李芝云、周嘉谟同校，徐应龙重校。此谱有朱墨套印本和墨本两种，均由内府刊行。其中朱墨套印本有工尺谱，为修订本，较墨本晚出，这个修订者就是后来参加了《九宫大成》编纂的徐应龙[①]。《南词定律》共收《紫钗记》曲牌12支，有乐谱者4支。

（1）卷四，仙吕引子【糖多令】"客思绕无涯"。

---

① 毋丹：《新编南词定律非第一部戏曲工尺谱考辨》，《文献》2014年第5期。

（2）卷五，大石引子【玉楼春】"婵娟此会真奇绝"。

（3）卷五，大石过曲【念奴娇序】之【前腔其三】"还倩，那些缥缈银鸾"，《七夕》。

（4）卷八，南吕引子【一剪梅】"睡起东风数物华"。

（5）卷八，南吕引子【生查子】"才子跨征鞍"。

（6）卷八，南吕引子【阮郎归】"绿纱窗外晓光催"。

（7）卷八，南吕过曲【锁窗寒】之【前腔】"倚风尘，万里中原"，《移参》。

（8）卷八，南吕过曲【绣带儿】之【前腔换头】"休嗟，娇花女教人爱杀"，《议婚》。

（9）卷九，双调引子【珍珠帘】"十年映雪图南运"。

（10）卷九，双调犯调【玉供鸾】"玉钗抛漾"，《撒钱》。

（11）卷一一，般涉引子【一落索】"剑履下朝堂"。

（12）卷一三，越调引子【满宫花】"陌似春，楼似绮"。

第三，《新定九宫大成南北词宫谱》，此谱由内廷编纂，和硕庄亲王领衔，召集周祥钰、邹金生、徐兴华、王文禄、徐应龙、朱廷镠等人，广采民间与内府所存词曲乐谱，历时五年于乾隆十一年（1746）完成，由内府以朱墨套印本刊行。此谱编纂时采摭前代曲谱甚多，其中包括《南词定律》和《曲谱大成》，因此该谱所收《紫钗记》例曲，部分与二谱重合。《九宫大成》收《紫钗记》曲牌21支，都有乐谱，分别是：

（1）卷一，仙吕宫引【糖多令】"客思绕无涯"，《述娇》。

（2）卷一，仙吕宫引【珍珠帘】"十年映雪图南运"，《言怀》。

（3）卷二，仙吕宫正曲【短拍】之【又一体】"翰苑风清"，《尹钱》。

（4）卷四，仙吕宫集曲【玉供鸾】"玉钗抛漾"，《撒钱》。

（5）卷九，中吕宫引【行香子】"去也春光"，《撒钱》。

（6）卷十二，中吕宫集曲【榴花好】之【又一体】"你可非烟染笔"，《裁诗》。

（7）卷二十三，越调引【祝英台近】之【又一体】"翠屏闲青镜冷"，《述娇》。

（8）卷二十六，越调集曲【山桃红】"教他看俺萱堂一面"，

《钗圆》。

（9）卷四十二，高大石调引【一落索】之【又一体】"剑履下朝堂"，《计贬》。

（10）卷四十八，南吕宫引【薄幸】之【又一体】"翠馆云闲"，《哨讹》

（11）卷四十八，【阮郎归】之【又一体】"绿纱窗外晓光催"，《试喜》。

（12）卷四十九，南吕宫正曲【锁窗寒】之【又一体】"倚风尘万里中原"，《移参》。

（13）卷五十七，商调正曲【字字锦】之【又一体】"无意燕分开"，《议婚》。

（14）卷五十七，【梧桐叶】之【又一体】"你道为甚呵"，《观屏》。

（15）卷六十二，双调引【贺圣朝】之【又一体】"天心一转鸿钧"，《言怀》。

（16）卷六十九，黄钟宫引【玩仙灯】之【又一体】"韶华深院"，《观灯》。

（17）卷六十九，【又一体】"淑女病留连"，《钗圆》。

（18）卷六十九，【长命女】之【又一体】"春风转"，《宣恩》。

（19）卷七十二，黄钟宫集曲【啄木二仙歌】"波文莹钮叠明"，《托媒》。

（20）卷六十九，【又一体】"花灯后人笑声"，《托媒》。

（21）卷七十六，羽调引【喜相逢】"风流谁绊"，《拒婚》。

这些《紫钗记》曲谱早于叶堂的《紫钗记全谱》四十六年、七十二年甚至更早，虽非全本，但足以证明《紫钗记》有舞台演出的存在，否则乐谱从何而来？或者以为《南词定律》《曲谱大成》《九宫大成》都是主备格式、强调格律规范的清唱谱，且不排除部分乐谱为编者新谱，并未在舞台上演出。但既主备格式，而汤显祖所作又多不合律，选《紫钗记》为例就很难理解。《南词定律》的编者就明确说明例曲采自舞台演出，谷旦主人序云："九宫谱则有沈伯英、冯犹龙、张心其、蒋惟忠、杨升庵、钮少雅、谭儒卿诸家，所作不一，大意皆同，而板式、正衬字眼，多致舛误，其所病者何也？盖歌唱必出于梨园，方能抑扬宛转以曲肖其喜怒哀乐之情，此其所长也。"① 他认为曲谱的编纂，必以梨园唱谱为基础，方可避免旧时曲谱编纂弊端。通观《南词定律》所收曲目，确实很多采自舞台，如卷二【小醉太平】曲注："此曲今人皆两曲合唱，行之已久，应宜从俗。"② 并且连弋阳腔甚至木偶戏也不排斥，凡例中说："凡《杀狗记》之曲本系元人所作，且荆、刘、拜、杀之名脍炙词人之口，今细考其词句，混淆舛错颇多，必非原本，且此剧以弋阳及棚偶人为演唱，或将科诨间杂，或以滚白混淆，以讹传讹耳，今以其元人古剧，诸谱相沿错谬已久，难于弃置。"③ 所收曲谱采自舞台演出，是极为明确的事实。所以，形式上的不加宾白并不能说明曲谱来源就一定是清唱，和舞台演出没有关联，更多的曲子来源于舞台，只是限于体例，不录宾白而已。

　　三部曲谱，《曲谱大成》成书最早，《南词定律》其次，《九宫大成》殿后。《九宫大成》编纂时吸收了前两部曲谱的成果，很多曲牌注明源自《曲谱大成》或《南词定律》。所以，有些曲牌为三谱共收，有乐谱完全或基本相同者，也有各不相同者；绝大多数曲牌，三谱之间并不重复。说明这些乐谱是直接来自当时《紫钗记》的舞台演出，或记载下来的乐谱文献。因为有些曲牌文词相同但乐谱不同，说明当时《紫钗记》舞台演出很多，各种唱法都有，乐谱不止一种，可供编者拣选。但当时是否有全本《紫钗记》乐谱的存在？因为这三种曲谱都是按宫调分类编排曲牌、重在格律，供填词唱曲用的工具书性质，它的体例就是只收单只曲牌，不收折子戏，所以无法体现《紫钗记》乐谱的折子戏或全本戏的舞台面貌，但不能据此说当时的《紫钗记》就只有零星曲牌而无整出甚至全本的戏。我们将前面所辑曲牌出处，出目相同者合并，其出处见于20出戏中，制表如表1所示。

表1

序号	出数	出目	序号	出数	出目
（1）	第一出	《言怀》	（3）	第三出	《述娇》
（2）	第二出	《插钗》	（4）	第四出	《观灯》

---

① 吕士雄等：《新编南词定律》，康熙五十九年刊朱墨套印本。
② 吕士雄等：《新编南词定律》，康熙五十九年刊朱墨套印本。
③ 吕士雄等：《新编南词定律》，康熙五十九年刊朱墨套印本。

续表

序号	出数	出目	序号	出数	出目
(5)	第六出	《托媒》	(13)	第三十五出	《观屏》
(6)	第七出	《议婚》	(14)	第三十六出	《移参》
(7)	第十二出	《就婚》	(15)	第三十七出	《哨讹》
(8)	第十三出	《试喜》	(16)	第三十八出	《裁诗》
(9)	第十七出	《尹钱》	(17)	第四十一出	《拒婚》
(10)	第二十一出	《计贬》	(18)	第四十六出	《撒钱》
(11)	第二十二出	《荣归》	(19)	第五十一出	《钗圆》
(12)	第三十二出	《七夕》	(20)	第五十二出	《宣恩》

《紫钗记》共五十二出，三谱所收曲牌乐谱选自其中二十出，占总数的38%，将近百分之四十，也就是说至少有二十出折子戏曲谱甚至全本《紫钗记》曲谱存在，若说这二十出戏恰好每出戏都不完整，都是些断简残篇，只有零星曲牌保留，极难令人相信。再从其所选出目来看，首尾俱全，中间分布均匀。如果说都是残存乐谱，也很难残的如此均匀。这些证据，都指向当时可能有较多《紫钗记》折子戏乐谱的存在，从而说明《紫钗记》的演出很可能并没有完全消失于舞台歌场。所以，叶堂说《紫钗记》此前"世无演者"且无"旧本可依"，是近似于为自家所订乐谱打广告的夸张说法，不一定是实情。

三

自《九宫大成》的编成之年即乾隆十一年（1746）算起，到叶堂《紫钗记全谱》刊行的乾隆五十七年（1792），中间不过隔了46年的时间，若到《紫钗记全谱》开始编订的年代，则距离更近。若无特殊变故，这些《紫钗记》折子戏旧谱（并且还有多个版本）完全从舞台消失，似乎也不合情理。我们推断，叶堂编《紫钗记全谱》时仍然可以见到部分旧谱应当没有问题。至少《九宫大成》叶堂是明确见到的，他在《纳书楹曲谱》自序中说："乐谱之有九宫旧矣，本朝《大成宫谱》出而度曲之家奉若律令无异词……盖自弱冠至今，靡他嗜好，露晨月夕，侧耳摇唇，究心于此事者垂五十年。"① 谱中屡次提及并引用《九宫大成》，说明叶堂订谱时明确参用过《九宫大成》。

我们把《南词定律》《曲谱大成》和《九宫大成》中所收全部《紫钗记》曲牌乐谱与《紫钗记全谱》逐一比对，发现叶堂之谱与此三谱所收者，超过半数以上几乎完全相同，仅个别音符略有增减调整而已。其增减或调整的方法主要是保持主干音不变，增加或减少音符，如《南词定律》中大石过曲【念奴娇序】之【前腔其三】"还倩，那些缥缈银鸾"中，"银"字乐谱《南词定律》为"五仩伬仩五"，叶堂改为"五仩五"；"胜"字乐谱为"五五六"，叶堂改为"五仩五六"。另有部分乐谱的相似度达到百分之六十左右，其不同处也能看出明显的改编痕迹，很多是采用了移调记谱或移调之后再加删改的处理方法，与原谱总难脱离干系。如《南词定律》中南吕过曲【绣带儿】之【前腔换头】"休嗟，娇花女教人爱杀"，原谱做"只（上）怕（尺）"，叶谱做"只（六）怕（五）"，"只""怕"二字乐谱完全不同，原谱用简谱表示是１２，叶谱用简谱表示是５６，"只"字与"怕"字之间都是一个全音，不过叶谱整体升高４度而已。并且，叶堂的参考主要是《九宫大成》，当同一曲目，《南词定律》与《九宫大成》同时收录，或《曲谱大成》与《九宫大成》同时收录时，叶谱总与《九宫大成》一致。而那些《九宫大成》未收，《南词定律》和《曲谱大成》收录的曲子，与叶谱比对，也几乎完全一致。这说明，叶堂除了参考《九宫大成》，也参考了《南词定律》，或者直接采自当时尚存的《紫钗记》乐谱，因为这些乐谱同时也是《曲谱大成》《南词定律》和《九宫大成》的来源，因为同源，所以叶谱与《九宫大成》等谱的旋律一致也就是自然的事了。总之，叶堂《紫钗记全谱》无论是取自当时的《紫钗记》乐谱，还是参考这三部曲谱，皆有"旧本"可依。今将完整曲牌乐谱略举数例于下，以资参证。为便于比较，仅将音符即谱字列出，省去板眼节奏符号。音符则直接列举工尺谱，因为只涉及异同的比较，不关乎旋律分析，故没有译为简谱再行对照的必要。

---

① 叶堂：《纳书楹曲谱》，乾隆五十七年刻本。

（1）第四十六出《撒钱》中【玉供莺】"玉钗抛漾"一曲（见表2）。

表2

曲词	玉	钗	抛	漾	上
《南词定律》	工六五	六五六工尺	上	上尺上四	六仩五六
《九宫大成》	工六五	六五六工尺	上	上尺上四	六仩五六
《紫钗记全谱》	工六五	六五六工尺	上	上尺上四	六仩五六

头	时	紫	红	腻	香	为	冤
工六工	尺工	四	四上	上六工尺	上尺上	尺	上
工六工	尺工	四	四上	上六工尺	上尺上	尺	上
工六五六工	尺工	合	四上	上五六工尺	上尺上	尺	上

家	物	在	人	亡	这	几	日
上	四上	上六尺上	四上四	合四	尺	上	四
上	四上	上六尺上	四上四	合四	尺	上	四
上	四上	上六尺上	四上四	合四	尺	上	四

意	迷	神	恍	妆（窥）	台（妆）	索	向
仩五六	尺工	工六工	尺工	六	工六工	上	尺上
仩五六	尺工	工五六	工六	六五	六五六工	上	尺上
仩五六	尺工	工五六	工六	六五	六五六工尺	上	尺上四

还	疑	在	枕	边	床	上	又	似
尺	尺	工	尺上	工尺上	四上	尺上	上	工
尺	尺	工	尺上	工尺上	四上	尺上	上	工
四	四	尺	上尺	工尺上	四上	尺上四	上六	工

在	妆	奁	响	猛	思	量	原
尺	上	四上四	合四	工	六五六	尺工	四
尺	上	四上四	合四	工	六五六工	尺工	四
尺	上	四上四	合工合四	上尺	六五六工	尺工	四

来	卖	了	空	自	揾	啼	妆
四	尺上	四	上	尺上四	尺	上尺工尺	上
四上	尺上	四上	六	六五六工	尺	上尺工尺	上
四上	尺上	四上	六	五六工	尺工	上尺工尺	上

（2）第四十六出《撒钱》中【行香子】"去也春光"一曲（见表3）。

表3

曲词	去	也	春	光	月	地	花
《曲谱大成》	五	六工五六	工	工	四上	工尺	上
《九宫大成》	五	六工五六	工	工	四上	工尺	上
《紫钗记全谱》	五	六工五六	工	工	四上	工尺	上尺

天	相	思	影	瘦	的	不	成	模
上	上	上	四	尺上	四	上	四	上尺上四
上	上	上	四	尺上	四	上	四	上尺上四
上	上	上	四	尺上	四	上	四	四尺上四

样	为	伊	踪	迹	费	尽	思	量
尺上四	五	六	六五	六	尺	上	四	合四
尺上四	五	六	六五	六	工六	尺上	四	合四
尺上四	五	六	六五	六	工六	尺上	四	合四

归	来	好	空	迷	恋	有	何	长
六	工六尺上	四	六	工六	五六工	上	四尺上四	四上四
四	合四合	工合四	六	工六	五六工	上四	四尺上四合	四上四
四	合四合	工合四	六	工六	五六工	上四	四尺上四合	四上四

（3）第三出《述娇》中【糖多令】"客思绕无涯"一曲（见表4）。

表4

曲词	客	思	绕	无	涯	青	门	近
《曲谱大成》	一	上	一	四一	一上	一	四	上

· 174 ·

续表

曲词	客	思	绕	无	涯	青	门	近
《九宫大成》	尺	工	四	上尺	尺工	尺	上	工
《紫钗记全谱》	尺	工六	尺上	上工	尺工	尺	上	工

狭	斜	憎	憎	昔（巷）	陌	是	谁	家
四一四凡工	工凡	一	一	四	凡	上	四一	上
上尺上四	合四	工	工	尺上	四	工	上尺	工
上尺上四合	合四	工	工	尺上	四	工	上尺	工

半	霁（露）	粉	红	帘	下	闲	觅	柳
上	上	一	四	四一	上工上	四	四一	凡
六	工尺	上四	上	上尺上四合	四上四	上	上尺上四	合
六	工六	尺上	上	上尺上四合	四一四	上	上尺	四

戏	穿	花
上	一四凡工	凡
工	尺上四合	四
工六	尺上四合	上四

表2、表3的对比，说明《紫钗记全谱》曲牌乐谱与《南词定律》《曲谱大成》《九宫大成》几乎全部相同。表4的对比，说明《紫钗记全谱》与《九宫大成》几乎完全相同，《曲谱大成》看似与二谱不同，但《九宫大成》实际上是对《曲谱大成》的旋律做了整体移调处理，升高三度，整体移高两个调，又对个别音符略做调整，旋律还是相同。

四

综上所述，在叶堂《紫钗记全谱》以前，《紫钗记》曾有舞台演出，并有相当数量的旧谱存在，是确定无疑的事实，叶堂订谱时确有"旧本"可依，并且也参考了相当数量的"旧本"，甚至直接把"旧本"搬过来原封不动地使用，说是"独创"，恐怕不符合实际。但叶堂参考的旧本，不一定是全本，也可能只是一些零散的折子，不成规模了，其所谓"独创"，若从全本乐谱的角度而言，就目前遗存的《紫钗记》曲谱来看，确以叶堂为第一。但不能据叶堂之言否定此前无"旧本"甚至全本，更不能否定此前无演出。这些旧本在叶堂《紫钗记全谱》问世后，除了《九宫大成》等三部曲谱收录者，完整的折子都失传了，这也在某种程度上说明了叶堂在综合旧谱的基础上所订新谱受欢迎的程度，叶谱的广泛流行也是旧谱失传的一个原因。但叶堂订谱，部分乐曲甚至折子采用"旧本"是无疑的事实。我们指出叶堂大量参照旧谱，并不减损《紫钗记全谱》的伟大，只是揭示一个客观事实，在评价叶堂的学术贡献时，应该实事求是。

[作者简介] 李俊勇，河北大学文学院、中国曲学研究中心教授，硕士生导师。主要研究方向：中国古代文学、词曲学。

《长生殿》曲牌声腔流变考述

——以《闻铃》【武陵花】为例*

李 健

内容摘要：《长生殿》曲谱时间跨度长，类型多样。选取经典折子《闻铃》进行分析，可发现：在起音高低、行腔旋律上，《南词定律》《纳书楹曲谱》大体一致；《九宫大成》《吟香堂曲谱》高度一致；《纳书楹曲谱》之后的约20种曲谱，则和《纳书楹曲谱》保持一致。同时分析【武陵花】的主腔、四声腔格及其流变，发现其主腔、四声腔格的规范与定型，均以《纳书楹曲谱》为标志。这也可以视作清代昆曲曲谱的一般规律。

关键词：《长生殿》 曲谱 曲牌 主腔 四声腔格

昆曲声腔以"依字行腔"为主要准则，在实际度曲的过程中，度曲者在单字基本腔格的基础上，加以联缀、润色，并根据曲牌的主腔特性进行调整，即构成单个曲牌声腔。在昆曲发展的不同历史阶段，昆曲声腔也呈现出不同的风貌。《长生殿》作为清代传奇创作的最高峰，自诞生之日起，就广受朝野上下的喜爱，其舞台传播至今不绝，其存世曲谱[①]横跨清初至民初200余年的时间，涵盖官修、私修、清工、戏工，是昆曲声腔流变的活化石。今以《长生殿》中流传最广、流传时间最长的《闻铃》"万里巡行"为例，综合对比各谱的工尺唱腔，从起音、板

---

* 本文为2019年度国家社科基金冷门绝学专项"《长生殿》曲谱整理和研究"（19VJX153）阶段成果。

① 《长生殿》存世曲谱的情况，见拙文《〈长生殿〉曲谱研究》，硕士学位论文，河北大学，2018年。

式、四声腔格、润腔等方面,分析其声腔流变的情况及规律,借以管窥清代以来昆曲声腔的变化轨迹。

存世《长生殿》曲谱中,早期的4种曲谱最具代表性:官修《新编南词定律》(简称《南词定律》,下同)、《新定九宫大成南北词宫谱》(简称《九宫大成》,下同),私修《吟香堂曲谱》《纳书楹曲谱》。本文所举谱例,均从这4种曲谱中摘取,并结合《纳书楹曲谱》之后的大量戏工谱进行说明。

一 起音高低的变化

一个字的声腔,其起音(腔头之第一音)之高低,不仅影响该字的声情表达,同样也会对后一字的声腔特别是起音高低产生影响,这样一来,前后字的声腔连缀起来,环环相扣,即形成迥然不同的艺术效果。具体说来又分两种情况:(1)每一句首字的起音影响整个乐句旋律的高低;(2)每个词组的首字影响整个词组的旋律高低。在《长生殿》曲谱中,不同时期的曲谱,对起音的选择也是不同的。现以【武陵花】中"看云山重叠处""孤雁""风摇"为例进行说明。(下文中谱例除谱例9、10外分别取自《南词定律》《九宫大成》《吟香堂曲谱》《纳书楹曲谱》。)

谱例1:

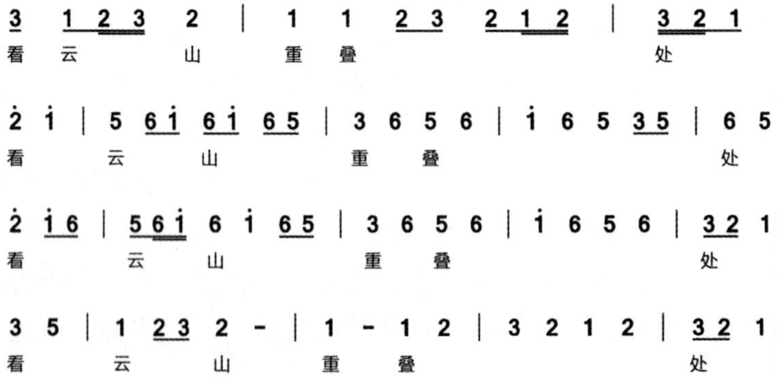

《南词定律》《纳书楹曲谱》二谱中,"看"字起音均为3,因"看"字为这一句的首字,故其起音直接影响其他字的起音,造成整个乐句旋律在中音区行进。而在《九宫大成》《吟香堂曲谱》二谱中,因首字

"看"的起音为 $\dot{2}$ ，直接造成整个乐句在中高音区行进。

谱例2：

| 6$\dot{1}$ 53 23 32 | 6 6$\dot{2}\dot{1}$ 653 |
| 风   摇 | 孤 雁 |

风   摇   孤   雁

| 2 3 1 2 | 2 3 2$\dot{1}$ $\dot{6}$ | 2 3 - - | 36 53 0 0 |
| 风   摇 | 孤 雁 |

| 2 3 2 1 - | 2 1 $\dot{6}$ $\dot{5}$ | 2 3 - - | 36 53 2 0 |
| 风   摇 | 孤 雁 |

| 5 6 5 3 5 | 6 5 3 $\dot{2}$ | 6 1 - - | 6$\dot{2}$ $\dot{1}$ 653 |
| 风   摇 | 孤 雁 |

谱例2中，"风摇""孤雁"均为词组单位，其首字分别为"风""孤"。"风"字在《南词定律》《纳书楹曲谱》中分别以6、5起音，词组旋律在中高音区行进；在《九宫大成》《吟香堂曲谱》中均以2起音，词组旋律在中低音区行进。"孤"字在《南词定律》《纳书楹曲谱》中均以6起音，词组旋律在中高音区行进；在《九宫大成》《吟香堂曲谱》中均以2起音，词组旋律在中音区行进。可见，词组中首字起音高的，词组旋律音区较高；首字起音低的，词组旋律音区较低。同时，谱例1和谱例2均表现出这样一种现象：在起音高低和行腔旋律上，《南词定律》《纳书楹曲谱》高度一致，《九宫大成》《吟香堂曲谱》高度一致。而《纳书楹曲谱》之后的约20种曲谱，其【武陵花】的起音和行腔旋律基本上与《纳书楹曲谱》保持一致。

二 板式变化

在前述四谱中，【武陵花】在板式上发生了明显变化，包括：扩板、削板以及板眼位置变化。具体情况如下：

1. 扩板。扩板又可以分为两种情况：

（1）拍数整体翻倍。即原来占两个节拍的，扩展为四个节拍。属于这种情况的，有："凉"，"途路"，"看云山重叠处"，"似我乱愁交并"，

"无边落木响秋声","长空孤雁添悲哽","提起伤心事","泪如倾","回望马嵬坡下","不觉恨填膺","袅袅旗旌","背残日风摇影","匹马崎岖怎暂停,怎暂停","只见黄埃散漫天昏暝","哀猿断肠,子规叫血","好叫人怕听","兀的不惨杀人也么哥","兀的不苦杀人也么哥","萧条恁生","峨嵋山下少人经","冷雨斜风扑面迎"。

谱例3：

```
1 23 365 32 |
途    路

1 - 23 | 36 5 32 |
途         路

1 - 23 | 36 5 32 |
途         路

1 - 2 32 | 36 5 32 |
途          路
```

谱例3的这种变化较为规律，整体拍数直接翻倍，是典型的一板三眼变一板三眼加赠板，在昆曲的南曲声腔中最为常见。

（2）拍数不规则翻倍。属于这种情况的有："多少"，"愁交"，"秋"，"添""悲"，"心事"，"坡下"，"填"，"摇"，"怎暂停"（第二叠）之"怎"，"昏"，"血"，"好叫人怕听"之"人"，"兀的不惨杀人也么哥"之"不"，"萧""生"，"少人经"之"人"，"扑"。

谱例4：

```
6 1 6 2 3 5 |              2 3 2 | 1
多    少                    秋      声

5 6 | 5 6 5 3 2.1 5 |      2 3 | 3 - 23 21 | 1 -
多       少                  秋              声

6 1 | 6 3 2 1 2 |          2 3 | 3 - 23 21 | 1 -
多       少                  秋              声

6 - | 1 6 21 3 5 |         2 3 | 3 - 21 | 1 -
多       少                  秋        声
```

· 180 ·

《长生殿》曲牌声腔流变考述

```
 2 3  2 3 2 1 |
 愁    交

 1 2 3 - | 2 - 3 5 |
 愁         交

 1 2 3 - | 2 - 3 5 |
 愁         交

 2 3 5 | 3 - 2 3 2 1̣ 6̣ |
 愁         交
```

谱例4中,"多少"原本占两拍,扩板后占六拍,拆分来看,"多"字由一拍变为四拍,"少"字一拍变为两拍。"秋"字两拍变六拍,"声"字一拍变两拍,实际是"秋""声"拍数各翻倍,再给"秋"字加一板三眼。"愁交"二字的扩板方法与"秋声"同。这种扩板并不是整体拍数翻倍,而是翻倍后加以其他的处理手法。

2. 削板。

扩板相反,削板减少了单字唱腔的时值,是加快演唱速度的一种处理方式。属于这种情况的有:"倾","回望","兀的不苦杀人也么哥"之"哥"(《九宫大成》未收此【武陵花】次曲,故其谱例中只有三谱),"面"。

谱例5:

```
 2 - 5 6 |
 倾 回 望

 2 - 3 5 6 2̇ 1̇ |
 倾    回    望

 2 - 3 5 6 5 |
 倾    回   望

 2 3 6 1̇
 倾 回 望
```

```
1 2 1 - |
哥

2 - 0 0 |
哥

2 - 0 0 |
哥

2 36 55 3216 |
扑  面

3 5 3 6 | 56 53 2.3 21 |
扑    面

2 3 36 5 | 5 653 2.3 21 |
扑    面

2 3 2 3 | 3 - 56 32 |
扑        面
```

谱例5中,《纳书楹曲谱》的削板现象较为突出。"倾回望""哥"均由四拍删为两拍。"面"字由三拍变为六拍,最终删为两拍。

扩板、削板后,原有的板眼位置难免发生改变。如"扑面"二字,虽整体扩板为一板三眼加赠板,其整体板眼位置在【武陵花】的曲腔中不变,但其内部板眼已然发生改变:"扑"字由只占头板实质上变为占头板、头眼,"面"字从占头、中、末眼实质上变为占中眼、末眼。这种头眼、中眼之间位置的变化较为少见,最常出现的是板、眼位置互换,如板上起唱变眼上起唱、眼上起唱变板上起唱。以下分别述之。

3. 板上起变眼上起。

属于这种情况的有:"添","回望马嵬"之"马","子规叫血"之"子","怕","萧""恁"。

谱例6：

2 3 0 0 |
添

2 3 | 3 - 2.3 21 |
添

1 | 1 - 21 |
添

2 3 0 0 |
添

0 0 5 6 | 35 65 35 |
回 望 马　　　 嵬

0 0 35 6i | 53 55 6 |
回　望　马　　　嵬

0 0 35 65 | 21 3 23 |
回　望　马　　　嵬

0 36i 5 - | 65 35 |
回望　马　　　嵬

谱例6中，"添"字在《九宫大成》《吟香堂曲谱》中变为中眼起，"马"字由头板起变为中眼起。"马"字板眼位置的变化，显然是由于前面"回望"二字的削板造成的。

4. 眼上起变板上起。

属于这种情况的有："路"，"云山"之"云"，"愁"，"木"，"雁"，"悲"，"如"，"马嵬坡下"之"下"，"旌"，"残"，"岖""暂"，"漫"，"肠"，"血"，"好叫人怕听"之"叫""听"，"兀的不惨杀人也么哥"之"的""人"，"兀的不苦杀人也么哥"之"的""人"，"峨眉山下"之"下"，"冷雨斜风扑面迎"之"风"。

谱例7：

$$0\ \ 0\ \ \underline{1\ 2}\ \underline{3\ 2}\ |$$
　　　　云　　　山

$$5\ \underline{6\ \dot{1}}\ \underline{6\ \dot{1}}\ \underline{6\ 5}\ |$$
云　　　山

$$\underline{5\ 6\ \dot{1}}\ \underline{6\ \dot{1}}\ \underline{6\ 5}\ |$$
云　　　山

$$1\ \underline{2\ 3}\ 2\ -\ |$$
云　　　山

$$1\ \underline{2\ 3}\ \underline{3\ 6}\ \underline{5}\ \underline{3\ 2}\ |$$
途　　　路

$$1\ -\ 2\ 3\ |\ 3\ 6\ 5\ \underline{3\ 2}\ |$$
途　　　　　路

$$1\ -\ 2\ 3\ |\ 3\ 6\ 5\ \underline{3\ 2}\ |$$
途　　　　　路

$$1\ -\ 2\ \underline{3\ 2}\ |\ 3\ 6\ 5\ \underline{3\ 2}\ |$$
途　　　　　路

谱例7中，"云"字由中眼起唱变为头板起唱，"路"字由中眼起唱变为头板（赠头板）起唱。"云""路"二字产生的板眼变化，是扩板的第一种情况产生的必然结果：拍数翻倍，则原来的中眼变为（赠）头板、头眼，末眼变为中眼、末眼。

5. 扩板、削板后，板眼位置仍不变。

属于这种情况的有："多"，"凉"，"途"，"看""山""重叠处"，"似我乱""交并"，"无边""落""响秋声"，"长空""雁""哽"，"提起伤心事"，"泪""倾"，"回望"，"嵬""坡"，"不觉恨填膺"，"袅袅旗"，"背""日风摇影"，"匹马崎岖怎暂停"之"匹马崎""怎""停"，"怎暂停"，"只见黄埃散""昏暝"，"哀猿断"，"规叫"，"好叫人怕听"之"好""人"，"兀的不惨杀人也么哥"之"兀""不惨杀"

"也么哥","兀的不苦杀人也么哥"之"兀""不苦杀""也么哥","条""生","峨眉山""少""经","冷雨斜""扑面迎"。

谱例8：

```
6 1̲6̲ 2̲3̲ 5 |
多      少

5 6 | 5̲6̲ 5̲3̲ 2̲.1̲ 5 |
多       少

6 1̇ | 6 3̲2̲ 1 2 |
多      少

6 - | 1̇ 6 2̲1̲ 3̲5̲ |
多      少

6 1̲6̲ 5̲6̲1̲ 6̲5̲ | 1 2̲3̲ 3̲6̲5̲ 3̲2̲ |
凄  凉           途     路

6 1̲6̲ 5 6 | 6 5 3 2̲1̲ | 1 - 2 3 | 3 6 5 3̲2̲ |
凄  凉              途       路

6 1̲6̲ 5 6 | 1̇ 6 5 3̲2̲ | 1 - 2 3 | 3 6 5 3̲2̲ |
凄  凉              途       路

6 1̲6̲ 5 6 | 1̇ 6 5 3̲2̲ | 1 - 2 3̲2̲ | 3 6 5 3̲2̲ |
凄  凉              途        路
```

谱例8中"多"字始终于中眼起唱，"凄凉"二字始终分别从头板、中眼起唱，"途"字始终从头板起唱。从数量上来说，【武陵花】中，扩板、削板后板眼位置仍不变的字占大多数，可见曲家是在有意识地保持原有的板眼位置，这样既保证了曲牌原有腔格的大体稳定，又突出了南曲水磨调悠长舒缓的特色。

6. 时值、板眼位置均无变化。

属于这种情况的有：之"凄"，"恨"，"只见""天"。这种情况数量很少，也从侧面说明了扩板、削板是《南词定律》之后，曲家打磨昆腔的主要手段。

三　主腔流变

　　主腔是一个曲牌的特征腔。主腔说首见于王季烈《螾庐曲谈》，"凡某曲牌之某句某字，有某种一定之腔，是为某曲牌之主腔"①，其子王守泰的《昆曲曲牌及套数范例集》是对主腔说的举例说明。简单来说，即不论某一曲牌被用于何处，此曲牌的某一句某一字处，总会有相同或相似的旋律，这一相同或相似的旋律就是此曲牌的主腔。

　　吴梅《南北词简谱》中，【武陵花】的格律如下：

　　　　1 万里巡行㋙。2 多少凄凉途路情㋙。3 看云山重叠处㋙。4 似我乱愁交并㋙。5 无边落木响秋声㋙。6 长空孤雁添悲哽㋙。7 提起伤心事㋙。8 泪如倾。9 回望马嵬坡下不觉恨填膺㋙。10 袅袅旗旌㋙。11 背残日风摇影㋙。12 匹马崎岖怎暂停㋙。13 怎暂停㋣。14 只见黄埃散漫天昏暝㋙。15 哀猿断肠。16 子规叫血㋙。17 好教人怕听㋙。18 兀的不惨杀人也么哥。19 兀的不苦杀人也么哥㋙。20 萧条怎生㋙。21 峨眉山下少人径㋙。22 冷雨斜风扑面迎㋙。
　　【前腔第二格】1 淅淅零零㋙。2 一片悲凄心暗惊㋙。3 遥听隔山隔树㋙。4 战合风雨㋙。5 高响低鸣㋙。6 一点一滴又一声。7 一点一滴又一声㋣。8 和愁人血泪交相迸。9 对这伤心处。10 转自忆荒茔㋙。11 白杨萧瑟雨纵横㋙。12 此际孤魂凄冷㋙。13 鬼火光寒㋙。14 草间湿乱萤㋙。15 只悔仓皇负了卿㋙。16 负了卿㋣。17 我独在人间委实的不愿生㋙。18 语娉婷㋙。19 相将早晚伴幽冥㋙。20 一恸空山寂㋙。21 铃声相应㋚㋙。22 阁道崚层㋙。23 似我回肠恨怎平㋙。②

---

①　刘崇德、龙建国、田玉琪主编，孙光军、李俊勇副主编，周期政疏证：《〈螾庐曲谈〉疏证》，江西教育出版社 2015 年版，第 179 页。
②　原注："首曲有赠板，次曲无赠。"每句前的数字为笔者加入。叶表示此处押韵，不表示此处不押韵，叠表示此处是叠句，格表示此曲牌于此句某些位置必有若干字作为定格，不可改易，凡用此曲牌作曲，皆须依照此格。【武陵花】首支第 18、19 句必为"兀的不……也么哥。兀的不……也么哥"，是为定格。曲辞中的小字则为衬字。参见吴梅《南北词简谱》，载吴梅著，王卫民校注《吴梅全集》，河北教育出版社 2002 年版，第 609 页。

如果将前后两曲按韵句分别对应排列，可得如下：

（1）① 1 万里巡行㊀。2 多少凄凉途路情㊀。3 看云山重叠处㊁。4 似我乱愁交并㊀。

（2）1 淅淅零零㊀。2 一片悲凄心暗惊㊀。3 遥听隔山隔树㊁。4 战合风雨㊁。5 高响低鸣㊀。

（1）5 无边落木响秋声㊀。6 长空孤雁添悲哽㊀。7 提起伤心事㊁。8 泪如倾㊀。

（2）6 一点一滴又一声㊀。7 一点一滴又一声㊂。8 和愁人血泪交相迸㊀。9 对这伤心处㊁。10 转自忆荒茔㊀。

（1）9 回望马嵬坡下不觉恨填膺㊀。10 袅袅旗旌㊀。11 背残日风摇影㊀。12 匹马崎岖怎暂停㊀。13 怎暂停㊀。

（2）11 白杨萧瑟雨纵横㊀。12 此际孤魂凄冷㊀。13 鬼火光寒㊁。14 草间湿乱萤㊀。15 只悔仓皇负了卿㊀。16 负了卿㊂。

（1）14 只见黄埃散漫天昏暝㊀。15 哀猿断肠㊁。16 子规叫血㊀。17 好教人怕听㊀。18 兀的不惨杀人也么哥㊃。19 兀的不苦杀人也么哥㊃。

（2）17 我独在人间委实的不愿生㊀。18 语娉婷㊀。19 相将早晚伴幽冥㊀。

（1）20 萧条怎生㊀。21 峨眉山下少人径㊀。22 冷雨斜风扑面迎㊀。

（2）20 一恸空山寂㊁。21 铃声相应㊂。22 阁道崚层。23 似我回肠恨怎平㊀。

去掉其中的衬字、叠句以及次曲的定格（第18、19句）后，可得如下：

---

① 为方便行文，【武陵花】首曲用"（1）"表示，次曲（【前腔第二格】）用"（2）"表示。下同。

· 187 ·

（1）1 万里巡行㊁。2 多少凄凉途路情㊁。3 云山重叠处㊀。4 似我乱愁交并㊁。

（2）1 浙浙零零㊁。2 一片悲凄心暗惊㊁。3 隔山隔树㊀。4 战合风雨㊀。5 高响低鸣㊁。

（1）5 无边落木响秋声㊁。6 长空孤雁添悲哽㊁。7 提起伤心事㊀。8 泪如倾㊁。

（2）6 一点一滴又一声㊁。8 愁人血泪交相迸㊁。9 对这伤心处㊀。10 忆荒茔㊁。

（1）9 马嵬坡下恨填膺㊁。10 袅袅旗旌㊁。11 背残日风摇影㊁。12 匹马崎岖怎暂停㊁。

（2）11 白杨萧瑟雨纵横㊁。12 孤魂凄冷㊁。13 鬼火光寒㊀。14 草间湿乱萤㊁。15 只悔仓皇负了卿㊁。

（1）14 黄埃散漫天昏暝㊁。15 哀猿断肠㊀。16 子规叫血㊀。17 好教人怕听㊁。

（2）17 独在人间不愿生㊁。18 语娉婷㊁。19 相将早晚伴幽冥㊁。

（1）20 萧条怎生㊁。21 峨眉山下少人径㊁。22 冷雨斜风扑面迎㊁。

（2）20 一恸空山寂㊀。21 铃声相应㊁㊁。22 阁道崚层。23 似我回肠恨怎平㊁。

由上述对比可以看出，首曲和次曲的格律整体一致，只是在个别句子中有字的增减。增减字句又可分为两种情况：其一，一句变两小句；其二，两句变一句。属于情况一如（1）4 变为（2）4、5，（1）11 变为（2）13、14，（1）21 变为（2）21、22；属于情况二如（1）16、17 变为（2）19。同时，句子的拆分与合并，少不了虚字（衬字）的帮助，因此可将一、二两种情况所涉及的句中虚字视作衬字变实字，如（1）3 的"处"，（2）5 的"高""低"，（2）13 的"光"，（2）14 的"草间"，（1）15 的"哀"，（1）17 的"好教"，（2）20 的"空"，（2）22

的"阁"，均可看作衬字变实字引起的变格。

如果将"一句变两小句"统一"恢复"合并为一句①，并将前述衬字删去，则可得两曲如下：

（1）1 万里巡行㈻。2 多少凄凉途路情㈻。3 云山重叠㈭。4 似我乱愁交并㈻。

（2）1 淅淅零零㈻。2 一片悲凄心暗惊㈻。3 隔山隔树㈭。4 战合风雨响鸣㈻。

（1）5 无边落木响秋声㈻。6 长空孤雁添悲哽㈻。7 提起伤心事㈭。8 泪如倾㈻。

（2）6 一点一滴又一声㈻。8 愁人血泪交相迸㈻。9 对这伤心处㈭。10 忆荒茔㈻。

（1）9 马嵬坡下恨填膺㈻。10 袅袅旗旌㈻。11 背残日风摇影㈻。12 匹马崎岖怎暂停㈻。

（2）11 白杨萧瑟雨纵横㈻。12 孤魂凄冷㈻。13 鬼火寒湿乱萤㈻。15 只悔仓皇负了卿㈻。

（1）14 黄埃散漫天昏暝㈻。15 猿断肠㈭。16 子规叫血人怕听㈻。

（2）17 独在人间不愿生㈻。18 语娉婷㈻。19 相将早晚伴幽冥㈻。

（1）20 萧条怎生㈻。21 峨眉山下少人径㈻。22 冷雨斜风扑面迎㈻。

（2）20 恸空山寂㈭。21 铃声相应道崚层㈻。23 似我回肠恨怎平㈻。

如此一来，两曲格律完全相同，而两曲的韵句，除（1）15 与（2）18、（1）20 与（2）20 不同外，其余也全部相同。这两处不同也可视作可押可不押。因此，虽然"此二支必须同用，不可分……用此二曲，加一尾声，便是一套，万不可加入别种联套内，盖独用曲也……中有叠字

---

① 两小句合并后，只保留第一个小句的编号、第二个小句的韵脚标识。

叠句，亦不可删改"①。但究其本质，两支【武陵花】仍应视为同一支曲。如此一来，两曲的编号可进一步改为：

（1）1 万里巡行㊀。2 多少凄凉途路情㊀。3 云山重叠㊂。4 似我乱愁交并㊀。

（2）1 淅淅零零㊀。2 一片悲凄心暗惊㊀。3 隔山隔树㊂。4 战合风雨响鸣㊀。

（1）5 无边落木响秋声㊀。6 长空孤雁添悲哽㊀。7 提起伤心事㊂。8 泪如倾㊀。

（2）5 一点一滴又一声㊀。6 愁人血泪交相迸㊀。7 对这伤心处㊂。8 忆荒茔㊀。

（1）9 马嵬坡下恨填膺㊀。10 裊裊旗旌㊀。11 背残日风摇影㊀。12 匹马崎岖怎暂停㊀。

（2）9 白杨萧瑟雨纵横㊀。10 孤魂凄冷㊀。11 鬼火寒湿乱萤㊀。12 只悔仓皇负了卿㊀。

（1）13 黄埃散漫天昏暝㊀。14 猿断肠㊂。15 子规叫血人怕听㊀。

（2）13 独在人间不愿生㊀。14 语娉婷㊀。15 相将早晚伴幽冥㊀。

（1）16 萧条怎生㊀。17 峨眉山下少人径㊀。18 冷雨斜风扑面迎㊀。

（2）16 恸空山寂㊂。17 铃声相应道崚层㊀。18 似我回肠恨怎平㊀。

再对比各曲谱中这两支【武陵花】的工尺谱，可以发现：【武陵花】的首曲、次曲第 2 句第 6 字（"路""暗"）处，首曲、次曲第 4 句第 1 字（"似""战"）处，首曲、次曲第 4 句第 3 字（"乱""风"）处，首曲、次曲第 14 句第 2 字（"断""娉"）处，均存在相同的旋律。这一相

---

① 吴梅：《南北词简谱》，载吴梅著，王卫民校注《吴梅全集》，河北教育出版社 2002 年版，第 609 页。

同的旋律即主腔为：6 5 或 $\underline{6\ 5}$。

谱例9①：

$\underline{3\ 6}\ \underline{5}\quad \underline{3\ 2}\ |\ \underline{3\ 6}\ \underline{5}\quad \underline{3\ 2}\quad \underline{3\ 6}\quad \underline{5\ 3}\quad \underline{3\ 6}\ \underline{5}\quad \underline{3\ 2}$
路　　　似　　　　　　　乱　　　　　　断

$\underline{3\ 6}\ \underline{5}\ \underline{3\ 2}\ |\ \underline{3\ 6}\ |\ \underline{3\ 5}\ \underline{3\ 2}\ \underline{3\ 6}\ \underline{5}\ \underline{3\ 2}\ \underline{3\ 6}\ \underline{5}\ \underline{3\ 2}$
路　　　似　　　　　　　乱　　　　　　断

$\underline{3\ 6}\ \underline{5}\ \underline{3\ 2}\ |\ \underline{3\ 6}\ |\ \underline{3\ 5}\ \underline{3\ 2}\ \underline{3\ 6}\ \underline{5}\ \underline{3\ 2}\ \underline{3\ 6}\ \underline{5}\ \underline{3\ 2}$
路　　　似　　　　　　　乱　　　　　　断

$\underline{3\ 6}\ \underline{5}\ \underline{3\ 2}\ |\ \underline{3\ 6}\ |\ \underline{5}\ \underline{3\ 2}\ \underline{3\ 6}\ \underline{5\ 3}\ \underline{3\ 6}\ \underline{5}\ \underline{3\ 2}$
路　　　似　　　　　　　乱　　　　　　断

$\underline{3.\ 5}\ \underline{6}^{\dot{1}}\ \underline{5}\ \underline{3\ 3\ 2}\ |\ \underline{3.\ 5}\ \underline{6}^{\dot{1}}\ |\ \underline{5\ 5}\ \underline{3\ 3\ 2}\ \underline{3.\ 5\ 6}\ \underline{6\ 5\ 3}\ \underline{3.\ 5}\ \underline{6}^{\dot{1}}\ \underline{5\ 0\ 5}\ \underline{3\ 3\ 2}$
路　　　　似　　　　　　　　乱　　　　　　　　　断

谱例10：

$6\ \underline{5\ 3}\ 3\ 2\ \underline{3\ 2}\ 6\ 5$
暗　　战　风　　娉

$6\ \underline{5\ 3}\ \underline{6}\ \underline{6\ \dot{1}}\ \underline{6\ 5}\ \underline{5\ 6\ 5}$
暗　　战　风　　娉

$6\ \underline{5\ 3}\ \underline{3}\ \underline{6\ \dot{1}}\ \underline{6\ 5}\ \underline{5\ 6\ 5}$
暗　　战　风　　娉

$6\ \underline{5\ 3}\ \underline{\dot{2}}\ \underline{\dot{1}\ 6\ 5}\ \underline{6\ \dot{1}}\ \underline{6\ 5}\ \underline{6\ 5}$
暗　　战　　风　　　娉

$\underline{6.\ \dot{1}}\ \underline{6\ 5\ 3}\ \underline{\dot{2}.\ \dot{3}}\ \underline{\dot{1}\ 6\ 5}\ \underline{6\ \dot{1}}\ \underline{6\ 5}\ \underline{6\ 6\ 5}$
暗　　　战　　　　风　　　娉

如谱例9、谱例10所示，即为【武陵花】首次曲固定位置的固定唱腔。"路"字唱腔在四大谱中均包括 6 5 或 $\underline{6\ 5}$。此腔在《粟庐曲谱》中

---

① 主腔谱例9、谱例10，均从《南词定律》《九宫大成》《吟香堂曲谱》《纳书楹曲谱》《粟庐曲谱》中选取。

作 $\underline{6.\dot{1}}$ 5，是因为《粟庐曲谱》标记润腔，行腔细致，$\underline{3.5}\,\underline{6.\dot{1}}\,5\,3\,\underline{32}$ 正是由 3 6 5 3 2 增加润饰而成，具体来说：《粟庐曲谱》为使行腔更为顺畅，增 5、$\dot{1}$ 二音，成 $\underline{3.5}\,\underline{6.\dot{1}}\,5$，同时对 3 2 使用叠腔，最终成 $\underline{3.5}\,\underline{6.\dot{1}}\,5\,3\,\underline{32}$，虽然有所变化，但仍然保存了 6 5 这一主腔。其他七字情况与"路"类似，但其中较为特殊的为"战"字。

"战"字的唱腔，在《南词定律》《九宫大成》《吟香堂曲谱》中是单音腔，只占 1 拍，在《纳书楹曲谱》《粟庐曲谱》及其他曲谱中，均为繁音腔，占 2 拍。特别是从《纳书楹曲谱》到《粟庐曲谱》这 20 种曲谱中，只有《昆曲曲谱》（杨氏抄本）其"战"字声腔为：$\underline{\dot{1}.6}$，其余 19 种曲谱均作：$\dot{2}\dot{1}\underline{65}$。受"战"字起音影响的"风"字（"战合风雨"为一整句）也存在单音腔、繁音腔的不同，不过从《九宫大成》开始，"风"字就已经作繁音腔、占 2 拍了，并且在其后的 21 种曲谱中，此处也都含有主腔 6 5。

综上可知，从《纳书楹曲谱》开始，【武陵花】的主腔开始定型为 6 5 或 $\underline{6}$ 5。

四　联络腔变化

联络腔位于某字声腔的末尾（腔尾），起着联络下一字之腔头，调节、平衡两字声腔及整支曲牌声腔的作用。联络腔的创作手法为：针对曲牌中前后相连的两个字，[①] 找出首字的四声腔格（腔头）[②]，以次字腔头的第一音为基础，取上行一度之音，联缀成一个腔 A；取首字腔头的最后一音，润色出小腔——腔 B，连接联络腔 A，如此形成"首字腔头 + 腔 B + 腔 A + 次字腔头"的旋律。这里的腔 A 即为联络腔。不过，并不是曲牌中每两字之间都有联络腔。联络腔的有无以及异同，体现出曲家的习惯与偏好，往往呈现出不同的效果。以"多少"为例（见谱例 11）：

[①] 这两个字不一定是词组，也不一定同在一句之中，可以是上句的末字和下句的首字。但上下句之间的联络腔还要受曲牌落音的影响，与同一句中两字的联络腔又有不同。

[②] 本文将某一字的四声腔格称为该字的主腔（与曲牌的主腔不同），亦即该字的腔头。

谱例 11：

$$\underline{6\dot{1}6}\ \underline{235}\ |$$
多　　少

$$5\ 6\ |\ \underline{56}\ \underline{53}\ \underline{2\cdot1}\ 5\ |$$
多　　　少

$$6\ \dot{1}\ |\ 6\ \underline{32}\ 1\ 2\ |$$
多　　　少

$$6\ -\ |\ \dot{1}\ 6\ \underline{21}\ 35\ |$$
多　　少

可以看出，在四大谱中，"多"字腔尾与"少"字腔头之间有联络腔的，为《九宫大成》《吟香堂曲谱》，其联络腔分别为：$\underline{5\ 3}$，$\underline{32}$。《南词定律》《纳书楹曲谱》及其后的众多曲谱，都没有明显的联络腔。"多"为阴平字，其对应的四声腔格，《南词定律》作 6 1̇ 6，《九宫大成》作 5 6 5，《吟香堂曲谱》作 6 1̇ 6，《纳书楹曲谱》作 6—｜1̇ 6，均是标准的阴平声腔格。因此，"多"字腔头的最后一音，在四大谱中分别为 6、5、6、6。"少"字在《南词定律》《九宫大成》《纳书楹曲谱》中起音均为 2，与 6 差三度（南曲使用五声音阶），与 5 差两度，《吟香堂曲谱》中起音为 1，与 6 差四度，与 5 差三度。如果将"多"字的腔头和"少"字的腔头相连，则两字腔头之间会形成较大的坠音，造成听觉上较强的冲击力。为了使两字声腔形成比较顺滑的旋律，就需要联络腔的连接。在《九宫大成》中，先取"少"字的起音 2，上行一度，得出音符 3 作为腔 A。接着，取"多"字腔头最后一音 5，与腔 A 音符 3 之间进行联络，二者之间只差一度，可以径直形成联络腔；或者为增加声腔的韵律感，将腔头最后一音 5 先上行一度，再回归本音，形成腔 B 即 6 5，之后再与腔 A 连接，形成 6 5 3 的旋律，最终形成 5 6｜$\underline{5653}$ 的声腔，与"少"字声腔 $\underline{2\cdot1}\ 5$ 形成比较流畅的旋律。《吟香堂曲谱》中，联络腔 3 2 也是经由此法创作出来，只不过其联络腔较《九宫大成》更为简洁。

但需要注意的是，在收录有《闻铃》的 24 种曲谱中，只有《九宫

大成》、《吟香堂曲谱》、《昆曲曲谱》（杨氏抄本）、《昆曲散出二集》4种曲谱在此处使用了联络腔，其余20种曲谱均使用了差三度的坠腔，形成6—|i̲6̲……这样的旋律。即使是润腔最为细致的《粟庐曲谱》，此处也没有使用联络腔，只是用了一下叠腔：6—|i̲i̲6。究其原因，应该是"少"字作为上声字，出口需"哻"，即高出本音五、六度，如果前面一字使用联络腔，将两字唱腔联络得顺畅流利，如《九宫大成》作5 6|5̲6̲5̲3̲2̲.1̲5̲，则"多"字尾音3与"少"字起音2之间只差一度，"多"字行腔结束，"少"字需再次起高五、六度行哻腔，然后下滑至2。这样演唱，不太容易形成"少"字的高哻之腔。而如果不使用联络腔，如《纳书楹曲谱》作6—|i̲6̲ 2̲1̲3̲5̲，"多"字尾音6与"少"字起音2之间已经差三度，6音结束之际不用换气，随即稍高两、三度随即下滑至2音，即形成"少"字的高哻之腔。这样一来，哻腔的效果就十分明显，所造成的感染力也就更强。也许正因如此，《纳书楹曲谱》以后的诸多曲谱，均在此处不用联络腔。

　　类似的还有"凄凉"之"凉"（见谱例12）：

谱例12：

6 i̲6̲ 5̲6̲i̲ 6̲5̲ | 1 2̲3̲ 3̲6̲5̲ 3̲2̲ |
凄　凉　　　　　途　路

6 i̲6̲ 5 6 | 6 5 3 2̲1̲ | 1 - 2 3 | 3 6 5 3̲2̲ |
凄　凉　　　　　　　　途　　　　　路

6 i̲6̲ 5 6 | i̲6̲ 5 3̲2̲ | 1 - 2 3 | 3 6 5 3̲2̲ |
凄　凉　　　　　　　　途　　　　　路

6 i̲6̲ 5 6 | i̲6̲ 5 3̲2̲ | 1 - 2 3̲2̲ | 3 6 5 3̲2̲ |
凄　凉　　　　　　　　途　　　　　路

　　谱例12中，"凉"字在《南词定律》中没有联络腔，其最后一音5与下一字"途"的腔头第一音1相差五度，而在《九宫大成》《吟香堂曲谱》《纳书楹曲谱》中均有联络腔，分别为2̲1̲、3̲2̲、3̲2̲，与"途"的腔头第一音1或相同，或差两度，使行腔更加自然顺畅，无抗坠之感。

　　可见，联络腔的使用，需要遵循两个条件：

（1）行腔之中首字腔头最后一音与次字起音相差过大，特别是南曲、生旦曲牌，剧情曲情要求行腔流畅婉转、细腻曲折，为避免抗坠，可以使用联络腔。

（2）行腔之中前后字吐字无特殊要求的，可以使用联络腔。

此外，联络腔的使用与否，也跟唱曲者个人的喜好和审美特点有关，喜欢平直古朴的，则少用联络腔；喜欢细腻并稍带花腔的，则可常用联络腔进行润饰。

五　四声腔格的变化

"同一曲牌之曲，而宫谱彼此各异，不能一致者，因其曲中各字之四声阴阳，彼此不同故也。"[①] 王季烈此语揭示了同一曲牌而声腔旋律各异的原因，即曲辞的四声阴阳发生了变化，因此声腔旋律也需要随之改变。在昆曲中，这种四声阴阳和声腔旋律的关系，是由"依字行腔"的谱法规律决定的。

在昆曲的度曲原则里，四声阴阳各有其旋律走向，即我们念出这个字所用的语调，"长言之"，就变成了声腔旋律。昆曲曲牌的声腔是在主腔的基础上根据四声阴阳进行平衡、调试；同样，声腔是否符合四声阴阳的基本要求，是检验昆曲声腔音乐是否合格的重要标准。简言之，如果某一字的声腔违背了该字的四声阴阳腔格规范，这个字就被唱"倒"了。如唱"天"为"田"，即为唱"倒"字。因此，历代曲家和艺人都很注重曲牌中四声腔格的规范使用。四声阴阳的腔格规范可以这样概括：

阴平声——高平调，单长音。如：

$\dot{1}$—

花

阳平声——单音（只有一个音）则低，多音腔（多个音组成的声腔）则逐步上扬。阳平声的多音腔如：

$\underset{\cdot}{5}$　$\underset{\cdot}{6}$

[①] 王季烈：《螾庐曲谈》卷三"论谱曲"，载《集成曲谱》玉集卷一，商务印书馆1925年版，第19页。

浓

阴上声、阳上声——腔型相同，但阴上字声腔起音比阳上要高。可用降调，如：

5 3
雨

同样也可用先降后升的旋律，如：

5 3 5 6
好

阴去声——起音高，加豁腔（比前一音高一度的音，唱时轻挑上去，并不实唱），再落音（落音低起音一度），如：

2 $\overset{3}{7}$ ／ 6
遍

阳去声——起音低，加豁腔，再落音（落音比起音高一度），如：

5 $\overset{\dot{7}}{}$ 6 —
淡

阴入、阳入声——与阴平、阳平声起音同高，但出口即断。

根据上述原则，通过比较《长生殿》各谱可以发现，曲谱的编订者越来越注重依字行腔的四声腔格（腔头）谱法规律[①]。如"马""坡""袤""背"。

谱例13：

0 0 5 6 ｜ 3 5 6 5 3 5 ｜
回　望　马　　　嵬

0 0 3 5 6 2 1 ｜ 5 3 5 5 6 ｜
回　望　马　　　嵬

0 0 3 5 6 5 ｜ 2 1 3 2 3 ｜
回　望　马　　　嵬

0 3 6 1 5 - ｜ 6 5 3 5 ｜
回　望　马　　　嵬

① 本文的昆曲四声腔格参考了武俊达《昆曲唱腔研究》、王正来《关于昆曲音乐的曲腔关系问题》。

《长生殿》曲牌声腔流变考述

"马"为上声字,【武陵花】为南曲,上声字在南曲中或作"步步高"(一音比一音高)的形式;或用嚯腔,从高到低,再由低到高。《南词定律》作 3565,其中 356 为腔头,5 为联络腔;《纳书楹曲谱》作 5 — ⎮6 5,其中 5 — ⎮6 为腔头,5 为联络腔;《纳书楹曲谱》以后的曲谱中,有 13 种曲谱以 5 — ⎮6 $\dot{1}$ 为腔头,或加叠腔,或加撮腔,或再加联络腔,有 6 种曲谱以 5 — ⎮6 为基础腔,其后加联络腔。而《九宫大成》作 535,《吟香堂曲谱》作 213,显然并不符合上声字腔格的要求,但 535 可看作 5 3056 的前身,213 可看作 2 1023 的前身,这种前身可视作昆曲四声腔格不断完善过程中的过渡形态。由此,此处四声腔格的完善与定型,应以《纳书楹曲谱》为标志。

谱例 14:

6$\dot{1}$ 6$\dot{1}$ 5 3 0 ⎮
坡　　　　下

6 — 6$\dot{2}$ $\dot{1}$6 ⎮ 5 6 5 3 0 0 ⎮
坡　　　　　下

6 — 6$\dot{2}$ $\dot{1}$6 ⎮ 5 6 5 3 0 0 ⎮
坡　　　　　下

6 — — $\dot{1}$ ⎮ 6$\dot{2}$ $\dot{1}$6 5 0 ⎮
坡　　　　　下

"坡"为阴平声字,其简腔为单音,繁腔为在阴平单音基础上上行一音再回本音,或上行一音再依次下行数音。《南词定律》作 6$\dot{1}$,占 1 拍;《九宫大成》《吟香堂曲谱》作 6 —,占 2 拍;《纳书楹曲谱》及其以后的曲谱,除《昆曲曲谱》(杨氏抄本)作 6 6 $\dot{1}$—外,其余均作 6 — — $\dot{1}$,占 4 拍。可见,《纳书楹曲谱》及其后的多数曲谱都沿用了《南词定律》的声腔,只是将 $\dot{1}$ 作为联络腔进行处理;《吟香堂曲谱》则继承了《九宫大成》只用单音 6 延长至 2 拍的旋律形式。但《南词定律》6$\dot{1}$ 的腔格并不符合阴平声字的腔格,若将 $\dot{1}$ 看作联络腔,则可说得通。总之,《九宫大成》及其以后的曲谱,此处腔格均正确无误。

谱例 15：

0 1 2 3 2 1 6 |
　　裊　　　裊

0 0 1 2 | 3 2 1 2 |
　　裊　　　　裊

0 0 1 2 | 3 2 1 2 |
　　裊　　　　裊

0 0 1 2 3 | 2 1 6 1 |
　　　裊　　　裊

"裊"为上声字，其腔必定为"步步高"（一音比一音高）的形式，即便用嚯腔，也必定是从高到低，再由低到高。而第二个"裊"字，《南词定律》作 1 6，显然不符合上声字腔格的要求，因此《九宫大成》即改为 1 2，《吟香堂曲谱》也作 1 2，《纳书楹曲谱》作 6 1，《纳书楹曲谱》以后的曲谱大多同此，或在此基础上再加联络腔，《粟庐曲谱》更为细致，将 6 上加一带腔。

谱例 16：

0 2 1 6 0 0 |
　背

0 0 6 1 6 5 |
　　背

0 0 2 1 6 5 |
　　背

0 0 2 1 6 5 |
　　背

"背"为阴去声字，其腔必定从高到低。而《九宫大成》作 6 1 6 5，显然不符合阴去声腔格的要求，因此，《吟香堂曲谱》以下均采用《南词定律》的 $\underline{2}\dot{1}6$ 作为腔头，并在此基础上增加豁腔、增加联络腔等。

六　结语

　　综上可知，《长生殿》曲谱曲牌声腔的流变大致呈现以下规律：在起音高低、行腔旋律、主腔、四声腔格上，《南词定律》《纳书楹曲谱》大体一致；《九宫大成》《吟香堂曲谱》高度一致；《纳书楹曲谱》之后的约20种曲谱，则和《纳书楹曲谱》保持一致。由此可以得知清代昆曲曲谱的一般规律：《南词定律》《纳书楹曲谱》为同一系统，《九宫大成》《吟香堂曲谱》为同一系统，《纳书楹曲谱》成为后世曲谱的基础和规范。

　　【武陵花】首次曲实质为同一曲体，其第2句第6字、第4句第1字、第4句第3字、第14句第2字处均为主腔所在位置，其主腔为：6 5 或 $\underline{6\ 5}$。【武陵花】主腔、四声腔格的规范与定型，均以《纳书楹曲谱》为标志。《纳书楹曲谱》之后，曲牌声腔越来越细致，润腔越来越多，但其板眼、主体唱腔均与《纳书楹曲谱》基本一致。这一方面说明后世度曲之谱越来越少，抄录之谱越来越多，另一方面说明昆曲唱腔逐渐稳定与定型，曲学活动的重心逐渐由度曲转向唱曲，演唱艺术越来越受到重视。

[作者简介] 李健，中山大学中文系中国古文献研究所在读博士研究生。发表过论文《〈太和正音谱〉版本源流考》等。

昆曲过腔考论（上）

周来达

内容摘要：曲圣魏良辅云："过腔接字乃关锁之地。""过腔"是昆曲曲牌唱调的半壁江山。"过腔"一词最早出现于宋代的"自过腔"和"过腔"，但与明中叶由魏良辅首提的、昆曲的"过腔"一词无关。准确认识昆曲的"过腔"，是认识和研究昆曲音乐的前提。本文分上、下两篇。本篇重点探讨何谓昆曲过腔，昆曲"过腔"名词、音调的由来和特征等。

关键词：昆曲　过腔　由来　音调　特征　考辨

尽管由依字行腔而来的字腔对昆曲而言无比重要，但实际上，纯粹由字腔连接而成的昆曲曲牌唱调，又有很大的局限性。它长于叙述而短于抒情，它善于刻画字声细节而拙于戏剧总体意境的塑造，它工于一唱而逊于三叹，它囿于自身调值、声韵之精准，而无暇于前、后字腔间的连接，这些局限性终究无法让它担当起完成整个昆曲曲牌唱调大业的重任，要想完全依靠字腔来创建一个至臻至美的昆曲曲牌唱调系统实属不能。于是，也就有了所谓的昆曲过腔。

随着"五音以四声为主"及"过腔接字"理论的实施，昆曲的腔之构架和格局发生了重大变化。

过腔是个谜，昆曲的许多奥秘就蕴藉其中，由此引来的误解、误导也最深。研究、了解、认识过腔是打开认识、认知昆曲音乐大门的钥匙，研究昆曲音乐的必要途径。

昆曲为什么神秘？原因之一，或与魏良辅《南词引正》长期佚失海外，人们不知道魏良辅《南词引正》的存在有关，因此，差不多自明末清初以来，对于昆曲曲牌唱调有否"过腔"一说，以及魏良辅于《南词引正》所谓的"过腔接字,乃关锁之地"等的论述也就一无所知。即使是 1934 年 10 月李家瑞先生发现此书,几经周折后,于 1959 年由中国戏剧出版社排印出版(1980 年重印)后,学界对此还是没有引起足够的关注,知之不多。尤其是对于其中"过腔"音乐材料的来源、性质、功能、结构、创作手法等的认识和探索,几乎还是空白。就当下来说,研究昆曲音乐绝大部分的过失,莫过于对过腔的无视。竟至于连当代最前沿的学术著述等,均无一幸免地失匹于此,令人扼腕。

准确认识过腔、过腔法,是认识和研究昆曲音乐的关键、前提和根本,意义非凡。故追回曾经的失落,以还历史的真实,也就成本文追求之唯一。

本着探索的愿望,笔者愿在前人的基础上继续试就何谓过腔?"过腔"一词由何而来?昆曲为什么要有"过腔"?过腔由何而来?有何特征、功能?怎样创作过腔?怎样辨识过腔?等问题做些粗浅思考。

一 何谓昆曲过腔?

这里的重点是简单地介绍一下何谓昆曲过腔和以往对昆曲过腔研究的情况。

(一) 何谓昆曲过腔?

昆曲的"过腔"是介于字腔与字腔之间的音调或腔调,是组成每个单字唱调中不可或缺的一个部分。

用以创作过腔的技术方法,叫过腔法。

过腔是旨在服从曲牌板格、调节单字唱调长度、实现唱调自然连接等的音调和昆曲曲牌唱调的半壁江山。所谓的半壁江山,也就意味着没有半壁江山,昆曲音乐死了一半,由此足见过腔在昆曲中的地位和作用。

过腔的核心内涵,主要有四方面:

一指过腔音调。即连接前后两字腔之间的过渡性腔调或音调;

二指过腔的音乐材料。即剧种主调[①]和本唱调音阶中的自然级音;

---

① 昆曲剧种的主调昆曲南曲是 rui da la,昆曲北曲是 do si la, so fa mi。详见拙著《昆曲音乐研究》之"昆曲有主调吗?",中央音乐学院出版社 2017 年版,第 100 页。

三指创作过腔的方法。有旋律必有旋法，创作过腔旋律的方法，即以昆曲剧种主调和本曲牌唱调音阶级音为材料，以音列性级进为主，专门用以过腔创作的技术方法（下称"过腔法"）；

四指过腔法是由曲圣魏良辅首创的昆曲音乐思想创作表演技术理论的一个主要组成部分，是魏良辅"过腔接字，乃关锁之地"说的产物。

以鄙之理解，"过腔接字乃关锁之地"，这句话的本原意思有二：

一是说，用"过腔"来自然连接前后字腔；

二是说，以"过腔"来"接字"是昆曲曲牌唱调创作和形成的关键。但良辅自己并没有说为什么说是"关锁"，所以，留给今天的还是一个未解之谜。

魏良辅的"过腔接字"说一出，昆曲曲牌唱调的创作法大变，音乐材料大变，唱调结构大变，意义非凡。从此，一个由魏良辅首提、首创、首玩的源于生活而高于生活的、艺术化的、文人化的、独立的、自成一体的、美伦美奂的昆曲曲牌唱调体系即将出现。

过腔在许多研究昆曲音乐的专著中都有不同的叫法。如明代王骥德（1540—1623）在《曲律·论过搭》中将过腔称为"过搭"。武俊达先生则谓之"联络腔"①，等等。

如果说，传统的由依字行腔而来的曲字与唱调的结构关系，呈腔、词对应的同构性结构的话，那么，昆曲曲牌的曲字与唱调的结构关系则呈腔、词差异对应的同构性结构。这种结构的差异性是昆曲曲牌唱调调基因性的结构模式：

由依字行腔而来昆曲曲牌唱调的腔、词同构性结构模式：

$$N 个 \begin{cases} （字声 + 字声） \\ \downarrow \quad\quad \downarrow \\ （字腔 + 字腔） \end{cases} == 曲版唱词$$

由此构成的是形式上相当于吟唱类的初始型曲牌唱调。

昆曲曲牌单字唱调的腔词差异性同构性结构模式：

---

① 武俊达：《昆曲唱腔研究》，人民音乐出版社1993年版，第99页。

$$N\text{个}\begin{cases}\text{字声}\\ \downarrow \\ \text{字腔}\end{cases} + \text{（或0）过腔}\begin{cases}+\text{级者}\\ +\text{主词}\\ +\text{（级音+主调）}\\ +\text{（主调+级音）}\\ +\text{各种组合}\end{cases} ==\text{曲牌唱调}$$

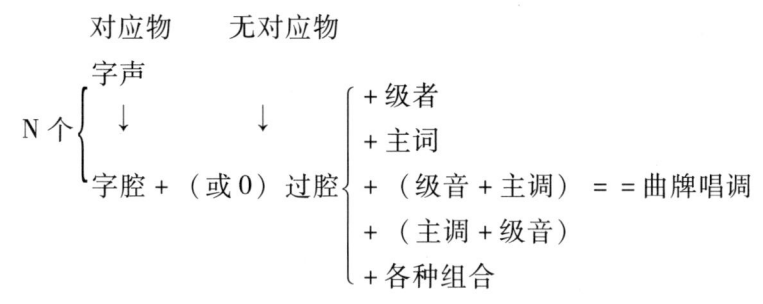

（对应物　无对应物）

由此构成的是独一无二的昆曲曲牌唱调。

鉴于每一支昆曲曲牌唱调都由 N 个单字唱调连接而成，因此，事关全局。可见，昆曲对传统曲牌的传承，主要是曲牌的牌名和文辞的词格等，而不是唱调。故昆曲曲牌唱调是个自成一体的唱调，昆曲的曲牌唱调与他类曲牌的唱，截然不同。这也就是为什么长期以文体来解释昆曲曲牌唱调多有舛误的深层次原因。

值得一提的是，若把由字声演变为字腔的乐音由来，作为一级音源的话，那么直接由音阶级音以及剧种主调而来的乐音，则称二级乐音。过腔的乐音，即由二级乐音而来，这就是过腔与字腔、以及"以文化乐"的"文"，毫无关系的理由。

随着魏良辅辈运用"过腔"进行昆曲曲牌唱调创作后，导致隋唐以来的传统曲牌唱调的创作法、唱调结构、唱调音乐的材料来源、曲牌音乐的创作思想、创作理念、创作手法等发生了全面彻底的变化，整个主流性传统曲牌音乐结构形态等骤然为之改变。

（二）昆曲过腔研究简述

中国较早开始涉及昆曲过腔的著述，有武俊达先生 1993 年出版的《昆曲唱腔研究》，洛地 1995 年出版的《词乐曲牌唱调》以及 2001 年出版的《词乐曲唱》等。

论文有解玉峰《论南北曲唱的"字腔"与"过腔"》[1]，应豪《姜白石"鬲指""过腔"辨》[2]，陈新凤、吴洁琼《"过腔接字乃关锁之地"

---

[1] 见《艺术百家》2019 年第 2 期。
[2] 见《社科纵横》（新理论版）2010 年第 3 期。

辨析》① 等。

如武俊达先生在《昆曲唱腔研究》中，首次将"过腔"解释为"过渡腔"②；洛地先生于 2001 年出版的《词乐曲唱》中，重提了魏良辅的"过腔"，并认为"过腔为接字""过腔为美听"③。

应该肯定，上述论著为探索昆曲的过腔作出的贡献，但问题是研究还不够深入。例如，对于何谓过腔、过腔的音乐材料由来，结构形态、功能、过腔是否字字必需？等一些根本性问题的研究，还非常欠缺。有的甚至在几十万言乃至近百万字研究昆曲"接字"的专著中，竟至只字不提"过腔"，由此给整个昆曲音乐的研究带来了许多负面影响，至今该领域的研究依然罕见有人问津，就与这种误导不无关联。

二 "过腔"一词由来考辨

对此，重点探讨昆曲"过腔"一词的由来。"过腔"一词最早出现于宋代。先后出现的有"自过腔"和"过腔"两个名称。这里要考证的主要是，宋的"自过腔""过腔"，与明中叶昆曲中的"过腔"一词是否有关？

（一）第一次出现于宋的"自过腔"

"自过腔"一词，最早出现于宋代音乐家晁无咎（1053—1110）《消息》词下的一行注释。注释谓："自过腔，即越调永遇乐。"④

据吴藕汀、吴小汀考证"《消息》又名《永遇乐》"⑤。所谓"越调永遇乐"，即归属于"越调"类的名为《永遇乐》的词牌名。但鉴于《永遇乐》（即《消息》）的韵律有两种：一种是平韵体，另一种是仄韵体。该牌的宫调也有"歇指调"和"林锺商"两种。由此推测，尽管两者词格（如字数、句数、句式）相同，但由于宫调和用韵的不同，两者

---

① 见《音乐研究》2017 年第 3 期。
② 武俊达：《昆曲唱腔研究》，人民音乐出版社 1993 年版，第 130 页。
③ 洛地：《词乐曲唱》，人民音乐出版社 2001 年版，第 130 页。
④ 见《晁无咎词》六卷，《四库全书》本。
⑤ 吴藕汀、吴小汀：《词调名辞典》，上海书店出版社 2005 年版，第 188 页。

的音阶、旋律、调高等亦可能不同。

（二）第二次出现于宋的"过腔"

第二次出现的"过腔"一词，是宋代姜夔（约1155—1221）在他的自度曲《湘月》的注释中提到的。姜曰："予度此曲，即《念奴娇》之鬲指声也，于双调中吹之。鬲指，亦谓之过腔，见《晁无咎集》，凡能吹竹者，便能过腔也。"① 这段话的意思是：姜夔说，《湘月》是我自己创作的"自度曲"，《湘月》这首词的曲调，就是《念奴娇》的"鬲指声"。所谓"鬲指"（声），亦称"（自）过腔"。我的这个说法，可以参见《晁无咎集》。该"集"中就说过，凡是会吹笛子这类竹制的乐器者，就能创作出"（自）过腔"了。

其实，《念奴娇》的别名达35种之多，《湘月》只是其中之一。更何况，《念奴娇》的韵律也有平韵、仄韵两体，其宫调也有"双调"和"大石调"两种②。与晁无咎"《消息》词又名《永遇乐》"一样，《湘月》也是《念奴娇》的别名。由此认为，即使两者的词格（如字数、句数、句式）相同，但由于宫调和用韵的不同，两者的音阶、旋律、调高等各异，自然也大有可能。

（三）何谓宋的"过腔"？

看了上述晁、姜二氏的话，需要搞清楚的是，宋代的"过腔"究竟是什么概念？

以笔者粗浅的理解，姜夔所谓的"予度此曲，即《念奴娇》之鬲指声也"，其中所谓的"鬲指声"，即姜夔将《念奴娇》原曲"自度"为《湘月》"自过腔"，这个说法很准确。

但后一句的所谓"鬲指，亦谓之过腔"，光是从字面看，其意思是说，"鬲指，就是过腔"，这就有问题了。什么问题？那不是前后矛盾吗？前一句还在说"自度曲"就是"鬲指声"，后边一句却说"鬲指，就是过腔"，这里的"鬲指声""鬲指""过腔"是同一回事吗？其间究

---

① 夏承焘校辑：《白石诗词集》，人民文学出版社1998年版，第135页。
② 见吴藕汀、吴小汀《词调名辞典》第342页"念奴娇"条，上海书店出版社2005年版。

竟是什么关系？原本和清楚的概念，如今被搅得一塌糊涂了。由此认为，若想厘清何谓宋的"过腔"，就必须首先要把何谓"鬲指"？何谓"鬲指声"二词的概念搞清楚。

1. 何谓"鬲指"？

简单地说，所谓"鬲指"是吹笛子的一种技术。

如前所述，晁无咎的《消息》与《永遇乐》，姜夔的《湘月》与《念奴娇》，均因是别名的关系，其词格（仅指字数、句数乃至句式）虽然无异，但毕竟宫调、用韵、曲辞、词意、表达情感等均有不同，因此，两者的唱调、调高、调式、音阶、节拍、节奏等之不相，则大有可能。为此，晁无咎和姜夔等在将《消息》的文辞用同一词牌《永遇乐》的唱调来演唱之际，就必须要借助一种有固定音高的乐器来确定调高，以此来满足由于音阶、调高或移宫转调等不同唱调的需求。

由河姆渡的"骨哨"而衍生的笛、箫（吹竹）是一种古老的、有相对固定音高的乐器，到了唐宋，笛子已经非常普遍。但基于古代的竹笛或箫，没有像现在那样的套笛①，故唱调的定调，只能用同一支笛子以变换指法、"气口"等方法，来适应唱调的定调、或移宫换调等的需求。这就要求吹奏者必须要有能用同一支竹笛吹出诸如升高半度，或降低半度乐音等的能力，这种吹笛子的技术，就叫"鬲指"。可见，所谓的"鬲指"，也就是吹奏笛子的技术。其依据也就是晁在《晁无咎集》说的："凡能吹竹者，便能过腔也。"这里的"吹竹"，即指有吹笛子的技术（"能吹竹"）。

然而，人所皆知，笛子的吹奏技术很丰富，具体地说，"鬲指"又是一种怎样的吹奏技术？其实，以笛子为准来定调或移宫换调的"鬲指"技术，即使在如今以笛子为主奏的民间音乐中还依然存在。

例如，笔者少年时学吹箫，师父是个道士，名叫"杏心"，当地人称其谓"大眼杏心"。1949年前是我的故乡浙江象山樟木镜道观的一个道士。师父在教我用同一支箫怎样吹"半音"时，教的技法就是用指肚掩（鬲）住箫孔的一半，与相邻一个箫孔的距离隔开，这就是传统道教

---

① "套笛"系指以"洞音"为宫，按西方C、D、E、F、G、A、B固定音高制作的不同调高的成套笛子。

音乐中的所谓"鬲指声"。

传统昆曲的笛子是"匀孔笛",其形制类似按"平均律"制作的竹笛。"司笛"吹奏不同的调高或移宫转调曲调的技法,也是以指肚"鬲"住半个笛孔的所谓"鬲指"。据笔者所知,"鬲指"这种吹法,乃至名称,至今在某些昆曲社的曲家,尤其是在"司笛"者中还在沿用。比如,河北的孙志勇先生就是其中一例。

再如,陈新凤、吴洁琼在《〈过腔接字乃关锁之地〉辨析》一文,对"鬲指声"一词的解释:"鬲"通"隔"。所谓"隔音",即将"管色筒音作 la,下数第二孔'乙'字作 do,中隔'四'字 xi,'谓之过腔'"① 这种诠释,与笔者上述两种情况有些相类。

随着笛子演奏技艺的不断提高,"鬲指"这种吹法的效果,在现代来说,通过"气息"或笛身的内外"滚动"等手段也有可能获得,然而,对宋代来说,堪谓没有"鬲指"这种技术,甚至或许不可能有宋代所谓的"自度曲",其意义不可小觑。

2. 何谓"鬲指声"?

概言之,所谓的"鬲指声",即宋时运用"鬲指"这种笛子吹奏技术,创作而来的"自过腔""过腔"或"自度腔""自度曲"等宋词的唱曲。所谓"鬲指声""自过腔"等上述名称,其实都是同义词,均指由自己创作出来的宋词唱调,而不是传统原词牌固有的唱调。诸如晁无咎《消息》和姜夔《湘月》等唱调,就分别是以"鬲指"技术,对同牌异曲《永遇乐》和《念奴娇》创作而来的"鬲指声",或称"自过腔""过腔""自度腔""自度曲"等。特别要留意的是这些名词中的"自"字,均包含着由自己创作、改编的意义。而"度"则既有思考和创作过程的意义,同时,也将诸如《永遇乐》和《念奴娇》等的原曲,通过细致地"思度",分别"引渡"到《消息》和《湘月》之中的含义。

此外,窃以为诸如晁无咎的"自过腔"《消息》,姜夔所谓"予度此曲"的"自度曲"《湘月》等,其实都不是随便套用原曲而来。其在"鬲指"的过程中,在很大程度上还有创作和改编的成分。于是,同一词牌、不同牌名和宫调的词乐(唱调)之转换,也就变成了类似于一种

---

① 陈新凤、吴洁琼:《"过腔接字乃关锁之地"辨析》,《音乐研究》2017 年第 3 期。

新的音乐创作行为，正因为这些唱调均是由运用"鬲指"技术而来，故被称为"鬲指声"或"自过腔""过腔"等。宋词乐中所谓的"自过腔""过腔"或"自度腔""自度曲"等即由此生。

总之，所谓"鬲指"是笛子的一种吹奏技术，这是一种创作"鬲指声"的必要手段。而"鬲指声"以及"自过腔""过腔"以及"自度腔""自度曲"等，则是运用"鬲指"技术创作的结果。"鬲指"不等于"鬲指声""自过腔""过腔"或"自度腔""自度曲"等。

在此基础上，再来反顾姜夔所说的："予度此曲，即《念奴娇》之鬲指声也。鬲指，亦谓之过腔"这两句话。分析的方法是要将这两句话联系起来看，这样，很快就能发觉，其原意应该是"鬲指（声），亦谓之（自）过腔"。其中，"鬲指"和"过腔"两词，分别是对"鬲指声"和"自过腔"的简称。

至此，何谓宋的自过腔或过腔的概念大白，一言以蔽之，"过腔"是"自过腔"一词的简称，所谓宋的"自过腔"或"过腔"，即"鬲指声"或所谓的"自度腔""自度曲"等。

（四）宋词中的"过腔"一词由何而来？

对此，晁、姜二氏没有说，至今也没有找到足以证明"过腔"二字由来的历史文献等证据。即使某些资料把何谓"自过腔"解释为"从一曲调转到另一曲调"，但那也只能说，这是对何谓"过腔"词义的一种现代解释，而不能谓之是"过腔"一词由来的历史凭据。这种解释当然不能替代"过腔"一词的由来。何况，这种解释对昆曲来说也不合适。再说，本文考辨的重点是试图厘清昆曲的"过腔"一词，是否来自宋词乐中过腔一词？而不是对何谓"过腔"一词的词义解释。

此外，基于宋词中如今能见有乐谱的"自度曲"，唯有姜夔用律吕字谱，工尺俗字谱（亦称"旁谱"）和唐传减字谱记录的十七首《白石道人歌曲》[①]，包括晁的《消息》、姜的《湘月》等所谓的"自度曲"在内的其他词乐，均不见有乐谱遗存。而且即使是既见的乐谱，也有一些问题还没破解，故对于宋时期所谓"字过腔""过腔"，即所谓"自过

---

① 参见夏承焘校辑《白石诗词集》，人民文学出版社1998年版，第198页。

腔"的研究，至今还有许多问题还不清楚。例如，是否凡"髎指"必有所本？所有的"自过腔"，是否均由"髎指"而来？这些疑惑，尚未揭晓。当然，这些问题已超越本文的探讨范围，姑且搁下不表。

通过以上考辨，笔者最深的感悟是：

宋代的"过腔"一词，最早来自晁无咎和姜夔两人词作的注释中有"自过腔"和"过腔"；宋的"自过腔"或"过腔"一词，是指"自度腔"；宋"过腔"与昆的"过腔"是完全不同的两回事。

（五）第三次出现于（明中叶）昆曲中的"过腔"一词究竟由何而来？

愚以为，昆曲中"过腔"一词的由来无非有两条：一条是由宋"过腔"而来，另一条是由昆曲首提、首创、首用。但无论是哪一条，对昆曲来说，其来由都是清楚的。要么来自宋词的"自过腔"，要么由昆曲自创。

站在历史文化传承的高度看，昆曲"过腔"一词的由来，有可能是来自宋词。为什么这样说？

首先，仅凭魏良辅是世代在籍乐人的身份，以及历代王朝"乐籍制"对音乐文化知识、技艺和理论的积淀，由于"乐籍制"是国家的文化建制，无论是权威性，还是音乐的视野、信息、人才、知识、技艺等都非同等闲[①]。何况，人所皆知，"曲乃词之余"，宋词对元明时期曲牌的影响最为直接。因此，诸如宋词乐这种文化营养，至于像魏良辅这样的数千年才出一个的"曲圣"的滋养、吸纳和启示等来说，完全符合情理。

其次，事实上作为"时曲新声"的昆曲，对于隋唐以来的词曲文化，除了文学性的牌名、词律、套曲样式等均全盘照搬外，其中对于专业性的音乐术语等，大多是有选择性地吸收。即使是昆曲中既见的诸如"过腔""度曲""板拍""宫调""套曲"等专业术语的名称，虽然确与宋词乐等相仿，乃至相同，但就其内涵和实质却全然不同。因此，我们一方面应该看到，昆曲至于包括宋词乐在内的传统音乐文化的吸纳，另

[①] 详见项阳先生及其团队有关"乐户""乐籍制"等的系列研究。

一方面更应该看到其间本质性的区别。两者之间的界限，不仅是名称或形式，而是实质性的内涵。

由此看来，昆曲中"过腔"一词的由来，并不排除受宋"过腔"一词的启示，甚或由此而来的可能。然而上述所说，都是有失实据的推测，不足为凭。因此至今没有充分的证据，足以证明昆曲中的"过腔"一词是由宋词而来，当然，亦不可贸然断言，昆曲的"过腔"一词系由宋词而来。

说回来，即使确实是昆曲故意袭用而来，但就"过腔"一词实质和内涵来看，两者依然毫不相干。历史和事实已经证明，昆曲"过腔"与宋"自过腔""过腔"的关系，仅仅是"同名同姓"而已，这是两个完全不同的事物。道理很简单，就像两个同名同姓的人，不能认为就是同一个人。因为，他们的由来是由不同的父母所生。有鉴于此，笔者认为，昆曲中的"过腔"一词的由来，系由"曲圣"魏良辅首提、首创、首玩。

所谓"首提"，系指昆曲中的"过腔"一词，是由魏良辅在他的《南词引正》第十二"过腔接字，乃关锁之地，最要得体"①中首次提出。

所谓"首创"，首先是指"过腔接字"这种音乐思想，创作、表演技术理论，是由以魏良辅为代表的昆曲界先贤们的首创。其次是指"过腔接字"这种具体的创作技术是由魏良辅首创，昆曲中所有介于字腔与字腔之间的音调，都是谨遵魏良辅首创的"过腔接字"创作法创作而来。

所谓"首玩"，是指怎样具体创作昆曲的"过腔"。例如，是魏良辅第一个以《南词引正》为教材，举行多次讲习；是他第一个将高则诚的《伯喈》(《琵琶记》)与《秋碧乐府》等"一字不可放过地从头至尾熟玩"；也是他第一个与其弟子梁辰鱼合作，拍曲创作昆剧《浣纱记》的曲牌唱调（其中就包含大量的"过腔"）等，即为首玩。

总之，敝以为，目前只能断言：昆曲中的"字腔"一词，系由昆曲

---

① 魏良辅：《南词引正·十三》，载俞为民等《历代曲话汇编》（明代编）第2集，黄山书社2009年版，第528页。

首提、首创、首玩，与宋词"自过腔"一词无关。

三 昆曲中的过腔音调由何而来？

有曲调必有创作法，昆曲的过腔，就是昆曲根据板式唱调创作的需要，以本唱调音阶的级音和剧种主调为音乐材料，运用（或0）过腔法（下称"过腔法"）创作而来。由此认为，昆曲的过腔主要有两种由来。

（一）以主调为材料创作而来

如［例1］昆南 上声字"苦"的唱调 6 - 1.2/216（《千忠戮·惨赌》［倾杯玉芙蓉］"受不尽苦雨凄风"，第733页）[1]，其过腔216的音乐材料即昆曲昆南主调。

［例2］昆南 上声字"屡"的唱调 6 1.2/216｜（《雷峰塔·断桥》［金络索］"你缘何屡屡起狼心"，第743页）。过腔216的音乐材料即昆曲昆南主调。

［例3］昆北 阴平声字"家"的唱调 6 - 6/23 1.76（《散曲·咏花》［大红袍］"怎得似林家常傍"，第789页）。过腔23 1.76的音乐材料即昆北主调。

［例4］昆北 阳平声字"潮"的唱调 3.5 606/54 3（《荆钗记·男祭》［折桂令］"改调俺在潮阳"，第755页）。过腔6 54 3的音乐材料即昆北主调。

（二）以本唱调音阶级音为材料创作而来

如［例5］昆南 阳去声"恁"字唱调 6 i2i 6-i/i6｜5 - - 6.6｜

---

[1] 本文中凡引用由吴新雷主编，俞为民、顾聆森副主编《中国昆剧大辞典》（南京大学出版社2002年版）的谱例，均仅标页码。

（《烂柯山·痴梦》［渔灯儿］"忒恁啡嚇"，第722页）。过腔 $\overline{1\cdot 1}\,^6$ 的音乐材料即级音。

［例6］昆南 阴去声"翅"字唱调 $\overline{3\cdot 2\,1\widetilde{21}}\,|\,\overline{6\,{}^{\wedge}\!10\,1}\,\,65\,|$（《长生殿·定情》［绵搭絮］"并翅交飞"，第737页）。过腔 $\overline{10\,1}\,\,65\,|$ 的音乐材料即级音。

［例7］昆北 阴去声"字"字唱调 $\overline{5\,6\,4\,\,\,3\,0\widetilde{3}\,\,\,2\,1}\,|$（《长生殿·酒楼》［集贤宾］"姓字老樵渔"，第776页）。过腔 $\overline{0\,3}\,\,\,\overline{2\,1}$ 的音乐材料即级音。

［例8］昆北 上声"绕"字唱调 $\overline{5\,0\,5}\,\,\,\overline{3\,5}\,\,\,\overline{2\widetilde{3}\widetilde{2}}\,!|\,!^{\vee}\,\overline{6\,1}$（《长生殿·絮阁》［出队子］"相思萦绕，为着个意中人"，第778页）。过腔 $\overline{2\widetilde{3}\widetilde{2}}\,!|\,!^{\vee}$ 的音乐材料即级音。

过腔音乐材料来由的不同是音乐的实质性不同。这种情况首先意味着过腔与字腔是两种不同性质的音调；也意味着过腔的创作可以不循依字行腔原则，不受"五音以四声为主"的制约，比字腔的创作拥有更多的自由性。

（三）昆曲过腔的创作是否要遵循依字行腔原则？

下边仅以昆南为例，按"三平、三仄"顺序，各举一例，分析如下：

1. 阴平声字单字唱调中的过腔由来

［例9］阴平声字"经"的单字唱调 $\overline{3\cdot 2\,/\!1\,\,\,2}\,:$（《玉簪记·问病》［山坡羊］"何曾经害"，第697页）。由于阴平声字腔的基本音势是平后略降，因此，其中的 $3\cdot 2$，就是"经"的字腔。此后的 2 音，由于其音势不符合阴平声字调值，因此不是字腔，而是过腔。其次，该过腔 $3\cdot 2\,1$ 这几个乐音来自本唱调音阶的级音，由此判断，这个过腔就是昆曲以本唱调音阶的级音为材料，运用过腔法创作而来。

2. 阳平声字单字唱调中的过腔由来

［例10］阳平声字"悬"的单字唱调 $\overparen{6\cdot\underline{1}2\ \underline{101}\ \underline{6\dot{1}}}$ |（《金雀记·乔醋》［太师引］"蓦地如悬磬"，第724页）。基于阳平声字腔的基本音势是一平后略升，因此，其中的 $\underline{6\cdot\underline{1}2}$ 三音，就是"悬"的字腔。此后的 $\underline{101}\ \underline{6\dot{1}}$ 四个乐音，由于音势不符合阳平声字调值，因此不是字腔，而是过腔。由于该过腔的音乐材料，来自本唱调音阶的级音，由此判断，这个过腔也是昆曲以本唱调音阶的级音为材料创作而来。

3. 平平声字单字唱调中的过腔由来

［例11］平平声字"开"的单字唱调 $\overparen{1---\ \underline{2\cdot\underline{1}}\ \underline{6\breve{\ }}-}$ |（《玉簪记·问病》［山坡羊］"我难摆开"，第697页）。由于平平声字腔的基本音势是一平到底的单音，因此，其中的首音1，就是"开"的字腔。此后的 $\underline{2\cdot\underline{1}}\ \underline{6\breve{\ }}-$ 三个乐音，基于其音势不符合平平声字调值，所以不是字腔，而是过腔。同时可以发现，该过腔 $\underline{2\cdot\underline{1}}\ \underline{6\breve{\ }}-$ 音调，本身就是昆南的主调，可见该过腔就是昆曲以剧种主调为材料创作而来。

4. 上声字单字唱调中的过腔由来

［例12］上声字"起"的单字唱调 $\overparen{\underline{530}\ \underline{5}\ \underline{65}}$（《雷峰塔·断桥》［金络索］"你缘何屡屡起狼心"，第743页）。由于上声字腔的基本音势是↘↗高—低—高，因此，其中的 $\underline{530}\ \underline{5}$ 是"起"的字腔，最后的 $\underline{65}$ 两音是过腔。由于其音乐材料来自本唱调音阶的级音，由此认为，该过腔的由来是昆曲以音阶级音为材料创作而来。

5. 去声字单字唱调中的过腔由来

［例13］阴去声字"外"的单字唱调 $\overparen{\underline{\dot{1}\cdot\underline{\dot{2}}\dot{1}}\ \underline{6}\ \underline{5}-\not{o}\ \underline{5}}$ |（《红梨记·亭会》［桂枝香］"我忽听得窗外嘿嘿"，第720页）。由于去声字腔的基本音势是↗↘低—高—低，因此，其中 $\dot{1}\cdot\underline{\dot{2}}\dot{1}\ \underline{6}\ \underline{5}-$ 六个乐音，就是"外"的字腔。最后的6　5两个乐音，由于音势不符合去声字的调值，因此是过腔。基于该过腔的材料来自唱调音阶的级音，由此认为，

213

该过腔也是昆曲以音阶级音为材料创作而来。

6. 入声字单字唱调中的过腔由来

[例14] 入声字"折"的单字唱调 $\underset{\text{折}}{2}\,\overset{\frown}{3\ 2\ \underline{1\cdot 1}\ 6}$（《雷峰塔·断桥》[山坡羊]"鸳鸯折颈"，第741页）。由于入声字腔的基本音势是顿音式的短单音，所以其中的首音 2，就是"折"的字腔。此后的 $3\ \underline{2}\ \underline{1\cdot 1}\ \underline{6}$ 五个乐音，就是过腔。即使该音调原本是入声字腔，但在这里并不是由依字行腔而来，可见该过腔就是昆曲以主调为材料创作而来。

以上所讲的都是昆南，昆北虽然没有入声，但基于平上去的基本音势与昆南一样，字腔和过腔的由来，也与昆南一样，恕不赘述。

上述事实说明什么？说明昆曲过腔，均由昆曲以剧种主调和本唱调音阶级音为音乐材料、运用魏良辅首创的过腔法而来。

四 昆曲过腔有何特征？

过腔的特征较多，下边仅以音调的依附性、或0性，音乐材料的主调性和级音性，音数、时值的不定性，结构的类型性和构式多样性五点为例。

其一，音调的依附性。所谓过腔的依附性，首先是说，没有字腔，也就没有过腔存在的必要。其次是说，既存的过腔位置必定在字腔之后，这是为了与后一个字腔相连接而存在的音调，所有的过腔都是如此，这就是过腔的依附性。

其二，或0性，即可去过腔。

其三，音乐材料的主调和级音性。音乐材料的不同是音乐基本属性不同的本质，由此导致昆曲音乐无法被他种音乐融合、同化成为必然，历史也证实确是如此。

其四，音数和时值的不定性。构成过腔的乐音数量可多可少，不仅可以是单音、多音，0过腔时，甚至可以是0乐音，其时值也可长可短。由此构成过腔的时值，不仅有长有短，甚至可以是0拍。由此带来的是构成过腔的音数和时值的不确定性。因此，从过腔的构成看，可以分为单音型、多音型和0音型三种样式。

1. 单音式过腔的音数和时值

如［例15］昆南 入声字"必"的唱调 $\widehat{1/2}$（《南西厢·佳期》［尾声］"是必破工夫"，第689页）。其中的过腔八分音符的 rui，即为单音。

［例16］昆南《长生殿·定情》［古轮台］"龙灯就月细端相"阴平声"灯"字唱调 $3\ \widehat{-\ 5}$（第736页）。过腔即单音 so。

［例17］昆北 阴去声"湛"字唱调 $\widehat{\dot{1}5/6}$（《东窗事犯·扫秦》［斗鹌鹑］"湛湛青天不可欺"，第752页），过腔即单音 la。

［例18］昆北 阴平声字"宫"的唱调 $\widehat{\dot{1}-\cdot\dot{1}/\dot{2}}$（《荆钗记·男祭》［折桂令］"宫袍宠赐"，第755页）。其中的过腔 re，即单音。

2. 多音式过腔的音数和时值

如［例19］昆南 阴平声字"惊"的唱调 $\overline{\underline{50\dot{6}}\ \underline{\widetilde{565}}\ \vdots\ 6\ -\ ^{\vee}\ \underline{56}\ \widetilde{565}}\ |$（《牡丹亭·游园》［醉扶归］"沉鱼落雁鸟惊喧"，第706页）。其中的过腔 $\underline{6}\ \underline{\widetilde{565}}\ \vdots\ 6\ -\ ^{\vee}\ \underline{56}\ \widetilde{565}$ 即为多音。

［例20］昆南 阴平声字"迁"的唱调 $\overline{3\ -\ -\ -\ ^{\vee}/5\ \underline{665}\ \underline{303}\ \underline{21}}\ |$（《牡丹亭·惊梦》［山坡羊］"迁延，这衷怀哪处言？"，第709页）。其中的 $5\ \underline{665}\ \underline{303}\ \underline{21}$ 即为多音。

［例21］昆北 阴平声字"嗔"的唱调 $\overline{6\cdot\underline{5\dot{6}\dot{6}}\ \underline{0217}\ 6\ -\ ^{\vee}}\ |$（《红梨记·花婆》【油葫芦】"唤声婆子把咱嗔"，第771页），其过腔 $\underline{0217}\ 6\ -\ ^{\vee}\ |$ 即为多音。

［例22］昆北 阳去声字"弄"的唱调 $\overline{6^{\dot{1}}\ 5\cdot\underline{6\dot{1}2}\ \underline{6534}\ \underline{3\cdot2}}$（《长生殿·絮阁》［喜迁莺］"弄鬼装妖"，第777页）。其中的过腔 $\underline{6\dot{1}2}\ \underline{6534}\ \underline{3\cdot2}$ 即为多音。

3.0 音式过腔的音数和时值

既无乐音也无时值的 0 过腔。

其五，结构类型性和构式的多样性。如前所述，昆曲过腔音乐材料有来自本唱调音阶中的任一级音和昆曲剧种主调两种。音乐材料以及各种材料的不同组合和连接次数的多寡，可以影响乃至决定过腔的结构和结构形式（下称"构式"）；乐音在运动过程中，音势亦有顺畅或转折，气息有顿挫或断连之异，也会导致乐汇或"句型"的变化，过腔结构的多样性亦由此生。

材料决定结构，按材料分，过腔的结构类型有单节型、两节型、多节型三类，由此构成的过腔结构样式也不同。

"节"，即不同音乐材料或不同乐汇、句型的组合或连接的次数。一次即一节型过腔，两次即两节型过腔，三次和三次（含三次）以上即为多节型过腔。尽管在实际的昆曲曲牌唱调中三节以上的多节型过腔已属少见，但形式之多样的过腔结构及其架构，让我们看到了昆曲曲牌唱调繁复的变幻和广阔的发展空间。实践证明，过腔的结构是发展和建构昆曲曲牌唱调，丰富、提高、拓展昆曲曲牌唱调的表现力，保障昆曲既唱又叹基本特性永不衰败的内动力和基石。

概括昆曲过腔的类型和构式主要有三种类型、九种构式。

第一类，单节型过腔及构式。由一种音乐材料构成一个乐汇或句型的过腔，即谓单节型过腔。

基于过腔的音乐材料有两种，故其单节型过腔的形式也有级音性单节型过腔和主调性单节型过腔两种。

级音性单节型过腔。凡音乐材料来自级音的单节型过腔，即为单节型级音性过腔。

如［例23］昆南 阳去声字"恁"的唱调（《烂柯山·痴梦》［渔灯儿］"忒恁哱嗦"，第 722 页）。该单字唱调的过腔是 $\underline{1.1}\ 6$ 是单节型的音调，音乐材料来自级音。

［例24］昆南 阳平声字"筵"的唱调（《牧羊记·望乡》［园林好］"每日里开筵设宴"，第 681 页）。其中的过腔

5 3.3 2|单节型音调，音乐材料来自级音。

［例25］昆北《西游记·认子》［梧叶儿］"眉眼全相似"阳平声"全"字唱调 5 65 3.212（第755页）。其中的过腔 5 3.212 是单节型音调，音乐材料来自级音。

［例26］昆北《西游记·认子》［醋葫芦］"何处是家"阴平声"家"字唱调 3·03 232 1（第754页）。其中的过腔 3 232 1是单节型的音调，音乐材料来自级音。

总之，上述过腔均属单节型级音性过腔。

主调性单节型过腔。凡音乐材料来自剧种主调的单音型过腔，即谓主调性单节型过腔。

如［例27］昆南 阳入声字"月"的唱调 1 02 2.16 |（《白兔记·养子》【锁南枝】"星月朗"，第670页）。

据分析，其过腔 2 2.16 |是单节型音调，音乐材料来自昆南主调。

［例28］昆南 阴去声字"够"的唱调 5 3 2 - 1/221 6 - | 6 -（《琵琶记·描容》【三仙桥】"相逢不能够"，第674页），据分析，其中的过腔 221 6 - | 6 -是单节型音调，音乐材料来自昆南主调。

［例29］昆北 阳平声字"潮"的唱调 3·5 606 54 3（《荆钗记·男祭》［折桂令］"俺在潮阳"，第755页）。其中，过腔 6 54 3是单节型音调，音乐材料来自昆南主调。

［例30］昆北 阳平声（亦作阳去）字"迎"的唱调 2·3 543（《虎囊弹·山门》［油葫芦］"西堂首座迎头骂"，第774页）。其中的过腔 543|是单节型音调，音乐材料来自昆北主调。

故上述过腔均属单节型主调性过腔。

第二类，两节型过腔及构式。所谓两节型过腔，即由两种音乐材料构成的，或由同一种音乐材料构成两个不同的乐汇或句型的过腔，即谓两节型过腔。

有鉴于过腔的音乐材料有两种，因此，由不同音乐材料组合而成的两节型过腔也有两类：一类是同一材料同质性的两节型过腔，另一类是不同材料异质性的两节型过腔。

同质性的两节型过腔。主要形式有"级音+级音"两节型过腔与"主调+主调"两节型过腔。

"级音+级音"两节型过腔。

如［例31］昆南 阴平声字"他"的唱调 $\overline{2\underset{他}{0}2\ 1.233\ 2.165}\,|$（《南西厢·佳期》［十二红］"爱他两意和谐"，第687页）。其中的 $\underline{02}\ 1.233\ \underline{2.1}\,\underline{65}$ 即为两节型过腔。虽然这个过腔的音乐材料都相同，都来自本唱调音阶的级音，但由此组成的乐汇或句型可以分作两节。$\underline{02}\ 1.233\ \underline{2.}$ 为第一节级音性过腔；$\underline{1\ 65}$ 为第二节级音性过腔。

［例32］昆南 阴平声字"正"的唱调 $2-\overline{\underset{正}{\cancel{0}3}\ \widetilde{232}\ \cancel{1}0\,\underline{1}\,\underline{65}}\,|$（《双珠记·投渊》［榴花泣］"我离愁正长"，第690页）。其中的 $\underline{03}\ \widetilde{2321}\ 0\,\underline{1}\,\underline{65}$ 即为两节型过腔。音乐材料都来自本唱调音阶的级音，但由此组成的乐汇或句型却可以分作两节。$\underline{03}\ \widetilde{2321}$ 为第一节级音性过腔，$0\,\underline{1}\,\underline{65}$ 为第二节级音性过腔。

［例33］昆北 阴平声字"因"的唱调 $\overline{\underset{因}{2/33}\ 2/3\ 212}\,|$（《荆钗记·男祭》［折桂令］"听剖因依"，第755页）。其中的 $\underline{33}\ 2.3\ 212\,|$ 即为两节型过腔。虽然这个过腔的音乐材料也都相同，都来自本唱调音阶的级音，但由此组成的乐汇或句型却可以分作两节。其中，$\underline{33}\ 2.$ 即第一节级音性过腔，$\underline{3}\ \underline{212}$ 即第二节级音性过腔。

［例34］昆北 阴去声字"闹"的唱调 $\overline{\underset{闹}{\overset{1}{5}}\ 65\ 3\overset{\frown}{5}321\ \cancel{0}23}\,|$（《牡丹亭·冥判》［油葫芦］"将个春色这么闹来"，第690页）。分析可知，其中的

5321 023 即为两节型过腔。根据句型可以将此过腔分作两节，第一节 5321 为级音性过腔，第二节 023 为级音性过腔。

上述四例均为由同一种音乐材料组成的"级音+级音"两节型过腔。

"主调+主调"两节型过腔。

如［例35］昆南 阳平声字"无"的唱调 6 1-216 6216 ［《昭君》［山坡羊］（二段）"道昭君要见无由见"，第804页］。该单字唱调的过腔是 216 6216。进而分析，虽然这个过腔的音乐材料都相同，都来自剧种主调，但由此组成的乐汇或句型可以分作两节。其中的 216 是第一节主调性过腔，6216 是第二节主调性过腔。

［例36］昆南 阴平声字"山"的唱调 1·√ 21.22.16 6.123 1.216 （《思凡》［山坡羊］"游戏在山门下"，第798页）。分析可知，该单字唱调的过腔是 21.22.16 6.123 1.216 。其中 21.22.16 6 是第一节主调性过腔，6.123 1.216 是第二节主调性过腔。

［例37］昆北 去声字"受"的唱调 5.612 1.76 506/543 0656 543 （《荆钗记·男祭》［折桂令］"致受磨折"，第755页）。该单字唱调的过腔是 1.76 506 543 0656 543 。进而分析，其中 506 543 是第一节主调性过腔，0656 543 是第二节主调性过腔。

由此认为，上例这些过腔即是由"主调+主调"同一种音乐材料组成的两节型过腔。

异质性两节型过腔。这类过腔有"主调+级音"两节型过腔与"级音+主调"两节型过腔两种结构形式。

"主调+级音"两节型过腔。

如［例38］昆南 阴平声字"因"的唱调 6 - 1.2 216 5.6 653 （《牡丹亭·拾画》［颜子乐］"因何蝴蝶门儿落合"，第715页）。单字唱调的过腔是 1.2 216 5.6 653 1.2 216。进而分析，其中的 1.2 216 是第一节主调性过腔；5.6 653 是第二节级音性过腔①。

　　［例39］昆南 阴平声字"干"的唱调 1/221 6 232（《琵琶记·辞朝》【啄木儿】"哭得泪干亲难保"，第672页）。过腔 221 6 232 即两节型过腔。其中 221 6 是第一节主调性过腔，232 是第二节级音性过腔。

　　［例40］昆北 阳平声字"樵"的唱调 1- 1 6 543 2 13（《长生殿·酒楼》【集贤宾】"姓字老樵渔"，第776页）。过腔 543 2 1 即两节型过腔。其中 543 是第一节主调性过腔，2 13 是第二节级音性过腔。

　　［例41］昆北 阳平声字"蒲"的唱调 5.6 5.6 543 3·3 3332（《邯郸记·三醉》【红绣鞋】"响孤蒲"，第768页）。过腔 5.6 543 3·3 3332 即两节型过腔。其中 5.6 543 3 是第一节主调性过腔，3 3332 是第二节级音性过腔。

　　上述谱例均为"主调+级音"两节型过腔。

　　"级音+主调"两节型过腔。

　　如［例42］昆南 阳平声字"门"的唱调 106 565 303 216（《南西厢·佳期》[临镜序]"倚定门儿待"，第686页）。该单字唱调的过腔是 06 565 303 216。进而分析，其中 06 565 3 即第一节级音性过腔，03 216 即第二节主调性过腔。

　　［例43］昆南 阳入声字"敌"的唱调 1 2 3·2 12 121 6 - 6（《连环计·议剑》[锦缠道]"万人敌"，第683页）。该单字唱调的过腔 2 3·2 12 121 6 - 6 即两节型过腔。其中 2 3·2 12 是第

---

① 亦可解作同一主调音势在不同音位上的表现，即所谓的"移位"。

一节级音性过腔，$\widetilde{121\ 6}$ - | 6 是第二节主调性过腔。

[例44] 昆北 阴平声字"家"的唱调 $\overset{\frown}{506\ 5\cdot 6\ 543}$ |（《紫钗记·折柳》[寄生草]"可笑自家"，第761页）。该单字唱调的过腔是 $0\underline{6}\ 5\cdot 6\ \underline{543}$。进而分析，其中的 $\underline{6}\ \underline{5}\cdot$ 即第一节级音性过腔，$\underline{6}\ \underline{543}$ 即第二节主调性过腔。

[例45] 昆北 阳平声字"题"的唱调 $\overset{\frown}{\underline{506}\ \underline{102}\ \underline{176}}$ |（《牡丹亭·冥判》【油葫芦】"宜题入画高人爱"，第763页）。过腔 $\underline{6}\ \underline{102}\ \underline{176}$ 即两节型过腔。其中的 $\underline{6}\ \underline{1}$，即第一节级音性过腔，$\underline{2}\ \underline{176}$ 即第二节主调性过腔。

上述谱例均为"级音+主调"两节型过腔。

第三类，多节型过腔及构式。

多节型过腔。所谓多节型过腔是指由同一种音乐材料，或不同音乐材料组合为三个以上不同的乐汇或句型而来的过腔。

有鉴于过腔的音乐材料有两种，因此，多节型过腔其实就有三种构式。以公式标示这三大类三节型以上的多节型过腔分别是：第一类"级音1+级音2+级音3"同质性多节型过腔，第二类"主调1+主调2+主调3"同质性多节型过腔，第三类"级音+主调+级音"或"主调+级音+级音"等异质性多节型过腔。

从理论上说，多节型过腔非但可以有三节型，而且应该还有四节型、五节型、N节型，尤其是两种不同材料组合的多节型过腔，那形态就更为复杂多样。仅三节型的组合就应该包括"主调+级音+级音""主调+主调+级音""级音+级音+主调""级音+主调+主调""级音+主调+级音"等类型过腔。但实际上，由于曲牌唱调板格的制约，昆曲中的三节型过腔比较罕见。从中或可窥知，纵然过腔与字腔相比较，不管是音调的高低或长短，都比字腔自由，但这种自由是有限度的，尤其是句幅不能冲破板格的制约。尽管如此，这种类型的过腔构式，还是存在的。

同质性多节型过腔。所谓同质性多节型过腔，即由同一种音乐材料，通过多种组合方式组合而成的过腔。由此构成的过腔，主要构式有以下三种。

"级音1+级音2+级音3"类同质性多节型过腔。

如[例46]昆南阴入声字"滑"的唱调 $\overset{2}{\underset{滑}{}}$ 3 $\overset{\frown}{3\cdot3}$ $\overset{\frown}{343}$ | 2̲0̲2̲ 3.2 1̲0̲1̲ 6̲6̲1̲ | 2̲0̲3̲2̲ 1̲ （《牡丹亭·拾画》[颜子乐]"苍苔滑擦",第715页）。该单字唱调的过腔是 3 $\overset{\frown}{3\cdot3}$ $\overset{\frown}{343}$ | 2̲0̲2̲ 3.2 1̲0̲1̲ 6̲6̲1̲。进而分析,虽然这个过腔的音乐材料都相同,都来自本唱调音阶的级音,但由此组成的乐汇或句型也可分作三节。其中的 3 $\overset{\frown}{3\cdot3}$ $\overset{\frown}{343}$ | 2 是第一个乐汇型级音性过腔,0̲2̲ 3.2 1̲ 是第二个乐汇型级音性过腔,0̲1̲ 6̲6̲1̲ 是第三个乐汇型级音性过腔。由此认为,这个过腔即由"级音+级音+级音"同一种音乐材料组成的多节型过腔。

[例47]昆北 阳平声字"双"的唱调 1̲0̲3̲ 2̲1̲6̲ 0̲6̲5̲5̲ 0̲5̲6̲5̲ | （《南柯记·瑶台》[梁州第七]"臂韝双抬",第765页）。该单字唱调的过腔是 0̲3̲ 2̲1̲6̲ 0̲6̲5̲5̲ 0̲5̲6̲5̲ |。进而分析,其中的 0̲3̲ 2̲1̲6̲ 是第一个乐汇型级音性过腔,0̲6̲5̲5̲ 是第二个乐汇型级音性过腔,0̲5̲6̲5̲ | 是第三个乐汇型级音性过腔。由此认为,这个过腔也是由"级音+级音+级音"同一种音乐材料组成的多节型过腔。

"主调1+主调2+主调3"类同质性多节型过腔。

目前,仅见昆北有此类过腔。

如[例48]昆北 去声字"受"的唱调 $\overset{致\ 受}{1\cdot2\ 5\cdot6̲1̲2̲}$ 1̲·7̲6̲ | 5̲0̲6̲ 5̲4̲3̲ 0̲6̲5̲6̲ 5̲4̲3̲ |（《荆钗记·男祭》[折桂令]"致受磨折",第755页）。作为去声字我们可以将它作为两节型过腔理解,但该字在昆曲中通常又多作上声字。若按上声字解,该字的字腔是 2̇ 5·6̲1̲2̲,其中的 2̇ 音是昆曲运用借音造势依字行腔法,向前字"致"借来作为"受"的腔头乐音,由此构成的就是完全符合上声字高低高调值 的字腔音势。其后的 1̲·7̲6̲ | 5̲0̲6̲ 5̲4̲3̲ 0̲6̲5̲6̲ 5̲4̲3̲ 乐汇,即为"受"的过腔。进而分析,其中的 1̲·7̲6̲ | 是第一个主调性过腔,5̲0̲6̲ 5̲4̲3̲ 是第二个主调性过腔,

0656 543 是第三个主调性过腔。由此认为，这个过腔是由"主调+主调+主调"同一种音乐材料组成的多节型过腔①。

"级音1+级音2+级音3+级音4"同质性多节型过腔。

如［例49］《牡丹亭·闹殇》［集贤宾客］上声字"眉"的唱调 2.31 - - ˇ2. ˇ1 6.65 | 3 0656 06 5655 3. ˇ2 1 03 2 3 |②。该单字唱调的过腔是 0 6 5655 | 3. ˇ2 1 03 2 3。进而分析，其中 5 6 为第一节级音性过腔，0 6 5655 | 3. ˇ 为第二节级音性过腔，2 1 为第三节级音性过腔，03 2 3 为第四节级音性过腔。由此认为，这个过腔即为"级音+级音+级音+级音"同一音乐材料组合而成的多节型过腔。

异质性多节型过腔。所谓异质性多节型过腔，即由两种不同音乐材料，通过不同的组合方式组合而成的过腔。

昆曲中，此类过腔构式比较罕见，既见的构式主要有："级音+主调+级音"型、"主调+级音+级音"型、"级音+级音+主调"型等三种。

"级音+主调+级音"多节型过腔。

如［例50］昆南 入声字"托"的唱调 2 0 3 2 | 2 3 32 1 6 1 |（《红梨记·访素》［普天乐］"托香水"，第718页）。该单字唱调的过腔是 0 3 2 | 2 3 32 1 6 1。进而分析，其中 0 3 2 | 2 3 是第一节级音性过腔，32 1 6 是第二节主调性过腔，末音 do 是第三节级音性过腔。由此认为，这个过腔是由"级音+主调+级音"两种不同音乐材料、组合而来的多节型过腔。

［例51］昆南 阳平声字"头"的唱调 3 - 5.6 6.53 | 2.3 3.21 6 12 |（《思凡·诵子》［山坡羊］"削去了头发"，第797页）。该单字唱调的

---

① 严格地说，这里的"主调+主调+主调"应该标示为"主调1+主调2+主调2"，因为，昆北有两个主调，第一主调是１７６，故以"主调1"标示之；５４３是第二主调，故以"主调2"标示之。

② 周雪华译谱：《牡丹亭》，上海教育出版社2008年版，第106页。

过腔是 6.53 | 2.3 3.21 6 12 |。进而分析，其中 6.53 | 是第一节级音性过腔；2.3 3.21 6 是第二节主调性过腔，最后的两音 12 是第三节级音性过腔。由此认为，这个过腔是由"级音+主调+级音"两种不同音乐材料组合而成的多节型过腔。

[例52] 昆北 阴平声字"咱"的唱调 1.216 5.435（《红梨记·花婆》[油葫芦]"唤声婆子把咱噷"，第771页）。该单字唱调的过腔是 216 5.435。进而分析，其中 216 是第一节级音性过腔，5.43 是第二节主调性过腔，末音 so 是第三节级音性过腔。由此认为，这个过腔即由"级音+主调+级音"两种不同音乐材料组合而成的多节型过腔。

[例53] 昆北 去声字"媚"唱调 353 0656 5.435（《铁冠图·刺虎》[滚绣球]"俺佯娇假媚"，第787页）。该单字唱调的过腔是 0656 5.435。进而分析，其中的 656 即第一节级音性过腔，5.43 即第二节主调性过腔，5 为第三节级音性过腔。由此认为，这个过腔即为"级音+主调+级音"两种不同音乐材料组合而成的多节型过腔。

"主调+级音+级音"多节型过腔。

如[例54] 昆北 阳平声"蒲"字唱调 5.6 5.6 543 | 3˙3 3332（《邯郸记·三醉》[红绣鞋]"响菰蒲"，第768页）。该单字唱调的过腔是 5.6 543 | 3˙3 3332。进而分析，其中的 5.6 543 | 即第一节主调性过腔，3˙3 即第二节级音性过腔，3332 为第三节级音性过腔。由此认为，这个过腔即为"主调+级音+级音"两种不同音乐材料组合而成的多节型过腔。

"级音+级音+主调"多节型过腔。

如[例55] 昆南 入声字"折"的唱调 1 23 | 202 1.216（《南西厢·佳期》[十二红]"也不管堕折"，第687页）。该单字唱调的过腔是

$\underline{23} \mid \underline{202} \mid \underline{1 \cdot 216}$。进而分析,其中的 $\underline{23} \mid \underline{20}$ 为第一节级音性过腔,$\underline{2} \mid \underline{1 \cdot}$ 为第二节级音性过腔,$\underline{216}$ 为第三节主调性过腔。由此认为,这个过腔即为"级音+级音+主调"两种不同音乐材料组合而成的多节型过腔。

余不赘列。

从中或可窥知,虽然由于每支昆曲曲牌唱调的长度均受板格之制约,昆曲多节型过腔的节数不可能无限制地增加,但过腔的这种结构,足以表明昆曲基因性构架之宏大。事实上,昆曲对于这一基因性构架功能的利用率,恐怕百分之一都不到,应该说,其间还有着很大的发展空间,这是一块既完全可以丝毫无损昆曲固有传统的一切品性,又能充分发挥其作用的,亟待探索、开发和利用的新大陆。

归纳昆曲过腔的类型和构式,主要有三种类型、九大构式,如表1所示。

表1　　　　　　　"三种类型、九大构式"昆曲过腔结构

类型	材料	构式
单节型过腔	同	单节型级音性过腔构式
	异	单节型主调性过腔构式
两节型过腔	同	"级音+级音"同质两节型级音性过腔构式
	同	"主调+主调"同质两节型主调性过腔构式
	异	"主调+级音"异质两节型过腔构式
	异	"级音+主调"异质两节型过腔构式
多节型过腔	同	"级音+级音+级音"同质多节型级音性过腔构式
	同	"主调+主调+主调"同质多节型主调性过腔构式
	异	"级音+主调+级音"或"主调+级音+级音"等由异质排列组合重复由来的多节型过腔构式
注释		"节",即不同音乐材料或不同乐汇、句型的组合和连接的次数。一次即一节型过腔,两次即两节型过腔,三次(含三次)以上即多节型过腔。

[作者简介] 周来达,北方昆曲剧院特聘研究员,研究方向:戏曲音乐。

民国戏曲研究

民国时期评剧评伶风气盛行之原因探析

金景芝　李朝杰

内容摘要：民国时期的戏曲无论在舞台演出实践还是在理论研究与创作方面都有蓬勃发展。随着现代报刊、出版业的发展，戏曲界的评剧评伶现象盛行一时，为民国时期的戏曲理论增加了新鲜活泼的内容。评剧评伶风气盛行，一方面受社会文化发展的影响，新的文艺思潮、平民化的审美趣味、白话语体的发展等都为评剧评伶现象提供精神支撑；另一方面，现代报刊的创办和印刷术的发展为民国时期评剧评伶现象的盛行提供了物质载体。评剧评伶现象还可看作中国古代戏曲评点的沿袭，这是戏曲艺术本身发展的内部规律所致。

关键词：民国时期　评剧评伶　文化　报刊　评点

民国时期，随着戏曲演出的繁盛，著名演员身价倍增，戏曲研究者开始针对某个剧目、某个演员进行评价和论争，形成民国时期戏曲界百家争鸣的繁盛局面。究其原因，评剧评伶现象盛行既有民国时期社会转型、思想新变的影响，又受到报刊、印刷业发展的推动，同时还是古代曲论中戏曲评点的延续。

---

* 本文为河北省社会科学基金项目"民国时期京津冀地区的老调梆子研究"（HB16WX016）、河北大学燕赵文化高等研究院重点项目"民国时期的冀东影戏研究考论"（2020D08）研究成果。

一　社会文化发展的影响

　　民国时期，特别是"五四"新文化运动以后，西方的政治、经济、军事、法律、哲学、宗教、心理学、文学、美学、艺术、教育等几乎各种各样的学科、思潮都先后传入中国。大量的西方知识传入中国，给中国带来新鲜的现代气息。经过西方文化的熏陶和影响，思想文化的多元兼容，戏曲爱好者和评论家从不同的角度和观点出发，对时下流行的剧目及演员从多方面进行比较品评，各抒己见，众说纷纭。

　　一方面，民国初期轰轰烈烈的文学改良运动兴起，文学成为一种反映社会人生，改造国民精神的利器。戏曲作为一种和民众结合密切，普及性比较高的文艺形式，其功利性尤其被改良者所重视。从另一方面来看，戏曲的消遣娱乐功能又是诗文、小说等其他文艺形式所不能比拟的。所以在民国时期，无论是知识分子的启蒙改良，以期教化民众；还是老百姓的娱乐消遣，丰富日常生活，戏曲都是一种非常适合的文艺形式。

　　为了更好地宣扬社会新思潮，进行戏曲改良运动，改良者们开始有意识地写作戏曲评论文章，有针对性地对演员表演剧目及表演技艺进行评判。所评论的戏剧中，既有传统的戏曲艺术，也有受西方戏剧思想影响所产生的话剧、影剧等新的戏剧形式。评论者借鉴西方戏剧演出的经验和理论，对传统戏曲演出提出新的见解。对戏曲艺术进行批评成为民国时期学者彰显自我意识，宣扬个性解放的手段。随着西方系统科学研究方法的引入，戏曲领域也出现了专门的研究，关于戏曲史、戏曲发展、戏曲剧目等研究开始逐渐系统化。戏曲评论家在品评经典剧目时，逐渐侧重从内容、主题、结构、风格等方面进行研究评论。

　　此外，戏曲从产生之初便和平民大众联系紧密，是市井民间通俗文艺的代表，评剧评伶现象则伴随着民间的戏曲表演活动，成为人们娱乐消闲的话题。民国时期的不少戏曲都注重大众化的生活情趣和审美取向，戏曲艺术越来越切近大众的欣赏口味，审美倾向越来越平民化。评剧和评伶的各种剧谈、曲话，既能够传承传统文化、改进国民精神，又能够丰富百姓的娱乐生活，这种类型的评剧评伶文章是最感性最直观的欣赏体验。

受五四运动影响,民国时期的评剧评伶文章以白话语体为主,大型报刊和学术性较强的戏曲专刊主要以书面性的白话语体为主,一些娱乐性较强的商业小报则更侧重口语化的白话语体。书面性的白话语体简洁雅致,而口语化的白话语体则注重通俗易懂,更能自由表达论者观点。从接受者的角度来讲,当时阅读报刊多是普通民众茶余饭后的消遣方式,报刊文辞浅近通俗,内容丰富多彩才能受到普通读者喜爱,才能畅销盈利。因此,白话语体的推行从侧面上促进了评剧评伶现象的盛行。

二 报刊业的发展带动

现代报刊的创办和印刷术的发展为民国时期的评剧评伶现象的勃兴提供了物质载体。中国近代报刊自鸦片战争前后出现,到民国时期发展得蔚为大观。近代报刊产生之初最大的功能是宣传政治思想,扩大影响力,诸如资产阶级改良派和革命派,各自创办《国闻报》《国民日报》等宣传政治主张,激励人民群众。《萃报》《东方杂志》等文摘性报刊以及《新小说》《游戏报》等文学性报刊也相继涌现。中华民国成立以后,尤其是在新文化运动以后,全国报刊业获得了较大的发展,到1926年,全国报刊已有六百二十八种。[①] 民国时期印刷术的发展,是引起报纸期刊业的繁荣的物质条件。"近代印刷业,由木版、铜版、而进至铅版,用铸字炉代替了刻字刀,用轮印机代替了手刷版,于是报纸群起,书籍突增。关于伶工的记载,也就随着而有万籁争鸣之致。"[②]

文化环境的相对自由宽松和撰稿人的学识思想新变是民国时期报刊业的发展精神前提。传统的士大夫群体在民国时期转变为新型的知识分子,他们以报刊作为传播思想的载体,宣扬自己的思想主张。民国时期大量的商业报刊和消闲小报、大报副刊、剧学专刊等层出不穷,各种评剧评伶文章大量刊载于其中,可以说风行一时。比如当时大型报刊很多

---

① 1926年全国报刊数据见方汉奇《中国近代报刊史》,陕西人民出版社1981年版。
② 刘守鹤:《伶工专记导言》,《剧学月刊》1932年第1期。

都有关于戏曲的副刊或戏曲专栏,《北平晨报》有专门的"国剧周刊",《天津益世报》有"戏剧与电影"专栏,《北平世界日报》有"戏曲音乐"专栏,上海的《大公报》有"戏剧与电影"专栏等。此外,专门的戏曲报刊也对戏曲进行多层面、多角度的研究评论,《剧学月刊》《戏剧丛刊》《戏曲》《戏》《戏剧周刊》《十日戏剧》《半月戏剧》《戏剧时代》等都是民国时期盛行的戏曲期刊。另有《珊瑚》《游戏世界》《文学周报》《金刚钻》《北洋画报》《新世界》等市井气息浓厚的消闲商业报刊。这些报刊规模大小不一,受众也比较广泛,是民国时期重要的媒体力量。大量评剧评伶文章刊载其上,既能宣传学术主张,又能迎合市场需求。正如当时学人所言:"国人评剧者,日多久之有所得。以其意见发为评论,揭之报纸,评论家之名以立。十年以来,遂成风气。国中大小报纸几无不列评剧一栏,一方面灌输戏剧知识于阅者,另一方面监督伶人之艺术。"① 这些报刊中的评剧文章不仅为当时的学人提供研究资料,供广大民众了解戏曲艺术,而且对当代研究者而言,仍能提供有关民国时期戏曲发展及理论的相关史料,具有重要学术价值。

　　大报的副刊或戏曲专栏多刊载一些著名学者或剧评家的评论文章,多有学术价值。这类作品的受众更为广泛,既有普通民众,又有知识分子、官员、学生等。以1930年创刊的《北平晨报》为例,其版面中既有新闻、广告、政治、文化等内容,又有专门的副刊"国剧周刊",刊载齐如山、梅兰芳等关于京剧的相关研究与评论,具有一定学术价值。如1936年12月24日的《北平晨报》"国剧周刊"刊载齐如山的文章《历代之舞及戏剧之关系》,从学术的角度探讨历代舞蹈与戏剧之间的关系。再如1936年的《天津商报每日画刊》也有专门的"国剧周刊",主要以京剧名伶照片和评论为主,且评论文章注重普及性和趣味性。1936年第19卷第13期的《天津商报每日画刊》"国剧周刊"中刊登了署名龟靖的《歌场趣史》,记载了票友因字迹潦草所造成的演出失误,一并指出科班伶人与票友之间的不同之处。

　　在商业性报刊和消闲小报的发展繁荣过程中,商人们从利益的角度出发创办报刊,选择刊发以娱乐消闲为主导倾向的文章,迎合大众读者

---

① 剑云:《三难论》,载《鞠部丛刊·剧学论坛》,交通图书馆1918年版,第14页。

的欣赏口味。这类的剧评文章内容上突出娱乐性和世俗性，带有明显的市井气。这类文章缺乏系统的理论性，往往流于浮躁肤浅。

譬如1931年5月，张古愚等在武汉创办了《戏世界》，这是民国时期戏曲报刊中出版时间最长、最有影响力的报纸之一。1935年在上海出版试刊号，以"阐扬艺术，保存旧剧，提倡戏曲，沟通声气"为刊物宗旨。《戏世界》专注于戏曲，不断进行革新。这是一部以娱乐消闲为主的期刊，1935年进行革新以后，版面设置上突出浓重的通俗娱乐气息。其中第一版以商业广告为主，广告内容涉及生活用品、食品、药品乃至理发、照相等服务行业，可谓五花八门，充分体现出期刊的商业性。第二版和第三版多刊载评剧评伶文章，涉及伶人小史、经典剧目介绍、剧本连载、戏曲相关知识等。第四版则以各地新闻和剧院演出预告等为主。1936年9月《戏世界》进行又一次革新，版面设置上减少了广告和各地新闻，增加了戏曲相关知识，如各种演出经验介绍、剧照、伶人逸事、剧种介绍等。《戏世界》中刊载的文章有一些带有学术研究和探讨性质，如《"易水歌"本事》《花衫名称之由来》之类；此外绝大部分都是以随笔漫谈的形式来介绍戏曲与伶人的相关内容，如四大名旦特刊，1935年8月3日刊载与梅兰芳相关的内容，涉及梅兰芳成名史、剧照、生活照等。

再如1916年开始，由上海新世界游乐场创办了一档娱乐类的报纸《新世界》，其中专门有一个专栏为"戏剧世界"，同样贯彻为宣传游乐场服务的宗旨。文章题材以戏曲的相关知识和伶人品评为主，风格随意自由，语言通俗浅白。甚至诸多文章只专注于评价伶人色艺，缺乏理论上的探讨。如评价贾璧云："面首之佳，固为有目者所共赏，故訾之者曰璧云面首诚佳矣，而身段则不见佳，以其腰肢无婀娜之致也。"[①] 此种类型的评价俯拾即是。

当然，在众多的娱乐报刊中也有很多剧评家在浮躁的剧坛中坚持理论追求，用理性客观的眼光来评剧评伶，撰写了许多有价值的批评文章，如齐如山的《马武脸谱之变迁》、甲子《谈旦角扮相》等文章。

报刊评论文章和剧场舞台演出之间互相推动，戏曲演出的繁盛促进

---

① 《半明半昧客剧谈》，《新世界》1917年7月28日版。

了报刊剧评文章的繁荣,报刊评论文章的发达又影响到观众的欣赏趣味,进而对剧场表演形成一定导向作用。因此,可以归结为报刊业的发展带动了评剧评伶现象,评剧评伶现象又促进了戏曲表演的繁荣。

三 中国古代戏曲评点的沿袭

中国古代戏曲评点是古代文论中的重要组成部分,戏曲评点中关于剧作和伶人的品评一直伴随着戏曲艺术的发展而发展。这是戏曲艺术本身发展的内部规律所致。

中国古代戏曲理论批评有明显的"曲本位"特征,在论述品评的过程中以音律曲谱以及词采风格为主。尤其是在对具体剧目进行评价时,研究者的着眼点多集中在剧作本身的音乐曲律和文学特征方面。传统戏曲批评多从曲的创作和唱法入手,主要侧重探讨曲的源流、腔调、流派、发展,"将戏曲作为一种以'乐府气味'为主导的'曲'的创作而理解与评价"[1],体现了浓厚的曲学本位思想。

评伶评优是中国古代文化中的重要部分。这种品评的风气最早可以追溯至魏晋时期的人物品评。从九品中正制对人物道德和才能的品评,到《世说新语》对人物全方面的审美性考察,都影响后世品评人物的风气。在戏曲发展的过程中,元代夏庭芝的《青楼集》记载了百余位伶人的容貌姿态、表演技巧等,并以文人诗词品评进行烘托,开启了戏曲界品评伶人的风气。如记载朱帘秀"姿容姝丽,杂剧为当今独步。驾头、花旦、软末泥等,悉造其妙"[2],从色、艺等方面对其进行评价。

明代吕天成的《曲品》收录了明代天启年间以前的传奇和散曲作家约一百五十人,作品名目将近二百种。吕天成在《曲品》中对嘉靖以前的戏曲作家和作品按照"神""妙""能""具"的标准进行品评;对嘉靖至天启年间的戏曲作家作品按照上、中、下来分类评价。在文章撰述过程中,先"品"后"评",既有对戏曲的一个鉴别分类过程,又有自己的理论阐释和总结。这种评剧方式对后世评剧评伶文章影响深远。

---

[1] 李昌集:《中国古代曲学史》,华东师范大学出版社 1997 年版,第 80 页。
[2] 夏庭芝著,孙崇涛笺注:《青楼集笺注》,中国戏剧出版社 1990 年版,第 82 页。

明代潘之恒的戏曲研究笔记《鸾啸小品》中除了关于戏曲音乐、唱腔和表演等方面的论述之外，还有关于当时戏曲演员的传记，从"才、慧、智"三个方面评价演员应有的素质。潘之恒另有《秦淮剧品》《曲艳品》《后艳品》《续艳品》《剧评》《曲中志》等作品，对戏曲演员的容貌、声音、姿态、技巧等方面进行评价。

明代祁彪佳的《远山堂曲品》和《远山堂剧品》同样是将戏曲品评优劣，划分等级。他将戏曲分成"妙、雅、逸、艳、能、具"六品，主要从境界、意趣、词曲等方面对戏曲作品进行评价。

清代署名西湖安乐山樵的《燕兰小谱》分为花、雅、杂三个部分，分别以"真""雅""娇""标"等不同的标准来评价当时花部和雅部的名伶。如评价余庆部伶人陈金官："娇小婀娜逸兴赊，夜行秉烛步欹斜。真王佳气从儿现，赢得风开豆蔻花。"[1] 进而总结陈金官的表演"形容真切"[2]；评价萃庆部高明官"真趣不能流露"[3]；评价昆伶锡龄官"雅艳不浮"[4]，严秀林"如兰之雅"[5] 等。由此可见"真"是《燕兰小谱》评价花部伶人的重要标准，而"雅"则是其评价雅部伶人的重要标准。《燕兰小谱》的杂咏、杂感部分则注重记述伶人的逸闻趣事，抒发作者的主观情感。

晚清时期产生了一大批评剧评伶的作品，如四不头陀的《昙波》、邗江小游仙客的《菊部群英》、麋月楼主的《增补菊部群英》（《群芳小集》）、沅浦痴渔的《撷华小录》、播花居士的《燕台集艳》等。这些作品基本上沿袭明代戏曲评点的模式，评戏曲作品时主要从境界、意趣、曲辞等方面入手，评伶人时主要从性情、色艺、做功等方面入手。

署名四不头陀的《昙波》作于咸丰二年（1852），记载了道光、咸

---

[1] 西湖安乐山樵：《燕兰小谱》，载张次溪《清代燕都梨园史料》（上），中国戏剧出版社1988年版，第19页。

[2] 西湖安乐山樵：《燕兰小谱》，载张次溪《清代燕都梨园史料》（上），中国戏剧出版社1988年版，第19页。

[3] 西湖安乐山樵：《燕兰小谱》，载张次溪《清代燕都梨园史料》（上），中国戏剧出版社1988年版，第22页。

[4] 西湖安乐山樵：《燕兰小谱》，载张次溪《清代燕都梨园史料》（上），中国戏剧出版社1988年版，第36页。

[5] 西湖安乐山樵：《燕兰小谱》，载张次溪《清代燕都梨园史料》（上），中国戏剧出版社1988年版，第37页。

丰年间的花部名伶小传。作品创作时正值晚清时期花部戏曲繁荣发展，作者迎合当时的戏曲风尚，用清、逸、艳、静、澹、俊、丽、洁、婉等字眼对朱莲芬、沈廷桢、周稚云、汤幼珊、杜蝶仙、肖者香、陈黛仙、张蟾仙、金畹香等伶人进行点评，以诗歌加伶人本事的形式表达出来。如评朱莲芬（福寿），将其归为"清品"，以诗歌来形容其表演境界与风韵："金谷花放，瑶台月明。饶有风露，不著尘氛。就中佳丽，秋水神清。瞥惊鸿影，时闻鹤声。珊珊其来，骨节自鸣。神光离合，夺人目精。"① 后文中再介绍朱莲芬的生平事迹及学艺缘起，将其色相、演技等与同时名伶相比较，用"色艺与诸名优埒，而神气清朗，吐属隽永则过之"② 来评点其过人之处。这种评点模式和唐代司空图的《二十四诗品》以"雄浑、冲淡、纤秾"等风格评价诗歌的形式类似，基本上确立了比较明确的批评体系，即将诗歌评点的方式，运用到伶人评点中，以诗化的审美标准来评价戏曲，客观上推动了戏曲雅化的进程。

在《昙波》之后的《菊部群英》《撷华小录》《燕台花事录》《情天外史》等也多是依循这种文人评点的模式，按照作者的不同审美倾向，或崇尚清雅，或追求真趣，并都着重于伶人的风神气质。

从戏曲的本质特征来看，表演是其重要组成部分。戏曲创作出来，最终要通过舞台表演获得观众的接受和认可。演员的容貌、外形等特征能够在舞台上以最直接的视觉冲击体现出来，成为文人首要关注的对象。民国时期的剧评家们在品评伶人时，仍然沿袭这一风气。尤其是在商业娱乐性期刊中发表的评伶文章，往往从广大市民的猎奇心态出发，以名伶色相描写来吸引关注。但是伴随着戏曲艺术的发展和文人审美眼光的提升，民国时期的评伶文章并未停留在演员容貌、体态等表面层次的品评上，而是在简单概括外在形体特征之后，进一步深入到演员的气韵风致、脾气秉性等方面。

例如1938年的《十日戏剧》中刊载了垂云阁主对北京坤角富竹友的评论文章，指出："竹友本出身满族，饰旗装戏，行动自然，俨为满洲贵族妇人，于此而忆及坤票中之陶默庵，上年亦曾聆其与管绍华合

---

① 四不头陀：《昙波》，载张次溪《清代燕都梨园史料》（上），中国戏剧出版社1988年版，第392页。
② 四不头陀：《昙波》，载张次溪《清代燕都梨园史料》（上），第395页。

演探母，陶为端午桥之女侄公子，生长满洲贵族，其行动举止，反不若富竹友，盖富从未出都门一步，而陶则足迹遍南北，且与南人接近，习惯成自然，是以本来面目，已归泯灭矣。至论唱，则竹友嗓音甚佳，其腔调，简净朗润，宛转自如，不染时下之矜持做作，立意标奇恶习，一者竹友已年将不惑，二者不合时宜，已不为人所重，在今日剧场上，至难与人争胜，良可叹也。"① 这段评述从富竹友的贵族出身，论及其行动体态，并将其与陶默庵对比，探讨二人在行动举止、嗓音腔调方面的特征。

1914年第1期和第3期《繁华杂志》刊载了剑云的《梨花镜》花旦部和须生部。剧评家周剑云从不同角度来评论当时的京剧名伶，但在论述中仍然沿袭传统曲论对伶人小传的评述方式，首先简单介绍伶人身世，再评价色相、姿态然后才是表演技艺等方面的评论。如评须生张少泉："张少泉为老生张涌泉之女，武净李春利之义女。事母甚孝，性格聪颖。扮相、台容卓然上乘。故其飒飒英姿，具有先声夺人之致。"② 评露兰春："举止浑脱，眉宇间有秀气。"③ 评周桂宝："周桂宝父名金奎，南京人。夫杨氏，曾在宁城开长发客栈。桂宝其妾也。貌圆而腴，一望即知为忠厚人。"④ 这些评论以简洁形象的语言概括出名伶的色相、身段等外在形态方面的特征，并通过外部形态来分析其性格气度，给读者留下深刻印象。

总体来说，民国之前的戏曲品评著作，无论是形式还是内容，抑或是评点的美学基础，都和古代诗话、词话和人物评点风气有密切联系。在评述戏曲作品及演员时，多从细节处着眼，注重演员色相和才艺及审美风韵的评价，缺少系统性和宏观的把握。在这些元素的影响之下，民国时期的评剧评伶现象继续发展，形成新的流行风尚。这类文章在理论探讨之外，更注重的是对演员表演技艺的品评，总体上呈现出商业性较强，缺少系统的理论总结的倾向。按品评的内容可以分为对色相、唱腔、身段、流派、风格以及伶人小史，趣闻轶事等方面的评价和探讨。尤其

---

① 垂云阁主：《不染时习之富竹友》，《十日戏剧》1938年第31期。
② 剑云：《梨花镜》（须生部），《繁华杂志》1914年第3期。
③ 剑云：《梨花镜》（须生部），《繁华杂志》1914年第3期。
④ 剑云：《梨花镜》（须生部），《繁华杂志》1914年第3期。

是在娱乐性的戏曲期刊中,伶人批评所占的比例较高。尽管有些评点文章不能避免捧角和攻击现象,缺少理论反思,在论述上也有失公允,但不能否认这些评伶文章客观上促成了戏曲批评的繁荣局面,推动了戏曲理论的发展。

[作者简介] 金景芝,河北大学文学院教师,研究方向:古代文学、戏曲理论。

名家论曲

顾随、赵景深关于曲的讨论（一）

赵林涛　（辑校）

校者按：顾随与赵景深二位先生是文字之交，而用赵景深的话说，他们是"不打不成相识"的曲友。今在旧刊中辑得二人论曲文章八篇，系围绕赵景深的《元人杂剧辑逸》和《读曲随笔》两本著作展开的讨论。兹据主题及发表次第，将这些文章分两组分享给读者，或亦有助于我们了解一段文坛掌故。

顾随：读《元人杂剧辑逸》[①]

平日读元曲，常常看见苏卿、双生这两个名字，知道这个恋爱的故事在元时必是尽人皆知，后来却渐渐地不被提起。于是便着手从《雍熙乐府》和《词林摘艳》两部书中把所有歌咏这故事的曲子，都收集在一起。因为这工作，又发现了在这两部书中所收的曲子，不尽是套数，许多杂剧也被掺进去了。有的题着剧名，如《雍熙乐府》卷十二所收《双调·新水令》（五更朝马聚宫门）一套，下注"栾巴噀酒"；有的更换了题目，同书卷七所收《中吕·粉蝶儿》（这些时浪静风恬）一套，当是《贩茶船》，却注"思怨"；至于《南吕·一枝花》（茜红袍锦压襕）套，当是《栾巴噀酒》之第三折（？）而《摘艳》不署题，《雍熙》却题"西蜀火灾"；又如《南吕·一枝花》（苍天老后生）套，明明是《谒鲁肃》，而《雍熙》则注"王粲"。诸如此类，所见既多，便复生心想抄辑

[①] 此文刊于 1936 年 4 月 23 日出版之天津《益世报·读书周刊》第 44 期。赵景深辑《元人杂剧辑逸》，北新书局 1935 年 12 月初版。

成一部"元剧碎锦"。日昨见到适之先生，方知道赵景深先生已有一部《元人杂剧辑逸》，由北新出版了。得了这消息，一方面仿佛欠债有人替还，觉得轻松之至；另一方面又心急，想要赶快知道此书的内容。今日上午，抽空到东安市场，遍问各书摊，总是没有，末后还是在一个小书铺里得到了。饶这样，还是几乎失之交臂，因为我记错了书名，以为是"元曲辑逸"。问时，他们却答："没有，有'元人杂剧'。"幸而心一活动，便说："拿来看看。"到手之后，这一喜非同小可，因为这正是自己所要物色的书。我重在"辑逸"，而他们却以为只说"元人杂剧"便行了。

如今且说归来之后，便赶快吃午饭，饭后一口气读下去，连平日必睡的午觉也几乎耽误了。但也很快地就读完，因为内容都是平素阅过几遍的曲子，有些竟是校过两遍的。读毕之后，觉得赵先生这工作是值得感谢的，因为这使研究元杂剧的人又得了些新材料。但也有几点不能使人满意。

其一是他不曾将每剧的本事加以详细的说明。这些曲文都有曲而无白，有的是差不多尽人皆知的故事，如《苏武还乡》《范蠡归湖》之类，不加说明，是无妨的，也是应该的；至如《柳耆卿诗酒玩江楼》，倘不根据《清平山堂话本》加以说明，岂不令读者如坠五里雾中？至如《鸳鸯冢》《罟罟旦》《杜鹃啼》之类，现在虽然有曲可读，读了仍有雾里看花之恨。不过这一点即使是本诸《春秋》责备贤者之意，也不免有点儿得陇望蜀贪心不足了。

其二是失收。如《罟罟旦》应据《雍熙》和《摘艳》辑录全折的，赵先生却只据《广正谱》和《九宫大成谱》录《穷河西》《播梅令》《古竹马》三章。如《鸳鸯冢》第三折（？）应据《雍熙》和《摘艳》录《南吕·一枝花》（柳拖烟翡翠柔）一套，赵先生却只据《广正谱》录《玄鹤鸣》《乌夜啼》《么篇》三章。又如《雍熙》和《摘艳》所收《南吕·一枝花》（茜红袍锦压襕）一套，《雍熙》题注"西蜀火灾"的，即《栾巴噀酒》剧中的第三（？）折，应互校全录，且应按联套惯例，再据《广正谱》补入《草池春》（《絮虾蟆》）一章在《尾声》之前，而赵先生却只据《谱》录《草池春》一章。至《雍熙》和《摘艳》所收之《商调·集贤宾》（贪慌忙棘针科抓住战衣）一套，据其《醋葫芦》之《么篇》所云:"史牙恰枪使迎,狄将军刀去的疾。我则见枪迎着刀杆足律律火光飞,见枪来躲过刀去劈。则见连肩带臂,恰便似锦毛彪扑倒赤狻猊。"则此套当即是《正音谱》所著录的《刀劈史鸦霞》。"鸦霞"与"牙恰"音相近,而且此史牙恰或史鸦霞必是外国人名,据音署字,所以音同字不同,正如华盛顿之或作瓦欣吞,奈端之或作牛顿。赵先生却似乎不曾留神到上述各套,所以虽"辑"而亦听其"逸"了。

其三是校勘的不精。自然赵先生手下的书并不多,其实我所见的也正是这几部书,不过即此几部书,内里的字句已有好多地方应当细心校勘一番。应当细校而未校之处也还有,但也不一一举出了。

写到这里,也许有人以为我太咬文嚼字,吹毛求疵了,不过我自信这并不是攻击赵先生,而只是说明现在治元曲的应走的路径。也就是日前,马幼渔先生曾同我说:"现在治元曲,应当如清代乾嘉诸大师之治汉学。"这话是对的。现在治元曲,特别是杂剧方面,就很少具有这样的精神的。我自己虽然爱读元曲,一则因为素性不近于考据,二则手下所有的书不够用,三则太不爱动了,虽然知道图书馆里或师友处有此书,亦还懒怠去借,所以用治汉学之法去治元曲,还是心有余而力不足。只希望赵先生于此书再版时,能使它成为更完善的一部书,否则须等候着如此书序中所云"作同样工作的人"了。

到这里,话似乎是完了。但还有一点意思,现在也加上去,算是一条尾巴。

我也没有见过《南北词广韵选》和《风月锦囊》,甚至于"寒伧"到连《盛世新声》也没有见过,但我觉得一部《雍熙乐府》已不啻一座宝山了。现在除赵先生所辑出的,和王静安先生《曲录》列的八本以外,我以为还有好多一定是杂剧而非套数。卷一中之《黄钟宫·醉花阴》(下天关重来佛所居)一套,注"降狮"。自《醉花阴》至《出队子》之第六《么篇》,皆说一员神将(哪吒?)从天降下,东至佛所,遣兵调将,摆列阵势。至《刮地风》,狮子出来了。至《四门子》则云:"我这里遥(按当作摇)身一变神通露,法身高丈余,三头六臂将这降妖物……"所以我疑惑这位神将是哪吒,就当他是哪吒吧。至《古水仙子》而哪吒为狮精所败,《尾声》则云:"罢罢罢向佛会从头细分诉,说那个青狮子猛力难伏,少不得遣一位圣菩萨到来方才容易取。"这不分明是一折杂剧么？而且在卷十三有一套《越调·斗鹌鹑》（猛听得雨骤风狂）正与上述一套相衔接，圣菩萨真的来了。其《小桃红》一章云："我不见文殊菩萨入山中，那狮子潜躲在青石洞……"以下之《东原乐》《秃厮儿》《圣药王》《麻郎儿》《庆元真》《尾声》皆文殊菩萨降狮之词。按元剧惯例，《黄钟宫》与《越调》，各折皆用得，若然，则《醉花阴》一套或是第三折，此《斗鹌鹑》套或第四折了。可惜我翻遍了《太和正音谱》，找不出一个与此曲文相吻合的剧目。后来姚燮的《今乐考证》出版了，我买了一部来查，见所列也是园钱氏藏《古今无名氏杂剧目》，中有《猛烈哪吒三变化》一剧，疑心上述两折即是此剧，但这怎么能拿得稳呢？再如卷十三《越调·斗鹌鹑》有"想当初无盐安齐"一套，首章上来先列举古来的贤妇女，至次章《紫花儿序》和三章《小桃红》，则似责自家妻子的不贤。四章《鬼三台》似责备其妻之薄待大儿（前妻所生的？）厚待小儿子，而她的小儿子却偏偏死了。于是其妻"翻"了，向他索休书。五章《调笑令》及以下的《秃厮儿》《圣药王》《麻郎儿》《庆元真》，似皆在叙说此事。至《尾声》则云："要见你娇养的寿山儿，则你学那抱石投江的浣纱女。"似此小儿子即名寿山。这一定是杂剧的一折。但又是什么剧呢？这不过是一个例。在《雍熙》中这样疑似杂剧的曲文有的是，真是不胜枚举；在《曲录》及《今乐考证》里，却又有许多目存而曲佚的剧名，也许这套《斗鹌鹑》就是其中某一杂剧的一折。

　　在学校读书时，有时对于某一人的面貌特别注意，记得也清楚；又时而记住了或一人的姓名，但面貌自面貌，姓名自姓名，并联络不到一气。事隔多年，忽然又遇着这记得清楚的面貌了，同时这面貌又与所记住的姓名凑拍了，这虽然算不得什么了不起的奇迹，但也不免觉得快慰。我想收集元剧的人，一定也会有类似的情形：无心之下，会把曲文与剧目凑拍，不过这又是可遇而不可求的。守株待兔自然不成，助苗之长也不见有什么速效。在这里，我又想，我们收集元代佚剧，不得不多看并且熟记历代的小说、笔记、野史。有许多故事存在胸中，无疑地对于收集的工作，是有极大的帮助的。但这在既忙且懒如我者，也就不免有望洋兴叹之感。

四月三日初稿

顾随：后记

上文前日写完便搁下了，今日重读一过，觉欲言者尚未尽，于是再加上一条尾巴。

元曲中又有许多类似杂剧的套数，睢景臣的《高祖还乡》即其一例。我近来收集歌咏苏双故事，也遇到了不少。元大都歌妓王氏的咏苏卿《寄情人·中吕·粉蝶儿》（江景萧疏）一套，也是通篇俱用代言体，第一身口吻。又无名氏的《赶苏卿·正宫·端正好》（本是对美甘甘锦堂欢）一套，最初我以为是杂剧的一折；后来在《北词广正谱》"正宫"卷里发现了一章《随煞尾》，下面注着"套数，无名氏撰，美甘甘"。我一查《雍熙》和《摘艳》，这《随煞尾》恰是这一套的《尾声》，于是我这"以为"便不能不推翻。截至此刻，我所收集的关于双苏故事的套曲，十五曲中，除去周仲彬的《越调·斗鹌鹑》（释卷挑灯）一套外，下余十四套，或长或短，皆是代言体，不是双生的口气，便是小卿的口气。查王实甫与纪君祥所作剧，俱有《苏小卿月夜贩茶船》，又都是二本。我所辑的这十几套，其中也许就有几套是王、纪所作剧中的几折。即使不然，也未必不是他人所作剧中的几折。但抓不住真赃实据，怎么能够硬下断语？赵先生在他的《辑逸》序里说"可见辑录元曲也很麻烦"，我以为却不只麻烦而已也，麻烦之后，而有头绪，有结果，麻烦何妨？况且这工作原本就不是瓮中捉鳖的事情，哪里能怕麻烦？所怕的是麻烦了一回之后，疑案终于是疑案，得不出结果来，那就真不免大失所望了。至于王静安先生在《曲录》认为是杂剧的八本，赵先生认为《刺颜良》与《子陵辞诏》二种的可能性最大，这是对的。因为前者是明宪王的《关大王义勇辞金》中的一折，见《诚斋乐府》；后者是宫大用的《严子陵垂钓七里滩》中的一折，见《古今杂剧三十种》。至《征方腊》《诸葛平蜀》《十面埋伏》《走骠骑》四种，赵先生因为都是用第三身称，便认为"都不是戏剧"，这却错了。元剧中如《单鞭夺槊》《气英布》之类，凡是两军对垒，常是用末色扮了探子来叙述武功的，那自然要用第三身称了。倘说用了第一身称，便是剧曲，难道《赶苏卿》之类，便都是杂剧吗?

四月五日又记

赵景深：双渐苏卿的杂剧[①]

我所编的《元人杂剧辑逸》出版后，蒙日本青木正儿先生来书赐以批评，又蒙北京大学《读书周刊》上苦水先生作文批评，非常感谢。他们的批评中相同的一点，便是对于双渐、苏卿的杂剧都以为尚可辑集，不仅我所辑的王实甫的《苏小青月夜贩茶船》一折，但因没有确据，所以也只作疑词，希望这问题在最近的将来能够有更圆满的解决。

我所辑录的《中吕·粉蝶儿》（这些时浪静风恬）是极可靠的，确为王实甫所作，因为其中有《斗鹌鹑》见《北词广正谱》，明书为王实甫作。《雍熙乐府》里还有许多讲到双渐、苏卿的套曲，恐怕能成为杂剧的，是极少极少的。

青木正儿在四月八日给我的信云："我想《雍熙乐府》里还有杂剧散套，比如《赶苏卿》四套（卷一有两套，卷二、卷十三各一套），其中也许有纪君祥《贩茶船》的遗文，玩其辞意，乃是末本（卷一页十三的不像杂剧口吻），和那王实甫《贩茶船》系旦本的不同，可是其为纪本或为别本不能断定，盼望咱们研究研究。"

苦水的《读〈元人杂剧辑逸〉》云："我所搜集的关于双苏故事的套曲，十五曲中，除去周仲彬的《越调·斗鹌鹑》（释卷挑灯）一套外，下余十四套，或长或短，皆是代言体，不为双生的口气，便是小卿的口气。查王实甫与纪君祥所作剧，俱有《苏小卿月夜贩茶船》，又都是二本。我所辑的这十几套，其中也许就有几套是王、纪所作剧中的几折。即使不然，也未必不是他人所作剧中的几折。"所谓"二本"，恐怕是王纪各有一本的意思。凡《太和正音谱》所录曲自注有"二本"者，都是两个人写有同题的，详见拙作《元曲的二本》（收入《读曲随笔》，约十万字，已付排）。

关于双渐与苏卿，赵万里写过一篇《〈水浒传〉双渐赶苏卿故事考》

[①] 此文连载于1936年5月9日、10日出版之上海《社会日报》。

（见《北平图书馆月刊》三卷一号）。我也在《现代》四卷一号上写过一篇《双渐和苏卿》。这两篇文章不仅收集套数，也收集小令。所以苦水先生专录元代套数及杂剧，似嫌不够。元代小令和明代套数、小令均应在收集之列，只要那是与双渐、苏卿有关的。当时我的文章仅据所见到的著录，现在《乐府新声》《雍熙乐府》等书出版，当有许多是可增益的了。友人梁乙真先生曾替我增加了一些，惜稿已遗佚，殊为怅惘。我这笔债也希望苦水先生能够替还，让我轻松轻松。

怎么我说双渐、苏卿的套曲大都是套数，不是杂剧呢？这是有证据的。苦水根据《曲谱》，知道卷二页四六的《赶苏卿》是套数，大约又根据《太平乐府》，知道了卷六页七二的《苏卿诉苦》乃元大都行院王氏所作的散套，卷十三页八八的《咏小卿》乃元周仲彬所作的散套，可惜他不曾查《阳春白雪》（《散曲丛刊》本），否则他当可知道卷一页六一和页六二的《苏卿》也都是散套，因为此二篇并见于《阳春白雪》，而《阳春白雪》是不收杂剧的。至于卷一页六的《赶苏卿》则为元宋方壶的散套，并见《盛世新声》。据赵万里文中的断定，则卷十三页四七的《赶苏卿》和卷二页五六的《苏卿题恨》也都是套数，不是杂剧，惟此二篇无确据。还有，卷十页四七的《题苏卿》仅《一枝花》《凉州》《尾声》三曲，当非杂剧，杂剧决没有这样短的。

卷十一页九十五的《新水令》（凤凰台上忆吹箫）没有题目，不知苦水是否也当作双渐苏卿的套曲，倘若是的话，那么这也见于《阳春白雪》，也只是套数，不是杂剧。

希望青木正儿和苦水能够和我讨论讨论。赵万里所举宋方壶是不错的，另二篇则无确据。又，卷一页十三的《赶苏卿》，也别无出处。也许这三篇可以算作杂剧吧？这是有待考订的。

赵景深：关于《元人杂剧辑逸》[①]

最近看见北京大学《读书周刊》[②]上苦水先生的一篇批评拙编：《元

[①] 此文连载于1936年5月17日、19日、20日出版之上海《社会日报》。
[②] 天津《益世报·读书周刊》乃由北京大学文学院主编。

人杂剧辑逸》的文章，很是高兴。他的细心，尤其使我佩服。他替我补了《栾巴噀酒》一全折、《刀劈史鸦霞》一全折，又替我所辑的《罟罟旦》和《鸳鸯冢》各补成一全折，这四全折的指示是最可感谢的。我的这本书恐怕不会有再版的机会，为了喜爱此道者太少。将来我想连我自己所发现的，写一篇《元人杂剧辑逸补遗》。至于本事的说明，《玩江楼》据《清平山堂话本》来解释，自极容易；但《罟罟旦》和《鸳鸯冢》之类，就无从知其来源了。为藏拙起见，我就索性不做这一部分工作。校勘不精应该换一种说法就是，好多种根本不曾校勘。凡在篇末书有"并收之"的，我都不曾校，并不是偷懒，实是为了借来的《词林摘艳》早已还了振铎，不便再去打搅，要校也无从校起。好在些少字的异同，也没有十分大的关系。承蒙青木正儿花了很多工夫把王伯良校注《西厢》中《芙蓉亭》的异文寄给我，也极感谢。此外苦水先生所举的《降狮》、《贩茶船》、"寿山"等折，《曲录》一类的文献均未著录，我虽也曾在以前注意而且怀疑过，查无实据，也只得由它了。苦水先生又指出《刺颜良》即朱有燉的《义勇辞金》，《子陵辞诏》即宫大用的《七里滩》，倒是同样应该感谢的。青木正儿先生也写信告诉我说："《雍熙乐府》卷四《大埋伏·点绛唇》套和《九里山十面埋伏·村里迓鼓》套是原来杂剧之一折而两分的，近人编的《集成曲谱》'玉集'卷一里有《十面》一折，与之同文，可以为证。但是不必元人作的罢？"

以上所说，是青木正儿和苦水给我的帮助。下面便略说我自己的发现。

王国维在《曲录》里据《雍熙》所录八本断为杂剧，即：《征方腊》《诸葛平蜀》《十面埋伏》《端阳走骠骑》《割耳寄》《叔宝不伏老》《刺颜良》《子陵辞诏》。现经苦水证明，最末二种虽为杂剧，均有传本，不过是名称不同；既是重见，理宜删削。又经青木正儿证明，《十面埋伏》也是重见的。我又查出《征方腊》即明朱有燉的《仗义疏财》第五折。其他却仍未查出。但无论如何，《端阳走骠骑》绝非杂剧，则可断言，因为这只是记载一种习俗，类似后来"台阁"一类的赛会。"走骠骑"的记事曲，在《雍熙》中也许可以找到十篇左右呢！

细心的读者当可在拙编的《元人杂剧辑逸》面十一发现四行空白，但空得恰好，面十二第一行起即另为一篇，所以还不难看，又可以蒙混过去。现在让我来拆穿这个迷吧，原来我又上了《北词广正谱》一个当，真是"尽信书不如无书"，该书把下面一曲也算作王实甫的《芙蓉亭》，其实就是《西厢》，你说好笑不好笑。打好纸版后方才发觉，所以只好挖纸版了：

〔中吕·斗鹌鹑〕你用心儿握雨携云，我好意儿传书寄简。不肯搜自己狂为，则待要觅别人破绽。受艾焙权时忍这番。畅好是奸。对人前巧语花言。背地里愁眉泪眼。

这四行空白我想补上下面这未收的两行：

虎牢关三战吕布
〔黄钟·水仙子〕双股剑左右着。（《北词广正谱》）

《北词广正谱》专门喜欢胡闹，下面一曲是被注为鲍天祐的《王妙妙死哭秦少游》的：

〔正宫·煞尾〕金杯空泛落了尊前兴。锦瑟闲生疏了弦上声。便今宵待怎生。乍离别不惯经。分外春寒被儿冷。

一共五个短句，最近我才找出它的娘家，原来这是从《雍熙乐府》卷二页三十七《古调正宫·别闷》上面割裂下来的。首二句是《别闷》第五调《三错煞》的首二句："金杯空冷落了尊前兴，锦瑟闲生疏了这月下声。"后三句则是《别闷》第七调《煞尾》的后三句："偏今宵是怎生，卧不宁，睡不宁，则分外春寒被儿冷。"《别闷》的七个调子是《端正好》《么篇》《倘秀才》《滚绣球》《三错煞》《二错煞》和《煞尾》。也许这是《王妙妙死哭秦少游》的另一全折吧？怎么与《北词广正谱》目次联套中所载又不相同呢？（《广正谱》所录凡二十调）这真令人疑惑莫解了。也许这个《煞尾》就根本不是鲍天祐作的。

我的序文面一二"待质高明"的问题亦已由我自己解决，《越调·黄蔷薇》（步秋香径晚）和《庆元贞》（几年月冷依阑干）原来是元人顾德润所作的《御水流红叶》，是复合的小令，名叫《黄蔷薇带庆元贞》。

序文面一八《十面埋伏》条下应该添三个字，即："四：二七"。

顾随：跋赵景深先生的读曲随笔①

今日傍晚，《读书周刊》社送到赵景深先生致不佞一函，内有其大著两篇——《关于〈元人杂剧辑逸〉》及《双渐苏卿的杂剧》，且谓："如能在《读书周刊》上转载，尤感，当然不受酬。"（按以上两篇俱曾在上海《社会日报》上发表）我还不知道《读书周刊》社肯不肯转载，姑先为后篇作跋，并原文一同送去。其前一篇，俟稍暇，仍当另作一跋。

赵先生因为我在《读〈元人杂剧辑逸〉》一文中曾说过"我所搜集的关于双苏故事的套曲，其中也许就有几套是王、纪所作剧中的几折，即使不然，也未必不是他人所作剧中的几折"，于是在这一篇文章里证明这些大都是套数而不是杂剧。这使我非常感谢，因为我治元曲，为日无多，用功不专，见的书尤其少，偶然揣测，当然有些是不能成立的。但我也并非认为那些套数全是杂剧，所以于《读〈元人杂剧辑逸〉》的"后记"中，曾说："倘说用了第一身称，便是剧曲，难道《赶苏卿》之类，便都是杂剧吗？"

至于赵先生说我"不曾查《阳春白雪》（散曲丛刊本）"，这是错的。但这也难怪赵先生，我的"双苏故事北曲札"既不曾发表过；而上一次那篇文是专论元人佚剧的，所以于此点语焉不详。现在我明白地告诉赵先生吧：我查过了，但并不是《散曲丛刊》本，而是徐乃昌氏景刻原本。而且《雍熙》卷一页六十一、页六十二题着"苏卿"的那两套《愿成双》，我不但不以为是杂剧，也并不以为是寻常的散曲，颇疑是诸宫调。自然又是揣测，并没有根据。我还以为《雍熙》卷一页六十二那套没有标题的《愿成双》也是歌咏双苏故事的。我的旧稿就在抽屉里，是用文言写的，照本抄上，也不用白话改写一过了。

---

① 此文刊于1936年6月11日出版之天津《益世报·读书周刊》第52期。文末附录赵景深《双渐苏卿的杂剧》。赵景深连载于上海《社会日报》的系列论曲文章统名之为"读曲随笔"，此处乃指《双渐苏卿的杂剧》一篇。

《黄钟·愿成双》（香共捻）套

又（鸳鸯对）套

又（如病弱）套

按以上三套俱见《阳春白雪》卷五页六，无题，未注明作者。《广正谱》收《愿成双》（如病弱）一章，注无名氏。又俱见《雍熙》卷一页六十一、六十二，未注作者姓名，前两套皆题"苏卿"。"如病弱"一套无题，似未必专咏双苏事，但《尾》中云："留恋怎（《白雪》作你个）三婆等时暂"；"香共捻"套中《尾》则云："若把我双郎见时节，向三婆行诉不尽喉舌，则道是思量的小卿成病也。"玩其语气，似是苏卿作书托三婆交与双生，故假定此套亦是叙双苏事。元曲中常见"三婆"一词，《红梨花》剧中有卖花的三婆，又张小山亦有《题三婆道院·水仙子》小令一章也。此三套殊短，每套只有五章，决非杂剧；而各套语意似又相关联。"香共捻"与"如病弱"两套为《寄信》，"鸳鸯对"一套为《贩茶船》，似是诸宫调体，未敢臆断。《青楼集》："赵真真、杨玉娥善唱诸宫调。杨立斋见其讴张五牛、商正叔所编：《双渐小卿》曲，因作《鹧鸪天》《耍孩儿煞》以咏之。"按杨词见《太平乐府》。惜《耍孩儿》以下混入他作，不复可读，为憾事耳。商正叔，金人。是在金代固已有双苏诸宫调曲矣。

以上是收集歌咏双苏故事的北曲时所作的札记一则，本不敢以为定论，故亦不曾出以示人。现在既是献丑，索性一不做，二不休，把另一条也抄出来，求赵先生的批评与指教。

《黄钟·文如锦》（病恹恹）残套

按此套诸曲散见《正音谱》及《广正谱》，为《文如锦》《么篇》《么篇三》《么篇四》《随煞》，共五章，注套数，王和卿撰。据《广正谱》之套数分题，则尚少《挂金索》一章。考《文如锦》一曲，元剧曲与套曲中俱不经见，而董《西厢》中则尝一用之，顾又以属之"双调"，疑未能明也。此套似亦是歌咏双苏故事之诸宫调体。惟以上《愿成双》三套是否与此套同出于和卿之手，则更不可知已。(按《广正谱》之《么三》《么四》，《太和正音谱》俱以之属于《么篇》，皆非也。此二章乃《金菊香》耳。)

赵先生又说："苦水专录元代套数及杂剧，似嫌不够。"是的，我也搜集过歌咏双苏的小令。今晚又在札记上数了数，一共是十四章，我想决乎不止此数。因为见的书少，而且用力不勤，这十四章的细目，抄来费事而且占篇幅，恕不列举了。赵斐云的《双渐苏卿故事考》及赵先生的《双渐和苏卿》这两篇文章，还不曾见过。等我来拜读之后，当再写一篇较为有系统的文字。

至于《太和正音谱》于剧目之下，往往缀以"二本"两字，赵先生以为凡录曲自注有"二本"者，都是两个人写有同题的。我以前不曾留心到此，谨受教。

五月二十五日

顾随：关于《元人杂剧辑逸》[①]

在本刊的第五十二期，有我的一篇《跋赵景深先生的读曲随笔》，并且得到了赵先生的许可，连《读曲随笔》[②]也登出。但赵先生除那一篇之外，还有一篇[③]，也是发表在上海《社会日报》上的。我因为在这一篇上赵先生与我没有什么多大不同的意见，所以迟至此刻，才来写一篇小跋，这是应该请赵先生和读者们原谅的。

不过话又说回来，虽然要写，也还是无话可说。《元人杂剧辑逸》书中"一二待质高明的问题亦已由"赵先生"自己解决"了；本事的说明呢，赵先生声明"索性不做"了；校勘的不精呢，也自有其理由。何况赵先生又有他"自己的发现"呢。不过说发现，我也有，原稿是上月写的，现在就抄下来。

[①] 此文刊于1936年7月2日出版之天津《益世报·读书周刊》第55期。文末附录赵景深同题文章《关于〈元人杂剧辑逸〉》。
[②] 即赵景深《双渐苏卿的杂剧》一文。
[③] 即赵景深《关于〈元人杂剧辑逸〉》一文。

（一）鸳鸯冢

《北词广正谱》"黄钟"卷内所录《古寨儿令》（慢腾腾）一曲下注"杂剧，郏仲谊撰《鸳鸯冢》"。卷端套数分题中列《醉花阴》《喜迁莺》《出队子》《刮地风》《四门子》《古水仙子》《古寨儿令》《神仗儿》《节节高犯》《挂金索》《尾声》一套，注"郏仲谊《鸳鸯冢》剧"。《古寨儿令》系"廉纤"韵。《词林摘艳》"黄钟"卷内收《醉花阴》（羞对莺花绿窗掩）一套，也是"廉纤"韵，其下则注"《鸳鸯冢》杂剧第二折，无名氏"。《雍熙乐府》卷一亦收此套，题作"春思"。《雍熙》各套，往往随意署题，本来是靠不住的。此《醉花阴》（羞对莺花绿窗掩）一套，自当归之郏仲谊。但《摘艳》与《雍熙》此套所收之曲，以校《广正谱》之套数分题，尚少《古水仙子》以下之《古寨儿令》《神仗儿》《节节高犯》《挂金索》共四章，自当据《广正谱》再补入此《古寨儿令》（慢腾腾）一曲。再查《广正谱》所收《神仗儿》（一时被闪）一曲，亦"廉纤"韵，下注"杂剧，郏仲谊撰《玉娇春》"（我老疑惑"玉"是"王"之误）。元人杂剧之题目、正名，往往是七字句或八字句，后人为方便起见，常摘出三个字来当作剧名，如吴昌龄之《唐三藏西天取经》，或作"西天取经"，或作"唐三藏"，其实皆此一剧。我疑惑此《王娇春》一剧即是《鸳鸯冢》，其题目、正名或是《王娇春□□鸳鸯冢》。那么，这一章《神仗儿》也收入此套。

郏仲谊此剧本事尚不曾考出。日人青木正儿所著《中国戏曲》[①]中称，长泽规矩也得明人孟称舜所著《鸳鸯冢》及《二胥记》两种，但又称未知确否。不知孟子若之《鸳鸯冢》和郏氏此剧是一事，还是两事。郑因百以宋梅洞所著《娇红记》小说其结尾云"后人故名为《鸳鸯冢》云"，假定郏氏此剧，即演此故事，其言亦颇近理。查《娇红记》里的女主角为王娇娘，或即此王娇春也。郏仲谊之名，不见于《太和正音谱》和《录鬼簿》。《正音谱》著录各剧，亦无《鸳鸯冢》。王静安先生《曲录》里却著录。清姚燮《今

---

① 全名《中国近世戏曲史》，青木正儿著，商务印书馆1936年2月初版。

乐考证》"著录三"页十二后半上端有"郏仲谊二种：《玉娇春》《鸳鸯冢》"，列于王伯良之后。郏氏是元顺帝至正间人，有《录鬼簿》之题词和《青楼集》之序可证，不应当列入明代。即其人明初尚存，亦不该列在方诸生之后。郏氏所作之剧，似姚氏也并没有见过，只据《北词广正谱》录入，又误"王"为"玉"，故遂认为是二种。赵景深先生近有《元人杂剧辑逸》一书，也认《神仗儿》一曲为《玉娇春》，《醉花阴》一套为《鸳鸯冢》。

（二）张良辞朝

《北词广正谱》"仙吕"卷内收"萧豪"韵《村里迓鼓》（则向洞门深处）一章，下注"杂剧，王仲文撰《张子房》剧"。《雍熙乐府》卷五所收《仙吕·点绛唇》（散诞逍遥）套，题署"归隐"。其中有《节节高》一章，曲文与此章大同小异。其《青哥儿》云"拜辞了皇家宣诏"云云，揣其语气，乃是辞官入道。《太和正音谱》所录王仲文所作剧有《张良辞朝》（《今乐考证》则作《汉张良辞朝归山》）。《广正谱》所谓《张子房》，想必也就是这《张良辞朝》也。《广正谱》于《村里迓鼓》下，注"此章与《黄钟·节节高》每互蒙其名"。但《谱》又收《混江龙》（从吾所好）和《元和令》（我则待盘餐蔬饭一瓢）各一章，恰好也是"萧豪"韵，但下俱注"杂剧，李寿卿撰《叹骷髅》"。今查《雍熙》《点绛唇》（散诞逍遥）套，就有这两章，字句小有异同，不知是李玄玉错注，还是《雍熙》把两剧的曲文混作了一套。倘若不是后者，似仍当认为是《张良辞朝》。赵景深《元人杂剧辑逸》只据《广正谱》录《村里迓鼓》归《汉张良辞朝归山》，录《混江龙》和《元和令》归《叹骷髅》。

按《词林摘艳》亦有此套，分题和《雍熙》全同。

除上二篇外，我的新发现也还有，抄起来忒费事，此处先只作一个简单的报告：其一，《正音谱》著录古今无名氏杂剧一百十本中的《望思台》，有一折存在《雍熙乐府》里，赵先生的《辑逸》里失收。其二，王静安先生认为是杂剧而赵先生认为未必是的《叔宝不伏老》，底确是杂剧，因为《雍熙》此套所录之《一枝花》《梁州》《牧羊关》《隔尾》

四章,俱见《古今杂剧三十种·尉迟恭三夺槊》第二折。

六月二十八日

［作者简介］赵林涛,河北大学管理学院、中国曲学研究中心教授,从事词曲学研究。

河北民间曲艺研究

现代化背景下的传统文化固守
——河北民间的乐社、花会

齐 易

内容摘要： 河北地处京畿，特殊的历史文化环境，使这一带传统文化的蕴藏非常丰富。在今天社会的现代化转型过程中，传统文化仍以其顽强的生命力存活于当代民众的生活中。风俗节日、祭拜神灵、庆典仪式、民间婚丧等活动中，各种民间乐社和花会或主持仪式敬献虔诚、或制造氛围愉悦百姓，担负起多样的文化功能。现代社会人们审美观念的逐渐变化，也自然影响到了民间乐社、花会的表演。传统文化在当代社会的强大生命力，昭示其一定能存于现在、流向未来。

关键词： 传统 现代 乐社 花会

河北地处京畿，元明清三代北京及河北的全国政治文化中心地位，其文化上的聚集作用使全国各地不同风格各具特色的音乐、戏曲、歌舞都汇集到了这里。深厚的历史文化积淀，特殊的历史文化环境，使这一带传统文化的蕴藏非常丰富。

虽然在整个20世纪中国传统文化经历了外来文化及战火、政治运动和社会现代化大潮的强大冲击，但顽强的生命力使其在历尽劫难后仍展现生机。在风俗节日、神灵祭拜、庆典仪式、民间婚丧等活动中，"音乐会"、南乐会、十番会、吵子会等各种民间乐社和秧歌、高跷、龙灯、狮子、旱船、跑驴、招子鼓等各种民间花会形式都要隆重上场，以"摆场""坐坛"（固定场地表演）或"踩街""摆会"（行进表演）的方式，或主持仪式敬献虔诚、或制造氛围愉悦百姓，担负起多种多样的文化功能，成为人民群众生活中不可或缺的内容。

本文将就河北民间乐社与花会的形式种类、应用场合、文化功能、经济供养、与当代社会的互动关系及对它的未来展望等几方面内容进行阐述，以揭示河北地域民间乐社、花会文化的丰富性和生命力。

一 河北民间乐社与花会的形式种类及表演方式

河北的民间乐社与花会，可以根据其存在地域、表演方式、文化功能、艺术特点等几个方面的差异进行形式种类的大致划分。但这种分类只具相对合理性，有的艺术形式从不同的角度，可以做不同的归类。如隆尧县的招子鼓，既可根据乐器使用将其归入锣鼓乐，也可根据其舞蹈性将其归入民间歌舞（鼓舞）。

（一）民间乐社

河北以器乐演奏的方式来敬神娱人的民间乐社形式多样、历史悠久，与人民生活和民俗活动联系密切。根据其演奏形式，可分为鼓吹（吹打）乐、锣鼓乐、丝竹乐等不同班社。

以吹奏乐器与打击乐器相配合的鼓吹（吹打）乐分布地域遍及全省，均以管子或唢呐主奏，配以鼓、钹等打击乐器。由于乐器形制、曲目系统、乐队编制、演奏形式、艺人的师承与音乐气质的不同，大致可分为冀南、冀中、冀东、冀西北四个区域性支脉。它们有的用于民间信仰、神灵祭祀，有的用于民间红白喜事、百姓娱乐。较著名的代表性乐种有冀东的唐山花吹、抚宁鼓吹乐，冀中的"音乐会"、吵子会，冀西北的阳原鼓吹乐、蔚县鼓吹乐，冀南的永年吹歌、广宗太平道乐等。

河北的锣鼓乐品种繁多，有大鼓乐、架鼓乐、斗鼓乐、挎鼓乐、扇鼓乐、讶鼓乐等。锣鼓乐在河北城乡广为流传，是群众自娱自乐的民间音乐，有着广泛深厚的群众基础。每逢年节，民间百姓擂鼓鸣锣，声震百里，铙钹飞舞，夺人耳目。锣鼓乐还要和鼓吹乐及各种民间花会聚集在一起走乡串村，飘街绕镇，其时锣鼓喧天，乐声穿云，燕赵大地为之沸腾。较著名的代表性乐种有藁城战鼓、常山战鼓、磁县迓鼓、河间大鼓、任丘大鼓、赵州扇鼓、冀南扇鼓、内邱庆源排鼓、遵化铁厂飞钹、广宗黄巾鼓等。

河北的民间器乐中丝竹乐品种相对较少，有二人台牌子曲和十番乐的文乐。二人台牌子曲原是二人台戏班乐队的独立演奏，流行在张家口市的广大地域，深受群众欢迎，是河北省颇有影响的丝竹乐种。十番文乐是清代宫廷娱乐机构南府从南方移入的乐种，后流向民间，流行于保定以北的易县、涞水、徐水、新城、雄县一带及承德的部分地区，是农民自娱自乐的业余民间音乐组织。它从不参加婚丧礼仪的收费演奏，只在逢年过节或其他民俗活动中进行表演，为农村节日助兴和满足农民对音乐的审美需求。较著名的代表性乐班有易县东韩村十番乐、承德清音会等。

（二）民间花会

河北的民间花会又统称"秧歌"（广义），是产生并流传于民间、受民俗文化制约、即兴表演但风格相对稳定、以自娱为主要功能的歌舞形式。它不仅包含了民歌和器乐的成分，还蕴含着戏曲与戏曲音乐、曲艺与曲艺音乐的原始胚胎因素。

在各种民间花会中演唱的曲调，大多与当地民歌里的小调有密切关系，但在歌词及曲调上往往具有较明显的表演性或情节性。民间歌舞的器乐伴奏，与当地的民间器乐密切相关，伴奏形式有打击乐、吹打乐及管弦乐几种，所演奏的乐曲多为当地流行的曲牌。在表演时，表演者往往或是扮演各种角色，或是手拿、身挎各种道具。其表演或以技巧取胜，或以优美的舞姿、诙谐的调笑娱人。

河北的民间花会形式主要有落子、秧歌、拉花、高跷、旱船、竹马（跑驴）、舞龙、舞狮、鼓舞等，如沧州落子、昌黎地秧歌、井陉拉花、临漳高跷皇杠、正定跑竹马、易县摆字龙灯、廊坊东储双龙会、徐水狮舞、隆尧招子鼓……在年节的民间花会表演中，各种花会往往联袂而出，在乡间街道和城市广场上展现出一幅节日狂欢的壮丽场景。

（三）民间乐社与花会的表演形式

河北民间乐社与花会的表演，传统上有"坐坛""撂场"（固定场地表演）和"踩街""摆会"（行进表演）两类方式。

乐社的固定场地表演一般称为"坐坛"，往往是乐社成员按照一定惯例围长案而坐，冀中"音乐会"正月十三至十六每日例行的神前献乐（在悬挂着神像的"官房子"内奏乐）就是以坐坛的方式进行；民间花会的固定场地表演一般称为"撂场"，往往是表演队伍到达一个较为开阔的场地后，停下来进行表演。秧歌类的"撂场"表演还有"大场"（全体表演者以舞为主的表演）、"小场"（两三个人以唱为主的表演），不过随着现代社会人们生活节奏的加快和节日只求热闹心态的增强，近些年来两三个人以唱为主的"小场"表演有减少的趋势，热闹的大场表演更为常见。

年节期间在街巷里以娱人为主的行进表演，传统上称为"摆会""踩街"，它往往与"撂场"表演相结合，"踩街"行进到一个开阔场地后，往往要接着进行撂场表演。在霸州胜芳春节的花会活动中，"摆会过程虽然包含了各道花会穿插的简短表演，但确切地说应当是一种农村民间文艺会社的联合大游行。表演在这里的意义远没有游行这一形式本身重要……所有花会用在赶路上的时间都要远远多于表演的时间"[①]。

在今天，原本百姓生活中的传统艺术，还被搬到了舞台上。其表演方式也随着场地和受众的不同有了新的变化。如信仰被剥离、审美趣味的加强、乐队排列由封闭性围桌而坐改为敞开性地面向观众等。

二 应用场合与文化功能

民间乐社与花会的应用场合与文化功能是多元的，但根据其文化属性的不同而又有所侧重。如冀中的"音乐会"，往往侧重于仪式性的神灵朝拜、民间丧事而不参与婚礼及喜庆活动；文十番（清音会）则只用于节日娱乐，红白喜事都不参与。在现代化社会背景下，许多原本只用于民俗活动中的文化形式，纷纷走上舞台成为审美对象。

（一）神灵朝拜，祈祥消灾

作为农耕社会生发出来的艺术形式，河北民间的乐社与花会常常不

[①] 李莘：《河北霸州胜芳镇民间花会音乐民俗志》，博士学位论文，中国艺术研究院，2005年，第49页。

单纯是供人们娱乐与审美的，而普遍承载着民间信仰。逢年过节的奏乐与歌舞，往往是用来表现对神灵的虔诚信仰，以求神灵保佑众生万事遂顺、消灾祛病。河北民间信仰的普遍特点是多神崇拜，哪尊神灵也不敢得罪，但一地总有一地最为崇信的主神。如易县、涞水一带的"音乐会"供奉"后山奶奶"、安新县圈头村"音乐会"供奉药王、霸州胜芳民间花会供奉火神、高碑店河头村高跷会供奉"三官大帝"。在社会政治氛围日益宽松的情况下，这些与主流意识形态不同的民间信仰，纷纷借音乐、歌舞的名义在"非物质文化遗产保护"的名目下名正言顺地存在着。尽管官方明面上保护的是传统音乐、歌舞而不提民间信仰，但他们也知道，失去了民间信仰这张"皮"，传统音乐、歌舞这些"毛"也将无所附。

（二）节日习俗，营造氛围

春节、元宵节、二月二、端午节、中元节等传统节日，民间乐社和各种花会往往要以各种活动来营造节日气氛，为百姓祈幸福，为节日添喜庆。如在高碑店河头村高跷会，从正月初三上午开始，会头在率领大家拜过"三官大帝"后就开始出会，头三天在村里，三天后陆续到有邀请的外村去出会，一直要热闹到正月十六以后；霸州胜芳镇的三十几道民间花会，则是从正月十二闹到十六，一派民间节日狂欢的盛景，身置其中令人心情激动；涞水县南、北高洛村有四个民间乐社（音乐会、南乐会各两个），从正月十三到十六有一系列的敬神仪式和坐坛、踩街表演，尤其是正月十五上午的踩街表演，笙管齐鸣、鼓乐喧天，庄重的仪式与宏大的乐声，感天动地激越人心；赵县范庄龙牌会的仪式活动，则是在每年的农历二月初二，这一天村里要高搭醮棚供奉各路神灵，几十道附近村落的民间花会、乐社乐班蜂拥而至，既是向神灵的敬献，也是人间的狂欢；安新县端村音乐会在五月端午要出会，先踩街演奏，沿途不断有商家摆下果品食品以示"拦会"，这时乐手们就要在商家门口驻足演奏。踩街以后，乐手们要在街边空旷处围案而坐，进行坐坛演奏，以给节日增添祥和；至于七月十五中元节的仪式与表演，更是河北许多民间乐社的惯例，人们以仪式和乐声安孤魂示祥和保平安。

(三) 婚丧嫁娶，人生大礼

河北的民间器乐是婚礼、丧礼仪式中的重要组成部分，器乐为婚丧服务，有着悠久的历史。据永年、大名、巨鹿、抚宁等县志记载：远在明清时期，民间婚丧礼仪以笙、管、笛或唢呐鼓乐仪仗前导，这一风俗沿袭至今。河北大部分地区婚丧均雇用收费的职业鼓乐班社，唯冀中一带民间的"音乐会"，从不参与婚事，约定俗成只为丧事服务，且义务服务乡民。葬礼中乐队多以坐坛（坐棚）形式演奏，安葬时则鼓乐为仪仗前导。民间乐社在婚丧的礼仪中所演奏的曲目，一般专曲专用。婚事奏《抬花轿》《上轿牌》《满堂红》等具有欢乐喜庆情调的乐曲；丧事奏《普庵咒》《泣颜回》《妻上孤坟》等悲切凄凉的乐曲。① 民间花会参与红白喜事的相对较少，往往是较富裕的大户人家为礼仪的热闹、人气的旺盛才邀请当地著名花会组织前来助兴，但是一般不作为仪仗迎送，而是为营造仪式期间的隆重氛围而进行"撂场"演出。

(四) 商业庆典，宣传表彰

在一个商业化的社会，激昂的乐声、宏大的阵势和热闹的歌舞等能够招徕大量观众的艺术形式，自然也会被用来参加工厂开业、商业庆典等活动。隆尧县的国家级非遗项目"招子鼓"就在"改革开放以来，为促进经济发展，配合企业单位，多次到石家庄、邢台、保定、南宫、清河等地进行（商业）宣传活动"②。除了会规比较严格的冀中"音乐会"很少参加世俗之事外，河北的大多数民间乐社、民间花会都有参加商业庆典的经历。商家以此作为有效的聚众和宣传手段，使自己的影响得到扩大，推动商业经营上新台阶、展新局面。热热闹闹的鼓乐喧天、歌舞狂欢的场面，在任何一个太平盛世的社会里都有市场。官方的节日庆典、表彰庆功、政策宣传等活动，也都需要民间乐社与花会的助兴。

---

① 参见《中国民族民间器乐曲集成·河北卷》编辑委员会《中国民族民间器乐曲集成·河北卷》，中国 ISBN 中心 1997 年版，第 12 页。
② 隆尧县文体局：《国家级非物质文化遗产代表作申报书·隆尧招子鼓》，隆尧县文化馆存内部资料。

（五）舞台演出，新拓空间

受现代化社会审美方式和审美趣味的影响，传统上只在百姓节日里、生活中出现的民间乐社与花会在当代还纷纷登上了舞台，成为艺术化的审美对象。这既为传统艺术的展示提供了一方新天地，也在一定程度上以舞台审美为导向诱导传统艺术产生某种程度的变异。如国家级非遗项目涞水县高洛"音乐会"，他们的演奏已经被整合到了当地的一个旅游文化节目《印象野三坡》里，在旅游季节常年演出。这些本来用于祭拜神灵、安慰亡故的仪式用乐，现在被当作审美对象展现于舞台，其文化性质由此产生了一定的变异。隆尧县的"招子鼓"，从1982年以来历经了县文化馆李明奎副馆长（已故）、石家庄市群艺馆刘建华老师等人从音乐节奏、表演动作、队形变换、起伏安排、服饰穿戴、演出道具等方面多次的艺术加工，使这种民间艺术焕然一新，更加符合当代观众的舞台审美需要，在2009年11月的"第九届中国民间文艺山花奖·全国民间鼓舞鼓乐大赛"上，曾一举夺得中国民间文艺最高奖"山花奖"的桂冠。[1] 这些民间艺术近些年常常被搬上各种汇演、晚会活动的舞台，搬上电视荧屏展播，昔日的乡间艺术，如今华服耀眼地展现在了国内与海外的各种盛大场合，传统就这样被现代所接续。

三 经济供养方式

经济供养是维持民间乐社与花会正常运转的必要条件，今天河北民间乐社与花会的经济供养方式比较多样，既有传统的道义经济供养方式和半传统的商业性营利演出，也有在国家非遗保护政策规定下的政府资助。

（一）传统的道义经济供养方式

一些承载民间信仰和担负一系列仪式活动的民间会社，其传统的经

---

[1] 参见刘建华《艺术作品应具备时代特征——隆尧招子鼓创作体会》，《文艺生活》2015年第2期。

济供养模式基本上是乡民共同出资（根据各家的经济情况多少不一，大户为主）养会，会社将此类馈赠以"功德碑"的形式进行记录，并以服务乡民敬神及各种仪式作为回报。会社与乡民之间是"互惠交换"的关系，这种经济供养模式在冀中地区农村的"音乐会"中具有普遍性，是农村会社经济供养的典型模式之一；也有的地方是本地富户、商贾定期捐资支持会社的各项活动开支以养会，会社则为民众无偿演出和服务，由此捐资者可达到积德崇善和广扬美名的目的，对于经商者来讲也是一种无形的软广告。

在今天，一些民间乐社与花会往往还能得到村委会一定的财力支持。这仍然基于"互惠交换"的原则：村委会拉近与这些乐社、花会所代表的乡民之间的人际关系，便于村委会各项工作的顺利开展；而这些乐社与花会，则由于村委会的财力及行政支持而有钱翻盖活动场地、购买乐器及演出服装和名正言顺地进行各种活动。

但是这种供养方式仅仅解决了会社维持活动的必要开支，会里的表演者是没有经济收入的。在市场经济蓬勃发展、等价交换原则深入人心的今天，这些民间会社传统的供养方式遇到了极大的挑战。民间会社有偿服务、追求经济回报的情况有渐趋普遍的趋势。

（二）商业性的营利演出

民间会社以营利为目的的商业性演出早已有之，河北各地的吹歌、舞龙、舞狮等往往都是通过参加红白喜事、商业庆典等获取报酬的，还有人专门以此为业养家糊口。但在传统习俗上，以营利为目的的表演班社往往要比义务服务性质的会社地位低。如在冀中地区，富裕户的丧事一般要同时请营利性质的吹打班和公益服务性质的"音乐会"两套班会，但"音乐会"要高迎上座，在正厅或院内演奏传统大曲以安慰亡灵；而营利性的吹打班，则只能在院外门口迎来送往取悦客人。但由于社会背景和人们思想意识的变化，"音乐会"这类义务服务乡民的组织目前也在一定程度上改变着原有传统。

目前民间乐社、花会参加营利性演出，一种情况是由一两个在四里八乡范围内有影响的人做联络人，有商家、事主需要在商业庆典、红白喜事等仪式上用乐或造势，就找联络人商议，联络人再根据主家的要求及出钱的多少决定召集多少人去应差演出，出钱多就多去些人，出钱少就少去些人。每个参加演出者一次演出的收入，目前一般为100元左右；另一种情况是政府部门需要某个乐社、花会去参加官方组织的庆典、演出或比赛，对这些参加者的误工补贴，往往要由政府部门来负担，获得较高比赛名次后可能还会另有物质奖励。当然有时也有政府部门组织义务演出的情况，民间乐社、花会为了争得较大社会影响，往往没有报酬也愿意参加。

（三）政府部门的经济支持

随着21世纪以来国家"非物质文化遗产保护"政策的实施，政府系统各级文化部门都纷纷加大了对此项工作的资金支持力度。其提供资金的方式有"非物质文化遗产代表性项目补助费""代表性传承人补助费"等名目。对于国家级非遗项目，"非物质文化遗产代表性项目补助费"大约是每年几万元到几十万元（根据项目的具体情况而定）；"代表性传承人补助费"在河北省为国家级传承人每年有一万元的补贴、省级非遗传承人每年3000元。但是"代表性传承人补助费"是补助给某个被确定为省级或国家级传承人个人的钱，而民间乐社与花会普遍为集体项目，这个人如果大度地将钱拿出来用于公益尚无问题；如果将其装入了自己的腰包，就会直接导致民间乐社或花会一般成员与得利者之间的矛盾，这有违非遗保护的本意。

一方面，除了这种制度化的专项经费，各级政府往往还对于能够给他们带来政绩和荣耀的一些民间乐社与花会进行不定期定量的资金扶持，如在20世纪80年代末就已经闻名于世的固安县屈家营"音乐会"，政府部门花费巨资为他们盖了音乐厅，近几年每年的经费投入约为一百万元，甚至连村街上的铺路石也刻上了工尺谱字。而在另一方面，大量寂寂无名的民间乐社与花会，既得不到非遗经费支持（国家级和省级非遗项目才有固定经费，市县两级目前没有），更得不到政府青睐。

四 民间乐社、花会与当代社会的互动

民间乐社与花会的生存境况，既取决于社会环境的变化，也取决于

民间文化局内人的生存选择，取决于它在与当代社会的互动中顺势而为的适应性努力。总的来说，今天民间乐社与花会的生存境况，在国家政策和舆论支持的层面已经有了良性的改变，需要应对的主要是因社会现代化而产生的种种问题。

（一）政府对民间乐社、花会态度的变化

政府部门对于民间乐社、花会的态度，在1949年以后经历了一个从打压、默许到积极支持的巨大转变。在20世纪80年代之前，政府出于扫荡旧文化的观念和无神论的主流意识形态，对于传统文化、尤其是承载民间信仰的艺术形式采取的是"革命"的态度，这种态度及对传统文化的摧残在十年"文化大革命"期间达到了顶峰。到了20世纪80—90年代，政府对逐渐自然恢复的传统文化艺术形式采取了默许的态度，这期间政府系统主导的"十大集成"[①]工作，对民间艺术的恢复起到了一定支持作用，但对所谓"封建迷信回潮"的时时打压，又让人心有余悸。到了2000年以后，在世界性的保护文化生态多样性运动的影响下，众多的传统文化艺术形式纷纷以"非物质文化遗产"的名义进入了政府部门设立的从国家到县级的四级非遗名录，部分昔日的"四旧"变成了今天的"非遗"，国家的文化政策实现了由"文化革命"到"文化保护"的巨大转变。尤其是党的十八大以来，把传统文化视为中华民族的"精神命脉"，传统文化受到了前所未有的重视。

在当前的社会氛围下，河北各地的民间乐社、花会在一定程度上有复兴的趋势。一些甚至中断活动几十年的乐社与花会也得以重新恢复：安新县端村"音乐会"在20世纪80年代就不能活动了，2008年在两个经商小有成就的年轻人田炳辉、刘立奇的努力下正式恢复，并于2013年9月进入河北省"第五批省级非物质文化遗产名录"[②]；霸州市南头村"音乐会"在20世纪60年代就已经不能正常活动了，2010年在其村落已经变为城市社区、村民变身为市民的情况下，富裕起来的张永军、樊

[①] 指由文化部牵头编纂的《中国民间歌曲集成》《中国戏曲音乐集成》《中国民族民间器乐曲集成》《中国曲艺音乐集成》《中国民族民间舞蹈集成》《中国戏曲志》《中国民间故事集成》《中国歌谣集成》《中国谚语集成》和《中国曲艺志》。

[②] 参见齐易《端村音乐会复兴的启示》，《人民音乐》2013年第5期。

秋军等人带动一批志同道合的年轻人,又把他们的"音乐会"恢复了起来①。"文化化作灰烬之际,并非绝望哀怨之时,人心不死,死灰复燃、转世重生的可能性就永远存在。"② 中国传统文化历史上就是在这种生生死死、断断续续中彰显其顽强生命力的。

(二)局内人对传统文化的固守

在中国由传统农耕社会急遽向现代化社会转型的大背景下,民间乐社、花会的生存也遇到了一系列困境。如年轻人大多常年外出打工、经商,使得民间乐社、花会后继乏人,城市文化引发的民众审美趣味改变,当代社会文化生活多元化挤占了传统文化的原有"市场",旧有的文化形式被边缘化等。

但在民间乐社、花会的局内人正在以高度的文化自觉和文化传承的使命感,尽力克服社会现代化转型带来的种种问题。如在安新县端村、圈头等村落,我们欣喜地看到当地人以多种方式来吸引小学生和女性入"音乐会"参加学习,使得一批十几岁的小孩子及在家女性逐渐成长为"音乐会"的新生力量,有效地解决了"音乐会"后继无人的问题。为了适应当代民众审美趣味的变化,一些乐社与花会的演出服装、表演道具、动作编排等方面进行了一系列的改变。这种改变如果是局内人的主动选择,应被视为传统文化对当代社会的主动适应。为了能够让现代社会认识和接纳自己的传统文化,许多乐社、花会还以开放的姿态主动邀请专家学者前来考察研究,主动接受各级各类新闻媒体的采访,许多乐社、花会因此而名扬天下。局内人为保护自己的传统文化,涌现出了许多非常令人感动的事例,其中最典型的事例之一,当属为保护和传承"音乐会"做出极大努力,并在2012年获得首届"太极传统音乐奖"的固安县屈家营"音乐会"林中树老先生。

(三)学界与媒体对民间乐社、花会的支持

在民间乐社与花会的非遗保护工作中,学者和媒体的力量也是不可

---

① 参见齐易《民间古乐的当代回响》,《河北日报》2013年5月30日第9版。
② 徐卓:《访戏之二(河北)》,http://www.douban.com/note/340138585/?type=like。

小视的。如冀中"音乐会"这一乐种,由20世纪80年代乔建中等学者发现屈家营"音乐会"、继而展开对冀中"音乐会"的较全面普查开始,国内外学界对这一乐种进行了大量的深入研究,由此引发的学术研究热潮,被学界称为"冀中学案"。一批批中外学者前来考察,中央电视台等国内外媒体对冀中"音乐会"的持续报道,这一切都令这一乐种的声名远播,社会影响持续扩大,进而引发全社会各个层面对这一乐种的关注;2015年正月里30余名各地学者对邢台地区的秧歌戏、招子鼓、太平道乐等民间音乐的考察及新闻媒体的及时报道,也使邢台地区的非遗保护工作掀起了又一个小高潮。学者、记者的研究和宣传,又使得民间文化的局内人及全社会进一步认识到自己所拥有的音乐文化的可贵,更增强了人们保护和传承自己音乐文化的积极性。

五 对河北民间乐社、花会的未来展望

河北的民间乐社、花会穿过了历史长河,在近现代又历经了社会动荡的风风雨雨,浩劫余生地留存到现在,仍然在显示着它那勃勃生机,充分体现了中国传统文化的顽强生命力。在当代社会,这些诞生在农耕社会背景上的传统艺术形式会何去何从?

(一)衰亡与续存:传统艺术的两种走向

我们的社会环境正在经历着由传统农耕社会向现代化社会的巨变,社会环境发生的变化,给原来依附农耕社会而生的传统文化带来了前所未有的生存危机。一些与生活密切相关的传统艺术形式(如劳动号子等民歌),因生活发生了改变而失去了其赖以生存的土壤,这些艺术形式也随之消失;另一些与信仰和民俗紧密相关的艺术形式,虽然在当代社会也遇到了种种生存困境并因之有数量上的减少,但因信仰和民俗的恒定性而至今仍有活力。

对于第一种情况,我们除了将其用音像的方式做博物馆式保存和舞台再现式利用外,很难再保持它的活态样式;河北的民间乐社与花会则基本上属于第二种情况,这些乐社与花会由于与信仰和民俗有较紧密的联系,只要信仰和民俗还在,就会对这些民间艺术形式有一种刚性需求,

民间乐社与花会也因之得以存续和发展,甚至在消失一段时间后也可能再死灰复燃。

(二) 对河北民间乐社与花会的光明未来应抱有充分信心

非物质文化遗产保护政策的实施,从国家政策和文化理念上给了民间乐社与花会这些民间艺术以制度保障,这项政策也因之受到了对自己的传统文化一向有着极高文化自觉和强烈保护意识的局内人发自内心的拥护;局内人对自己传统文化的苦心坚守和竭力维护,他们在延续文脉、克服传承危机方面做出的卓有成效的努力,是民间乐社与花会能够自强不息地生存和发展下去的内在动因。社会各界对非遗保护政策的理解和文化自觉意识的萌醒,以及他们为守护和发扬传统文化做出的种种努力,都使民间乐社与花会的社会生存环境产生了良性变化。人民物质生活的改善、生活的富庶,使得民间乐社与花会的经济供养有了更充足的财力保障,并促使人们对民间文化这类精神生活层面的东西有了更主动的追求。当代社会的多元与包容性,也使得传统文化这一元有它生存的一方天地。无论世事如何更迭,总会有爱好者喜欢并继承和延续这些有着巨大价值的传统文化。凡此种种都预示着:在当代社会的多元格局中,历史悠久的民间乐社与花会一定能够在与社会环境的良性互动中顽强地生存下去,不会完全灭亡,不会失去其活态生存的方式而变为一种死的标本。

(三) 做好非物质文化遗产的原生态保护工作

目前我们应该做的,是进一步做好民间乐社与花会等非物质文化遗产的原生态保护工作,尽量把它的原真状态活态保存,在此基础上才能谈对这些民间文化的永续利用。即便是局内人主动要求变革的一些东西(如对隆尧招子鼓的艺术化变革),也要将其变革前的原貌及整个变化过程用音像的手段妥善保存,以为史记。河北的乐社与花会大都依附于某种民间信仰,政府的非遗保护政策应该正视这样一个现实,主动包容这些与主流意识形态不同的信仰文化,这才是非遗保护的应有之义,否则"皮之不存,毛将焉附"。克制功利化冲动,不要一见什么东西有价值,就立即将其与商业化牟利联系起来(如近几年固安县政府对屈家营"音乐会"的商业化运作冲动)。文化的价值在于它是一个民族赖以安身立命的精神家园，而绝不应仅仅将其视为牟利的工具。切实改进我们的非遗保护工作，才能使我们的传统文化在当代社会更健康地生存发展下去。

"我们必须贯彻'保护为主，抢救第一'的原则，从维护民族团结、国家统一的高度，从维护世界文化多样性、维护国家文化主权的高度，辩证地、历史地看待传统文化，在全球化、现代化的过程中保护住我们民族的精神、民族的血脉、民族的根。"① 保护和传承好民间乐社、花会这类传统文化，让这条流淌了几千年的文化之河存于现在、流向未来，这既是中华民族伟大复兴的文化需要，也是在为维护世界文化的多样性、促进人类共同发展而做出我们的贡献。

[作者简介] 齐易，河北大学艺术学院、中国曲学研究中心教授，从事音乐学、词曲学研究。

---

① 田青：《非物质文化遗产保护三议》，《文艺研究》2006 年第 5 期。

词曲文献整理

《全元散曲》补辑(一)

刘崇德

《〈全元散曲〉补辑》序

往时读诸曲谱、曲集，曾从中搜得未见于《全元散曲》之宋元南散曲数条，此前又曾有对元北散曲的补钞，今合在一起，命之曰《全元散曲补辑》。所谓补钞，是钞补《乐府群珠》中错叶失注与《词林摘艳》中曲题俱名不规范而致《全元散曲》漏收的部分作品。

本编体例一遵《全元散曲》一书。书写格式除曲名号略作调整外，其余亦与《全元散曲》保持一致。

刘崇德

二〇二〇年十二月三十一日

《全元散曲》补辑

商衢

套数

【南吕 一枝花】

远寄

【梁州第七】【么篇】才擗掠的花笺脱洒。恰填还的酒债伶俐。近新来又惹肠腌题。月拇着他模样俏的憔悴。有韦娘般风度。谢女般才能。浑似薛涛般聪慧。过如苏小般行为。选甚么时样宫妆。岂止道铅华首饰。

---

* 《〈全元散曲〉补辑》全稿数万言，拟分三辑刊出，此为第一辑。

何消得垒珠叠翠。淡妆更宜。二十年已里。端的不曾见兀的般个真行院。虽是个女流辈。然住在花街共柳陌。小可的谁及。《北词广正谱》第四帙南吕宫。

《梨园梁府》上、《雍熙乐府》一〇，所收无此曲。

李文蔚

套数

【中吕 好事近】

闺怨

风月两无功。枉把心机㈠牢笼。巫山云雨。一旦㈡杳然无踪。随风。鸳鸯冷。初回残梦。关情处。花影转帘栊㈢。寂寞恨更长漏永。便作了欢娱夜短。却共谁同。

【锦缠道】路难通㈣。阻隔着云山万重。空蹙破两眉峰。暗消魂没情没绪。月冷梧桐㈤。有愁来全仗酒哄。愁依旧醒时同。昏鼓又晨钟。韶华荏苒。归期尚未逢。怕染潘郎鬓。被他依旧笑春风。

【普天乐】㈥减芳容。愁越重。闲却了描鸾凤。雕檐畔。铁马叮咚。纱窗外絮聒寒蛩。砧声又攻。更那堪雁声嘹呖长空㈦。

【古轮台】恨无穷。西风萧索助秋容。别来许久无音信。寒衣更谁送。寄与君家。料想是㈧觅却芳丛。误我佳期。好天良夜。欲将心事问㈨孤鸿。想当时曾共。翠被寒时复香温。钗横金凤㈩。蓬松宝髻。娥眉懒画。别后苦匆匆。思前事。教人心下气冲冲㈠。

【尾声】萧萧败叶敲窗纸。闷对残灯午夜风。展转无眠听晓钟㈡。

《盛世新声》甲集南曲、《词林摘艳》卷二、《南九宫》、《新编南九宫词》、《群音类选·清腔》卷一。

《盛世新声》《词林摘艳》《新编南九宫词》俱作无题，未标作者。《群音类选》作《闺怨》，注李文蔚作。

㈠ "枉把心机"：《盛世新声》《词林摘艳》作"枉使心事"。

㈡ "一旦"：《盛世新声》《词林摘艳》作"一去"。

㈢ "随风"五句：《盛世新声》《词林摘艳》作"耐向楼头更鼓听。沉罢。尚兀自。又打三鏊"。

㈣ "路难通"：《词林摘艳》《盛世新声》作"信难通"。

㈤ "月冷梧桐"：《盛世新声》《词林摘艳》作"对着一盏孤灯"。

㈥ "普天乐"：《新编南九宫词》作"锦庭乐"。

⑰ "砧声又攻"二句：《盛世新声》《词林摘艳》作"又听宾鸿雁声，被他聒噪长空"。
⑱ "料想是"：《盛世新声》《词林摘艳》作"又恐怕"。
⑲ "问"：《群音类选》作"诉"，此从《词林摘艳》。
⑳ "钗横金凤"：《群音类选》有"如今"二字，依《盛世新声》《词林摘艳》删去。
㉑ "气冲冲"：《词林摘艳》《盛世新声》作"意冲冲"。
㉒ "闷对"二句：《盛世新声》《词林摘艳》作"渐觉凉生一夜风。办一炷明香达上穹"。

滕斌

小令

【大石调百字令】（此乃词体，《北词广正谱》曰即【念奴娇】，与诗余同）

柳颦花困。把人间恩怨。樽前倾尽。何处飞来双比翼。直是同声相应。寒玉嘶风。香云卷雪。一串骊珠引。元郎去后，有谁着意题品。

【么篇】（当名【换头】）谁料浊羽清商。繁弦急管。犹自余风韵。莫是紫鸾天上曲。两两玉童相并。白发梨园。青衫老傅。试与留连听。可人何处。满庭霜月清冷。《北词广正谱》第七帙大石调、《古今词话》下。

【普天乐】

避青楼。辞丹陛。幞头象简。金带罗衣。投幽谷离廛市。无事无非那伶俐。得身闲多少便宜。梅溪柳溪。优游自适。归去来兮。《雍熙乐府》卷十八杂曲。

此滕斌【普天乐】"赓和叹世"四首之三。隋树森《雍熙乐府曲文作者考》于此曲后按：据前十首及后一首之末句，疑此首亦为滕斌作。

阿里西瑛

小令

【商调 凉亭乐】

迅速光阴过隙驹。似一梦华胥。乌飞兔走紧相逐。昼夜催寒暑。我本来面目。仙风有道骨。争似俺鼍鼓。笛儿鼍鼓笛儿者刺古。歌鹦鹉。舞鹧鸪。《词林摘艳》甲集、《九宫大成》卷五九。

此为《词林摘艳》阿里西瑛【凉亭乐】"叹世"第二首。

张养浩

小令

【中吕 普天乐】

乐无涯十咏

洞壶中。红尘外。友从江上。载得春来。烟水间乾坤太。缓步云山无遮碍。胜王家舞榭歌台。酒斟色艳。诗吟破胆。其乐无涯。《雍熙乐府》卷十六。

此《乐无涯十咏》之十。隋树森《雍熙乐府曲文作者考》于此曲后按：此首不见今本《云庄乐府》。然据《雍熙乐府·乐无涯十咏》及此首末句观之，疑亦为张养浩作。

吕止庵

小令

【仙吕 后庭花】

溪山好处游。仙家酒旋篘。三岛十洲客。六卿万户侯。不询由。玄关参透。世无天上有。《雍熙乐府》卷十九杂曲。

此为吕止庵《酒兴》四首之三。

【仙吕 后庭花】

西风黄叶阑。子规啼数番。日近长安远。见郎难上难。盼归乡。清明去也。白露人未还。《雍熙乐府》卷十九杂曲。

此为吕止庵《秋思》四首之一。隋树森《雍熙乐府曲文作者考》云：据下二首，疑此首亦为吕止庵作。

西风黄叶飞。深毫写恨词。缝在衣领里。祝郎平平回。见词时。知咱耽疾。连他也染疾。《雍熙乐府》卷十九杂曲。

此为吕止庵《秋思》之四。隋树森《雍熙乐府曲文作者考》云：疑亦为吕止庵作。

张鸣善

小令

【中吕 普天乐】

送别

美甘甘。好姻缘。喜孜孜。心欢悦。阿的般恩爱。怎生么离别。心间闷是眉上愁。眼角泪是腮边血。马儿投东行。车儿向西拽。我这里探身躯再嘱付你些些。心儿里常常的想者。口儿里频频的念者。有情分早早来者。《盛世新声》戌集、《词林摘艳》一、《乐府群珠》四。

《盛世新声》《词林摘艳》俱无题。《乐府群珠》作《送别》。《盛世新声》未注作者。《词林摘艳》《乐府群珠》俱注张鸣善作。

离情

连理树。带根掘。比目鱼。和鳞刹。分开莺燕。剪碎香罗。离情似海样深。烦恼比天来大。一刻春宵如何过。到不如死去来波。顿不开眉间恨锁。揾不干腮边泪颗。填不满心上愁窝。《盛世新声》戌集、《词林摘艳》一、《乐府群珠》四。

《词林摘艳》《盛世新声》俱无题。《乐府群珠》作《离情》。《盛世新声》未注作者。《词林摘艳》《乐府群珠》俱注张鸣善作。

心坎上。已成灰。泪点儿。刚流血。生时间阻。死后离别。死离别犹庶几。生间阻如何舍。才得相逢着疼热。怎禁他那不坚牢㊀。两下里堆叠。藕丝般香罗带结。琉璃脆青铜镜缺。通草儿碧玉簪折。《盛世新声》戌集、《词林摘艳》一、《乐府群珠》四。

诸集皆无题。《词林摘艳》《乐府群珠》俱注张鸣善作。

㊀"坚牢":《群珠》作"圣牢"。此从《词林摘艳》《盛世新声》。

生摘下。凤凰心。活刺出。鸳鸯血。遭逢末劫。正值离别。海哭时泪怎干。石烂也情难舍。都做了万种㊀愁千般恨。三生业。不思量。除死宁贴。解㊁不开香罗带结。补㊂不圆青铜镜缺。接不上碧玉簪折。同上。

同上。

㊀"种":《群珠》作"钟"。

㊁"解":《盛世新声》《词林摘艳》作"绾"。

㊂"补":《盛世新声》《词林摘艳》作"斗"。

玉树凤凰楼。金殿鸳鸯锁。被翻红锦。帐掩香罗。急切里逢着间阻。酩子里遭着折锉。□玎的玉簪折。扑墓的银瓶撞的菱花破。将俺这好姻缘。两下里耽搁。知他你便想我也念我。骂我也咒我。知他你是有我也无我。同上。

同上。

不茶不饭怎存活。一时一刻挨昏昼。恰便似孤鹤儿厮。似瘦影儿相逐。打眍这波面儿黄。扑撒这波皮肤皱。暮暮朝朝恩情厚。则俺这个谎敲才。又那里胡侴。本待要咒他来呵。我则怕咒出他些儿个证候。本待要撇他来呵。我则怕撇了时我便罢收。待不想来呵。怎不想他风流。同上。

同上。

风情

两三日不来家。入门来犹咱骂。走将来便口儿里哩哩喇喇。吃的来无上下傻傻答答。劣性子用心机怎捉拿。涎眼脑巧待诏也难描画。割舍了我咬着牙狠一会和他罢。罢则罢他。害羞也颠倒做了真假。他猛可里便走将来。问一声我好么。我则索陪着笑忍着气。怕他怒发。一两日不来家。同上。

《盛世新声》《词林摘艳》俱无题。《乐府群珠》作《风情》。

离情

一天愁。何时撒。昨宵剩下。今日添些。恰歌残玉树花。早梦断瑶台月。寸寸柔肠千千结。只消的这场离别。知他你便醒也醉也。贫也富也。有也无也。同上。

《盛世新声》《词林摘艳》俱无题。《乐府群珠》作《离情》。

老证候正遭逢。业身躯无安插。见一朝有一朝打挨。挨一夜受一夜波查。听二十五声秋点绝。数一百八下鸣钟罢。眼欲合眉恰放愁撒下。恶景象一发添多。天默默阴云匝匝。云匝匝西风飒飒。风飒飒寒雁呀呀。同上。

《盛世新声》《词林摘艳》《乐府群珠》俱无题。

呀的雁儿来。忽的花儿谢。情牵恨惹。信断音绝。独独寞寞过一春。悄悄魆魆挨今夜。陡恁的他行着痛热。少魂失魄。害杀人也。知他你便醒也醉也。贫也富也。有也无也。同上。

同上。

木犀风。梧桐月。珠帘鹦鹉。绣枕蝴蝶。玉人娇半响欢。碧酝酿十分悦。画角疏钟淮南夜。撼西风唤起离别。醒也醉也。贫也富也。有也无也。《盛世新声》戌集、《词林摘艳》一。

五花骢。千秋夜。青铜镜缺。碧玉簪折。冷清清杨柳风。昏淡淡㊀梨花夜。不许离人心不趄。我思他他向那里随邪。知他你醒也醉也。贫也富也。有也无也。《盛世新声》四、《词林摘艳》一、《乐府群珠》四。

同上。

㊀《盛世新声》夺一"淡"字。

愁减翠蛾眉。泪湿红鸳袖。思他一日。几度登楼。白雁来黄花瘦。倚遍栏杆黄昏后。盼佳音想又还休。那答儿里眠花卧酒。那答儿里闲茶浪酒。那答儿里燕侣莺俦。同上。

同上。

撒娇

横死贼入门来。□的来醺醺醉。我见他乞皱着个嘴脸。强打挣着身已。哎夥（切音）皮待揪捽你呵。又怕损了我指甲。哎夥皮我待骂你呵。我又怕咷了元气。我见他撒地瀰眼乜斜。走在身边跪。觑不的他那乔躯老。伴小心捉弄阿谁。唔斯才见了我。说的话藏头露尾。疝斯才卖风情走将来□牙抖嘴。谎厮才我根前得些便宜呵。展眼舒眉。同上。

《盛世新声》《词林摘艳》俱无题。

咏家妓

让与恁逗偻罗。轮到妆痴俫酌㊀。别了浓妆艳裹。拜辞了妙舞清歌。暖烘烘热被窝。沉点点精银颗。又道孩儿是赔钱货。恨不的把黄金砌就鸣珂。姐姐每钻冰取火。婆婆每指山卖磨。哥哥每担血填河。同上。

同上。

㊀"酌"：《群珠》作"配"，误。

乞塔扑把套儿栓。猛可里将关儿犯。生忔支㊀前生少欠。阿的般今世填还。颠不剌的见了万千。滴溜扑轮了千万。热乎剌的姻缘谁曾惯。滑秃辘的对上连环。千厮迈的姨夫快赸。紧统馒的郎君热趱。忒聪明的小姐休顽。同上。

同上。

㊀"支"：《群珠》作"友"，误。

楚台云。秦楼月。云生时月缺。月满处云遮。磨杆儿汤着折。炮架儿实难拽。柳宠花娇恩情热。识破也便是英杰。姐姐每将虾钓鳖。哥哥每撩蜂剔蝎。婆婆每打草惊蛇。同上。

同上。

题情

懵懂的不知心。精细的偏薄幸。怕不道你一时短见。你也要万里前程。事知他是怎样生。薄幸的他到底成孤另。香烛灭香消人初静。我看你那时节怎不伤情。总不闻淅零零窗间雨声。又不听孤另另的天边雁声。须记得韵悠悠月底琴声。同上。

同上。《乐府新声》《词林摘艳》俱无题。《词林摘艳》署张鸣善。《乐府群珠》作玄虚子。

寄情

他走利名场。我走恓惶运。他那里香生翠榻。我这里雨打黄昏。他那里夫妻百夜恩、我这里花柳三春恨。动岁经年无音信。望天涯咫尺行云。说与俺捎书去人。试问俺那知心故人。得官时谁是夫人。同上。

同上。署名前人。

忆情

罗帕染胭脂。翠被薰兰麝。一时情绪。三月离别。恰珠帘吹柳花。早金井凋梧叶。淡月孤鸿灯初灭。我思他他那里随邪。知他醒也醉来。贫也富也。有也无也。同上。

同上。

寄情

愁闷海来深。烦恼天来大。薄情短命。负德冤家。你不将俺门径踏。动不动和俺罢。罢字儿奚落的咱来怕。倚仗着爱他着他。相识每见他。见他时问他。好教那厮早早的来家。同上。

同上。

离情

夫妻恶别离。儿女情牵挂。半路里滑滑擦擦。临老也欠欠答答。病和疾逐日添。愁与闷何时罢。便是铁石心肠也难撇下。三般儿陡恁的稀姹。眼脖㊀胞儿上昏瞪瞪土撒。肋落㊁里明晃晃刀扎。心窝内翻滚滚油炸。同上。

同上。

㊀《群珠》无"脖"字。

㊁《群珠》"落"下多一落字。

又

　　早是客蹉跎。忍见春零落。繁华一撮。好事㊀一多磨。大厮八的燕雀喧。热厮扑的蜂蝶过。这一火毛团休吓吓。鹧鸪嗦走将来入火系耴。一番番遇㊁二他。一声声劝我。一步步行不动也哥哥。同上。

　　同上。
　　㊀ "事"：《盛世新声》《词林摘艳》作"是"。
　　㊁ "遇"：《群珠》作"过"。
　　按《全元散曲》编者谓此张鸣善【普天乐】三十首，亦同见于《盛世新声》与《词林摘艳》，以其"分列数处"，"其中有二首注玄虚子作"，故"信疑参半"。仅录其中被清人《彩笔情辞》及《元明小令钞》所选七首，而遗其全帙。然今经比对，《乐府群珠》所载此三十首，其作品顺序实与《盛世新声》《词林摘艳》全同，唯《乐府群珠》保留了其中部分作品分题。其所以此三十首未全部集于张鸣善名下，盖因此残存《乐府群珠》装订时有错叶，致使其第二十四首《寄情》"愁闷海来深"及以下诸曲误置于张鸣善【普天乐】第一首《咏世》"洛阳花"及以下诸曲的前叶，而被滕玉霄作品分割两处。移至前叶之二十四及以下作品作者不明。至于此三十首中有两首标有玄虚子，或张鸣善曾有玄虚子之号，亦未可知。结合这三十首曲的思想内容、语言风格以及《词林摘艳》署名体例来看，其为张鸣善所作无疑，经纠其错叶。今依《乐府群珠》所载三十首原顺序补录《全元散曲》所遗二十三首如右。

四时花

　　雨初收。香尘撒。秋千掩映。绿柳人家。舞酒旗茅檐挂。士女王孙游车马。趁夕阳芳草天涯。香风拂拂。春光处处。开遍桃花。《乐府群珠》四、《雍熙乐府》十八。

　　《雍熙乐府》《乐府群珠》俱题作《四时花》。《雍熙乐府》未署作者，《乐府群珠》作者失注，列于《元明小令钞》与《全元散曲》所收"口儿甘"（赠妓）与"讲诗书"（嘲西席）张鸣善两首之后。

　　上危楼。淋炎夏。冰壶旋酒。沉李浮瓜。小胆瓶榴花插。藤簟纱厨宜床榻。对青山淡淡烟霞。龙舟棹举。清风菡萏。十里荷花。同上。

　　同上。

　　值新秋。添潇洒。宾鸿呖呖。点破天涯。控玉钩珠帘挂。燕子辞巢雕梁罢。消疏竹掩映窗纱。登高兴饮。重阳宜赏。红叶黄花。同上。

　　同上。

　　剪鹅花。琼花撒。寒风凛冽。可饮流霞。玉箸成冰稍压。云褪初堪图画。宿疏林几处寒鸦。黄昏淡月。横斜疏影。窗外梅花。同上。
同上。

美色

俏冤家。天生下。鱼沉雁杳。闭月羞花。生得来可喜娘。活菩萨。费尽丹青难描画。比昭君少一个琵琶。纤腰一捻。凌波半折。云鬓堆鸦。同上。

《雍熙乐府》题作初见。

他生的脸儿净㊀。庞儿正㊁。诸余里耍俏㊂。所事里聪明。忒可憎没薄幸。行里坐里茶里饭里相随定。恰便似纸幡儿引了人魂灵。想那些个滋滋味味。风风韵韵。老老成成。同上。

《雍熙乐府》有题作《晓起》。

㊀ "净":《雍熙乐府》作"娇"。

㊁ "正":《雍熙乐府》作"俊"。

㊂ "诸余里耍俏":《雍熙乐府》作"诸余可爱"。

欢情

那厮口儿奸。偏寒贱㊀。向床儿前跪下把人熬煎㊁。将我鞋样掀㊂。夺了我针和线。只恐怕窗儿外人瞧见。走将来白日要姻缘㊃。搂抱得人纤腰困倦㊄。团弄得人香娇玉软㊅。宝髻斜偏㊆。同上。

《雍熙乐府》题作《交欢》。

㊀ "偏寒贱":《雍熙乐府》作"手儿汕"。

㊁ "熬煎":《雍熙乐府》作"煎缠"。

㊂ "鞋样掀":《雍熙乐府》作"脱绣鞋"。

㊃ "白日要姻缘":《雍熙乐府》作"强厮偎就要合"。

㊄ "搂抱得人纤腰困倦":《雍熙乐府》作"连搂的腰困"。

㊅ "团弄得人香娇玉软":《雍熙乐府》作"弄的身软"。

㊆ "宝髻斜偏":《雍熙乐府》作"弄的髻偏"。

孤零

楚天秋。山如画。想书生何处。妾在天涯。烟树晚夕阳下。闷倚蓬窗添潇洒。泪和秋付与琵琶。寒波荡漾。芳心默默。明日芦花。同上。

《雍熙乐府》题作《秋江望》。

往常时。并头莲。到如今孤飞燕。颠鸾倒凤。引动意马心猿。这些时衣褪了杨柳腰。粉淡了芙蓉面。倚遍危楼无由见。望夕阳芳草连天。俺则见又不曾桃花泛水。刘晨阮肇。误入桃源。同上。

《雍熙乐府》有题，作《长相思》。

细思量。添惆怅。衾单枕冷。独立兰房。温不暖翡翠衾。冷落了鸳鸯帐。美景良辰无情况。怕黄昏又早昏黄。香消宝鼎。灯残绛蜡。月上纱窗。同上。

《雍熙乐府》有题，作《孤零》。

咏扇

扇背儿。越○州罗。扇面儿。宣州绢。鸦青茸线。锁定圆圈。紫竹柄儿上下停。更使藤丝儿缠。画一般故事堪人羡。画的是上马娇花萼楼前。他羞时把羞红面掩。笑时节把樱桃口遮。热时节把玉体频扇。同上。

《雍熙乐府》题同。

○"越"：《乐府群珠》作"涿"。

【双调 水仙子】

富乐

碧芭蕉掩映竹边居。白鹦鹉惊穿花外语。报金貂贵客来相顾。携娉婷歌艳曲。小青衣忙掩诗书。饮螺杯葡萄香醑。开孔雀芙蓉绣褥。扫蛾眉翡翠娇珠。《盛世新声》戊集、《词林摘艳》一。

此《盛世新声》《词林摘艳》所载张鸣善（善，《词林摘艳》误作荫）【水仙子】十首。《全元散曲》仅收录《元明小令钞》《彩笔情辞》所及三首。今依例补录其余七首。

敲才但与些话儿甜。早列侧着身子扎挣着脸。涎涎瞪瞪妆风欠。你又坎我又闲。掂掇了重掂。嘴儿快尖金坚。眼皮薄苦掐闪。由你奸嫌捡甜粘。同上。

临川县双渐恋苏卿。海神庙王魁负桂英。一个惨磕磕血染了裙刀柄。着昏时忍会疼。禁不的贩茶客拘束杀娉婷。死不死挨着疾病。活不活存下性命。知不知自有神明。同上。

郎君每一个个要便宜。软款温柔没镘地。入门来便要鸳鸯会。俺娘那黄桑棍打折你大脚。靠前来说与你杓颓。出落着金银珠翠。拽塌了花红酒礼。见交儿雨约云期。同上。

上花台何必礼谦谦。三个字连掂 搭苦闪。搭儿节不离了妆些儿欠。苦时节把家缘疾快捡。闪儿节梦撒了精粘。请退波风流双渐。休快波嘲词子瞻。静坐波归去陶潜。同上。

您胡行您胡做您胡猜。咱自愁咱自思咱自解。您做咱咱做您谁毒害。不着家到处□。没揣的旧病赵来。出的门跚歪捏怪。入的门说谎调白。醉了时拽巷拖街。同上。

一川杨柳碧如烟。两岸芦花白似绵。俺渔翁怕甚么乔知县。打鲜鱼卖见钱。日三竿犹自高眠。寻不着浮居户。觅不着钓鱼船。附籍在鹦鹉洲边。同上。

按《盛世新声》于此后"东村饮罢"一首(《全元散曲》已录)。犹多出"葡萄溪水""蓝桥驿""并蒂莲"三首。就其文笔,亦与前录张鸣善作相同,唯缺其他证据,故不录入。

刘庭信

小令

【双调 折桂令】

忆别

这离愁半霎儿难瞒。日月揎梭。肺腹刀剜。水自弥漫。花开烂漫明月团圞。想今日遭逢着这般。悔当初不合他求官。说着后心宽。想着时心欢。咒着时心疼。说着时心酸。《盛世新声》戌集、《词林摘艳》一、《乐府群珠》四。

按《乐府群珠》所载刘庭信以《忆别》为题之【折桂令】共计十四首,而《盛世新声》《词林摘艳》所载同题作品则为十五首。其中多出"倚蓬窗"一首。《全元散曲》以之为周德清作,已入周曲。其十四曲已有十三曲收入《全元散曲》,唯遗此曲,而又没有非刘庭信所作之证据,故补录如下。

【雁儿落带得胜令】

一年老一年。一日没一日。一秋又一秋。一辈催一辈。一聚一别离。一喜一伤悲。一榻一身卧。一生一梦里。寻一火相识。他一会咱一会。

都一般相知。吹一会唱一会。《盛世新声》戌集、《词林摘艳》一。

《盛世新声》《词林摘艳》皆无题。《盛世新声》未注作者。《词林摘艳》附于刘庭信【折桂令】之后。《全元散曲》据《元明小令钞》收录其三、其六两首。今据补其余七首。

  人嫌陶令撇。我爱嵇康业。琴雄动鬼神。诗凯嘲风月。书锦是奇绝。旅况不宁贴。双杵千家急。孤城万里别。堪嗟。白发教谁镊。庭阶。黄花独自折。同上。

  圈一围低柳笆。盖一处新茆厦。拖一条瘦杖藜。穿一对粗鞋袜。引一个小娇娃。寻几个老庄家。看四壁山如画。饮三杯酒当茶。由他。醉了无高下。和咱。近新来也刺闼。同上。

  柳眉颦浅翠遮。莲萼软娇红捻。春长纤软玉温。宝髻松香云趓。你偷醉眼慢包斜。我斗春恨怕离别。他仕女丛中立。堪丹青□上写。我杓杓答答。痴呆。休则管里玳瑁筵前扯。他娇娇媚媚丢跌。休待鸳鸯枕上说。同上。

  休投暗里珠。难辨石中玉。诗囊付小童。斗酒谋诸妇。窗外过白驹。世上竞蜻蛛。天丧斯文也。狂歌叹矣乎。寒儒。怎做的擎天柱。樵夫。那里取黄金修钺斧。同上。

  休将着无底罗。牢把着航船舵。谁不道是巴镘精。谁不道是陪钱货。娇滴滴女娇娥。恶哏哏母阎罗。且咽却舌头上唾。权消磨心上火。哥哥。千金笑千斤磨。婆婆。一尺水一丈波。同上。

  贫家下的床。柴米油盐酱。秀才上的堂。恭俭温良让。富贵才惆肠。前后要思量。命快哩了喇。时来渐渐昌。睃庞。道德多卿相。端详。但聪明志气长。同上。

【正宫 醉太平】

忆旧

  茶烹凤爪。酒泛羊羔。销金帐里玉人娇。俗则俗到好。韩退之泪洒蓝关道。王子猷兴尽山阴棹。孟浩然诗困霸陵桥。清则清怎熬。《盛世新声》戌集、《词林摘艳》一。

《盛世新声》无题，未注作者。《词林摘艳》题作《忆旧》，注刘庭信作。《全元散曲》仅收其二首。今补其余二十五首。

利名场事冗。林泉下心汹。小柴门画戟古城东。隔风波数重。华山云不到阳台梦。磻溪水不接桃源洞。洛阳尘不到武夷峰。老先生睡浓。同上。

相携道童。闲访仙翁。酒壶斜挑杖藜笻。吟肩瘦耸。云鹤白鹿相迎送。黄花红叶供诗咏。青山绿水任从容。出家儿受用。同上。

葫芦酒钟。筲子云筒。红尘不到醉乡中。蓬壶昼永。繁华枕上回春梦。英雄火上消冰冻。功名草上转秋风。出家儿受用。同上。

烧丹炼汞。啖柏飡松。醉骑鹤背驾天风。朝真半空。抚冰弦谩把瑶琴弄。执雕盘闲把黄庭诵。倚琼楼闷把铁笛横。出家儿受用。同上。

飘飘朔风。隐隐腾空。几人解脱出凡笼。穷比于我老彭。登楼邀月闲陪奉。巡山载酒相随从。采茶掬水自煎烹。出家儿受用。同上。

我痴呆懵懂。您剔透玲珑。吾师飞剑斩黄龙。纯阳吕公。化仙蝶悟入黄粱梦。牧牛羊曾入白云洞。跨青鸾曾到紫微宫。出家儿受用。同上。

幽兰种种。黄菊丛丛。万山削出玉芙蓉。相寻赤松。玄机参透乾坤瓮。丹光深锁烟霞洞。梦魂不到雨云峰。出家儿受用。同上。

嫩蔓菁做齑。纯糯酒新醅。野田啄黍正鸡肥。醒时节再吃。他荣他贵他名利。咱痴咱懒咱伶俐。自歌自饮自便宜。不吃呵图一个甚的。同上。

访尧峰禹穴。遇东海西浙。蓬莱万里水天别。问神仙在那些。遇真人口受丹砂诀。泛浮槎悟入黄金阙。驭天风稳坐紫云车。老先生去也。同上。

咱心里哽咽。阿谁行痛热。十朝半月信音绝。亏心的议者。七淋浸几千般等的雕鞍卸。滴留扑数十场摔的菱花缺。□玎珰两三翻掂的玉簪折。我今番省也。同上。

急烹番蒯彻。险饿死灵辄。今人全与古人别。渐学些个转折。才撩峰赤紧的窊了毒蝎。钓鲸鳌不上抆了柴鳖。打青鸾无计扑了蝴蝶。老先生手拙。同上。

拄着杖脊缺。顶着斗头斜。裹着巾出落着脸妆呆。行院处打趓。问的末不会先开说。学蛮里从小无勉节。看列子又挺了腰截。老先生骨拙。同上。

老没了气血。目字□上黄绝。远看人一似树桩橛。认不的之乎者也。千呼干头上争一撇。川呼三腹内元横写。目呼四口里少分别。老先生眼拙。同上。

问何方老者到处跋涉。阅前贤列传便咨嗟。湿腮边泪血。陶渊明去也腰难折。段秀实来也头难舍。颜杲卿死也舌先截。老先生口拙。同上。

颜子瓢挂着。曾子蓆夹着。孔子拄杖那直节。估董铺里不惹。鲁之大圣名难灭。唐之亚圣人才说。宋之希圣道尤捷。老先生命拙。同上。

怕夜冠束缚。遇诗酒磨砣。三分春色二分过。想人生几何。彭泽县都笑渊明□。守阳山干忍夷齐饿。汨罗江谁救屈原活。不吃呵图个甚么。同上。

近三义道北。傍独木桥西。凿开数亩养鱼池。编一遭槿篱。蜂儿直早衔催酿就残花蜜。莺儿啼曙光移些绕芦花披。燕儿飞矮帘低衔入落花泥。老先生未起。同上。

南华经看彻。东晋帖观绝。西凉洲美酝一壶竭。蜡红灯照着。木绵雪被春初热。沉檀云母香慵爇。梅花斗帐月儿斜。老先生睡也。同上。

吃了些无忧愁酒食。过了些有程限年纪。醉郎中不饮是呆痴。醒时节再吃。得一日过一日无一日。笑一会耍一会顽一会。与一杯圆一杯换一杯。不吃呵图个甚的。同上。

一个官封在翰林。一个血染了衣襟。他两个海神行折证到如今。我与你分明的再审。你如今居官享禄三年任。他那里山盟海誓曾言甚。又不曾生男长女两情深。怎做的王魁负心。同上。

怕的是晚夕。没着落身已。角声残鼓声动漏声催。百忙里雁儿那里叫起。鏊鏊鏊听一下如锥剔。珰珰珰睡一点如针刺。呀呀呀聒一会似刀劓。这的是客中过月日。同上。

书囊绣箧。闷担愁车。几番放下睡些些。又被这几般儿恼者。晓风摆动檐间铁。锦鸡叫落残更月。扶桑蹦出紫金蛇。俊娇娥醒也。同上。

扶头酒过。爽口食多。近新来贫病两相磨。怎生般奈何。白肉面番做了糠磨磨。软羊羹变做了虀和和。少年妻忧做了老婆婆。受阿的般过活。同上。

别离半日。愁闷千叠。眼面前一弄儿景堪嗟。景堪嗟那些。碧荧荧宝鼎内相慵爇。昏惨惨银台上灯将灭。冷清清纱窗外月光斜。怎不交人害也。同上。

【正宫 塞鸿秋】
悔悟

蘸铜锹难用衡钢钢。纸汤瓶不耐温汤烫。爱钱娘枉把人央怏。没来由热得傍帮谤。多少晃谎荒。每日闲郎浪。姨夫每使钞难当当。《盛世新声》戌集、《词林摘艳》一。

《盛世新声》无题，未注作者。《词林摘艳》于此调第一首下题作《悔悟》，注刘庭信作。《全元散曲》收其第一首，今补录其余三首。

淡濛濛斜月上纱窗上。碧荧荧灯点上银台上。密层层花影帘栊上。冷清清独自上牙床上。寒雁上南翔。叫过东楼上。一声揎掇上眉间上。同上。

水晶帘卷蔷薇院。蔷薇院锁垂杨线。垂杨线惹桃花片。桃花片点芭蕉扇。二八小婵娟。恐怕人瞧见。芭蕉扇掩芙蓉面。同上。

【正宫 醉太平】

走苏卿

好睡的丢与他个枕头。刁奸的抹与他些甜头。休休休着一个甚的来由。看乌飞兔走。医的这眼中疮。剜去心头肉。消的这腹中愁。展放眉间皱。照的这镜中春。添上鬓边秋。不如我且高歌对酒。《盛世新声》戌集、《词林摘艳》一。

《盛世新声》无题，未注作者。《词林摘艳》于此调第一首题作《走苏卿》，注为刘庭信作。《全元散曲》收其第一首，今补录其余九首。

花阴下管弦。粉墙外秋千。春光春色正春妍。惜花人少年。紫骝嘶人梨花院。香轮辗破桃花片。玉楼人醉杏花天。好一个风流的禁烟。同上。

寻葫芦锯瓢。拾砖瓦攒窑。暖堂院番作乞儿学。做一个莲花落。训道戴一顶十花九裂遮尘帽。穿一领千补百衲藏形袄。一条七断八续勒身绦。这的是子弟每下稍。同上。

莲花落易学。桃李子难教。张打油啰啰连和得着。学不成打叉牵着个狗儿当街叫。提着个伞儿沿街调。拿着个鱼儿绕街敲。这的是子弟每下稍。同上。

休问我咬嚼。且看我穿着。乞穷俭相死躯老。不冻倒是饿倒。破荷叶遮着歪靴靿。旧汗替绞了杂毛套。油手巾改做了布裙腰。这的是子弟每下稍。同上。

为是么下番的恁早。谁交你着迷处先朾。今日人离财散无归着。怎了也怎了。赶斋处扮着个白莲道。化饭处妆着个全真教。送殡处将着个纸幡儿挑。这得是子弟每下稍。同上。

王魁做了状元。双渐除了临川。郑元和春日坠鞭。好美长安少年。有一日桂英哭倒森罗殿。亚仙哭入悲田院。小卿哭上贬（贩）茶船。好美长安少年。同上。

夜将阑玉融。春信隔归鸿。翠鸾不舞镜奁空。瘦梨花玉容。紫霄寒声断丹山凤。锦屏寒魂断巫山梦。宝香寒烟断博山铜。有谁离愁万种。同上。

阻莺俦燕侣。溃蝶翅蜂须。东风帘幕冷珍珠。寒生院宇。响琮琤滴碎瑶阶玉。细溟濛润透纱窗丝。湿模糊洗淡画栏朱。这的是梨花暮雨。同上。

【双调 水仙子】
相思

瘦伶仃伶仃瘦。消磨尽一捻儿腰肢。挨凄凉凄凉挨。憔悴我一团娇样子。恨难酬难酬恨。恨重叠不遂风流志。害因他因他害。害相思和他一处死。气长吁长吁气。一声声诉不尽嗟咨。钩儿钩钩不出一钩心事。车儿车车不起一车怨词。担儿担担不起一担相思。《盛世新声》戌集、《词林摘艳》一。

《盛世新声》无题，未注作者。《词林摘艳》于第一首标注《相思》，刘庭信作。

按此题下七首皆抒写相思之情。《全元散曲》仅收入《尧山堂外集》与《元明小令钞》所及前三首，此补录其余四首。

写闲愁闲愁写。写千般写到一千般。心事攒攒心事。一攒攒攒成几样端。断柔肠柔肠断。一断断断到三千断。害因他因他害。害相思相思何日满。怕离别离别怕。阁不住我雨泪漫漫。下下帘帘下下。莺花失伴。上上灯灯上上。影儿作伴。开开窗窗开开。对日团圞。同上。

藕丝儿缚虎是难缚。湿纸儿包龙怎地包。草圈儿套凤如何套。似这般脱空禅参透了。磨杆儿再休想汤着。从他纸汤瓶煨着便热。由他那尖底瓮推一推便倒。这条风月担便人挑。同上。

淫心儿逼绰的无些贪。业眼儿收拾的无点儿馋。狂性儿打叠的无星儿滥。毕罢了疑怪胆。再休提暮四朝三。他眉儿淡从他淡。口儿里谈尽自谈。这风月担任便人担。同上。

高明

套数

咏柳

【正宫 白练序】
窥青眼。渐叶叶颦眉效残妆。浑一似想着故人张敞。摇飏。万缕长。翠织就新愁萦断肠。偏宜向。朱门羽戟。画桥游舫。

【醉太平】惆怅。藏鸦未稳。早攀揉赠别。空与人忙。隋堤汉苑。都非是旧日风光。堪伤。三眠春梦谩悠扬。有谁问灞陵无恙。倚栏凝望。消得几番。暮雨斜阳。

【白练序】（换头）凄凉。古道旁。青青数行。消魂处蓦听得几声莺簧。萧郎。信渺茫。谩留下当年系马桩㈠。空怅怏。相思瘦得。楚腰宫样。

【醉太平】轻狂。花飞似雪。乍高欲下。随风飘荡。撩人扑马㈡无拘管。市桥村巷。端详。香绵㈢滚滚散宫墙。又飞度绣帘珠幌。送春南浦。遗踪化作翠萍溶漾。

【尾声】流水游鱼吹浪响。舟横野渡清昼长。勾引得蝉声噪晚凉。
《新编南九宫词》正宫词、《群音类选》清腔卷一、《吴歈萃雅》元集、《词林逸响》风卷、《南音三籁》散曲上卷。

《新编南九宫词》题作《柳》，注古词。《群音类选》题同上，注无名氏词。《吴歈萃雅》《南音三籁》俱注高东嘉《咏柳》。《词林逸响》注为顾木斋作。

㈠ "谩留下"句：《新定南九宫词》作"还追想当年处士庄"。

㈡ "撩人扑马"：《群音类选》《吴歈萃雅》《词林逸响》《南音三籁》俱作"抛家傍路"，此从《新编南九宫词》。《南音三籁》评："抛家傍路，或作'撩人扑马'，似胜。"

㈢ "香绵"：《群音类选》诸本作"香球"。

【商调 金络索】
四时怨

【金梧桐】东风转岁华。院院烧灯罢。陌上清明。细雨纷纷下。天涯荡子心。【东瓯令】尽恩家。只见人归不见他。合欢未久难抛舍。【针线箱】追悔从前一念差。【解三酲】伤情处。【懒画眉】恹恹独坐小窗纱。【寄生子】只见片片桃花。阵阵杨花。飞过了秋千架。

【前腔】杨花乱滚绵。蕉叶初成扇。翠盖红衣。出水金莲现。金炉一缕微。爇沉烟。睡起纱厨云鬓偏。无端好梦难惊破。花外莺声柳外蝉。羞临镜。千愁万恨对谁言。只见旧恨眉尖。新泪腮边。界破了残妆面。

【前腔】闲堦细雨收。绣户新凉透。衰柳残荷。正值愁时候。近来都减却。旧风流。争奈新愁接旧愁。白云望断天涯远。人在天涯无尽头。相思病。无明彻夜几时休。只见雁过南楼。人倚西楼。堪比黄花瘦。

【前腔】银台绛蜡笼。翠幕金钩控。斗帐红炉。独自无人共。月明初转过。小房栊。不放秋光照病容。愁听画角声三弄。吹落梅花一夜风。关山路。鱼沉雁杳信难通。孤眠人最怕隆冬。又值严冬。做不就鸳鸯梦。

《新编南九宫词》南吕词、《南宫词纪》卷四、《群音类选》清腔卷八、《吴歈萃雅》亨集、《词林逸响》花卷、《乐府南音》月集、《南音三籁》散曲下小令、《吴骚集》第一卷、《吴骚合编》卷三。

《新编南九宫词》题作《景》，注祝枝山词。《群音类选》作《四景闺情》，注作者同上。《南宫词纪》题作《四时闺怨》、注无名氏作。《吴歈萃雅》《词林逸响》《乐府南音》《南音三籁》俱注高东嘉作。《吴骚集》注梁少白作。《吴骚合集》注常楼居作。

【仙吕 二犯月儿高】
闺怨

烟锁垂杨院。日长绣帘卷。人静莺声细㊀。花落重门掩。薄幸不来。羞睹雕梁燕。天涯咫尺。咫尺情人远。路阻蓝桥。无由得见。天。天若是肯周全。除非是梦里相逢。把我离情诉一遍。

【前腔】㊁慢折长亭柳。情浓怕分手。欲上雕鞍去。扯住罗衫袖。问道归期。端的甚时候。回言未卜。未卜奇和偶。唱彻阳关。重㊂斟别酒。酒。除非是解消愁。我只怕酒醉还醒。愁来还依旧。

【前腔】园苑飘红雨。轻风荡飞絮。有意伤春恨。无计留春住。倚遍栏干默默悄无语。云山万叠万叠空凝伫㊃。我的情人㊄知他在何处。吁。欲待寄封书。争奈㊅路远山遥。没个便鸿去。

· 294 ·

【前腔】鬓绾香云拥。钗分小⑦金凤。为你多娇态。积下愁千种。月冷黄昏。孤灯与谁共。情人误我误我良宵梦。画角频吹。梅花三弄。风。休吹入绣帏中。只怕恼动离情。教我相思转加重⑧。《新编南九宫词》仙吕词、《群音类选》清腔卷七、《吴歈萃雅》亨集、《词林逸响》花卷、《南音三籁》散曲下小令、《吴骚合编》卷一。

《新编南九宫词》作【月儿高】景，注古词。《群音类选》题作《闺情》，未注作者。《吴歈萃雅》《词林逸响》俱作《闺闷》，注高东嘉作。《南音三籁》作《闺怨》，亦注高东嘉作。《吴骚合编》注唐六如作。

㈠ "莺声细"：《新编南九宫词》作"更深处"。
㈡ 《南音三籁》《吴骚合编》将此首与后一首顺序颠倒。
㈢ "重"：《南音三籁》作"慵"。
㈣ "仁"：诸本作"住"，此从《南音三籁》。
㈤ "情人"：《南音三籁》作"情郎"。
㈥ "争奈"：《南音三籁》作"只怕"。
㈦ "小"：《南音三籁》作"两"。
㈧ "教我"一句：《南音三籁》作"把我相思病越重"。

【中吕 好事近】㈠

赏春

东野翠烟消。喜遇芳天晴晓。惜花心性。春来又起得偏早。教人探取。问东君肯与春多少。见丫鬟笑语回言。道昨夜海棠开了㈡。

【千秋岁】杏花梢间着梨花雪。一点点梅豆青小。流水桥边。我只听得卖花声声频叫。秋千外。行人道㈢。我只听的粉墙内佳人欢笑。笑道春光好。我把花篮儿旋篆，食叠㈣高挑㈤。

【越恁好】闹花深处。滴溜溜的酒旗招。牡丹亭左侧。寻女伴斗百草。翠巍巍的柳条㈥。忒楞楞晓莺儿飞过树梢㈦。扑簌簌乱横㈧。舞翩翩㈨粉蝶儿。飞过画桥㈩。一年景。四季中。惟有春光好。向花前畅饮月下欢笑㈠㈠。

【红绣鞋】听一派凤管㈠㈡鸾箫。见一簇翠围珠绕。捧玉尊醉频倒㈠㈢。歌金缕舞六么。任明月上花梢㈠㈣。

【尾声】从教酩酊眠芳草。高把银烛花下烧。韶光易老休把春光虚度了。《盛世新声》申集、《南曲》、《词林摘艳》卷二、《南九宫》、《旧编南九宫谱》、《南宫词纪》卷二、《吴歈萃雅》亨集、《南音三籁》散曲上。

《盛世新声》作无题，《词林摘艳》作《赏春》，《南宫词纪》作《春游》。以上三集俱未注作者。《吴歈萃雅》题作《游春》，《南音三籁》作《春游》。以上三集俱注高东嘉作。《南音三籁》批云：自是古调，非近手所能也。

㊀《盛世新声》《词林摘艳》作【好事近】，后之诸集俱作【泣颜回】。《南音三籁》于此曲批云：此调旧以为【好事近】。今"兜的心上来"犯调既名【好事近】，则此调应仍其本名。

㊁此曲后《南音三籁》《吴歈萃雅》皆有【前腔换头】一首，据《新编南九宫词》注乃续补，故未录。

㊂"道"：《盛世新声》《词林摘艳》皆作"到"。

㊃"叠"：《南宫词纪》以下诸本作"樋"。

㊄此曲后《南音三籁》《吴歈萃雅》皆有【前腔换头】一首，据《新编南九宫词》注乃续补，故未录。

㊅"翠巍巍"句：《南宫词纪》以下诸本皆作叠句。

㊆"树梢"：《南宫词纪》作"画桥"。

㊇"乱横"：《南宫词纪》以下诸本皆作"乱红"。

㊈"翩翩"：《南音三籁》作"翩翩"。

㊉"画桥"：《南宫词纪》作"树梢"。

⑾此曲后《南音三籁》《吴歈萃雅》皆有【前腔换头】一首，据《新编南九宫词》注乃续补，故未录。

⑿"凤管"：《盛世新声》作"凤笛"。

⒀"捧玉尊"句：《南音三籁》作"捧玉钟酒沾倒"。

⒁此曲后《南音三籁》《吴歈萃雅》皆有【前腔换头】一首，据《新编南九宫词》注乃续补，故未录。

【仙吕 月儿高】

题情

烟锁垂杨院。日长绣帘卷。人静更深处。花落重院掩。薄幸不来。羞睹画梁燕。天涯咫尺。咫尺情人远。路阻蓝桥。无由得见。天若是肯周全。除非是梦里相逢。把我离情诉一遍。

慢折长亭柳。情浓怕分手。欲上雕鞍去。扯住罗衫袖。端的是甚时候。回言未卜。未卜奇和偶。唱彻阳关。重斟别酒。酒除非是解消愁。我只怕酒醉还醒。愁来又依旧。

园苑飘红雨。轻风荡飞絮。有意伤春恨。无计留春住。倚遍阑干。默默悄无语。云山万叠。叠叠空凝注。我的情人。知他在何处。吁。欲待寄封书。争奈路远山遥。没个便鸿去。

髻绾香云拥。钗分小金凤。为你多娇态。惹起愁千种。月冷黄昏。孤灯与谁共。情人误我。误我良宵梦。画角频吹。梅花三弄。风。休吹入绣帏中。只怕恼动我离情。教我相思转加重。《雍熙乐府》卷十五、《新编南九宫词》、《南宫词纪》卷四、《群音类选》清腔卷一、《吴歈萃雅》亨集、《词林逸响》花卷、《吴骚合编》卷一。

《雍熙乐府》作无名氏《题情》。《新编南九宫词》作无名氏古词。《群音类选》作无名氏《闺情》。《吴歈萃雅》《词林逸响》俱作高东嘉《闺闷》。《南宫词纪》作无名氏《怨别》。《吴骚合编》作唐六如《闺情》。

[作者简介] 刘崇德，河北大学文学院教授、博士生导师，河北大学中国曲学研究中心主任。

诗词曲创作谈

我们今天写词用什么韵？

钟振振

内容摘要：戈载的《词林正韵》有很多优点，但和宋词词韵比较，也多有不合之处，比如宋代最著名周邦彦、姜夔、张炎等格律派词人多用方言音入韵，宋人也没有用统一的韵书来创作。

关键词：韵书　《词林正韵》　方言

我们今天写词用什么韵？这个问题，可以从两个不同的角度来探讨。

第一个角度——现实的角度。现在全国各地的各种诗词大赛，公告中多半会明确规定：词作用韵，以清人戈载所编《词林正韵》为准。如果您参赛，问题很简单，请遵照公告执行。如果您不参赛，只是自娱自乐，或与词友们交流，那么我想告诉您：《词林正韵》并不是填词用韵的"金科玉律"。它只是"最不坏"的一部词韵！

这就引出了第二个角度，即学术的角度、学理的角度、科学的角度。这是我的个人见解，是否够"学术"？是否符合"学理"？是否称得上"科学"？先听我说完，大家再思考，再评判。

我之所以说《词林正韵》是"最不坏"的一部词韵，而不说它是"最好的"一部词韵，是因为它基本上是好的，但也有一些比较严重的问题，不能无条件地加以肯定。说它"最不坏"，意味着与其他词韵相比，它还是优点较多，也比较实用的。它最大的功劳，是把近体诗106/107个韵目的诗韵，合并为19部的词韵，大体上能够反映唐宋人，特别是宋人填词押韵的一般情况。例如，"东方"的"东"与"冬天"的"冬"，在近体诗的诗韵里，不是同一个韵目，不能通押；在《词林正韵》里，归并到了第一部，可以通押了。"长江"的"江"与"太阳"的"阳",在近体诗的诗韵里,不是同一个韵目,不能通押;在《词林正韵》里,归并到了第二部,可以通押了。"鱼虾"的"鱼"与"虞姬"的"虞",在近体诗的诗韵里,不是同一个韵目,不能通押;在《词林正韵》里,归并到了第四部,可以通押了。"萧何"的"萧"、"菜肴"的"肴"与"豪杰"的"豪",在近体诗的诗韵里,不是同一个韵目,不能通押;在《词林正韵》里,归并到了第八部,可以通押了。"甲乙丙丁戊己庚辛"的"庚"、"青年"的"青"与"水蒸气"的"蒸",在近体诗的诗韵里,不是同一个韵目,不能通押;在《词林正韵》里,归并到了第十一部,可以通押了。如此等等,不多举了。

《词林正韵》最严重的问题在哪里呢?在于它并不完全符合唐宋人,特别是宋人填词用韵的实际情况。

唐宋人填词用韵,是没有"国标",即"国家标准"的。国家并没有组织专人编制词韵,并以国家或国家有关主管部门的名义发布。道理很简单,因为词不是国家考试——选拔官员的科举考试的科目及文体。这和近体诗的情况不一样。近体诗中的某些文体是国家科举考试文体,合格与否,事关国家官员的选拔任用,干系重大,故必须有"国家标准"的诗韵,否则阅卷时取舍便没有依据。词,一般来说(特殊情况除外,比如国家的某些礼仪活动,也用得到词,但不经常),充其量只是从宫廷到官府到市井百姓的大众娱乐节目及文体,其性质与今天的"卡拉OK"也相差不了多少,有必要制定"国标"吗?因此,唐宋人,特别是宋人,填词押韵是比较自由的,比写近体诗所用的由国家制定并颁布的韵要宽泛得多。可以按照当时实际通用的语音来押韵,甚至可以按照自己家乡的地方音来押韵。谁也不会好事到心血来潮,个人编制什么词韵,编了也不会有人理睬。当然,也不是没有例外。据文献记载,南宋前期,约当宋高宗、宋孝宗时期,著名官员词人朱敦儒曾经编过《应制词韵十六条》。因为高宗、孝宗都喜欢词,宫庭中有些休闲娱乐活动,会命文学侍从之臣填词以供艺人演唱。虽然不是什么庄重、严肃的场合,但应制填词,要讨皇上的欢心,有擢升官职或获取赏赐等种种好处,还是马虎不得,要当回事来做好它。因此,编本《应制词韵》还是有用处的。这是特殊情况,一笔带过,横竖这本词韵也未能流传下来。

关于宋人按照当时实际通用的语音来押韵的情况,就不多说了。重点说一说宋人按照自己家乡的地方音来押韵这个要害问题。南宋人叶绍翁,就是以"春色满园关不住,一枝红杏出墙来"诗句闻名的那位叶绍翁,他的笔记《四朝闻见录》里记载了宋高宗绍兴年间发生的一桩有趣的事:吴江,即今江苏苏州的吴江区,有一座高大壮丽的垂虹桥。某日,桥洞的顶部发现了龙飞凤舞的墨迹,是一首《洞仙歌》词:

> 飞梁压水,虹影澄清晓。橘里渔村半烟草。今来古往,物是人非,天地里,唯有江山不老。 雨巾风帽。四海谁知我。一剑横空几番过。按玉龙、嘶未断,月冷波寒,归去也、林屋洞天无锁。认云屏烟障是吾庐,任满地苍苔,年年不扫。

词后没有作者的落款署名。从词意来看,真像不食人间烟火的仙人所题。一时间,人们哄传,都说题词者是吕洞宾,也就是神话传说"八仙过海"中的"八仙"之一的那位吕洞宾。此事很快传到了宫中,宋高宗读词后笑道:"什么吕洞宾?题词的不过是个福州秀才!"左右都惊讶地请教皇上:"陛下您怎么知道题词的是福州秀才呢?"高宗回答说:"词里押的韵,是福州音啊。"("神仙"还讲方言吗?再说,吕洞宾本得道成仙之前,是今山西芮城人。山西人怎么说福建话?山西在西北,福建在东南,八竿子打不着啊。)原来,"晓""草""老""帽""扫"等字以 ao 音结尾,而"我""过""锁"等字以 uo 音结尾,用其他地方的语音念,都不押韵;只有用福建话的语音念,才押韵。后来,终于查到了题词者,姓林名外,果然是福建人。这人喜欢搞怪,装神弄鬼。他趁夜深人静之时,仰卧在一艘大船的顶篷上,神不知鬼不觉地在桥洞的顶部题写了这首词。大船开走后,水天渺然,人们发现此词墨迹,都想不出它怎么会出现在这十三不靠的地方。百思不得其解,就只能往神仙那头猜了。然而,"作案"者很少有不露马脚的。词人被家乡的土音出卖了,让宋高宗一眼便识破了他的籍贯与身份。古代交通不发达,各地方的人交流的圈子也比较窄。走南闯北、见多识广、通晓各地方言土音的人毕竟是少数。因此,有"比较语音学"知识和经验的人并不多。宋朝有个比较好的制度,即各地方州府长官在赴任前或卸任后,皇帝常召见他们,进行公务谈话。这些官员多半是进士出身,全国各地人都有,说话的口音各不相同。高宗在位时间长,接见过的操不同地方口音的官员人数也多,有比较,所以能鉴别。

福建人这样押韵的具体个案,并不止林外《洞仙歌》一例。在《全宋词》所收其他福建籍作家的作品里,也有类似的情形。但在《词林正韵》里,"晓""草""老""帽""扫"等字,在第八部;而"我""过""锁"等字,则在第九部,两部不能通押。

因讨论《词林正韵》,顺便说一说已故毛泽东主席《西江月·井冈山》词的用韵:

> 山下旌旗在望,山头鼓角相闻。敌军围困万千重。我自岿然不动。 早已森严壁垒,更加众志成城。黄洋界上炮声隆,报道敌军宵遁。

所押之韵,"闻""遁"等字,《词林正韵》收在第六部;而"重""动""隆"等字,则收在第一部;"城"字,更收在第十一部,三部不能通押。据此,有人认为毛主席这首词押韵错误,是不懂词律。而有人为毛主席辩护说,毛主席并非不懂词律,他是有意摆脱词律的束缚,不以文害意。

其实,批评者与辩护者都不明白,毛主席这首词,押的是他的家乡湖南话的音韵,符合宋人填词押韵可用方音的先例。湖南话的语音,"闻"念 wén,"重"念 cén,"动"念 dén,"城"念 cén,"隆"念 nén,"遁"念 dén,用湖南话的语音来念这首词,押韵完全是正确的、和谐的。

如果说,林外在宋词里只是小作家,可以忽略不计;毛主席是现代人,不好用来作证。那么,下面我们就举宋词里第一流的大作家的作品为例,来论证《词林正韵》的过失。

例如周邦彦,他在北宋曾任国家最高音乐机关大晟乐府长官,是举世公认的宋词格律派大家,谁敢说他不精通音乐,不精通音律?然而他所作的《品令》梅花词:

> 夜阑人静。月痕寄、梅梢疏影。帘外曲角栏干近。旧携手处,

花发雾寒成阵。应是不禁愁与恨。纵相逢难问。黛眉曾把春衫印。后期无定。断肠香销尽。

所押之韵，"静""影""定"等字，《词林正韵》收在第十一部；而"近""阵""恨""问""印""尽"等字，则收在第六部，两部不能通押。

又如姜夔，南宋格律派的大家，既能创作乐曲又能创作歌词，号称与辛弃疾、吴文英分鼎南宋词坛三足，谁敢说他不精通音乐，不精通音律？然而他的词，代表作之一的《长亭怨慢》：

渐吹尽、枝头香絮。是处人家，绿深门户。远浦萦回，暮帆零乱向何许。阅人多矣，谁得似、长亭树。树若有情时，不会得、青青如此。日暮。望高城不见，只见乱山无数。韦郎去也，怎忘得、玉环分付。第一是、早早归来，怕红萼、无人为主。算空有并刀，难翦离愁千缕。

所押之韵，"絮""户""许""树""暮""数""付""主""缕"等字，《词林正韵》收在第四部；而"此"字，则收在第三部，两部不能通押。

又如张炎，南宋末年著名的格律派词人，其人与姜夔并称"姜张"，其词集《山中白云》与姜夔《白石道人歌曲》并称"双白"，所著《词源》对词的音律有深入探讨，谁敢说他不精通音乐，不精通音律？然而他所作的《忆旧游·大都长春宫即旧之太极宫也》一词：

看方壶拥翠，太极垂光，积雪初晴。阊阖开黄道，正绿章封事，飞上层青。古台半压琪树，引袖拂寒星。见玉冷闲坡，金明邃宇，人住深清。幽寻。自来去，对华表千年，天籁无声。别有长生路，看花开花落，何处无春。露台深锁丹气，隔水唤青禽。尚记得归时，鹤衣散影都是云。

所押之韵，"晴""青""星""清""声"等字，《词林正韵》收在第十一部；而"寻""春""云"等字，则收在第六部；"禽"字，更收在第十三部，三部不能通押。

  诸如此类的例子，不胜枚举。由于篇幅关系，我们也只好点到为止，不能放开细细说了。试想，宋代是词的鼎盛时期，宋词已经成了经典，是我们今天填词的范本，而周邦彦、姜夔、张炎等又是最精通音律，最讲究格律的宋词大家，如果他们活到今天，写词来参加各种以《词林正韵》为用韵标准的大赛，恐怕连"格律审查关"都过不了，第一轮便淘汰出局，更甭说入围、获奖了。这难道还不荒唐吗？难道不是滑天下之大稽吗？

［作者简介］钟振振，南京师范大学文学研究所所长，教授、博士生导师。

诗词创作与科技文明

韩倚云

内容摘要：诗词语言是最精练的科学语言，诗词创作与科学发明的共同任务是用"科学"思维创作诗词，"独创性"是诗词创作与科学发明的共同生命。有生命力的诗词，必发自作者内心强烈的情感，提炼客观自然的本质，提炼自然界客观规律。

关键词：诗词　科学　逻辑思维　直觉　独创性　虚拟

前　言

子曰："小子何莫学夫《诗》？《诗》，可以兴，可以观，可以群，可以怨；迩之事父，远之事君；多识于草木鸟兽之名。"[1] 子谓伯鱼曰："女为《周南》《召南》矣乎？人而不为《周南》《召南》，其犹正墙面而立也与！"[2] 诗是文化的皇冠钻石，是最易接受、最能感人的文化珍品；民族的诗歌是民族文化的璀璨标志，是大诗人惠特曼所讲的"一个民族的最高凭证"[3]。

国际上很多大科学家，尤其是有原创性的科学家，对文艺都有涉猎。如：印度的学者受 Srinivasa Ramanujan 和 Harish Chandra 的影响，喜欢数论和群表示论。日本近代数学的几位奠基者，包括高木贞治 Takagi 在内，家里都是精通荷兰学的学者，对荷兰文有很好的认识。他们的文笔流畅，

---

[1] 杨伯峻译注：《论语译注》，中华书局2009年版，第183页。
[2] 杨伯峻译注：《论语译注》，第183页。
[3] Ho Peng Yoke. Walt Whitman, *An Introduction to Science and Civilization*, Hong Kong: Hong Kong University Press, 1985, p. 18.

甚至可以媲美文学家的作品。其实除了文艺能够陶冶性情以外，文艺创作与科学创作的方法实有共通的地方。

一　诗词是最精练的科学语言

用一句话概括诗词的特点，是什么？诗词是一种语言（文字）"模型"：以一种最精练的科学语言，用最美好的、最富于高品位情感的、从而又最富于能延拓内涵的语言来表达由"观"而生的人生感悟与人生哲理。诗，同语言的精、美、情不可分割。提到"最精练"三个字，精练到何种程度？精练到一字易不得，如同一个数学模型，每个变量和符号都易不得。看一个众所周知的模型：

$$E = mc^2$$ [①]　　　　　　式（1）

式（1）中：E 为物体的能量，m 为物体的质量，c 为光的速度。

这是爱氏著名的能量守恒定律，是造原子弹的原始理论基础。式（1）模型，每个变量之间都有一种内在的逻辑关系，如改变其中任何一个变量、任何一个符号，都不再是爱氏"能量守恒定律"，此式精练到不能再减少一个变量、不能再减少一个符号。爱因斯坦通过大量的科学试验，同时又经过无数次推算、推导，从几麻袋的推算草稿中删繁、去冗而得到的此最简模型。此模型的特点之一是"最简"，特点之二是"直观"。所谓"直观"是凡具有小学水平者，都能认得此模型，而对此模型的理解程度，取决于个人的学养。

再看此模型所包含的特征：第一，此式式合，是自然科学的逻辑关系模型。第二，此式韵美，狄拉克说过：一个方程式美不美比符不符合实际更为重要。第三，此式情真，准确表达能量的本质。第四，此式味厚，内涵丰富，小学、中学、大学读起来都不费解。第五，格高，此模型极为重要，是狭义相对论的基础。

同样，我们的诗词亦如此，王之涣《登鹳雀楼》诗：

[①] Jean-Louis Tane, "A Revised Interpretation of the Thermodynamic Theory Including the Einstein Mass-Energy Relation E = mc²", *Journal of Applied Mathematics and Physics*, Vol. 8, No. 2, 2020.

白日依山尽，黄河入海流。欲穷千里目，更上一层楼。①

仅仅20字，包含了作者丰富的实践经验，经作者无数次琢磨、删减而得到的模型，每个字之间都有内在的逻辑关系。此模型精练到不可再减一字，每个字、每个符号都易不得。而且，也具有以下特征，第一，此作式合，符合五绝格律，平仄合，粘对合，韵脚合；第二，韵美：声色、动静、对仗，铿锵上口；第三，情真：若无真切的情感，断不会观察如此之细；第四，味厚：可反复品味，可无限延拓；第五，格高：境界高，激励人自强不息，奋斗永无止境。因此，此作脍炙人口，流传千古。此诗字少，仅20字，特征之一，也是"最简"，特征之二，也是"直观"。凡具有小学水平者，都能认得此诗，而对此诗的理解程度，取决于个人的感悟。

同时，诗人发现了一条客观规律："欲穷千里目，更上一层楼。"发现了这一规律，却无法解释。后人读到此诗时，得到了启发，造成这种现象的原因是：地球是圆形，若地球是立方体，决不会出现这种现象。

通过以上对比，可以认为：每一个数学模型都是一首诗，每一首诗都是一个最美的数学模型。至少，留传至今的古人诗词，都可比拟为某个数学模型。若非如此，诗的生命力也是有限的。

二　诗词与科学的共同任务是什么

诗词与科学同源于实践，共生于人脑，同来源于人脑。对客观世界中实践的反映，与对此反映的主观加工，同产于外在世界与精神世界的，不可分割的结合与统一。诗词与科学，都是深入现实，源于现实，超于现实；反映客观世界及其真实性、唯一性。所谓"超现实"就是"梦"，"梦"是来源于生活而又高于生活的艺术境界。说"梦"是艺术中不可缺少的思维方式，但不能离"真"太远，"理"是解梦的归宿，也是论事的目的，离开了追梦与思理，诗的生命力也是有限的。因此，诗词与科学的共同任务是：用最美、最富有人情的语言认知客观世界、提炼大

---

① 彭定求等编：《全唐诗》，中华书局1999年版，第186页。

自然的本质、探索大自然的规律性。

当代诗人周啸天先生说过，写诗是写语言，一个诗性的人，最懂得提炼生活、提炼语言。诚哉斯言！

(一) 认知客观现实

科学对客观现实的认知表现在：以抽象的定量（数量）的模型或公式，面向某一类事物或现象，从各自的特殊、个性中，概括出它们的一般性、共性；从而在相应的领域中有普适性，并能引导进一步认识、适应、应用乃至改造具体的事物或现象。

$$f = ma \text{[1]} \qquad 式（2）$$

式（2）中：f代表物体的受力，m代表物体的质量，a代表加速度。是经典牛顿力学基础模型，从大量的物质运动规律中，认知了力与质量和加速度的线性关系。

同样，类比诗词，也是对客观现实的认知，表现在：以形象的定性（文字、语言）模型，面向某类、某个具体事物或现象。深刻描述、揭示其某特殊性、个性、侧面；从而在相应的领域中，写出其普适性。因此，一般性、共性寓于特殊性、个性之中，从而留下了广阔的空间，可供想象、思考、品味、领悟、开拓。这也是周啸天先生所谓：写社会题材，要把自己放进去，写个人情怀，要从自己跳出来。如以下诗句：

> 两岸猿声啼不住，轻舟已过万重山。（李白《早发白帝城》）[2]
> 无边落木萧萧下，不尽长江滚滚来。（杜甫《登高》）[3]
> 粉骨碎身浑不怕，只留清白在人间。（于谦《石灰吟》）[4]
> 待到山花烂漫时，她在丛中笑。（毛泽东《咏梅》）[5]

---

[1] 李锡均、程敏熙：《F = ma 是谁写的？物理学符号的前世今生》，《大学物理》2018年第5期，第62页。
[2] 李白著，郁贤皓选注：《李白选集》，上海古籍出版社1990年版，第397页。
[3] 杜甫著，倪其心、吴鸥译注：《杜甫诗选译》，巴蜀书社1990年版，第176页。
[4] 于谦著，魏得良点校：《于谦集》，浙江古籍出版社2016年版，第467页。
[5] 毛泽东著，中共中央文献研究室编：《毛泽东诗词集》，中央文献出版社1996年版，第129页。

都通过个人的观察和体悟，从不同的角度认知客观存在，由特殊而到描绘出一般，进而延拓。再如：

独怜幽草涧边生，上有黄鹂深树鸣。春潮带雨晚来急，野渡无人舟自横。（韦应物《滁州西涧》）①

绝岭秋风已自凉，鹤翻松露湿衣裳。前村月落半江水，僧在翠微角竹房。（高适《题天台山清风岭壁照》）②

通过个人的观察与体悟，接受客观存在性。

（二）提炼大自然的本质

科技的一个重要任务是：从形形色色、千变万化的大自然中，提炼出某种事物的本质，而且这个本质具有唯一性。"人工智能学"是提炼大自然本质的典型例子。人工智能进行"人脸识别"的依据是什么？是因为提炼了"人脸"最本质的特征，无论"人脸"如何化妆、如何老去，其"本质"的特征不会改变。

人工智能的理论基础是数学，在数学里有一个分支：拓扑学（topology），是研究几何图形或空间在连续改变形状后还能保持不变的一些性质的学科。它只考虑物体间的位置关系而不考虑它们的形状和大小。在拓扑学里，重要的拓扑性质包括连通性与紧致性。

笔者在做人工智能图像识别研究中，建立了一个关于图像识别的"特征不变量"模型：

$$Y = (y_1, y_2, \cdots, y_n) y_i = x_i \times \varphi_i, i \in \{0, 1, 2, \cdots, n\} \quad 式（3）$$

经多次实验，结果证明，使用式（3）模型可以很好地提取出一种定义良好的特征不变量，并且该特征不变量可以较好地反映原始数据的本质特性。将本模型的特征不变量用于图像目标识别领域，只要原始数据序列中包含了图像目标的必要信息，那么本算法所提取的特征不变量就可作为识别相应图像目标的一种本质属性，它具有平移、旋转及比例不变

---

① 韦应物：《韦苏州集》，上海古籍出版社1993年版，第72页。
② 高适：《高常侍集》，上海古籍出版社1992年版，第19页。

特性。

那么同样，诗词对大自然的提炼，是求神似还是求形似？答案很简单，自然是求神似了，因为神似才是艺，才是提取了自然界的"本质"，而且这个本质也具有唯一性。所谓"乱头粗服，不掩国色"，是为了提炼出"国色"，而非停留在"乱头粗服"的层面。诗词又如同演戏，不能不像，不能真像。不像不是戏，真像不是艺。天地是大舞台，舞台是小天地。正乙祠戏楼联云："演悲欢离合，当代岂无前代事；观抑扬褒贬，座中常有剧中人。"如：

京口瓜州一水间，钟山只隔数重山。春风又绿江南岸，明月何时照我还？（王安石《泊船瓜舟》）①

一"绿"字为题眼，千里江南已全绿，而诗人何时归还？

东城渐觉风光好，縠皱波纹迎客棹。绿杨烟外晓寒轻，红杏枝头春意闹。（宋祁《玉楼春》）②

一"闹"字点明春到枝头这一客观现象。再如：

清明时节雨纷纷，路上行人欲断魂。借问酒家何处有，牧童遥指杏花村。（杜牧《清明》）③

世味年来薄似纱，谁令骑马客京华。小楼一夜听春雨，深巷明朝卖杏花。（陆游《临安春雨初霁》）④

春的本质，用"杏花"意象表达，"杏花"是"春"最典型的特征，可以称为春的"特征不变量"。如此，可以说，我们创作的每一首诗词，只有具备唯一性，才可能有生命力。

---

① 徐中玉编：《唐宋诗》，广东人民出版社2019年版，第290页。
② 唐圭璋编：《全宋词》，中华书局2009年版，第116页。
③ 李蓓选注：《李商隐杜牧诗选》，巴蜀书社2001年版，第131页。
④ 朱东润选注：《陆游选集》，上海古籍出版社2013年版，第101页。

诗词创作与科技文明

诗词中的艺术夸张手法,是提炼大自然本质最有效的一种方法,如同数学方法中,对本质的特征进行局部"放大","放大"的目的是更突出本质。如:

白发三千丈,缘愁似个长?不知明镜里,何处得秋霜。(李白《秋浦歌》)

用夸张的手法,提炼一"愁"字。再如:

不是不修书,不是无才思,绕清江买不得天样纸。(贯云石《双调·清江引·惜别》)①

用夸张的手法,提炼一"思"字。

(三) 探索大自然的规律性

王国维《人间词话》把诗词分为三种境界,第一境界:"昨夜西风凋碧树,独上高楼,望尽天涯路。"第二境界:"衣带渐宽终不悔,为伊消得人憔悴。"第三境界:"众里寻他千百度,蓦然回首,那人却在灯火阑珊处。"所谓的"探索",便是第二种境界。

首先,我们看一个探索阴阳、对偶的规律性事例。

中国人已于《易经》中探索出阴阳的规律,西方人也讲究对偶,事实上,希腊数学家研究的射影几何就已经有 pole 和 polar 的观念。七十年前,物理学家已经发现负电子的对偶是正电子,而几何学家则发现光滑的紧致空间存在着庞卡来对偶性质。

同样,在 20 世纪 90 年代,科学家又发现了物质的对偶是反物质,明物质的对偶是暗物质,而且据科学家推算,反物质与暗物质一定存在。在诗中,如:

堂前扑枣任西邻,无食无儿一妇人。不为困穷宁有此,只缘恐

---

① 贯云石撰,陈稼禾点校:《酸甜乐府》,上海古籍出版社 1989 年版,第 14 页。

· 313 ·

惧转须亲。即防远客虽多事，便插疏篱却甚真。已诉征求贫到骨，正思戎马泪沾巾。（杜甫《又呈吴郎》）①

每一首七律的要求都是：中二联对偶，用对偶的水平直接影响着一首七律的水平。

其次，再看对客观规律的探索。

文学家和科学家都想构造一个完美的图画，但每个作者有不同的手法。爱因斯坦在创造广义相对论时，除了用到黎曼几何外的观念，更大量地采用到哲学家恩斯特·马赫（Ernst Mach）的想法。爱丁顿（Eddington）在1919年时用望远镜观察证明广义相对论，证明了爱氏理论的正确性。

在诗词方面，如屈原对太空的探索：

遂古之初，谁传道之？上下未形，何由考之？冥昭瞢闇，谁能极之？冯翼惟象，何以识之？（屈原《天问》）②

从天地离分、阴阳变化、日月星辰等自然现象，一直问到神话传说乃至圣贤凶顽和治乱兴衰等历史故事，表现了作者对某些传统观念的大胆怀疑，以及追求真理的探索精神。再如苏轼对看问题角度的探索：

不识庐山真面目，只缘身在此山中。（苏轼《题西林壁》）③

说明了，只有上升到一定高度，才能把握事物的全局。再如辛弃疾对空间星体特征的探索：

可怜今夕月，向何处，去悠悠？是别有人间。那边才见，光影东头？是天外，空汗漫，但长风浩浩送中秋？飞镜无根谁系？姮娥

---

① 彭定求等编：《全唐诗》，中华书局1999年版，第2541、2542页。
② 王泗原校释：《楚辞校释》，中华书局2014年版，第83页。
③ 华东师范大学中文系等选注《历代名篇选读·下》，上海古籍出版社1983年版，第9页。

· 314 ·

不嫁谁留？（辛弃疾《木兰花慢》）①

词人已观察到某种现象，并努力追索天体的客观规律性。科学需要实验、需要证明，文学却不需要这么严格，但是离现实太远的文学，终究不是上乘的文学。

三　用科技思维创作诗词

人为万物之灵，地球上最美丽的花朵，是人类的智慧，是独立思考的精神。"科学研究中的最宝贵的因素是直觉。"（爱因斯坦《直觉》）"诗性思想就是原创性智慧。"（意大利约翰·维科《新科学》）"诗性思维是'创造性的直觉'与'诗性经验'的结合。"（法国雅克·马利坦《艺术与诗的创造性直觉》）

如何用科学思维创作诗词？

第一，逻辑思维与形象思维并用。

科学重在逻辑思维，而诗词重在形象思维，也就是"直觉"。科学侧重"求真"，诗词侧重"求美"，科学与诗词的共同出发点是"善"。古人的佳作都有很强的逻辑思维作支撑，无一例外。没有了逻辑思维，诗的生命力同样是有限的。如：

岱宗夫如何，齐鲁青未了。造化钟神秀，阴阳割昏晓。荡胸生曾云，决眦入归鸟。会当凌绝顶，一览众山小。（杜甫《望岳》）②

层次分明，条理清晰，起承转合分明，有很强的逻辑性。通过前面的铺设，得到尾联"会当凌绝顶，一览众山小"的结论。

第二，科学为诗词提供原创性的思维源泉。

所谓读万卷书，行万里路，所见所感皆是科学现象，并以文字形式记载下来。南北朝时，刘勰的《文心雕龙》评论五经，认为从文学的角

---

① 吴则虞选注：《辛弃疾选集》，上海古籍出版社2014年版，第130页。
② 彭定求等编：《全唐诗》，中华书局1999年版，第2253页。

度来看，经文都是上品，以其载道也，载道的文章必定富有文气。道不一定是道德，也可以是自然之道。至于科学方面，也讲究相似的文气。如：

  鹏飞万里去，回顾江山小。谁知天外人，犹叹笼中鸟。（彭述先《无题》）①

"鹏飞""江山"是科学，"犹叹笼中鸟"是艺术。再如：

  人生自古谁无死，留取丹心照汗青。（文天祥《过零丁洋》）

"人生自古谁无死"是科学，是客观事实，"留取丹心照汗青"是艺术。

第三，科学与诗词的原创力都来自强烈的情感。

笔者认为，有了踏实的基础后，创造性源于丰富的感情，情感是创造的第一动力。在科学方面，学者在构造一门新的学问，或是引导某一门学问走向新的方向时，我们会问，他们的原创力从何而来？为什么有些人看得特别远，找得到前人没有发现的观点？这是一个理性的选择，还是因为读万卷书而得到的结果？上述这些当然都是极其重要的原因，但是最重要的创造力，是有了踏实的基础后，却源于丰富的情感。情感是创造性的第一动力。哥白尼提出的"日心说"，有力地打破了长期以来居于宗教统治地位的"地心说"，实现了天文学的根本变革。若无强烈的情感，是不会为此甘愿付出生命代价的。

在诗词方面，在中国文学史上，我们看到：屈原作《楚辞》，太史公作《史记》，诸葛亮写《出师表》，庾信作《哀江南赋》，王粲作《登楼赋》，陶渊明作《归去来辞》，他们的作品都可以说是千古绝唱。然后，我们又看到李白、杜甫、白居易、李商隐、李煜、柳永、晏殊、苏轼、秦观、辛弃疾等，一直到清朝的纳兰容若、王国维。他们的诗词，热情澎湃，荡气回肠，感情从笔尖滔滔不绝的倾泻出来，成为我们见到的瑰丽的作品。这些作者，并未刻意为文，却是情不自禁。绝妙好文，

---

① 卓尔堪辑：《遗民诗》卷十一，清康熙刻本。

冲笔而出。出色的理文创作，必须有浓厚的感情和理想，中国古代学者都有浓厚的感情，它们充分的表现在诗词歌赋中。

第四，科学与人文互相影响。

中国古代科学家，太注重应用，不在乎科学严格的推导，更不在乎科学的完美化，到了明代，中国科学家实在无法跟文艺复兴的科学家比拟。至清代，科学更是不行，没有原创性，只在前人农耕基础上，做了一点点的推进。与此相关的清代诗词，发展也略显缓慢。而同一个时代，文艺复兴以后的意大利、英国、德国、法国的学者表现出不断尝试的迥异态度。找寻原创性的数学思想，影响了牛顿力学，因此产生了多次的工业革命，与此同时，西方的文学也达到一个新的高峰。

到今天，中国的理论科学家在原创性方面，总体水平还是比不上世界最先进国家的水平，笔者认为，一个重要原因：除少数几位有成就的大科学家，其科学与人文素养并重外，我们的极大多数科学家在人文方面的素养不够，对自然界的真和美感情不够丰富！这种感情对科学家、文学家来说，是极其重要的！

不可否认，近代科学家在不同领域取得巨大的成就，与文学家极为类似。所以，好的科学家必有人文的素养，而好的文学家必有科学逻辑的思辨性。如此，方能从变化多姿的自然界得到灵感，来将我们的科学和人文完美化，而不是禁锢自己的脚步和眼光，只跟着前人的成果或著作，作小量的改进，就以为自己是一个大科学家、大学者、大诗人了。

四 "独创性"是诗词与科学的共同生命

首先，独创，唯天才能之，我称之为"化学变化"。

"我吃的是草，挤出来的是牛奶，血"（鲁迅《野草》），即将古人之篇章与己之阅历加以咀嚼消化，经大脑酶体反应后，发生"化学变化"，使之生成新的、前所未有的东西。组装，则比比皆是，我称之为"物理变化"。即，将古人之言辞与事典简单的组成符合格律的"诗"，毫无自家思想感情。

在西方，有公理的研究独创，便影响了整个自然科学的发展。从欧几里得的《几何原本》到牛顿的"三大定律"，到爱因斯坦的"相对论"

等。在中国，数学方面有张衡的《九章算术》，建筑方面有《营造法式》，医学方面有《本草纲目》等，这些理论著作的共同特点便是：独创性！以至于影响至今，甚至还会继续影响下去。在古诗词方面，《诗经》《天问》《古诗十九首》等，皆有唯一性，也就是独创性，所以，流传至今，我们仍然讽诵不已。

其次，创新需要勇气。

中国的科学家走的研究道路基本上是萧规曹随，在创新的路上，提不起勇气，不敢走前人没有走过的路，对古人或权威人士的理论不敢质疑。导致整个科学界与文学界，仅在理论上有一点点的进步。

同样，我们的诗词也存在这个问题，一帮文学学者倡导拟古，似乎拟古就是典雅，一谈到"创新"二字就害怕，同样是对古人与当代权威人士的文学理论不敢质疑，认为凡是古人讲的全是对的，对于古人的言语，不加思考的盲目认作公理。殊不知，这些根深蒂固的"书袋"，很有可能成为了创新的强大羁绊。

先看在科技方面的创新尝试。在物理学方面，科学家们为了更好地解释天体现象，引入"场"的概念，还有"磁力线"概念，这两个概念是科学家虚拟出来的，而非真实的存在，而自有了这些概念，天体学、电磁学等一系列的理论便应运而生，并逐渐完善。

古人在诗词方面创新尝试：

> 云母屏风烛影深，长河渐落晓星沉。嫦娥应悔偷灵药，碧海青天夜夜心。（李商隐《嫦娥》）[1]

"长河"的概念是虚构，"嫦娥"的概念是虚构。有了这个虚构，使得诗词的感染力超乎想象的强大，更有了我们今天的"嫦娥四号"首探月背的成就。

> 天上碧桃和露种，日边红杏倚云栽。芙蓉生在秋江上，不向东

---

[1] 马东瑶：《古典诗词鉴赏》，对外经济贸易大学出版社2013年版，第20页。

风怨未开。(高蟾《下第后上永崇高侍郎》)①

"天上碧桃"与"日边红杏"是诗人虚构的背景。诗人们这些大胆的虚构和假设,把诗词推向一个又一个高峰。以至于出现了明代吴承恩的小说《西游记》这部巨著。

今人在诗词创新方面的尝试。

我们这个时代已经有创新领路之人。比如星汉先生的西域诗创作,再比如周啸天教授的《将进茶》等。先学习一下杨逸明先生的诗:

雪域神奇多少山,无名无字耸云端。随移一座中原去,五岳都须仰首看。(杨逸明《题喜马拉雅山脉》)②

"随移一座中原去"便大胆地用了虚构手法,虽然《愚公移山》故事在先,而山的如此移法,实为杨氏首创。再学习钟振振先生一首绝句:

云台露叶舞风柯,快意平生此夕多。人在乾元清气上,三千尺下是银河。(钟振振《夜登重庆南山一棵树观景台看市区两江灯火》)③

"银河"意象本为古人创造的虚拟的天空的景观,而钟先生把重庆市区长江嘉陵江两岸的灯火比作银河,并移到"水底",也是前所未有的创新。当代,类似如此创新的大诗人,还有一些,他们在创新方面,做了一定的尝试,而且还在继续尝试着。

文学家为了欣赏现象或者舒解情怀而夸大而完美化,而科学家为了了解现象而构建完美的背景。我们在现象界可能看不到数学家虚拟结构的背景,但正如科学家创造虚数的过程一样,这些虚拟的背景却有能力来解释自然界的奇妙现象,在科学家的眼中,这些虚拟背景,往往在现象界中呼之欲出,对很多科学家和诗人来说,虚数、磁场、天宫、嫦娥

---

① 彭定求等编:《全唐诗》,中华书局1999年版,第668页。
② 《诗国》编辑组编:《诗国》新十六卷,中国书籍出版社2018年版,第9页。
③ 陈思和、胡中行主编:《诗铎》第4辑,复旦大学出版社2016年版,第297页。

等概念都可以看作自然界的一部分。

周啸天先生说过：技巧与惯例是可以把天才拉平，把庸才抬高的。"技巧"与"熟练"只是功夫活，诗词写作技法，通过阅读前人成功之作便可学得。用当代的话说，是人类的简单劳动，凡简单劳动，都可程序化，化为程序代码用智能机器人来替代。智能机器人与人类最本质的区别：前者是机械的组装而后者是智慧的化身，这也是智能机器人所作之诗绝无生命力的根源。若一味地强调"熟练"与"技法"，已进入诗词创作的误区。清代诗词之所以没有唐宋诗词的历史地位，是因为仅仅在前人基础上，做了一点点"熟练"和"技法"的进步，没有形成自己独有的东西。

五 结论

诗词，是挖掘、提炼社会的一座富矿。而优秀的诗词更是打开理解历史、文化、哲学、宗教、政治、经济、社会及其与科学关系之门的一把钥匙。当代的文化会被后人称为"历史"，历史是古人的现实，民族的才是世界的。

笔者认为，科技无阶级性、无国界，艺术的发展也应该是无阶级性、无国界的，须书写当下最新的东西。当今，我们能直达月球，直通外域，直探海底，高度发达的科学工具使我们能够更深刻地认识世界和改造世界。当我们有能力改造世界的时候，我们的诗歌就不应该表现为"无奈"与"哀伤"，诗歌亦须与时俱进。"牢骚太胜防肠断，风物长宜放眼量"，因此，中华诗词不仅仅是触景生情、抒发感想、享受清风明月、共鸣文人骚客的感时感事之作；也是对自然和社会本质的精练总结。诗人须运用已有的科学知识，探索客观自然的规律性，凭直觉和理性思维诉诸形象，用诗的语言表达出来，既须闪烁着诗歌之光，又须蕴涵着哲理、趣味。我们从哲学的角度看到了古诗所蕴涵的传统哲学精神，看到了它所具有的文化背景；它使我们获得艺术享受的同时，也让我们获得当代一些珍贵的科技、社会、民生、禅意、社会风情等资料。

有生命力的诗词，必以严谨的逻辑思维为支撑，必发自诗人内心，饱含诗人丰富的情感，提炼客观自然的本质，提炼客观自然规律性，提炼出事物某种特征的唯一性。激情处，可动天地，泣鬼神，以至于万古长存，不朽不灭！

〔作者简介〕韩倚云，北京航空航天大学教授，研究方向：航天宇航技术、人工智能、工程可靠性、科技文明与诗词创作。